사랑과 꿈과 편지와

「편지마을」 주부들의 詩와 散文

지 성 문 화 사

들꽃의 향기

구 혜 영
(소설가 · 전 편지쓰기장려회 위원)

편지마을은 편지를 통해서 알게 된 아낙네들끼리 모인 친목단체지만 편지글을 통해서 소통하고 서로 일깨워 글밭을 갈고 가꾼다는 의미로 문학동인의 성격으로 모인 모임이다.

세상에는 다양한 여러 문학동인이 있지만 편지마을처럼 색다르고 짭짤하게 소리소문 없이 발전하며 이어져 오는 단체도 드물다.

우선 그 규모는 전국적으로 광범위하되 회원 하나하나는 밀접된 한 마을의 글벗으로 뜨겁고도 살가운 우정의 관계로 맺어져 있다.

나는 편지마을과의 각별한 인연으로 편지마을이 걸어온 발자취를 비교적 알고 있는 입장임으로 이번에 상재되는 글모음 「사랑과 꿈과 편지와」를 대하는 감회가 자못 남다르다.

또한 지난번 '93년 12월에 첫선을 보인 첫번째 글모음 「행복을 가꾸는 아낙들」때도 머릿글을 쓰는 즐거움을 누렸거니와 다시 세번째로 이어지는 「사랑과 꿈과 편지와」에서도 같은 기쁨을 독차지하게 되니 송구함에 겹쳐 즐거움은 곱절이다.

당초 편지쓰기 장려회가 주관 현상 응모한 편지글들 그 초입때의 엉성하던 글솜씨가 그럭저럭 10여년의 각고를 치루면서 편지마을로도 자라고 만나고 또 만나고 하는 사이에 이제는 제법 어엿한 기성의 수준에 다다랐음에 경탄과 찬사가 절로 나온다.

편지마을에 모인 아낙네는 대체로 희고 작은 어뀌꽃이나 겨울 달밤을 좋아하고, 시부모에게는 좋은 며느리, 아이들에게는 세대차이 안 나는 엄마, 남편에게는 뒤쳐지지 않는 동행자이고 싶고, 20여년씩이나 써 온 일기가 밑거름 되어 마침내 시인의 이름을 얻었는가 하면, 오염없는 자연 속에서 닭, 오리, 개, 염소를 한쌍씩 키우고 텃밭에 채소도 가꾸고 들꽃다발 묶어 꽃향기에 취해서 글 쓰고 싶은 낭만적 서정을 간직하고, 또래들보다 늦되는 아이들을 가르치며 그 이들의 맑고 고운 심성과 가능성을 시로 엮으며 살고 싶은 여교사, 혹은 아직도 가슴으로 쓴 시를 만나면 뜨거운 감동의 눈물도 쏟고, 아내, 엄마, 직장인이라는 버거운 삼역을 꾸려가면서도 대학원에도 진학하고 운전면허도 따야하는 맹렬여성, 그런가하면 눈앞에 고희를 바라보면서 잘 자란 자녀들로 하여 보람된 노후를 보내면서도 편지마을의 젊은 회원에게 질새라 늘 깨어있는 할머니기를 바라는 상록부인…등등, 저마다의 나이테, 서로 다른 환경, 독특한 개성들이 한자리에 다양하게 조화를 이루며 어우러져 있다.

햇볕 고른 들판에 색색가지 빛깔, 형태, 향기로 피었으되 겨루지도 다투지도 않으며 조용히 자신의 향기를 뿜어내는 들꽃같은 여인들이다.

가정 한복판에 깊고 곧은 말뚝을 박고 꿈꾸되 허황되지 않게 글쓰기로 자신의 자리메김을 차곡차곡 다지는 아낙들…….

누구의 어느 글에서도 진솔한 삶의 향기가 자욱한 글모음, 편지마을 세번째의 경사 「사랑과 꿈과 편지와」의 출간을 기리며, 성급하게도 어느새 넷째번 글모음의 잉태와 탄생을 기원하며 기다린다.

이책에는 이런 내용을 담았습니다.

1. **어버이의 章** ·· 9

돌아오지 않는 제비 · 방계은/11 어머니 · 최영자/16 온라인 사랑 · 서금복/21 나의 아버지 · 배영란/27 자화상 · 서기숙/31 황혼의 그림자 · 이숙자/35 나의 어머님 · 양영숙/40 어머니와 호박 · 김옥련/43 아버님 죄송합니다 · 김용인/46 아들과 딸 · 유영애/48 아버님의 사랑 · 박상희/52

2. **생활의 章** ·· 55

종교 · 함명자/57 헌 책을 사고 나서 · 정정성/62 바느질로 이긴 더위 · 김옥진/65 노동의 신성함 · 엄정자/68 농사나 지어 볼까나 · 양영자/70 다시 한해를 보내며 · 심미경/74 3월을 맞으며 · 김옥남/77 용단지와 가신들 · 이원향/80 가을 속에서 · 이미경/84 이제 만족하고 싶다 · 송정순/88 한 편의 영화 · 동화란/91 바위, 영원한 사랑 · 윤영자/94 여행과 나 · 임정숙/98 개 · 이성순/101 쑥을 뜯으며 · 박옥자/105 긴긴 소원 · 박혜정/108 백두산 천지를 향해 · 도은숙/111 빨간 구두 아가씨 · 육금숙/117

3. **이웃의 章** ·· 123

나의 벗 모나리자 · 민영기/125 새벽을 여는 아이들 · 성기복/128 비몽사몽 · 진 숙/132 행복한 여자 · 박혜숙/135 내일 · 김지영/138 국화빵 장수 · 김연화/143 잊을 수 없는 아이 · 김희정/146 길 · 문영순/151 버려진 집에서 얻은 행복 · 유정숙/154 이웃사촌과 함께한 봄나들이 · 김정식/158 소중한 친구 · 하호순/161

4. 추억의 章 ······························ 165

해 후·차갑수/167 겨울비·신태순/172 산수화 한 폭·양정숙/176 그리움과 미련·오선미/180 그곳 자은도에 가고 싶다·나화선/184 친구, 다시 피어나는 그리움으로·김문자/189 껌·최계숙/192 결혼 기념일의 산행·최수례/195 나에게는 없는 여고 동창생·곽경자/199

5. 고향의 章 ······························ 203

그리운 날들·김주옥/205 그림 같은 삶의 현장·황보정순/208 식혜와 단술·정순례/211

6. 자녀의 章 ······························ 217

흙에서 익힌 셈 공부·이임순/219 "쌍둥이 아들 덕분에 효도 한 번 했어요"김명옥/223 너는 여왕이 되어라·최수영/227 여 행·김순기/231 민들레의 꿈·김정자/234

7. 가족의 章 ······························ 239

가화만사성·박귀순/241 어떤 효자·김여화/246 편지 I·한귀남/250 구름처럼 피는 그리움·이효자/253 사랑의 손길·이선나·257 오빠! 건강하세요·황점심/261 어떤 가출·배복순/264 그 여름의 편지·김순남/270 물베기·김원순/273 꽃잔치 국화·김춘자/279 내 삶의 기쁨과 행복·이계선/282 씨뿌리는 행복·김선희/286

8. 자아의 章 ······························ 289

고향의 기쁨 · 나순용/291 글과 주부 · 송병란/295 내게 남은 날이 주어진다면 · 박명심/298 보 약 · 이연재/302 내 안의 삶 · 정필자/305 중년의 삶을 가꾸며 · 최옥자/309 동백꽃을 보며 · 한옥희/312 어떤 가을 소풍 · 이영옥/314 영원한 사랑의 실체를 잡기 위해 · 김은향/317 그렇게 살고 싶다 · 이음전/320 마흔 일곱권의 스크랩북 · 박병숙/324 부끄러운 선택 · 김정순/331

9. 시심의 章 ······························ 281

가을 편지 · 박명숙/333 말맑은 영혼으로-기다림 · 김향자/335 항아리 · 한재선/336 수하리 가는 길 · 남춘희/337 소 작 · 이경아/338 어머니 · 임희자/340 물 · 강경희/342 만 남 · 박계환/343 이별 · 박주영/344 강의를 들으며 · 박경순/346 지하철을 타고 · 문영혜/348 꿈 · 안미란/350 실종신고 · 홍순옥/352 백 설 · 한영애/354

10. 편지의 章 ······························ 357

산허리를 넘어가는 노을 같은 어머니 · 천숙녀/359 그리운 아버지께 · 장영주/362 어머님 전에 올립니다 · 최순용/366 시삼촌, 시 작은 어머님께 · 이종문/370 국길, 매길 할아버지께 올립니다 · 박경희/373 타국에 있는 당신께 · 주현애/376 사랑하는 동생 운택에게 · 임정은/378 그리움의 조각들 · 박은주/384 내 아들 양현에게! · 구선녀/387 사랑하는 아들 여준이에게 · 김정자/391 우리의 새로운 기쁨이 된 '주원'이에게 · 김호순/395

어버이의 章

돌아오지 않는 제비

방 계 은

조석으로, 들고 날 때마다 제비집을 본다. 이맘때면 강남 소식을 물고 제비가 왔었다. 우리는 17년 전에 그들을 상면했다.

처음에는 그들이 어디선가 진흙과 지푸라기를 물어와 베란다 추녀밑에 반달형 집을 튼튼하게 완성하는 것이 신기했다. 그러나 그들 덕분에 베란다는 하루도 깨끗할 날이 없었다. 장독 간수도 수월한 일이 아니었다. 제비가 와서 새끼들을 훈련시켜 날아가기까지는 4개월쯤 걸린다. 나는 그 사이를 참지 못하고 듣지도 못하는 그들에게 잔소리를 퍼붓기도 했다. 그것은 우리의 사정이고 제비는 제 집만은 깨끗하게 간수한다. 새끼똥도 주둥이로 물어서 꼭 저희 집 밑으로 떨어뜨린다. 또 제집 넓이에 알맞을 정도의 알만을 품는다. 예를 들어 네 마리의 새끼를 칠 요량이면, 여러 개의 알을 낳았다고 해도 나머지 알은 집 밖으로 떨어뜨려 버린다. 사람보다 먼저 산아제한을 깨우쳤다. 그들에게 사람들이 산아제한을 배운 것이 아닌지? 그들의 지혜는 대단해 보였다.

어느 덧 그들을 알게 된지 여덟번째 봄이 되었다. 그즈음 어머님께서 중풍으로 거실에도 나오시기 힘들었다. 어머니는 방문을 열고 이제나 저제나 강남 소식을 기다리는 듯이 베란다 쪽을 말없이 쳐다보셨다. 그 봄이 다 가도록.

돌아오지 않는 제비를 안타깝게 기다리시던 어머니는 그해 섣달 돌아가셨다. '제비를 사람과 공통된 지(知), 정(情), 의(意)를 가진 동물이라기 보다는 영물로 취급하던 엄연한 불문률이 우리나라 옛 사람들 저변에 깔려 있다'고 오상순 님은 말했다. 그 습성을 그대로 받아들였던 어머니는 그만 스스로 삶의 줄을 놓아 버리셨는지도 모를 일이었다.

그들은 어머님 가신 후 삼월삼짇날 되기도 전에 내 집을 다시 찾아들어 재재거렸다. 나는 어머니가 베란다 쪽으로 목을 길게 빼고 하염없이 기다리던 모습이 자꾸만 눈앞에 어른거려 환영할 수 없었다. 괘씸해서 곱지않은 시선을 보냈다. 그후 여러 해를 그들은 내 잔소리와 구박을 받으면서도 식구를 늘려갔다. 그러던 4년 전 새끼를 비행 연수시키던 중에 사고가 났다.

어미가 먼저 시범을 보이면, 큰 놈부터 어미의 옆자리까지 순서대로 날아가 앉는다. 안방 창문 앞 전화선이 그 첫번째 코스고, 대추나무가지 위는 두번째, 대문 밖 전기선은 세번째 코스다. 날개짓이 서툴러 허둥대는 아우가 있으면 얼른 날아가 제 날개를 흔들어 보이며 도와준다. 그 연습 시간이 반나절이면 끝나고, 그 길로 온 식구가 어디론가 날아가면 그들이 우리 집에 둥지를 튼 목적은 끝이 난다.

그해에도 그렇게 훈련시키는 모습을 보면서, 짐승이라 하나 자식을 가르치는 모양새는 사람이나 진배없다 여기며 기특해 하고 있었다. 도토리만이나 할까? 그 작은 머리속에 무엇이 들어 있기에 저리도 신통한 생각을 하는 것일까? 그러고 보니 그들은 지혜 뿐 아니라, 정을 나눌 줄도 아는 격이 높은 짐승이었다. 제비 형제가 서로의 부족함을 채워 주는 정겨운 모습은 나 자신을 돌아보는 기회

를 갖게 했다. 윗 사람으로서 동생들에게 도리만 하려 했던 것은 아닐까. 또 감쌀 줄 모르고 빈틈만 찾아 다스리려만 했던 것은 아닐까. 오빠 내외에게도 만만한 동생은 아니었다. 일일이 옳고 그름을 따지는 피곤한 동생이었다. 혈육에게 좀 더 살가운 정을 나누라고 말 한마디 건네지 않았으나, 그들의 생태는 내게 여러 면에서 배울만 했다. 제비는 어느새 우리 식구에게 미물이 아닌 다정한 가족으로 자리잡고 있었다.

그런데 그들의 지저귐에 담긴 긴박감이 무심했던 우리를 밖으로 불러냈던 것이다. 새끼 한 마리가 둥지를 나오는 품새가 영 숨이 가쁜 상황이었다. 하루를 넘기고 이틀을 넘기며 어미는 멀찌감치서 지켜보다가 먹이를 나르러 들락거렸다. 새끼들은 막둥이를 쫓아다니며 뜰 여기저기서 지성으로 도움을 주는 눈치가 분명했다. 안타까워 우리도 응원을 보냈으나 무슨 소용이 있겠는가. 부모와 형제들도 어쩔 수 없다고 판단을 내렸는지, 혼자 두고 먹이를 구하러 간 사이 그 연약한 제비는 비행 연습을 하다가 그만 낙상을 해서 죽어 버렸다.

우리는 얼떨결에 겪은 일에 아연실색 했으나, 그 몸을 거두어 화단에 묻어주는 일밖에는 속수무책이었다. 그 이유조차 알길 없었다. 며칠 후, 농약이 묻은 곡식을 먹고 죽은 새들이 뉴스에 등장했다. 그랬다. 어미가 모르고 잡아 준 벌레에 농약이 묻었을 것이다. 아니면 농약을 먹고 버둥거리는 벌레를 제비는 싱싱한 먹이로 착각했을 수도 있었다. 제비는 살아 있는 벌레만을 물어다 새끼들에게 먹이기 때문이다.

그후, 늦장마가 여러 날 계속되어도, 전(前) 같으면 가끔씩 내 집을 찾으련만 그들의 자취는 없었다. 당연한 일이었다. 따사로운 깃털로 품어 세상 구경시키고, 배설물까지 제 입으로 물어서 버릴 정도로 새끼 사랑이 지극한 그들이다. 그 살뜰한 정성에 그만 날 벼락을 만난격이니, 사람의 비통함과 어찌 다를 것인가. 형제들 또한 옹기종기 살 비벼대며 재재대던 아우가 눈에 밟혀 어찌 찾아오겠는가. 다시 돌아보고 싶지 않은 터전일 것만 같았다. 그러나 그들은 그해 가을 우리 집을 찾아와 뜰 위를 다른 해보다 몇 바퀴 더 돌았다. 어찌 되었던 추녀를 잘 빌려 썼다고, 또 막내를 이곳에 묻고 차마 발길이 떨어지지 않는다는 느낌을 내게 던지고 갔다. 보내는 내 가슴에도 회색의 그림자가 길게 드리워졌다.

이듬해부터 그들은 오지 않았다. 도심이라 하나 우리 집은 가까운 곳에 산도, 논도, 밭도 있다. 제비가 구하는 먹이가 풍부한 곳이다. 그들이 둥지를 튼 이유가 거기에 있었다. 그런데 지혜로운 제비가 제 새끼 잃은 이유를 몰랐겠는가. 깨우쳤을 것이다. 아마도 우리 집 근처 어디에서도 청정한 먹이를 구하기 힘들어, 안심하고 자식을 키울 수 없다고 결정을 내린 것 같았다.

식구들 또한 까맣게 잊은 것처럼 무심중이라도 제비를 대화에 올린 일이 없었다. 베란다 청소는 한번하면 며칠이 지나도 깨끗했다. 장독 뚜껑을 열 때마다 제비똥이 떨어질까 걱정하지 않아도 되니 근심 한가지를 덜어준 셈이었다. 그렇건만 해마다 겨울의 끝자락이 저만치 보일 무렵이면 삼월삼짇날을 기다리게 된다. 혹여 제비가 나도 모르게 옛집을 손보고 있지나 않을까? 자주 눈길이 가지만, 주인 없는 텅빈 둥지는 차가운 바람만 내게 안겨 줄 뿐이었다.

그동안 제비를 찾지 않은 이면에는, 치유될 수 없는 어두운 그림자가 있음을, 제비가 돌아와야만 아물어지는 상처가 있음을 인정하지 않을 수 없다는 뜻이었다. 인위적인 어떠한 행동으로도 그들을 기다리는 바람이 이루어질 수 없음을 앎이 아니던가. 내 회색빛 그림자가 그들로 하여, 사라지는 날은 언제일까.

나는요? 요즈음 시중에 유행되는 '한낮에 집에 있는 여자'시리즈를 소개하면, 1. 돈없는 여자. 2. 병든 여자 3. 성질 못된 여자라고 한다.
내가 그 중에 드는 것 같기도 하고, 아닌 것도 같다. 그러나 위의 3가지에 해당 사항이 없어도, 집에 있는 여자가 많다고 주장하고 싶은 여자가 있다. 집안 쓸고 닦고 나면 가슴이 후련해지는 여자. 그저 집에 가만히 있어도 행복한 여자. 유명 수필가는 아니지만 컴퓨터 앞에 앉아 글을 썼다, 지웠다 하면서 시간가는 줄 모르는 여자.
그런 여자가 나랍니다.

어머니

최 영 자

며칠 전 어머니께서 위 수술을 받으셨다. 평소에 병원 한번 가 보시지 않은 분이 위장 전부는 물론 식도 일부를 들어내고 식도와 대장을 연결하는 까다로운 대수술을 받았다.

수술 전 많이 망설였댜. 연세가 칠순이라 수술자체도 염려지만 마취에서 깰 수 있을지 또한 수술 후에도 정상적인 생활을 하실 수 있을지 자식된 우리들의 염려는 엄청났다.

다행히 지금까지의 경과는 좋은 편이라고 한다. 아이 때문에 내가 모셔오기 전인 6년 전까지만 해도 산을 타고 젊은 사람 못지 않게 들일을 하시던 분이었다. 그래서인지 의지도 강하고 더욱 의사가 시키는 운동도 열심히 하여 함께 수술한 옆방의 같은 연세의 할아버지에 비해 몹시 건강하시다며 할아버지 가족들은 부러워하기까지 했다.

그러나 옆에서 보는 우리들에게는 몹시 고통스런 시간이었다. 코속에 집어넣은 호스를 통하여 수술부위까지 연결시키고 옆구리에는 이물질을 제거하기 위한 다른 호스 2개, 1시간마다 운동, 가래뱉기, 폐활량 측정 등 얼마나 고통스러우셨던지 어머니는 차라리 죽는 것이 나을 뻔했다고 하셨다.

지역적으로 멀리 떨어져 있는 오빠를 제외한 우리 5남매는 번갈아 가며 밤을 지새며 고통을 함께 나누어야만 했다.

생각해 보면 어머니의 평생은 대부분의 우리 어머니들이 그랬듯이 한번도 두 다리를 뻗고 쉬어 본 적이 없을 정도로 바쁘고 힘든 삶이었다. 시골에서 물려받은 얼마 되지않은 농토에서 6남매를 먹여 살리기도 힘든데 공부까지 시키려 했으니. 더구나 우리 6남매는 한결같이 요구가 많고 개성이 강해 소박하고 무능한 어머니를 힘겹게 해왔다.

특히 나는 내 기억이 돌려지는 때부터 지금 두 아이를 낳고 살 때까지 한번도 진정으로 어머니를 사랑한 적이 없다. 차라리 어머니 얼굴을 뵈지 않을 땐 연민과 안쓰러움을 느끼다가 얼굴을 대하면 금방 지겨워져서 짜증부터 내어왔다.

어린 시절 여자 아이의 모델은 어머니라고 했는데 나는 철들기 시작하면서부터 어머니를 물질로 도와드리기는 하되 우리 엄마 같은 여자는 되지 말자고 생각했다. 품위 없음이, 자존심 없음이, 너그럽지 못함이, 딸을 기르면서도 알아주지 않는 몰이해, 어쨌든 뭐라고 설명할 수 없는 그런 감정들이 나를 어릴 때부터 마음에서 어머니를 떠나게 했다.

국민학교 2학년이나 되었는데도 차를 탈 땐 학교에 안 다닌다고 하시고 나에게까지 그렇게 시키시는 게 어린 마음에 어찌나 싫었던지 그뒤로 어머니가 가시는 곳은 따라가지 않게 되었다.

국민학교 4학년 때쯤이었나 보다. 멜빵이 달린 스커트를 만들어 주셨는데 그것이 또한 나로 하여금 어머니를 오랫동안 원망하는데 한몫을 하는 옷이 되었다. 옆집의 경희(어릴 때 친구)는 자기 어머니가 만들었는데도 멜빵의 길이는 적당하고, 주름폭을 넓게, 스커트 길이는 짧게, 하얀스타킹까지 신겨서 예뻤는데 우리 어머니가 만들어 준 옷은 멜빵은 짧고 스커트의 길이는 길고 주름도 넓지 않아 촌스러운데다 스타킹은 생각도 할 수 없어 오랜만의 새옷에 기뻐하기보다 상처가 되어 남아 있다. 6학년 때쯤엔 내 위의 언니들이 외지의 공장에서 번 돈으로 내 옷을 자주 사 주었기에 어느 정도 기분이 삭아졌다.

추석인가 언니들이 촌아이의 격에 맞지 않는 멋진 옷을 사 주었다. 그 옷엔 운동화가 어울리겠기에 운동화를 사달랬더니 끝내 거절하셔서 지금도 6학년 소풍 때 사진을 보면 멋진 옷에 어울리지 않는 구멍난 코 고무신을 신고 있다. 다른 사람은 쉽게 발견하지 못하는 손바닥만한 흑백사진이지만 난 언제나 그 구멍을 쉽게 발견할 수 있다. 쉽게 메꾸어지지 않는 마음의 구멍처럼.

내가 5학년 때 아버지가 중풍으로 쓰러지셨는데 그때 이후로 가정은 더욱 우울한 곳이어서 내 비관적이고 냉소적이고 절망적인 성격은 그때로부터 형성된 듯하다.

사춘기로 접어들면서 아버지가 편찮으시다는 사실보다는 어머니의 신세한탄이 지긋지긋했고 자기 몫의 인생을 남 원망하는데 사용하시는 게 몹시 싫어서 기회만 되면 탈출을 꿈꾸었다. 물론 공상 속에서만 문제아가 되어 마음대로 사는 것, 남의 집에 식모노릇이라도 하며 고학하는 것 등이 전부였지만. 고등학교를 그때 형편으로는 무리인데도 진주로 유학한 건 내 미래를 위한다는 그럴 듯한 포장이 있었지만 내심 지겨운 어머니와 가정을 떠나기 위함이 더 컸다. 어차피 여고를 졸업시킬 생각이라면 시골 여학교를 다니는데 필요한 돈만 달라고 했다. 그 외는 내가 어떻게라도 해 보겠다고.

다행히 내가 다닌 여고는 장학제도가 좋아 입학 때 6명의 등록금 면제 장학생 명단에 4번째로 올려져 있었다. 문제집 한권 제대로 갖추지 못한 촌아이가 600명 중에 4등이라는 사실이 나는 기뻤는데 어머니는 당연하게 생각하셨는지 별로 기뻐하지도 않으셨다. 지금도 어머니는 내가 여고 3년을 등록금 한푼도 내지않고 다녔다는 사실보다는 당신께서 바쁜 일손을 멈추시고 내게 김치를 담궈서 부지런히 나르셨다는 것만으로 내 여고시절을 추억하신다.

집이나 어머니를 그리워하며 눈물짓는 영란이나 다른 친구들을 보며 나는 스스로 '못된 아이'라 자조하면서도 '저들이 진심일까' 라는 생각을 버릴 수 없었다.

환경 탓이었는지 나는 조숙했고 가정을 떠난 대신 친구에 집착했고 나보다 7살이나 많은 남자대학생과의 펜팔에 열중했다. 그들에 의해 가끔씩 신데렐라가 된 듯한 착각 속에 살기도 했던 듯하다.

편지에선 순진한 척 고상한 척 온갖 아름다운 소리를 해댔지만 훨씬 영악했기에 여고졸업과 함께 펜팔도 졸업했다.

멋지고 아름다울 나의 미래를 한정지우고 싶지 않았기에…….

교육대학을 택했던 건 성적이 특출하지 못한 탓도 있지만 어머니의 구질구질한 한탄을 더 이상 듣고 싶지 않아서였다. 등록금도 싸고 국비장학금도 있었기에 큰 폐를 끼치지 않아도 졸업할 수 있을 것 같았다.

예수님을 나의 주인으로 모시게 되었을 때 10계명 중에 가장 지킬 자신이 없는 것이 '부모에게 효도하라'였다.

성경 여기저기에서 '너 낳은 어미를 경홀히 여기지 말라'

'눈에 보이는 부모를 사랑하지 못하면서 눈에 보이지 않는 하나님을 어떻게 사랑할 수 있느냐'고 질책할 땐 찔림을 받아 다짐하고 각오도 했지만 얼굴을 대하면 웬지 지겨움이 되살아나 신앙까지 흔들린 적도 있다.

결혼을 남자와 같이 사는 것 외에 별로 의미를 두지 못했는데 어머니를 떠날 수 있어 흘가분했다. —다른 이야기지만 훨씬 뒤엔 하나님의 나를 향한 섬세한 계획임이 감격되어 신혼 초보다 지금의 내게 남편의 의미는 훨씬 크고 새롭다.——

그런데 아이 때문에 어머니와 다시 살게 되었을 땐 지겨워하면서도 어쩔 수 없다고 생각했다.

어머니가 내 집에 사신 지 6년, 그때 3살, 갓난애기였던 두 딸이 지금 9살, 7살이다. 병원에 계시면서 갓난애기 때부터 기르신 작은 외손녀를 몹시 보고 싶어 하셔서 두 딸을 데리고 갔더니 큰 애는 '할머니'하는데 어머니가 그렇게 그리워한 나 닮은 작은 딸은 할머니 무섭다고 징징대더니 다시는 병원에도 가지 않으려한다. 예전의 내 모습을 보는 것 같다.

지금은 회개하는 심정이다. 능력은 뛰어나지 못하나 나름대로 최선을 다하신 분을 경홀히 여긴 데 대해서.

인간과의 맨 첫 관계가 부모형제인데 그들을 싸안지 못하면서 다른 사람을 사랑한다고 한 건 위선인 것 같아 더욱 죄스럽다.

불효막심한 막내딸이 처음으로 어머니를 생각하는 긴 시간을 가졌다.

하루빨리 어머니가 회복되시길 바랄 뿐이다.

나는요? 항상 남다른 삶을 꿈꾸었기에 '죽어도' '절대로'라는 말을 남용해 왔는데 지금은 남들처럼 살기도 무척 힘든다는 진리를 깨닫습니다. 부산에서 경기도로 삶의 터전을 옮긴 국민학교 교사입니다.

온라인 사랑

서 금 복

경문고등학교 앞에 있는 병원에서 은행까지 넉넉히 20분만 걸으면 될 거리를 택시로 달렸다. 초조하게 들여다 본 손목시계는 아이들이 학교에서 파할 시간이 되었다고 방정맞게 째깍거리고 있었다. 방배동 언덕배기에 있는 은행에는 울산에서 남동생이 보낸 돈이 이미 도착해 있었다.

'지난 일주일치 병원비 40만원, CT.촬영비 16만원, 내일 찍을 정밀검사비 40만원, 휴! 그리고 나머지는 아버지께서 누군가에게 줄 돈이라고 하셨지.'

병실에 누워계시는 친정아버지의 심부름으로 140만원을 찾아서 내려오는 방배동 언덕길은 너무나 길고 심란스러웠다. 이럴 때 아버지의 통장이 아닌 내 예금통장에서 돈을 찾을 수 있으면 좋으련만, 야속하게도 조금 전 아버지의 통장에 찍힌 내 이름이 자꾸만 아른거렸다.

「95-05-08 현금 서금복 30,000원」

오늘 아침 동생이 온라인으로 보낸 금액에 비하면 형편없지만 불과 20여일 전인 5월 8일, 아버지는 내게 얼마나 칭찬을 해주셨던 가?

"승규 에미냐? 팩스로 네 편지 잘 받았다. 그리고 돈은 왜 보냈냐? 아이들 키우기도 힘들 텐데. 하여튼 네 마음 잘 알았으니 엄마하고 반씩 나누어서 쓰마. 고맙다."

그날 아버지는 내게 이런 칭찬을 해 주시며 기분 좋은 목소리로 전화를 끊으셨다. 그리고 나는 마치 숙제를 다해 놓은 아이처럼 홀가분한 하루를 보냈다. 어제는 시골에 계시는 시어머니께 용돈과 선물을 드리고 왔고, 오늘은 친정 부모님께 팩스로 편지를 보내고 온라인으로 용돈까지 부쳤으니, 어버이날 선물은 다했다는 뿌듯함이 온몸을 봄볕처럼 감싸안았다. 아니, 좀 더 솔직히 말하자면 같은 서울에 살지만 친정까지 갔다올려면 왕복 4시간은 걸릴 것이고, 그래봤자 형식적인 카네이션과 겉치레에 불과한 속옷 나부랭이 밖에 선물 못할 게 뻔했다. 거기에 비하면 팩스로 편지를 보낸 나의 센스는 얼마나 현대적이며, 온라인으로 돈을 보낼 실용적인 생각을 해낸 나는 얼마나 기특한가? 물론 3만원이라는 적은 금액이 맘에 걸렸지만 작년 겨울에 잃어버린 1,200만원을 아버지께서도 기억해 주시리라 생각했다. 그리고 일주일 내내 뭐가 그리도 바쁜지 친정 부모님에 대해서는 까맣게 잊고 살았다. 굳이 핑계를 대자면 스승의 날이 다가오고 있었다.

그날은 스승의 날이었다. 며칠 동안 준비했던 자료로 40분간 명예교사가 되어서 아이들을 가르치고 서둘러 시장에 갔다. 저녁에는 열댓분의 손님이 오기로 되어 있었다. 손님들은 간단히 찌개나 끓이라고 했지만, 이것저것 준비하다 보니 집안이 온통 잔칫집이 되어 음식 냄새로 가득찼다. 아이들에게 '방 좀 치워라, 이것 좀 다듬어라, 저것을 사와라.'하고 이리 뛰고 저리 뛸 때 전화벨이 울렸다. 친정 어머니셨다.

"나다. 몸은 안 아프니?"

평상시와 다름없는 어머니의 물음에,

"안 아프긴……. 맨날 그렇지요, 뭐. 그런데 엄마! 나 지금 바빠 죽겠어. 이럴 때 엄마가 직장에 안 다니시면 얼마나 좋아요. 엄마! 지금 오실 수 없어요?"

하고 주절주절 내 사정을 늘어놓다 보니 어머니의 대답하는 목소리가 점점 작아지고 있었다.

"엄마! 왜 그러세요? 무슨 일 있어요?"

그제서야 어머니께서는 가랑잎이 버석거리는 목소리로 말씀하셨다.

"오늘 새벽에 아버지께서 쓰러지셨다. 그래서 병원에 입원시키고 이제 너에게 전화하는건데, 괜히 했구나. 이렇게 바쁠 줄 몰랐지. 어떡하니? 도와주지도 못하고 마음만 아프게 해서."

이럴 때 나는 어떻게 했어야 옳았을까? 음식이고 뭐고 집어치우고 병원으로 달려갔어야 옳지 않았을까? 그런데 나는,

"어떻게 해, 엄마! 두 시간 후면 손님들이 오실 텐데. 내일 가면 안 될까요?"하고 전화를 끊었다. 그리고 양심은 있어서 눈물, 콧물 흘려가며 음식을 만들고 집안을 치웠다.

아버지는 왼쪽 목까지 마비되어 물 한모금 못 삼키신다는데, 나는 손님들에게 대접할 음식을 만드느라 정신이 없었다. 어머니는 새벽부터 구급차를 부르고 오후 4시경이 되어서야 자식 중 제일 먼저 내게 전화하셨다는데 나는 내일 가겠다며 전화를 끊었다.

매운탕과 잡채, 해파리 냉채와 오징어 실파강회, 그리고 감자전과 수박. 손님 맞을 상에는 색색의 음식이 놓여졌지만 내 눈에는 쓰러지신 아버지와 종일 굶으셨을 어머니의 모습만이 검은색으로 놓여 있었다. 그러나 손님들은 예정된 시간에 왔고 나는 그들과 함께 밤11시까지 음식을 먹으며 노닥거렸다.

2년 전에 처음 온 중풍을 잘 이겨 내셨던 아버지에게 두번째 온

중풍은 심각했다. 몇년 전부터 아버지에겐 간헐적으로 마비가 왔고 그럴 때마다 어머니께선 우황청심환과 침으로 치료하셨다. 그러다 급기야 아버지는 2년 전 꼭 이맘때 병원에 입원하셨고, 다혈질이며 정열적인 아버지는 모든 의욕을 다 잃으시고 말았다. 그러나 어머니의 지극하신 정성으로 아버지는 다시 삶에 대한 의욕을 얻으셨고 일년 동안 두 분이 도를 닦듯이 지극정성으로 노력하셔서 아버지는 완전히 회복하셨다. 그래도 외출하길 겁내시던 아버지께서 작년 내 생일에 처음으로 긴 외출을 하셨다.

우황청심환과 침을 지닌 채 서울의 끝자락인 신월동에서 신내동으로 두 시간이나 걸려서 영산홍 화분을 사들고 오신 아버지. 초봄인데도 두꺼운 겨울 잠바에 모자까지 쓰시고 갑자기 쏟아지는 비를 맞고 오신 아버지가 왜 그리도 불쌍해 보였던지, 붉게 꽃핀 영산홍이 하나도 예쁘지 않았다.

그런데 내 생일에 우리집까지 오신 게 계기가 되어 아버지는 다시 용감해지셨다. 외출도 맘껏 하시게 되어 절 100군데를 찾아다니시며 사진을 찍으시고, 작년 가을에는 다시 자가용을 몰고 직장에 다니시게 되었다. 작년 겨울, 내 일생에 있어서 가장 분하고 추악하고 무서웠던 그 겨울에, 아버지는 보온병에 내 약을 싣고 다니시며 우리집 뒷치닥거리를 해 주셨다. 한약방이 문을 열기도 전에 달려가셔서 한의사를 깨워 내 약을 지어오시고, 어머니께서 눈물로 끓여주신 미음을 먹여가며 나를 태우고 서초동과 상계동을 달리셨던 아버지. 지난 겨울 내가 아버지께 너무 큰 충격을 드렸던 것이 원인은 아닐까? 아버지께서 작년 내 생일에 사오신 영산홍은 올해도 예쁘게 피어서 아버지의 정을 담뿍 느끼게 해 주었고 지금은 초록이 짙푸르기만 한데, 아버지는 쓰러지신 지 열흘이 지난 오늘까지도 물 한모금 못 삼키시고 튜브를 통해 액체만 공급받고 계신다.

시원한 보리차 한 잔만이라도 마셨으면 원이 없겠다시는 아버지 앞에서 나 역시 물 한모금 마실 수가 없어서 병원에 갔다 오는 날은 두끼를 고스란히 굶는다. 이버지 입원하신 다음다음날 지방에서 근무하는 세 아들은 아버지께 다녀갔고 하나밖에 없는 딸년은 허약한 몸을 핑계로 이틀에 한번씩 얼굴만 비죽 내밀고 돌아온다. 제각기 바쁜 4남매를 대신해 어머니는 직장도 포기한 채 24시간 병원에 계시고 호스로 미음과 약을 때맞추어 공급해야 하기 때문에 계속 끼니를 거르고 계신다.

온라인과 팩스로 용돈을 부치고 편지를 보내는 딸년에게 부모님은 애당초 효도하길 바라지도 않으셨겠지만, 나는 정말 내 부모님을 위해 이것밖에 할 수 없는 것일까? 아버지의 대소변을 받아내야 된다는 이유만으로 서울에는 두명의 며느리와 딸 하나가 있건만 어머니는 24시간 병원에서 사셔야 하고, 아무 것도 못 잡수시는 아버지 앞에서 혼자 꾸역꾸역 밥을 먹을 수 없다는 어머니의 말씀을 곧이 들으며 빈손으로 덜레덜레 병원에 가야 옳을까? 비행기를 타고 오르내리며 한번씩 오갈 적마다 10만원씩 든다는 아들들은 이번 주말에나 온다면서 온라인으로 돈을 올려 보냈는데…….

한 푼 두 푼 알뜰히 모으신 아버지의 통장에서 140만원을 찾아 내려오는 방배동 언덕길은 너무나 길고 심란했다. 그리고 5월 8일, 어버이날 3만원을 온라인으로 보내놓고 흐뭇해 했던 내 자신의 모습과 오늘 아침 온라인으로 돈을 보내놓고 각자의 일에 파묻혀 있을 동생들의 얼굴이 포개지자 자꾸만 목이 말랐다. 그러면서도 학교에서 돌아올 아이들이 생각나자 손을 번쩍 들었다. 은행에서 병원까지 넉넉히 20분만 걸으면 될 거리를 아이들을 위해 택시로 달리며, 부모님에게는 바쁜 몸을 핑계로 몸종같은 돈을 먼저 보내는 나와 동생들의 이러한 온라인 사랑이 그나마 언제까지 얼마나 지속될 수 있을지를 한숨과 함께 곰곰히 생각해 보았다.

나는요? 몇년 전까지 불행이란 단어를 전혀 모르는 듯 살았는데, 최근 몇년동안은 집안에 계속 우환이 겹치는 생활을 했습니다. 그러나 이러한 생활을 통해 남의 불행도 읽을 줄 알게 되었고, 극복하는 가운데 이웃의 사랑도 깨닫게 되었습니다. 참! 기쁜 소식 하나 전하겠습니다. 이 글의 주인공인 친정아버지는 비록 반신불수의 몸이지만 불사조처럼 일어나셔서 지금은 손수 운전까지 하시게 되었습니다. 아버지의 의지와 어머니의 헌신적인 사랑에 가슴이 저려옵니다.

나의 아버지

배 영 란

내가 어렸을 적에 당당한 자존심을 갖고 자랄 수 있었던 것은 순전히 아버지 덕분이었다. 아버지께서 경찰복을 멋지게 차려입고 좁은 마을을 활보하실 때면 난 흐뭇했다. 아버지께서는 또 유난스레 날 예뻐하셨다. 동생들의 질투를 받을 만큼.

국민학교 때였다. 어머니는 언제나 정확하게 쓸 곳을 확인한 뒤에야 돈을 주셨다. 그래서 나는 연필 한 자루를 사려고 할 때에도 한달음에 아버지가 근무하시는 곳으로 달려갔다. 살금살금 사무실 뒷 창문으로 기어올라 똑똑 노크를 하면 아버지는 말없이 빙그레 웃으시며 내 손에 동전을 쥐어 주셨다.

문화의 혜택을 받지 못했던 옛날, 이따금 열리는 가설극장은 큰 인기였다. 공터에 천막을 치고 초저녁부터 동네 사람들을 유혹하기 시작했다. 동네 처녀 총각들은 이른 저녁을 먹고 설레이는 마음으로 몰려들었다. 내 마음도 덩달아 들뜨기 시작했다. 영화의 내용이나 주인공이 누구인지는 내가 알 바가 아니었다. 대장 노릇을 단단히 해 먹는 게 신이 났던 것이다. 마음에 드는 아이들을 일렬로 쭉

세워놓고 아버지를 앞장세우고 공짜로 들어갔던 것이다. 평소 나에게 잘못 보인 아이들은 물론 그 줄에 끼일 수가 없었다.

그 무렵 우리는 방학 때가 되면 무용, 음악, 연극 등을 연습해서 발표회를 하기도 했다. 열심히 연습해서 발표회 날이 되었지만 어린 여자 아이들이 해낼 수 없는 것이 있었다. 우선 넓은 평상을 깔고 무대를 만들어야 했기에 아버지께서 달려오셔서 뚝딱뚝딱 만들어주셨다. 친구들은 영란이 아버지가 최고라며 함성을 질렀고 풍선과 오색 테이프를 장식하여 멋진 무대를 완성하였다. 발표회도 무사히 마쳤다.

언젠가는 이런 일도 있었다. 아버지께서 조용히 날 밖으로 불러내시더니 다방으로 데리고 가셨다. 나를 앉혀놓고 뒤에 감추었던 것을 내놓으시는데 난 깜짝 놀라고 말았다. 그건 내 머리통보다 더 커 보이는 사과였다. 집에서는 식구들이 많아 조금씩 나누어 먹게 되니 혼자서 실컷 먹어 보라는 것이었다. 다른 식구들에겐 조금 미안했지만 지금도 나는 그 때의 감동을 잊을 수가 없다.

아버지께서 공무원이셨기에 우리 가족은 수없이 이사를 다녔다. 언젠가는 조금 먼 사택에서 살게 되었는데 아버지는 아침마다 날 자전거로 학교까지 태워다 주시고 출근을 하셨다. 쉬는 날이면 아버지와 나는 낚시를 가기도 했다. 아버지께서 쫄대로 우우 물고기를 몰아 건져올리면 난 첨벙대고 달려가서 다래끼를 갖다 대었다. 제법 많은 물고기가 잡힐 때면 아버지와 나는 마주보고 커다란 소리로 웃어대곤 했다.

한번은 엄마에게 심한 꾸중을 듣고 아침을 굶은 채 학교로 갔다. 굶는 것으로 엄마의 마음을 최대한으로 아프게 하자는 속셈이었다. 그런 날은 아침은 물론 점심까지 굶어야 하는 초라한 상황인데 아버지께서 도시락을 챙겨서 구세주마냥 날 찾아오셨다. 아버지의 사랑은 그렇게 크고 넘쳐흘렀다.

고등학교 때부터는 부모님 곁을 떠나 도회지로 나가 학교를 다녔다. 동생을 데리고 자취를 했는데 어느 날 아버지께서 예고없이 찾아오셨다. 급하게 돌아가시는 아버지의 뒷모습이 영 쓸쓸해 보였는데 뒤에 들은 얘기로는 우리들의 밥상에 반찬이 한 가지밖에 없었다는 것이다. 힘들게 공부하는 자식들이 너무나 안쓰럽고 가슴이 아파 더 계실 수가 없었다고 하셨다. 그렇지만 그때 우리들은 반찬이 한 가지 뿐이어도 가난하다는 생각은 해 보지 않았다. 넉넉치 않은 형편에 우리들의 교육에 헌신적인 부모님들께 고맙고도 황송하기만 했다. 대학에 들어가서는 아르바이트를 해서 등록금을 보태기도 했다. 대학을 마치고 처음으로 교단에 섰을 때 기뻐하시던 아버지의 모습은 지금도 잊을 수가 없다. 그런 아버지의 모습을 보면서 나는 부끄럽지 않고 참된 교육을 하는 사람이 되겠다고 결심했었다.

아버지의 사랑은 결혼한 뒤에도 변함 없었다. 신혼여행에서 돌아와 친정에서 하룻밤을 보내고 시댁으로 가는 날이었다. 시댁까지는 택시로 두 시간 정도 소요되는 거리였다. 아버지는 택시 운전기사 옆자리에 앉아서 사돈댁까지 동행을 하셨다. 평소에 낙천적이고 호탕하게 웃으시는 아버지였는데 그날은 아무 말없이 침묵을 지키고 계셨다. 무언가를 힘들게 참고 계시는 것 같고 쓸쓸한 표정을 짓기도 하셨다. 그 침묵의 의미를 눈치 챈 남편은 내 손을 꼭 잡아주었다.

시댁에 도착해서 아버지는 술상을 마주하고 시아버님과 이야기를 주고 받으셨다. 시간이 흘러 집으로 가실 때가 되자 내 손을 잡으시더니 다시 한번 간곡히 부탁하셨다. 아버지의 딸답게 시부모님 잘 모시고 남편을 잘 섬기며 밝고 현명하게 살아야 한다고. 고개를 숙이고 듣고 있던 나는 그만 더 이상 참지 못하고 울음보를 터트리고 말았다. 내가 울자 아버지께서도 참았던 눈물을 쏟기 시작하셨다. 사돈 앞이라든가 체면 따위는 아랑곳없이. 아버지의 눈물을 보자 나는 놀라움에 더 크게 울어 버렸다. 점잖은 시아버님과 남편은 부녀가 두 손을 잡고 흐느껴 우는 바람에 아버지를 다시 술상 앞으로 앉혀놓으셨다.

그날 밤, 혼자 돌아가신 아버지의 심정은 어떠하셨을까? 눈이 퉁퉁 붓도록 울며 잠 못 이룬 나처럼 아버지의 마음도 아리고 쓸쓸하셨으리라.

어느 부모가 자식을 사랑하지 않으련만 아버지의 사랑은 나이를 먹을수록 가슴에 사무친다. 일년 전, 동생이 서울대학교에서 공학박사 학위를 받던 날은 너무나 자랑스러워 하셨다. 부모에게 있어 자식이 주는 기쁨이야말로 참으로 큰 것임을 깨닫는 순간이었다.

이제 아버지는 어머니와 함께 두 분만이 고향집에서 사신다. 자식들은 모두 자리를 잡아 각자의 길로 떠났다. 자식들이 모두 잘 성장하였고 당신께서 건강하시니 얼마나 큰 축복이냐고 만족해 하신다. 내가 지금껏 긍정적인 자아관과 자신감을 갖고 살 수 있도록 키워주신 아버지. 그 옛날 경찰제복을 입었을 때처럼 당당하신 아버지의 모습은 이제 찾을 수가 없다. 그러나 쩌렁쩌렁한 목소리로 고향집을 지키는 아버지가 계시는 한 우리 형제들은 변함없이 부모님과 고향을 사랑할 것이다.

나는요? 낙엽이 지는 가을과 커피와 편지마을을 사랑하는 여자입니다. 늘 깨어 있는 삶을 가꾸려 노력합니다. 결혼과 함께 교직에서 물러나 든든한 아들과 노란병아리보다 더 예쁜 딸, 하늘같은 남편과 행복하게 살고 있습니다.

자 화 상

서 기 숙

같은 동네에 사는 형님이 셋째 아이를 순산했을 때, 형님의 친정 어머니께서는 추운 날씨에도 불구하고 바리바리 짐을 싸들고 찾아 오셨다.

딸 둘을 낳고 얻은 아들이라 얼른 외손주를 안아보고 싶은 욕심도 있으셨으련만 사돈마님께선 주방에 한참 앉아계시며 들어갈 생각을 않으셨다.

"들어가 보시지요."하고 내가 말씀드리니 "바깥에서 찬바람을 몰고 와서요."하고 조용히 웃는 모습으로 아기에게 찬기운을 안고 들어가는 것을 조심스러워하셨다.

나는 속으로 감탄해 마지 않았다. 동시에 나의 친정어머니의 모습이 떠오른 것이다.

아버님은 조용하고 꼼꼼하신 반면 내 어머니는 성격이 급한 편이시다. 말하는 것은 서울깍뚜기 썰듯 하고 웃는 모습은 목젖이 보이도록 남자처럼 호탕하시다. 여자는 한여름에도 맨발을 남에게 보여서는 안 된다는데, 어머니는 더위에 못 이길 때면 선풍기를 있는 대로 틀어놓고 웃통을 벗은 채 사남매의 밥줄이었던 늘어진 젖가슴을 내놓고 게다가 코까지 골며 큰 대자로 주무시곤 하셨다. 그리고 어머니는 준비성이 없으셨던 것일까. 왜 미리미리 바지나 와이셔츠를 다려놓지 못하고 꼭 아버지가 출근하시는 시간에 맞춰 바쁘게 옷을 다리셔야 했던 것인지…… 나는 그런 엄마의 모습들이 늘 불만이었다.

내가 결혼하여 첫애를 출산했을 때, 해산바라지를 위해 오셨던 어머니는 근 보름간을 머물며 집안일을 돌보아 주셔서 오래간만에 친정어머니에 대한 정을 담뿍 느끼게 해 주었다. 그런데 열흘 묵은 나그네가 하루 갈 길이 바쁘다고, 남편이 마침 동원예비군 훈련으로 출타중이었는데 갑자기 세수를 하시더니 가시겠다는 거였다. 저녁에 훈련을 마치고 들어온 남편은 어이가 없다는 듯 허수아비처럼 서서 웃었다. 정말이지 엄마는 사위에게 온다간다 소리도 없이 가

버리셨던 것이다.

그러다 내가 결정적으로 엄마를 미워한 것은 지난 해 아버지의 회갑에 갔다가 음식하는 일을 도와드릴 때였다. 나박김치를 담그려고 속배추를 썰고 있는데

"넌 배추국을 끓이냐? 벼엉신……."

엄마의 말은 배추를 좀 넙적넙적하게 썰어야 되는데 국을 끓이듯이 너무 잘게 썰었다는 것이었다.

아무리 그렇더라도 병신이라니…… 그 병신이 누구 속에서 나왔는데…… 두고 봐라 내 다시는 친정에 발걸음을 하나.

그때 내 마음 속의 결의는 대단했다. 엄마는 다른 여자들이 이야기하는 친정어머니의 자상한 모습과는 너무도 거리가 멀며, 나는 나이들어도 내 어머니는 절대로 닮지 않겠다고 굳게 굳게 맹세한 것 등이다.

언젠가 남편이 밥상머리에서 무슨 우스개소리 끝에 밥알이 튀어나오는 줄도 모르고 웃고 있던 나를 보고,

"저럴 땐 어쩌면 그렇게 장모님을 닮았지?"하고 말했다.

"당신은 무슨 내가 우리 엄말 닮았다고 그래?"

나는 돌연 정색을 하며 몹시 기분이 상한다는 투로 얘기했지만 사실 내심 찔리는 데가 있었다.

"여보, 이 와이셔츠 좀 빨리 다려 줘. 이런 건 빨래하고서 마르는 대로 미리미리 다려놓으면 안 되나? 구두솔 어디 있지? 에이그, 장갈 가나 안 가나 꼭 내 손으로 구두를 닦아야 하니 원…… 잠 좀 곱게 잘 수 없어? 무슨 여자가 그렇게 코를 골면서 무식하게 돌아다니며 잔담? 애들한테 제발 욕 좀 하지마. 옛날에 장모님이 그렇게 희한한 욕을 잘하셨대매? 당신 늘 그 얘기하면서 진저리쳤잖아. 장모님 얘기할 것 없다니깐. 내가 보기엔 당신이 바로 장모님이야, 장모님. 지난번에 처갓집 갔을 때 보니까 장인어른께서 와이셔츠를 다리고 계시더라. 에그, 그게 바로 삼십년 후의 내 모습이

라고 생각하니 갑자기 내가 불쌍해지더라. 쯧쯧……."

그러고보니 국물있는 음식을 좋아하시는 아버지께 따끈한 국도 없이 김치와 마른 반찬 몇 가지만 덜렁 올려놓은 친정의 초라한 밥상도 떠오른다.

나만은 남편을 위해 언제나 따뜻한 밥상을 차리는 여자가 되자고 다짐했건만, 시어빠진 김치쪼가리에 수퍼에서 사온 소금간이 되어 있는 김 몇 장, 반찬가게에서 양념하여 파는 게장으로 밥상을 차리고 가끔 늦게 일어난 날은 '여보, 우리 입맛도 없는데 찬밥 푹푹 끓여서 아침 먹자, 소화도 잘 되고 얼마나 구수하게. 얘들아, 너네 생라면 먹을래, 끓인 라면 먹을래'라고 간편한 간식을 유도하고 있는 오늘의 내 자화상은 정녕 남편의 말처럼 내가 그토록이나 닮지 않고자 맹세까지 했던 친정어머니의 모습이 아니고 무엇이랴!

하긴 그럴 수밖에……. 나는 어쩔 수 없이 인정많고 툭하면 눈물바람인 그니를 마음 속으로는 무지무지 생각하고 있는 엄마의 피를 이어받은 딸임에 틀림없으니 말이다.

나는요? 동화작가인 남편과 문학에 대한 많은 이야기를 나누며 강원도 양구군 동면 원당리에서 삽니다.

황혼의 그림자

이 숙 자

얼마 전 이른 아침, 어머니를 뵙기 위해 전주행 버스에 몸을 실었다. 아침 햇살이 구름 사이로 간간이 드러나는 초가을의 모습이었다. 차창 밖에 어리는 안개서린 그림들을 지켜보면서 긴 한숨을 토해내며 들녘에 펼쳐진 황금빛 물결의 일렁임을 아련한 눈으로 바라보노라니 끈끈한 삶의 액체들이 고이는 것 같았다. 이제 머지않아 짧은 날이 가고 나면 저 들판에 비쳐진 황금빛 모습이 허황한 공허로 맴돌겠지. 그곳에 앙상한 뿌리만을 지탱한 채 찬바람 일렁이는 거미줄만 대롱대롱 매달려 모여 있겠지. 그런 생각이 들자 가슴 한 구석이 조각이 되는 아픈 멍울을 느껴야 했다. 마치 우리네 인간사를 보는 것 같은 참담함을 느껴서 일까. 아니면 어머니의 모습을 보아서일까.

문득 차창 밖의 금빛 벌판에 어머니 모습이 어른거리며 아픈 가슴을 휘젓고 지나갔다. 지난날 그토록 힘겹게 살아오신 버팀길이 왜 그리도 황량하고 끝이 없었던 것일까. 이제 그만 종을 울릴 때도 되었건만 무엇이 그리도 많은 미련이 있길래 오늘까지도 편안치 못하고 가슴아픈 치매현상까지 겹치셨는지…….

어머니가 계신 집에 도착하니 검은머리는 한 오라기도 찾아볼 수 없는 백발이 성성하신 모습으로 허리는 잔뜩 더 꼬부라지신 채 홀로 계셨다. 그 옛날 참빗으로 곱게 빗어내려 쪽지으시던 어머니 모습은 어디가고 저리도 초라한 모습으로 서 계신 것일까. 언젠가 젊은 시절 전남에 있는 송광사에 놀러갔다가 그곳에 핀 벚꽃이 하도 예뻐 꽃내음을 맡으셨단다. 그때 어느 외국기자의 눈에 띄어 아름다운 한국의 여인 모습이라며 모델 좀 서 주십사해서 그 고운 한복 차림으로 모델까지 서 주셨다던 어머니셨는데…….

잠시 문 밖에서 그런 생각을 하다가 '엄마'하고 부르니 "아이구, 내 새끼야. 그래도 내속으로 난 자식밖에 없어"하시며 꼭 껴안으신다. 눈가에 뜨거운 눈물이 흐르는 걸 몰래 훔치며 어머니를 바라보니 두 눈에 가득 눈물을 담으신 채 웃고 계셨다. "내가 이제 망령이 들었나보다. 왜 이렇게 인생이 서러운지 모르겠다. 자식 앞에서 내가 무슨 꼴인지 원." 하시며 혀를 끌끌차신다. 어머니는 잠시 잊었다는 듯 왜 시댁에 가지 않고 이곳에 왔느냐며 야단이셨다. 나는 "어머니, 왜 시댁에 가야 하는데요"하고 물었더니 "야, 내일이 팔월 보름이 아니냐."하신다.

'어머니, 팔월보름은 진즉에 지났고 지금은 시월이에요.' 라는 말을 하고 싶었지만 목이 메어 할 수가 없었다. 그런 내 모습에 어머니는 어이가 없으시다는 표정으로 허허 웃으시며 눈물을 그렁그렁 매다신다. 어머니는 '수술한 병원에다 나를 데려다 주면 내가 왜 이렇게 됐는지 의사는 알 것 아니냐'며 통탄해 하신다. 사실 어머니의 증세는 칠순 연세에 수술후유증으로 시작된 기억상실증에서부터였다. 날이 갈수록 기력이 약해지시더니 지금은 약간의 치매현상까지 겹치고 말았다. 나는 어머니를 다독이며 "엄마, 이젠 제발 편한 마음으로 사세요"라는 말 밖에 할 수가 없었다. 착잡한 심정을 바꾸려고 "엄마, 내가 옷사왔는데 옷 한 번 입어 봐요" 하면서

사가지고 간 어머니옷을 꺼내어 입혀드렸더니 돈도 없는데 이런 걸 뭣하러 샀니, 그냥 오면 누가 뭐래냐시며 역정을 내셨다. 나는 웃음으로 대신하고 속옷을 꺼내려 옷장을 열어보니 텅비어 있는 장농 속에 꾸러미 하나만이 덩그라니 놓여 있었다. 순간 둔기로 머리를 얻어맞은 기분이 들면서 가슴마저 막혀와 멍하니 먼 허공에 시선을 둘 수밖에 없었다. 보자기를 풀어보니 지금은 입지 못할 옷들만이 몇 벌 있을 뿐이었다.

나는 하나하나 다시 개켜서 옷장 속에 넣으면서 긴 탄식의 소리를 지르고 있었다. 그리고 원망의 눈물을 쏟아야만 했다. 어머니의 옷을 다 넣고 보니 보자기 밑바닥에서 비닐로 쌓여진 하얀종이가 있었다. 조심스레 풀어보니 접혀 있는 종이마다 제각기 다른 씨앗들을 모아 두신 것이었다. 평소에 유난히도 꽃을 사랑하시고 애지중지하셨던 당신이었기에 꽃씨들까지도 당신의 삶에 일부였나 보다. 어디서 받았는지 모를 보지도 못했던 희귀한 예쁜 콩알, 코스모스씨, 이름도 알 수 없는 작은 꽃씨들을 따로따로 모아서 꼬깃꼬깃 정성스레 싸고 또 싸서 간직하고 계셨다. 무엇하려고 모았느냐며 묻는 나에게 우리 집에 오셔서 꽃밭에 뿌리려고 꽃씨를 받았다며 씩 웃으셨다. 그 모습이 어찌나 아기같이 고우신지 차라리 묻지 말 것을 하면서 후회하고 말았다. 꽃에 대한 사랑이 너무나 크셔서 예쁜 꽃을 보면 어쩔 줄 모르시는, 그래서 향기라도 담아가시는 어머니. 숱한 고난과 역경을 딛고 홀로 우뚝서신 채 마흔살이 갓 넘은 나이로 한세상을 펼 수밖에 없으셨던 어머니!

팔 남매의 자식들만 옹기종기 모아놓고 남겨진 재산도 없이 홀로 세상을 떠나신 아버지를 한스러워 하시면서 갖은 고초를 마다않고 손바닥이 금이 가고 잔주름만 깊어지신 어머니. 때론 쓰러지실 때도 있었으련만 삶의 지팡이를 모질게 짚으시며 진흙땅을 마다않고 마른 길로 자식들을 나아가게 해 주셨던 내 어머니. 자식들의 바람막이가 필요했기에 아버지의 역활까지도 짊어지셔야 했던 어머니의 어깨는 언제나 무거운 삶의 짐이 두 배로 얹혀 있어야만 했다. 스스로 어머니를 알게 되기까지 참으로 많은 세월을 그냥 보내야만 했다. 어머니 삶을 내 삶에 비추어 가면서 그저 가엾고 불쌍하게만 보였던 삶을 가슴 아파할 수 있는 지금에 나는 벌써 사십을 바라보는 나이가 되고 말았다. 내 나이에 어머니는 망망 대해에 홀로 떠있는 외로운 난파선의 모습으로 팔 남매의 지주이셨는데.

그러한 삶 속에서도 메마르지 않으시고 간직할 수 있었던 정서는 내가 따를 수 없는 어머니만의 유일한 무기이다. 무엇보다 자연과 예술에 대한 감성이 풍부하셨던 그 삶 속에 꼬깃꼬깃 접어둔 보물단지같은 꽃씨들을 보면서 그것이 당신의 한 순간순간들을 모아두신 것은 아닐까 하는 생각이 들었다. 길가에 늘어진 아름다운 꽃잎을 그냥 지나치시지 않으시고 “너네 꽃밭에 가지고 가서 내년에 뿌려라. 정말 예쁘단다” 하시던 어머니. 점심때가 되어 차려간 밥상에 손도 안 대시며 “너나 맛있게 먹거라”시며 “애들은 건강하쟈?” 그말을 묻고 또 묻고 수도 없이 물어보시는 우리 어머니…….

딸이기에 물으실 때마다 대답하지 뉘라서 이렇게 되 물으면 그때마다 대답인들 해 줄까.

너나 와야 속에 있는 소리를 하지 누구한테 내 속을 비추고 살겠느냐며 긴 한숨을 내쉬셨다. 그 한숨이 어찌나 깊던지 내 심장을 찌르고 있었다. 딸이랍시고 변변히 효도 한 번 할 수 없었던 나였다. 어머니보다는 시어른쪽이 우선이었고 내 살기에 급급해야만 했던 못난 죄인이었기에 더욱 가슴이 아팠다. 그런 내 마음을 언제나 감싸주시며 마음으로 심어 주시던 사랑을 십분의 일도 되돌릴 수 없는 나였기에 더더욱 저리는 아픔을 느껴야만 했다. 저녁때가 되어 집으로 와야하는 내 사정을 아시는 터라 어서 가라 재촉이시다. “이제 언제 또 올래?” 하시며 긴 미련을 던지시는 눈가에 고이는 이슬을 보면서 내 사는 곳으로 발길을 돌릴 수밖에 없는 모진 걸음을 몇 번이나 되돌아 눈물 훔치며 떠나왔다. 동구 밖 언저리 내 모습이 보이지 않는 곳까지 나오시며 잘가라 손 흔드시는 그 모습. 가다가 멀미하면 어쩔거나 걱정하시던 모습을 뒤로하고 돌아서야 하는 심정은 차라리 아니간만 못했다. 그런 우리 어머니의 심정은 오죽했으랴. 아마도 숯검정이 되셨을 것이다. 자식 모두의 아픔을 감싸안고 사셨으니 어머니의 가슴은 다 타서 재만 남아있을 것만 같다. 후-하고 불면 날아가 버릴 것만 같은 흔적없는 재만 있을 것이다. 저녁이면 가게에서 돌아오는 아들 며느리가 잘 보살펴 드리겠지하는 작은 위안을 삼고 인생무상을 새삼 뼈저리게 느끼면서 버스가 멈추는 순간까지 두 눈을 혹사하고 말았다. 해질녘 허황함 깃든 쓸쓸한 황혼의 긴 그림자가 마치 어머니의 그림자 같아 두 눈을 감고 말았다.

나는요? 무공해 그렌저 자전거로 시장 동행을 잘 해주는, 그래서 김치 한쪽 놓고도 쐬주 한잔 짠하고 부딪힐 수 있는 삶의 안주를 대신해 주는 멋진 남편과 아들 딸의 해맑은 웃음에서 행복을 키우면서 산답니다. 내장산의 맑은 바람과 청정한 물을 마시고 싶으신 분은 언제든 반기겠습니다.

나의 어머님

양 영 숙

해마다 6월 현충일, 우리 가족은 국립묘지에 계신 시아버님을 뵈러 간다.

6.25 전쟁의 와중에서 조국의 산하에 온몸을 찢어 내어주고 꽃 한 송이 받으실 묘도 없이 돌판에 이름 석자로만 계시는 아버님을!

분향대 뒤편 '위패(位牌)실'에는 시신조차 거두지 못한 11만 여 명의 사망자 명단이 거대한 돌판에 깨알같이 새겨져 있는데 거기 '일병 이정하'란 모습으로 말없이 우리를 맞아 주신다.

꽃 같은 스물두 살의 아내와 세살바기 아들을 남겨 두고 어느 산 골짜기에서 아버님은 스러져 가셨을까? 1년에 두세 차례 아버님과의 이러한 만남을 통해 나는 좀더 숙연해지고 새삼 조국과 우리 가족, 삶과 죽음에 대해 많은 것을 생각한다. 또한 이 가문 속의 나는 어떻게 살아가야 하는가를 되돌아 보는 귀한 시간이기도 하다.

많은 개가(改嫁)의 유혹을 물리치고 오직 아들 하나만을 위해 희생하신 어머님! 청상으로 이십 수년 아들을 키울 때 얼마나 많은 인고의 세월과 아픔과 설움이 있으셨을까만, 강인한 생활력, 수수하면서도 고아한 인물은 나라꽃 무궁화를 연상케 한다.

남편 전사 후 친정 부모님을 모시고 살면서 호랑이로 소문난 엄한 외할아버지의 교육으로 아들을 키우고 아들이 국민학교에 들어갈 때가 되자 고향 산골 해남을 떠나 목포로 이사할 정도로 교육열도 높으셨다.

워낙 젊은 나이에 혼자 되시고 인물이며 솜씨도 얌전하시어 개가의 권유도 많았다고 한다. 한번은 주위의 강권으로 선을 보고 오니 국민학교 2학년인 아들이 어떻게 그 사실을 알았는지,

"엄마 시집 가?"

하며 밥도 굶고 침울한 것을 보며 당신의 행동이 후회되어 자로 당신 손바닥을 때리며 다시는 아이의 마음에 상처를 주지 않겠다고 결심하고 평생을 살아오셨다 한다.

18년 전, 남편과 결혼하여 처음 목포 시댁에 갔을 때 상상한 것보다 더 작고 초라한 집으로 신랑의 뒤를 따라 들어가며 솔직히 약간 실망스러웠다. 아들 교육을 위해 목포로 이사한 후 20여 년간 줄곧 살아온 집은 유독 세월이 이 집에서만 정지된 듯 낡은 채 변함없어 보였고 가구, 벽시계, 그릇 하나에 이르기까지 옛것을 고집하고 있었다.

어머님 혼자 힘으로 아들을 서울로 보내 대학까지 공부시키느라 눈 한번 돌릴 여유가 어디 있었으랴. 구석구석 윤이 나는 정갈함이며 며느리 맞기 위해 새로 한 도배와 장판, 정성스레 준비한 음식을 보며 마음이 따스해지는데 문득 내 눈에 띄는 물건이 하나 있었다.

나무 밥주걱!

너무 오랜 세월 사용해 닳아 반쪽이 된…….

일 도와 주러 오신 이웃 아주머니가 "아이고 이 주걱 좀 봐, 주걱 하나 사소" 하니까 십 년도 더 쓴 거라며 조용히 웃으셨다.

나무 밥주걱 하나. 돈으로 치면 몇 푼 아닐 게다. 그러나 그 속에서 어머님의 지나온 행적을 한꺼번에 읽을 수 있었다. 그러한 검약

정신으로 일관하셨기에 훌륭한 사회인으로 아들을 성장시킬 수 있었고 오늘의 내 남편을 만들어 준 것임을.

"애비 없이 자라서……. 그 소리 안 듣게 하려고 얼마나 이를 악물고 키웠는지 모른다. 네 속은 안 썩일 게다."

새며느리인 내게 이 말씀을 하시며 눈시울을 붉히셨다.

장한 어머니상, 모범 어머니상…… 많은 상들이 어머님의 외롭고 힘겨웠던 지난 세월을 다 위로해 주지는 못했겠지만 넘기 어려운 고개마루마다 격려와 위로는 되었을 것이다.

숨가쁘게 달려온 외길! 이제 내리막길에 서신 어머님은 한가지 소원을 가지고 계신다. 비록 시신 없는 형식상의 묘일지언정 찾아가 꽃한송이 바치고 어루만져 볼 가묘(假墓)하나를 간절히 원하신다.

그러나 소원이라고 하기에는 너무 소박한 이 바람도 국립묘지의 한청된 공간상 불가하다는 현실 앞에 체념 반 소망 반으로 사신다.

망국병인 과소비의 범람 속에서 반쪽 나무주걱의 교훈을 배우고 아버님의 흔적을 그리워하는 어머님의 빈 가슴에 효와 사랑으로 따뜻한 모닥불을 지펴드리는 며느리가 되겠다.

나는요? 독서를 너무도 좋아하여 외출할 때 제일 먼저 챙기는 것이 책입니다. 전철이나 버스 안에서도 책을 읽는 시간이 가장 행복합니다.
좋은 글을 쓰고자 하는 마음을 무딘 펜끝이 따라 주지 못할 때가 가장 안타깝지만 졸작 한편 완성할 때마다 기쁨과 애정을 느낍니다. 52년생이며 1남2녀의 어머니로 열심히 살아가고 있습니다.

어머니와 호박

김 옥 련

시장에 나갈 때마다 느끼는 일이다. 큰 소쿠리에 담겨 있는 윤이 반짝반짝나는 애호박들을 보며 '참 좋은 세상이구나'하고 늙은이 같은 말을 중얼거린다. 그리고 옛 생각에 잠겨본다.

요즈음이야 비닐하우스에서 사철 호박을 재배하지만 내가 국민학교에 다닐 때만 해도 집집마다 울타리나 담장에 호박을 심었다. 우리 집에서도 텃밭 가장이와 울타리에 호박을 몇 구덩이 심었다.

봉긋한 흙구덩이 속에서 싹이 돋고 넝쿨이 뻗으면 노란 호박꽃이 피었다. 꽃이 지고 조그마한 호박이 자라기 시작하면 너무나 신기하고 보기 좋았다. 아침에 일어나면 밤새 얼마나 커졌나 궁금해서 달려가 잎사귀를 들춰보고 다시 감추어 두던 기억이 아련하다.

밤톨만 하던 것이 계란만해지고 사과만해졌다가 어느 새 어린아이 머리만큼 커졌다. 나는 나만의 보물을 간직한 것처럼 마음 설레이곤 했다. 그것을 어머니께서 반찬거리로 따서 보이지 않을 때는 허전하고 가슴이 아팠다. 미처 어머니 눈에 띄지 않고 누렇게 익어서 점잖게 떡 버티고 있는 호박을 보면 마음까지 넉넉하고 푸근해졌다.

사람들은 못난 것을 두고 '호박 같다'라든가 '호박꽃도 꽃이냐'라고 한다. 왜 그렇게 말하게 되었는지 나는 이해할 수가 없다. 여름 날 아침, 이슬을 머금고 활짝 핀 호박꽃을 바라보면 후덕한 아낙네의 모습이 연상된다. 애호박의 쓰임은 말할 나위도 없고 잘 익은 호박은 약용으로도 요긴한 것이니 호박에 대한 홀대가 안타깝기만 하다.

내게는 호박에 관한 잊을 수 없는 추억이 또 있다. 집 근처의 호박넝쿨에 호박이 없으면 먼 산에 있는 밭에까지 가서 호박을 따와야 했다. 어머니께서는 늘 나에게 그 심부름을 시켰다. 그곳으로 가려고 긴 둑을 따라 한참을 걷다보면 조그만 개울이 나왔다. 개울가에 앉아서 맑은 물 속을 노니는 고기들을 바라보거나 손을 담가 보기도 하고 풀잎을 따서 띄우기도 하다가 밭으로 향했다.

산길은 양쪽으로 작은 나무들과 숲이 우거져 겨우 한 사람이 걸어갈 수 있는 좁은 오솔길이었다. 가끔씩 내 발소리에 놀라 푸드득 날아가는 새소리만 들릴 뿐 주위는 죽은 듯이 고요했다.

한참을 그렇게 올라가다 보면 길 바로 옆에 나즈막한 무덤이 있었다. 그 옆을 지날 때는 무서워서 머리카락이 쭈뼛 쭈뼛 서고 발걸음은 빨라졌다. 드디어 밭 가장자리에 이르면 황급히 호박넝쿨을 헤치고서 호박을 땄다.

내려올 때는 무덤 가까이 와서부터 뛰기 시작했다. 단숨에 개울까지 뛰어내려 와서야 안도의 숨을 휴우하고 몰아 쉬었다.

손에 든 호박을 보면 너무 세게 쥐어서 손톱자국이 나 있기 일쑤였다. 그렇게 힘들게 따온 호박을 먹어버리는 것이 아까워서 부뚜막에 놓아둔 것을 자꾸 뒤돌아 본 게 엊그제 같다.

그때 호박 심부름을 시키던 어머니는 돌아가신 지 벌써 십 년이 되었다. 살아갈수록 어머니 생각이 더 간절한 것은 왜일까. 이제야 어머니의 삶을 조금이나마 이해할 수 있을 것 같은데…….

어머니께서 왜 그렇게 우리 곁을 빨리 떠나셔야 했는지 모르겠다. 어머니가 돌아가시고 내겐 힘든 일들이 많았다. 힘들 때마다 도와달라고 늘 어머니께 간절한 기도를 올리곤 했다.

이제는 어떤 어려움이 와도 잘 견딜 수 있을 만큼 세월이 흘렀다. 앞으로도 여전히 어머니의 착한 딸, 그리고 정말 괜찮은 여자로 살아 가려고 한다. 마음속엔 언제나 잘 익은 호박을 보물처럼 간직한 채로.

나는요? 아들과 딸을 둔 두 아이의 엄마로서 57년 생입니다. 읽고 쓰는 것을 좋아하며 피아노가 취미랍니다. 편지마을 가족으로 좋은 분들과의 만남을 소중하게 생각하며, 언제나 새로운 삶을 살아가려 노력할 것입니다.

아버님 죄송합니다

김 용 인

명주 바지저고리에 두루마기, 버선까지 하얗게 입으셨다. 이승에서 마지막 상면이라며 골고루 모두 보란다.

훤출하시기에 양복과 넥타이가 유난히 잘 어울려 명절이나 제사 때 외에 한복을 안 입으시던 아버님. 온통 하얗게 성장을 하시니 승천하는 학의 모습이었다. 눈이 부실 정도로 잘 어울리신 걸 보니 살아생전에 불효한 일들이 하나 둘 스치며 눈물이 쏟아졌다.

남편과 두 번째 만나던 날 아버님을 모시고 나와 황당했던 일, 혼수는 필요없으니 결혼식만 올리면 된다며 배려해 주시던 일, 둘째 아이 이름을 지어 딸이라도 열 아들 부럽지 않게 잘 큰다고 철학관에서 사주에 맞게 이름을 지었으니 아들 낳는다고 하나 더 낳아 고생하지 말고 딸 둘이라도 잘 키우라시며 위로해 주시던 일, 명절 때면 형님들 몰래 새 돈을 넣어 첫 출근길에 주시던 일.

서투른 솜씨로 첫 책자 '유심'이 나왔을 때 잘 썼다고 칭찬하시며 경노당 친구분들께도 자랑 끝에 몇 번이고 읽어주셨다던가.

청년시절 일본에서 수학하셨고 상해다 만주다 바쁘게 다니시다가 해방이 되니 우익이니 좌익이니 하다가 정치바람에 결혼생활 오십 여년 동안 가족과 머무른 시간은 이십 년도 안 된다고 어머님은 말씀하셨다.

아들 셋 모두 분가시키고 두 분이 사실 때 어머님께서 편찮으시다는 연락을 받고 내려와 보니 그만하셨다. 여독에 깜박 잠이 들었는데 부엌에서 덜그럭거리는 소리가 나 일어나 보니 아버님께서 손수 미음을 끓여다가 어머님께 먹여 드리고 있었다. 어린 아이같이 '아'하면 수저로 떠 넣으시는 모습이 하도 정겨워 모른 척 한 적도 있었다.

어머님께서는 글씨를 쓸 수도 읽을 수도 없으셔서 떨어져 있으시면서도 편지 한 장 주고 받지 못했는데 너희들은 며칠만 떨어져도 편지를 주고 받는다며 부러워 하시면서 아버님께 미안했었다고 하셨다.

어머님께서 돌아가시자 갑자기 건강이 안 좋으셨던 아버님. 두 분의 정이 각별하셔서 그런가 보다라고 염려했더니 어머님 제사를 두번 지낸 지 보름만에 그리던 어머님 곁으로 가셨다.

당신께서는 모든 사랑과 정열을 자식들에게 아낌없이 주시고 앙상한 육체만 가지고 가셨다. 이제껏 받기만 하고 드린 것은 하나도 없는데 이런 애달픔을 어찌 글로 표현할까. 못난 자식들의 불효를 용서해 주시고 부디 이승에서 못 이루신 일 저승에서 이루시어 극락왕생 하시길 두 손 모아 빈다.

나는요? 이 세상에서 가장 행복한 사람이랍니다. 진토닉을 함께 마실줄 아는 남편과 학업에 열중하는 두 딸이 있고 소중한 직장과 동료들이 있으니까요. 지역 주부모임 바위솔의 일원으로 문학을 공부하고 독서와 대화를 통하여 삶의 질을 높이려 애쓴답니다. 계몽사 과장으로 일하며 경북 영일에서 삽니다.

아들과 딸

유 영 애

며칠 전 어느 월간지에 실린 여성 특집을 읽었다. 딸로 태어나서, 또 여자였기 때문에 어려웠던 얘기들이 진솔하게 그려져 있었다. 모든 사연들이 내 분신인 양 절절히 가슴에 스며들었고 섭섭했던 어린 시절 기억들이 생생하게 되살아났다. '아들과 딸', 이 순간에도 이 단어를 떠올리면 참 묘한 감정이 꿈틀거린다. 언젠가 TV 연속극을 보면서 주인공인 후남이가 어쩜 내 처지와 저리도 비슷한 점이 많을까를 생각하며 연속극에 파묻혀 식구들 몰래 훌쩍이며 눈물짓던 때가 있었다.

내 나이 쉰둘, 인생의 쓴맛을 조금씩 알게 되어 철이 들기 시작한다는 艾年(애년)이요, 중년인데도 어렸을 적 일은 결코 지워지지 않는다. 나는 3남 4녀 중 둘째딸로 유난히 아들 편애가 심했던 전북 완주라는 곳에서 태어났다. 그 당시엔 대개의 가정들이 아들을 더 귀하게 편애한 것은 사실이지만 유독 우리 집안은 그 도가 너무도 지나쳤던 것 같다.

나의 미운 오리새끼 같은 삶은 먼저 할머니와 어머니의 갈등에서 시작되었다. 팔남매의 맏며느리로 시집오셨던 어머니는 할머니와 사이가 무척 좋지 않았다. 옛날이야 아무리 고된 시집살이라 해도 무조건 순종하는 게 며느리의 입장이었지만 어머니는 고추보다 더 매운 시집살이를 하셨단다. 옛말에 며느리 미우면 발뒷굼치가 계란 같은 것도 흉거리가 되었다는 말이 있듯이 어머니가 첫딸에 이어 둘째인 나를 낳게 되자 미운 게 남 좋은 일이나 시켜주는 가시나만 낳는다고 눈총을 받았을 뿐 아니라 아예 미역국조차 주지 않더란다. 어머니는 가슴속에 내가 여자로 태어나 이 고생과 수모가 지겨운데 딸들까지도 어쩜 당신과 똑같은 이 길을 걷게 된다는 안타까움, 어쩌면 자조적인 억울함 등이 딸들을 천덕꾸러기로 키우는 동기가 되었는지도 모른다. 외할아버지가 돌아가셨다는 연락을 받고도 시어머니의 허락이 떨어지지 않아 눈물로 지새웠던 어머님 입장에서 딸들은 고생고생하며 키워보았자 아무런 쓸모가 없게 된다는 것을 체험하셨기에 어쩜 당연했는지도 모른다. 종가집이라 제사 지내는 일이 자주 있었으나 지금처럼 사과가 흔치 않았었다. 푸르딩딩한 국광사과 몇 개가 제사상에 오른 것을 보며 우리 꼬마들은 제사를 지낸뒤 서로 통채로 먹으려고 야단이었다. 꼬마들끼리 쟁탈전이 벌어지는데 남동생이 집으면 '실컷 먹고 빨리 크거라' 하시면서 좋아하셨지만 어쩌다 딸의 차지가 되는 경우엔 어머니도 할머니도 안색이 확 변하는 것을 자주 보게 되었다. 할머니에겐 손주들만은 사랑스런 존재련만 며느리에 대한 감정을 내게조차 표출하셨던 할머니와 어머니의 틈바구니에서 눈치를 보며 방어법(?)을 배워갔다.

내 바로 밑엔 남동생이 태어났는데 말하자면 우리 가문의 종손이라서 나와는 너무도 대조적인 대우와 보살핌 속에서 자랐다. 아들이니까 어려서부터 도회지에서 교육시켜야 된다며 아예 전주 작은아버지 댁에 맡겨 국민학교를 다니게 했지만 딸들은 시골에서 집안일을 도우며 몇 십리 길을 걸어 학교다니는 게 겨우 허락되었다. 이런 혜택도 그나마 사십여 동네 가구 중에 딸들이 학교에 가는 것은 반절도 되지 않았다. 나는 국민학교 5학년이 되자 남동생처럼 도회지로 보내 달라고 단식투쟁(?)을 벌렸다. 워낙 며칠을 떼를 쓰니까 전주로 보내주셨는데 네 고집이니까 혼자서 알아서 하라는 식이었다. 작은집도 많은 애들과 또 내 동생까지 합쳐 대식구라 꼽싸리 낄 수가 없었다. 그래서 오학년 봄부터 홀로 자취하며 일찍부터 사는 법을 익혀갔다. 밭의 김을 매고 내 키와 비슷한 양동이를 어깨에 걸치고 물을 긷던 시골생활을 비교하며 장작패서 풍로에 어설프게 밥지어 먹으며 살았지만 맘껏 책을 읽을 수 있어서 재미있었다. 동생은 하숙을, 나는 자취생활로 같은 시내에 살면서도 우린 이렇게 지냈다.

남동생이 스물 두세 살이 되어가자 며느리감을 고르기 시작했다. 혼처가 나올 때마다 궁합을 맞춰보느라 온 심혈을 기울이는 듯했지만 진작 손위 누이인 딸은 제쳐두고 아들 혼담에만 관심을 갖는 부모님께 섭섭한 생각도 들었다. 나는 고등학교를 졸업하자 서울로 날라와(?) 버렸다. 서울에서 직장다니며 야간대학을 다니는 중에 남동생을 먼저 결혼시켰다. 장손을 빨리 얻어 가문을 이어야 된다고 아들 먼저 서둘렀던 것이다.

나는 뒤늦게 결혼을 했고 3녀 1남의 어머니가 되었다. 세번째가 아들이어서 시어머님께선 쳐다보기도 아까운 손자라며 내가 아들딸 전혀 구별 안하는 게 약간은 불만이시다. 특히 아이들에게 간식을 주더라도 철저히 장유유서(長幼有序)원칙에 따라서 주는 것을 목격하신 시어머님은 '귀한 아들인데……'하시며 안타까운 표정을 지으시지만 그것만은 용납될 수 없다.

지금 친정 부모님은 75세 동갑연세로 건강하게 살고 계신다. 이따금 딸들이 모여 옛일을 얘기하노라면 언제나 어머님은 계면쩍은 웃음을 띄우시며 내가 왜 그랬는지 모른다고 하신다. 어머님은 메밀꽃 같은 허연 머리칼을 휘날리시며 가끔 딸네집에 오셔서 속에 있는 얘기도 딸에게만은 할 수 있다며 늘 흐뭇해 하신다. 지금 돌이켜보면 깡시골에서 딸이라는 천덕꾸러기로 자랐기에 잡초처럼 더 생활력이 강한 사람으로 또 나름대로 살아가는 방법을 배우지 않았나 싶다. 더 강하게 자랄 수 있는 조건이 되었음을 감사하며 나의 세 딸에겐 자유롭고 구김살없는 밝음을 주며 사는 게 행복하다. 옛날엔 그럴 수밖에 없었던 상황과 지금껏 건강하셔서 내 삶의 든든한 정신의 울타리가 되어 주시는 어머님을 더더욱 이해하며 감사와 사랑을 드리고 싶다.

나는요? 늘상 가정의 테두리에서 벗어나기 힘든 네 아이의 어머니이자 주부입니다. 머리가 녹스는 게 두려워 매일 일기를 쓰며 또 가계부를 쓸 땐 꼭 주판을 이용합니다. 동양란같은 문향(文香)을 늘 동경하며 살아 가고 싶습니다. 질그릇 같은 편지마을 가족을 사랑합니다.

아버님의 사랑

박 상 희

초가을 오후, 아버님 산소에 벌초를 하러 갔다. 무성하게 자란 이름모를 풀들이 어느 곳이 산소인지 골짜기인지 분간하기 어려울 지경이었다. 그이와 난 먼저 아버님 산소에 술 한 잔을 따라 올리고 절을 드렸다. 그리고 그이는 벌초는 하지 않고 담배만 빼끔빼끔 피우고 있었다. 아마도 살아생전의 아버님을 생각하고 있는지도 모른다. 금방이라도 “어멈아, 너 왔냐?”하시며 나타나실 것만 같았다.

아버님은 유난히 성격이 급하시던 분이셨다. 불의를 보면 단 몇 초도 참지 못하고 호통을 치셨다. 하루에도 몇 번씩 몸을 닦으시고 다리미질이 안된 옷은 절대 입지 않으셨던 멋쟁이이기도 하셨다. 밖에 나가면 누구에게나 친절하시고 다정다감 하셨지만 집에서는 어머님과 우리에게 냉정하시고 차가운 분이어서 가족에 대한 사랑 따위는 모르시는 분이었다.

그렇게 살던 어느 겨울날, 광주에 볼일이 생겨 아이를 안고 아버님과 같이 외출하게 되었다. 나는 같이 가는 것이 어쩐지 싫었지만 아버님과 같이 갈 수밖에 없는 처지였다. 병원에 들러 약을 타고 보

니 어느 새 점심때가 되었다. 아버님께서 갑자기 "아가, 너 양식 좋아하냐?"하시는 뜻밖의 물음에 "네!"하고 대답을 하고 말았다. 아버님께서는 당신을 따라 오라며 '경양식 전문'이라고 쓰인 지하 건물로 들어가셨다. 그곳엔 젊은 연인들이 몇 명 있을 뿐 한가로웠다. 웨이터가 의아한 눈빛으로 우리를 쳐다보며 안내했다.

아버님께서는 비프 스테이크를 주문하셨다. 곧 이어 김이 모락모락 나는 스프가 나왔다. 아버님께서는 아이에게 한 숟갈 입으로 호호 불어서 떠넣어 주셨다. 아이는 날름날름 잘 받아 먹었다. 그런데 스프가 떨어지자 아이가 우는 것이 아닌가. 감미로운 음악이 흐르는 조용한 곳에서 아이의 날카로운 울음이라니 나는 당황하여 빠른 동작으로 젖을 물렸다.

하지만 소용이 없었다. 화장실에서 다시 제자리로 돌아와 기저귀가 축축해서인가 하고 갈아 주었으나 아이는 쉬지않고 계속 울기만 하였다. 그때 아버님께서 웨이터에게 "이보오 총각, 미안하지만 스프 하나 더 줄 수 없소?"하셨다. 곧이어 스프가 나왔다. 아버님께서는 아이에게 스프를 먹여 주셨다. 아이는 스프를 받아 먹더니 언제 울었나 싶게 방긋 웃으며 이내 잠이 들어 버렸다. 아이가 자고서야 겨우 정신이 든 나는 아버님과 점심식사를 시작하였다. 아버님은 고기를 먹기좋은 크기로 썰어서 내게 주셨다.

"아가, 많이 먹어라. 고기가 연하구나!"

내가 시집오고 나서 최고의 대접을 받았다. 멋진 점심식사였다. 언제나 권위주의적이었고 무서운 분인 줄만 알았는데 이토록 따뜻한 마음이 가슴 깊은 곳에 감춰져 있는 것을 알게 된 좋은 날이었다. 오늘따라 아버님이 더욱 그리워진다.

나는요? 1981년 2남2녀 중 장남인 남편과 결혼했습니다.

다음 해 시누이 둘과 시동생을 결혼시키고 나니 빚만 졌습니다. 그 빚을 다 갚을 무렵 시아버님의 갑작스런 쓰러짐으로 우리집은 편안할 수 없었습니다. 그렇게 십 년 이상을 치료하는 도중 시어머님마저 고혈압으로 쓰러지셨답니다. 두 분 병 간호를 하는 도중 세월은 오늘까지 흘렀습니다. 4년전에 아버님은 타계하시고 지금은 어머님과 같이 살고 있습니다. 올해에도 어머님은 뇌수술을 두 번이나 받았지요. 겨우 화장실만 다닐 수 있는 것도 감사하게 생각하며 사는 보통 주부입니다. 그리고 나는 요즘 일본어와 수지침을 배우고 있습니다. 수지침으로 어머님을 치료해 드린답니다.

우리 편지마을회원들도 한번 배워 보세요.

생활의 章

종 교

함 명 자

친구들과의 만남에서다. 무슨 말 끝엔가 종교 얘기가 나왔고, 작금의 일부 종교인들의 민망한 행태를 들어 누군가 회의적으로 반응했다. '인간은 나약하므로 신에 의존하는 것이지, 사람을 의지하는 것은 아니다'를 서두로 회의적 반응을 다독이는 차분한 음성의 주인은 A다. 소녀적엔 말 수가 적고 소극적이었던 A의 근황은 주일학교 교사이기도 하고, 무의탁 노인을 위한 봉사 활동에 골몰한다고 들었다. 깊이 사고하지 않고 분위기에 편승하는 나를 비롯한 여느 친구들과는 사뭇 달라 보이는 A의 말은 들을수록 고개가 끄덕여지고, 그녀가 소유한 종교 지식과 설득력이 놀랍다.

스물이 넘거나 가까운 아들 딸에게 삶의 향방을 진지하게 안내한 듯한 나이, 자신이 책임진 날들의 명암이 고운 얼굴, 어떻게 살았는지 짐작이 가는 어조……. 성숙된 중년의 모습에 자신의 종교로부터 배운 것들이 부합되어 더욱 성숙하고 맑아 보이는 저 친구가 저러다 성인으로 일신하는 건 아닐까, 부러운 걱정이다.

성당이나 절, 교회, 마음이 움직이는 어느 때, 성스러운 그 곳을 기웃해 보면 항시 문이 비좁다. 그 좁은 문을 행복한 마음으로 출입하는 많은 인구 중에는 나의 셋째 동서와 시누이도 있고, 시어머니와 친정 어머니도 계신다. 더구나 막내 시동생은 금년에 사제가 된다. 내 시력으로는 영 발견이 되지 않는데 그들은 한결같이 하루하루가 기쁘다 한다. 삶의 어느 길목에 도사리고 있다가 확 달겨들지도 모를 난관을 걱정하지도 않는다. 타고난 천성도 변화시킨다는 그들이 '거룩한 눈'으로 표현하는 종교. 그것은 두려움이요, 믿음이요, 안도에로 이끄는 빛이라 한다. 그를 가슴에 모셔두고, A의 말마따나 나약한 인간이기에 저지르는 오류에 대한 용서를 구하는 대상으로, 바르게 살 것을 다짐하는 대상으로, 소망을 비는 대상으로, 거기다 사후의 안식까지 맡기며 '종교의 눈'을 무조건 신뢰하는 그들의 순종이 아름답다.

나도 종교를 가지고 싶었다. 아이들이 어눌하게 엄마라는 발음을 낼 때부터 기도하는 모습 하면 생전의 할머니 영상이 먼저 떠오른다. 삼대 독자인 아버지와 우리들을 위해 천지사방으로 다니더라도, 천방지축 게 걸음을 하더라도 부디 무탈하게 하시고, 뜻하는 일 성취되게 해 주십사고 당신의 영육을 정갈히 하고 조왕신께 공손히 공손히 빌던 하나의 풍경 같던 할머니 모습이다. 그 다음으로 외국 영화에서 보면 음식을 앞에 놓고 가족이 함께 기도하는 장면이 자주 나오는데 나는 늘 그 장면을 황홀해 했다. 신은 저 자리에만은 단 한번의 지각도 없이 꼭 참석하시어 기도를 들으실 것이리라는 확신이 들 만큼. 우리 남매들이 사회로부터 부여받은 일들을 해내며 큰 굴곡없이 살고 있음은 할머니의 간절한 기구 덕분이라고 믿는 나는 할머니의 마음으로 외국 영화 속의 식사 전의 감사 기도 장면 같은 평화로움의 종교를 가지고 싶었던 것이다.

어느 핸가, 남편이 신경통으로 몹시 고통을 받았고, 대학 병원의 진료도, 한방의 처방도 별 효과를 보지 못하던 시기에 한 할머니의 전도를 받았다. 교회에 나가면 병마도 물리칠 수 있다는 할머니의 권유였고, 지푸라기라도 잡고 싶은 심정에 나는 솔깃했다. 그리고 언제부터 별렀던 종교 갖기인가.

생전의 내 할머니가 교회를 배척했던 것처럼 교회 신도들이 미신쯤으로 매도하는 무속적 색채가 짙은 그러나 낮고 조용한 할머니의 기도와, 외국 영화의 한장면에서나 만날 수 있었던 평화로운 식사 기도, 단편적인 그 그림이 종교 의식에 대한 총 지식이었던 나는 교회에 첫 발을 딛은 그날, 신도들의 좀 소란한 몸짓과 기도 소리에 실망했다. 때문에 그 간 선망하며 그렸던 내 상상과 현장과의 괴리감 사이에서 갈등했다. 훌륭한 이들도 다 순종하는 걸, 표현의 방법이 무슨 대순가. 무지하면서 웬 교만인가. 자책도 많았지만 결국 일년 후에는 마음을 멈추고 말았다. 그러나 큰 아이가 입시에 몰두할 때 나는 비바람을 피하려는 새처럼 가까운 교회의 지붕 밑을 찾아 들었다. 하지만 절박한 시간을 벗어나자 나는 곧 교회에 나가지 않았다.

아버지가 돌아가셨을 때, 어머닌 어머니의 종교인 불교의식으로 아버지의 장례를 지냈다. 그 동안 내내 카세트 테잎에선 우리말로 풀이하여 녹음한 금강경의 구절들이 흘렀고, 슬픔을 쉴 때 나는 그 구절들에 심취했다. 절에서 49제를 지낼 때 부처님 앞에서 아버지의 명복을 빌었고, 아버지가 생전에 지었을 지도 모를 죄업을 씻고 좋은 세계로 들기를 부처님께 간청하는 스님의 말씀을 경청하느라니 어느 새 몰입하게 됐다. 인간사에 얽혀드는 문제, 내가 만드는 업, 윤회, 이는 새삼스럽게 종소리의 여운처럼 내 안 깊숙이까지 울림을 주었다. 생로병사 그 여정을 따라 나를 운영해 가는 일은 얼마나 눈물겹고 또 어려운가를 생각할 때는 목덜미로 조르르 소름이 돋기도 했다. 불교에의 경험도 그렇듯 강했던 것이다.

작년 초여름 나는 꽃다발 하나 달랑 들고 부제 서품을 받는 막내 시동생을 찾았다. 남들처럼 직장 다니고, 결혼하고 아이 낳고 그렇게 도란도란 살 일이지 웬 성직자람. 평소에 품었던 마음 그대로인

인사치레 걸음이었다. 하지만 서품식 식장에서 카톨릭 신자가 아닌 가족들의 몰이해 속에서 막내 시동생의 부제 서품을 받기까지의 6년은 얼마큼 쓸쓸했을까. 안 그래도 형극의 길이라는데……신앞에 부복하고서 그의 종이 될 것을 약속하는 우유빛 부제복의 막내 시동생의 모습은 얼마나 눈시울 뜨거운 암시를 주던지. 자신의 구도가 구족(九族)을 구하리라 한, 한 스님의 글귀가 놀라움처럼 문득 다가왔다.

얼마 후, 나는 막내 시동생에게 속죄나 하듯 성당의 교리반에 들었다. 피곤이며 바쁨을 핑계하지 않고 출석했다. 부득이할 경우 다음 반에 가서 듣는 열성도 보였다. 그리고 세례를 받을 시간이 다가왔을 때, 신앙 지식보다 선행해야 할 것은 신앙심이라는 신부님의 강조에 스스로에게 질문했다. 아버지의 명복을 간절히 빌었던 부처님을 뵈면 외면할 자신은 있는가. 한 때, 가족의 건강과 아들의 대학 합격을 위해 신의 옷자락을 부여잡듯 기원했던 개신교의 십자가는 또 모른 척 할 수 있는가. 참으로 줏대 없는 처사지만 나는 결국 카톨릭 신자도 되지 못하고 말았다. 한심한 일이 아닌가.

그러한 푼수에 나는 자주 기도한다. 청아한 하늘을 보면 아! 하느님 당신은 오늘 참 아름다우시군요. 제 눈을 즐겁게 해 주셔서 감사합니다. 시장기를 만족하게 해결하고 나면, 하느님 잘 먹었습니다. 아이들의 미래가 염려되면 하느님 당신이 보시기에도 아름다운 사람으로 살아 갈 수 있게 도와주세요. 누군가에게로 미움이 솟구치면 하느님, 용서해주셔요. 저 참 못 됐지요…… 그때그때 불현듯 생각이 피어나는 대로 격식 없이 기도한다. 무한히 펼쳐진 푸른 하늘과 허공을 대상으로.

방의 한 쪽 벽면에는 어머니가 손수 심어서 수확한 율무로 만든 염주와 어느 절 부처님 점안식에서 구한 색실이 함께 걸려 있고, 문갑 위에는 성경과 성가집과 찬송가집이 함께 있다. 찬송가든, 성가든 기억나는 소절을 즐겨 부르는 내 집엔 여러 종교의 상징물들이 공존하는 셈이다. 나는 그 상징물들을 매개로 내가 조금씩 들었던 그 종교의 가르침을 잊지나 말았으면 한다.

이제 곧 아기새들의 날개짓이 유연해지고 녹음이 아름다운 초하에 이르면 나는 시동생의 사제 서품식에 가야 한다. 나는 가서 거기 계신 신께 또 사제로 태어나는 시동생에게 풍성한 은총을 내려달라고 간절히 기도할 것이다.

사제가 될 시동생을 비롯하여 친구A, 셋째 동서, 시누이, 시어머니, 친정 어머니……부자가 아니면서도 종교가 있어 더 어른스럽고 행복해 하는 이들은 어느 종교에도 이름을 말하지 못하고 또 모른척하지도 못하는 나의 정신 세계를 보듬는 종교이며 환경이 된다 믿는다. '다북쑥도 삼(麻)가운데서 나면 곧아진다'라는 말로 종교를 못 가진 자신에게 최면을 걸면서.

헌 책을 사고 나서

정 정 성

며칠 전부터 시장 어귀의 헌 책방에 폐업 정리 안내문이 나붙었다. '그동안 여러분들의 도움으로 우리 가족이 잘 살 수 있게 되었고……' 진솔한 안내문구에 마음이 끌려 책방문을 밀고 들어갔다. 좁은 책방 안은 어수선하였다.

중·고등학교 학생들의 참고서와 문제집들이 비스듬히 꽂혀 있는 서가 맞은 편에는 아직 많은 책들이 남아 있었다. 거의 순수문학지였다. 그 가운데는 내가 꼭 사려고 마음먹은 책들도 여러 권 있었다. 내 마음은 어느새 가벼운 설레임으로 들뜨기 시작했다.

문학 평론가들로부터 호평을 받은 작품을 수록한 책. 내가 좋아하는 작가의 작품집. 갖가지 권위있는 문학상을 수상한 작품을 모아 엮은 책들이 가지런히 꽂혀 있었다.

신뢰할 수 있는 출판사의 책들은 작가가 누구든 상관없이 모두 골라 놓았다. 책을 고르는 내 마음과 손길이 다급해졌다. 마치 누군가가 금세 책방문을 열고 들어와 경쟁자로 내 옆에 설 것만 같은 조바심이 일었기 때문이다.

이미 내가 갖고 있는 책이더라도 깨끗한 것은 몇 권 더 샀다. 글벗들에게 나누어 주면 부담없는 선물이 될 것 같았다. 욕심껏 책을 골라 놓았더니 책방 주인도 기분좋게 여러 권의 시집을 덤으로 내놓았다. 저녁장을 보려던 돈은 몽땅 책값으로 둔갑하고 말았다. 그러나 한아름의 책들을 자전거에 싣고 집으로 돌아오는 길은 행복했다. 금은보화를 전리품으로 획득하고 돌아오는 개선장군의 마음 같았다.

서둘러 저녁 설거지를 끝내고 헌 책들과 마주앉았다. 이 책들을 통하여 나는 더 가까이 문학의 품으로 다가서며 얼마만큼 사유의 깊이를 더할 수 있겠지. 소박한 기대로 가슴은 뛰었다.

절제된 빛과 공기, 시간의 흐름 속에서 누르스름하게 퇴색한 헌 책. 그 책갈피에서는 알 수 없는 어떤 향내가 났다. 비바람에 얼룩진 고향집 북창의 창호지 냄새 같은 것. 흰 옥양목 적삼을 입은 어머니의 체취가 고스란히 담겨 있는 듯했다. 퇴락한 고가의 대청마루에서 남루를 부끄러워하지 않는 올곧은 선비의 도포자락이 어리는 듯도 했다.

나보다 앞서 이 책들을 펼쳐놓고 호흡을 가다듬었을 사람들. 때때로 행간에 밑줄을 그으며 오랫동안 마음 머물렀을 그들은 오늘은 또 어떤 문학의 향기에 젖어 있을까? 헌 책은 새 책이 주는 부담과 생경스러움이 없어서 좋다.

학창시절 나는 늘 선배언니의 책을 물려받아 공부했었다. 새 학기가 되면 깨끗이 사용한 교과서와 참고서까지 내게로 넘겨주셨다. 언니의 성품이 워낙 조신하였던 터라 책은 새 책 못지않게 깨끗하였다. 중요한 대목에는 따로 표시를 해 두었고 선생님들의 보충설명도 자세히 적어놓아 학습에 많은 보탬이 되었다. 또 책의 앞 뒤 여백에는 시 한 편씩을 깨끗이 적어놓아 나를 시 사랑에 눈뜨도록 해 주었다. 다른 친구들처럼 새 책을 받아드는 산뜻함은 없었지만 선배언니가 물려준 책 속에는 따뜻한 사랑이 담겨 있었다.

결혼 후, 틈틈이 사 모은 책들이 이젠 제법 많아졌다. 남편의 수입으로 책을 사며 나는 필요 이상으로 내 이름 석자를 꼼꼼히 적어놓았다. 책이 분실되거나 훼손될까 봐 남에게 선뜻 빌려주는 일도 꺼려왔다. 이제는 나도 하늘의 뜻을 가늠할 수 있는 나이에 이르렀다. 진정 참된 소유가 무엇이며 올바른 책사랑의 태도가 어떤 것인가를 깨닫게 된다. 헌 책이 주는 은은하고 무한한 기쁨. 나도 그저 한 권의 헌 책 같은 향기를 지니고 싶다.

나는요? 겨울 달밤을 좋아하고요, 여뀌꽃을 좋아합니다. 아름다운 여인들이 모인 편지마을은 더욱더 사랑하고요. 암사동 선사유적지가 있는 작은 마을에서 삽니다.

바느질로 이긴 더위

김 옥 진

지난 여름의 더위는 대단했다. 60여년 만에 처음이라는데 가뭄으로 농작물의 피해까지 겹쳐 힘겹게 보낸 여름이었다. 앉으나 서나 온 몸에 물을 끼얹은 듯 땀이 주르르 흘러내렸다. 그렇다고 하늘을 원망하며 더위에 굴복당할 수만은 없었다. 이열치열(以熱治熱)이란 말을 떠올리며 무슨 일로 더위를 물리칠까 궁리하였다. 생각 끝에 재봉틀을 꺼내 손질하고 장농 속에서 십 수년된 삼베와 모시 자투리를 꺼내 바느질을 시작했다.

비교적 넉넉한 삼베쪽은 잇대서 홑이불을 만들고 적삼도 만들었다. 작은 자투리들은 잇고 이어서 보자기를 만들었다. 그냥 버릴까 하고 몇 번이나 망설이기도 했지만 그 옛날 할머니들께서 한 올 한 올 짠 공이 아까워 버릴 수가 없었다.

한때는 나일론에 밀려 삼베나 모시 같은 우리 고유의 천연섬유가 뒷전으로 밀려난 적도 있었다. 손질이 까다롭고 번거롭기 때문이었다. 빨아서 훅 털어 널기만 하면 푸새는 물론 다림질도 필요없고 또 질긴 것이 나일론이었다. 그러나 나일론이나 다른 화학섬유는 모시

나 삼베의 장점을 따를 수는 없는 것. 근래에 다시 비싼 값으로 귀한 대접을 받는 우리 고유의 자연섬유가 소중하게 생각된다.

정성껏 만든 삼베 조각보를 우선 조심스레 이웃 할머니께 드려보았다. 너무나 기뻐하셨다. 그 모습에 보람을 얻고 더위도 잊은 채 신나게 재봉틀을 돌렸다. 제법 많이 모여서 상자에 채곡채곡 쌓였다. 혼자 마음으로 이건 며느리에게 주고 저건 딸을 주고, 또 누구 누구하고 점을 찍으며 일에 열중했다.

한창 바느질에 몰두하던 어느 날, 전화가 왔다. 꽃 중의 꽃인 막내 며느리가 손녀를 순산했다는 소식이었다. 딸이 귀한 집인데 큰 경사일 수밖에. 주섬주섬 바느질 감을 밀쳐놓고 손녀를 보러갔다. 며느리에게 '수고했다. 축하한다'고 다독여 준 뒤 아기를 보러갔다. 우리 아기가 역시 제일 예뻤다. 20년 후에는 딸이 모자란다는데 얼마나 잘한 일인가. 정말 기뻤다. 마침 안사돈께서 산구완을 맡아 주셔서 돌아온 나는 다시 재봉틀 앞에 앉았다.

사랑에서는 이 더위에 무슨 바느질이냐고 야단이었다. 네 살짜리 손자도 그만두라고 할미에게 졸랐다. 땀에 젖은 얼굴을 손으로 문질러서 얼룩고양이가 된 채 울고 서 있는 모습이 우습고 귀여웠다.

나는 충청도 시골에서 태어났다. 농사나 힘든 일은 안 했지만 농촌의 사정은 누구보다도 잘 안다. 그래서 낟알 한 톨이라도 아끼고 시간도 소중히 생각하고 낭비하지 않으려 애쓴다. 여름이면 대자리를 깔고 앉아서 코바늘뜨개로 무언가 만들기를 좋아했다. 하나, 둘, 셋하고 코를 세며 식탁보를 완성해 가노라면 더위는 어느 새 물러나고 오곡 백과가 풍성한 가을이 되었다.

내게는 또 언제나 일거리를 손에 잡는 습관이 배어 있다. 옛날 친정어머니께서 여자는 게으르면 안 된다고, 손을 맞잡고 앉지 말라던 가르침을 받았기 때문이다. 항상 부지런히 일을 할 때에는 더위나 추위, 또 어떤 아픔의 시간도 쉬 지나감을 깨닫게 된다. 재봉틀 앞에서 더위를 이기고 이웃들에게 사랑이 담긴 작은 선물도 나누어준 보람된 여름이었다.

나는요? 편지마을에서 가장 선배가 되는 1928년생입니다. 그러나 젊은 회원들에게 지지 않으려고 모임에 참석할 땐 시간을 잘 지키지요. 잘 자라준 아이들 때문에 보람된 노후를 보내고 있습니다. 편지마을과 함께 늘 깨어 있는 할머니가 되고 싶습니다.

노동의 신선함

엄 정 자

"너도 네 명대로 못 살겠다. 쯧쯧."

몸살 감기로 콜록거리고 숨이 차는데도 출근하는 나에게 시어머님께서 하시는 말씀이다.

"며칠 쉬면 안 되겠느냐?"

"지금 쉬면 아주 쉬어야 돼요."

어머님의 만류를 뿌리치고 출근을 서둘렀다. 늦었다고 생각할 때가 가장 빠를 때라는 말을 교훈으로 삼고 나는 40중반에 3개월 코스 도배학원을 마치고 아파트 신축현장에서 일하고 있다.

40여 명의 동기생 중에서 이런 저런 이유로 중도에 탈락을 하고 5명이 남았다. 학원에서 수강할 때에는 서로 많이 실습을 하려고 시장터를 방불케 하더니 현장에 투입되어 실습을 해 보고는 모두 부푼 꿈을 포기해 버렸다.

얇은 초배지에 풀칠을 해서 붙이다 보면 유리문이 없는 탓에 바람이 불면 풀칠한 초배지가 얼굴과 목에 휘감겼다. 나중에는 마치 맛사지 팩을 한 것처럼 얼굴이 당기곤 한다. 바람에 접혀진 초배지를 젖은 장갑을 끼고 붙이는 일은 쉽지않다. 시린 손을 호호 불면서 간신히 펴서 붙이려면 약해서 찢어지고 그럴 때마다 정말 울고 싶은 마음이 들기도 한다.

학원선생님은 내가 무척 나약해 보였던지 동료들에게 잘 참으라고 격려해 주라고 하셨단다. 현장에서도 어떤 분들은 '아주머니가 도배를 해요? 곱고 예쁜 그 손으로요.'하면서 믿기지 않는다고 한다. 함께 일하는 자매는 무거운 것은 자기가 나르고 나에겐 가벼운 것을 골라 주어 미안하기도 하고 고맙기도 했다.

점심 시간에 구내식당에 가 보면 가장 옷이 지저분한 사람들은 도배 팀과 페인트 팀들이다. 퇴근 시간이 되어 깨끗이 씻고 밖으로 나와 보면 무쓰를 바른 듯 머리가 하얗다. 서로 마른 풀을 뜯어주다 보면 어떤 분들은 흰머리를 뽑는 줄 알고 웃기도 한다.

우리는 지저분한 모습으로 일을 하지만 예술가임을 자처하고 있다. 어설프고 썰렁하던 공간이 차츰 아름답게 변할 때 느끼는 희열과 행복감, 그것은 누구도 빼앗을 수 없는 나만의 행복이다. 우리는 침울한 회색의 나라를 밝고 아름답게 변화시키는 마술사들이다.

나는 도배를 하면서 진정한 땀의 열매가 얼마나 값진 것인가를 알게 되었다. 그리고 내가 하나 더 갖기 위하여 남이 가진 것을 빼앗지 말아야 함도 배웠다.

나는요? 경기도 연천에서 군목(軍牧)으로 일하는 남편을 도와 욕심없이 살아갑니다. 노동의 신성함, 노동의 소중함을 깊이 느끼고 아름다운 몸과 마음을 간직하려 애씁니다. 기차를 타고 집에서 일터로 오가는 시간에 사색에 잠기기도 하고 편지를 쓰기도 한답니다.

농사나 지어 볼까나!

양 영 자

얼었던 밭고랑이 질펵해지고, 밭두렁의 양지바른 곳에 소리쟁이와 망촛대, 꽃다지 등이 제법 봄나물 모양새를 갖추고 있다. 뺨으로 스쳐가는 바람에선 상큼한 봄냄새가 난다.

이맘때면 우리는 일년의 생활경제 계획을 준비한다. 빈 하우스 안을 따뜻이 해서 해토가 되면 모종낼 작물을 건강하게 키워야 하기 때문이다. 하우스 안에서 트랙터 소리가 나고, 남편의 손과 발이 바빠진다.

파 씨를 파종하고 속 비닐을 덮는다. 싹이 하얗게 잘 트도록. 추운 날씨에도 비닐 하우스 안에선 개풀이 파랗게 야들야들 자라는 것이 참 신비롭다. 봄은 대단한 힘을 지녔다. 꽁꽁 언 땅을 녹이고 그렇게도 가늘고 예쁜 개풀에게 땅을 뚫고 올라올 수 있는 힘을 넣어 준다는 것이…….

툇마루 위엔 청첩장이 하나 둘 날라와 쌓이고, 대문 밖 일이 괜스레 궁금해지며 또 남편의 농삿거리가 바빠지는 계절은 봄이다.

농사를 시작하는 이 시기만 되면 희망이 솟고 가만히 앉아 있어도 가슴속은 바쁘고 활기차다. 농사 이야기, 아이들 교육 이야기, 가정 생활의 이런 저런 이야기 등을 남편과 의논할 때면 이보다 더 아름답고 행복한 이야기가 어디 있을까! 스스로 감사하고, 풍요로워진다.

조상들이 아끼고 절약해서 물려주신 농토가 있고, 달콤하고 솔깃한 대처의 술렁이는 개발 바람을 남편의 넓은 등으로 지키며 막아내고, 미래에 대한 확신과 희망이 부화 직전의 병아리마냥 무한한 것이 농지 속에 함께 있다. 그래서 남편과 난 서로 고맙고 감사하며 산다.

이곳은 서울과 인접한 곳이라 이곳 지방 나름의 힘든 일이 많이 일어난다. 사업 밑천한다고 조상에게서 물려 받은 농토를 미련없이 처분하는 이웃이 안타까워 보인다. 개발바람 쏘이며 이리저리 휩쓸려 시내로 나돌다 농사를 하찮게 여기어, 마침내 빚으로 넘겨져 헐값에 없앤 이웃을 걱정하게 되는 일이 힘겹다.

'왜 그렇게 힘들고 어렵게 사느냐'는 비아냥에도 곁눈질 한번 안하고 우리는 어려운 자리 지킴을 해 왔다. 그러기에 소중하고 귀한 선대 어른들의 숨결과 손길을 느끼며 살 수 있다. 모든 것이 남편에게 고맙고 감사하다. 아빠의 직업란에 '농사'라고 자랑스럽게 적는다는 아이들도 대견하고 고맙다.

농사를 지을 수 있는 농토를 지켜왔기에 이루어 지는 일이리라. 남들이 쉽게 말하는 '농사나 짓지'가 아님을 강조하고 싶다. 마지막에 걸려서 하는 짓이 농사가 아니다. 농사도 내가 선택해서 지어야 자신 있게 지을 수 있다. 그래야 실패해도 다시 일어 설 수 있기 때문이다.

세상일엔 상대적 무지함으로 이리저리 부딪혀서 가슴엔 멍자욱들이 있지만 그래도 다시 시작하는 용기를 우리는 땅에서 얻는다.

몇년 전 남편과 나도 세상을 너무 믿다가 어처구니없게 실수라 할 수 없는 실수로 가슴 아픈 일이 있었다.

남편이 사업하는 친구의 어려운 사정을 도와주다가 손해를 보게 됐다. 남편이 그렇게도 애착을 갖고 일구던 밭 한쪽을 친구 회사의 부도로 인해 그야말로 하루 아침에 날려 버렸다. 계약서, 보관증 따위도 요것조것 얽혀서 법 앞에선 한낱 종이에 불과했고, 마침내 우리 땅이 아니라는 것을 인정하기까진 너무나 속상하고 울화가 치밀었다. 어디에 대고 하소연 할 곳도 없고, 기막힌 일이 아닐 수 없었다. 멍 하니 두 눈을 뜨고 빼앗기다니…….

그래도 동네에선 모든 면에서 남편이 인정받고 있는 사람인데, 이렇게 어리석은 일을 당하다니……. 벙어리 냉가슴을 알아야 했다.

농촌 생활에 불평 한마디 없이 시부모 모시고 살면서 '땅 팔아서 시내로 나가서 편한 직업 갖고 행복하게 살자'고 귀 간지럽히며 방황하게 하는 일없이 잘 따라와 주어서 고맙다고, 남편은 내게 술머금은 소리지만 늘 고마워했다. 그런데 그런 일이 일어나 친구와 돈과 일부의 터전을 잃게 됐다. 어처구니없게도 여러 가지를 잃었지만, 더 많은 것을 잃기 전에 털어 버릴 것은 털어 버리고, 정신적 육체적인 건강을 지키기 위해 잊자고 했다. 호된 가슴앓이를 치르고 난 후이지만. 그리고 남편은 친구에게 가끔 찾아가 친구가 일어설 수 있게 격려해 주고 용기와 희망을 주어 진한 우정을 잃지 않음이 보기 좋았다.

지금은 다시 평안하다. 값비싼 교훈을 얻었다고 남편은 씁스레 웃고 넘겨 버린다.

그런데 그후 해마다 가슴 아프고 속상한 일을 어쩔 수 없이 겪게 됐다. 밭두렁 그늘에 털썩 앉아 땀을 식히고, 시원한 막걸리로 갈증을 지울 때 엉터리로 힘들여 밭을 갈고 정리하여 도라지며 파 등 작물을 심고 가꾸던 곳에 억센 들풀이 내 키도 훨씬 넘게 자라 있어서 쓸 수도 없는 폐허의 땅으로 내버려진 것을 볼 때면 눈살이 찌푸려지고, 눈물이 왈칵 나온다. 남편도 될 수 있으면 그 밭을 피해 다닌다고 한다. 그 밭의 새 주인이 내게 한 말을 생각하면 코웃음이 절로 난다.

"왔다 갔다 슬슬 농사나 지어 볼려구요."

그땅을 어떻게 할 것이냐며 아픈 가슴으로 묻는 내 질문에 그 사람의 이런 대답이 내 뒷통수를 내리치며 땅으로 흩어지는 느낌이 들었다. 말도 안 된다는, 그렇게는 쉽게 안 될 것이라는 코웃음이 들풀이 무수히 빽빽한 밭속 여기 저기에서 들리는 듯하다. 정말 가슴 아픈 일이었다. 늙어서 슬슬 농사나 지어 본다고? 심은 대로 거두는 곳이 땅이다.

적절히 좋은 거름으로 작물이 자라기에 알맞은 토지를 만들고, 제때에 파종하고 좋은 인간관계로 인력을 관리하며 가꾸고, 적기에 출하해서 최고의 상품으로 높은 가격을 받으려면 그처럼 쉬운 일이 결코 아니다.

세계화에 역행하는 그런 사람들이 농토를 지배한다면 농촌이 바로 설 수 없다는 절대적인 사실을 체험했다. 머리가 절로 흔들리는 기막힌 일을 떠올리며 입춘이 지나 따듯하다지만 심술궂은 봄바람에 우리 하우스가 날아가지 않도록 바람 구멍을 막고 클립으로 문을 꼭꼭 끼워 마감했다.

그리고 이봄의 서쪽 해와 다정한 눈맞춤을 했다.

아! 올해도 풍작을 기원해 본다.

나는요? 구리시 토평동에 둥지를 틀고 한껏 자유를 누리며 사는 여인입니다. 시어머님의 사랑을 담뿍 받으며 삼남매를 키웁니다. 흙을 사랑하는 남편과 아빠의 농사일을 돕는 두 아들의 모습을 지켜볼 때가 행복하답니다. 꾸준히 동양화를 익히고 있습니다.

다시 한해를 보내며

심 미 경

사전을 찾아보니 겨울이란 '일년 네 철의 끝, 입동부터 입춘까지의 동안'이라 표기되어 있다. 봄에 뿌린 씨앗이 여름 동안 건강하게 자라서 가을에 수확을 거두고, 바빴던 몸과 마음을 추스리고 쉬면서 다시 봄을 준비하는 겨울에 우리는 서 있구나 하는 생각을 해본다.

한 해를 열면서 쓴 일기를 새삼스럽게 펼쳐보니 새날을 맞으며 다가오는 날들을 성실하고 정직하게 보내겠다는 다짐이 적혀 있었다.

해마다 십이월이면 크리스마스 카드와 연하장을 준비하면서 좀더 치열하게 살아내지 못한 시간들에 대한 아쉬움과 회한으로 몸부림치곤 한다. 그래도 순간마다 주어지는 삶 속에서 진실과 사랑을 잃지않고 건강하고 올바르게 살아왔다는 사실에 안도하며 당초 설정한 목표에는 절대미달이었다 해도 감사하는 마음을 가진다.

나는 기독교 신자는 아니지만 성경 말씀 중에 '범사에 감사하라'는 말을 좋아한다. 그리고 버릇처럼 작은 일에도 감사하는 마음을 갖도록 노력한다.

늘 바쁘기만한 엄마, 아빠의 틈바구니에서도 별탈없이 잘 자라주는 내 아이들이 고맙고, 사치와 향락과 폭력이 난무하는 세태 속에서도 큰 불행에서 비켜서서 그래도 행복한 보통 사람으로 남아 있을 수 있음이 고맙다. 편지마을과 인연을 맺고 이렇게 마음 속에 작은 여유를 담아낼 수 있음이 고맙다. 철모르는 두 아이의 엄마로 직장생활까지 하다보니 일 년에 몇 번 되지 않는 모임에도 제대로 참석할 수 없다. 그것이 늘 안타깝다. 그러나 가까스로 모임에 참석하게 될 때면 부딪는 얼굴들이 하나같이 해맑고 고운 얼굴빛을 띄어서 얼마나 고마웠는지 모른다. 내년부터는 모임에 빠짐없이 참석하는 것을 하나의 목표로 두고 싶을 만큼 나는 편지마을을 사랑한다. 그 사랑을 감싸안고 이제는 올바른 사랑표현을 하리라. 그렇지만 낮은 목소리로 하리라. 큰 목소리에는 자기도취나 과시의 욕망은 담을 수 있어도 사랑은 담을 수 없기에!

나는 좋아하는 것이 많다. 싫어하는 것보다 좋아하는 가짓수가 많으니 분명 행복한 삶일 게다. 순진무구한 내 아이들의 푸른 눈. 햇빛에 널린 빨래. 비갠 뒤 보도블럭 사이로 얼굴을 내미는 풀꽃들의 재잘거림. 제주의 여름 바닷가에서 만난 무지개. 어느 생일날 전해받은 곱게 말린 네잎 크로바. 내 마음과 하나가 되는 책들. 아무것도 쓰지않은 원고지. 오래된 편지묶음들……. 일일이 열거하자면 지면이 모자랄 정도리라.

매스컴에서 연일 보도되는 사회의 부조리한 단면과 허구들. 천재지변. 그런 것들을 지켜보면서 이런 생각을 한다. 과연 나와는 상관 없는 일들인가? 그런 불행에서 열외될 수 있었다는 것에 단지 안도해야 하는 걸까 하는 생각이 든다. 왜 그것이 행복한 일이 되는 것인지, 참으로 아이러니가 아닐 수 없다. 하지만 매일매일을 성실하게 살아감으로써 건강한 삶의 주인으로 있어야 스스로에게 부끄럽지 않을 수 있겠다.

추운 겨울이다. 굳이 값비싼 외투를 걸치지 않아도 나는 따뜻하다. 마르지 않고 샘솟는 내 삶에 대한 사랑이 벅차오르기에.

우리는 매일 누군가를 만난다. 밤하늘의 별 만큼이나 수많은 사람들 중에 나와 인연을 맺고 사는 사람들. 크고 작은 관계의 연결고리가 되어 이루어지는 것이 인생이라면 순간마다 만나지는 사람들을 정말 소중히 여겨야 할 것이다. 이 한해가 또 저물어 가기 전에 가까운 이들을 다시 한번 떠올리고 애정을 담은 안부 편지라도 써야 겠다.

나는요? 직장과 가정 사이를 종횡으로 달리는 슈퍼우먼입니다. 두 아이의 엄마지만 낭만적인 멋을 잃지 않으려 애쓰지요. 제주에서 서울로 일터를 옮겼고 은행원으로 일하고 있습니다.

3월을 맞으며

김 옥 남

3월, 다시 출발하는 달!

꽃샘추위가 봄을 시샘하는 3월은 우리 교사들에게는 의미가 깊은 달이다. 인사이동으로 보내고 맞는 동료 교사들. 그위에 새로 맡는 내 반 아이들과 설레임의 만남! 수많은 아이들이 내 곁을 떠나고 또다시 만나는 3월은 힘겨운 달이기도 하다.

(3월의 첫 출근 날)

손끝이 아린 추위지만 즐겨입던 바지를 밀치고 치마를 입고 집을 나서니 면역이 생기지 않은 다리가 자꾸만 움추려 들었다.

20여년 전 처녀시절, 동학년을 했던 선생님과 다시 같은 학교에 근무하게 되어 반갑게 악수를 하고 내 쌓인 주름은 잊은 채 초임발령을 받은 패기넘치는 소년선생님의 모습을 찾으려 애썼다. 몇 마디 주고 받으니 목소리조차 변했단다. 옛날의 내 목소리를 기억하고 계시니 감사할 뿐이었다.

두려움없이 마음껏 모교의 교정을 활보했던 내 옛날의 모습을 찾으려 기억을 총동원해도 나 아닌 다른 사람으로만 느껴졌다. '무식이 용감했던가?' 어떤 학년 어떤 업무도 겁없이 해치울 수 있었던 그 용기를 지금의 나한테서는 찾아볼 수가 없다.

(이름 익히기)

학급을 담임하게 되면 그중 가장 급선무가 아이들 이름을 익히는 일이다. 미혜, 미숙이, 혜영이, 혜숙이, 이름도 비슷하고 생긴 모양도 너무 비슷하다. 1주일 안에 이름을 익히기로 작정하고 우리 반 아이들과 내기를 했다. 4일 만에 분단별로 이름을 불러세우니 아이들이 손뼉을 치며 내게 상을 주겠단다.

"무슨 상이냐?"

하고 물으니 내일 휴지를 상으로 가져오겠단다. 자기 이름을 알아맞추니 기분이 좋은가 보다. 그때 마침 우리 반 꼬마 여학생이 앞으로 나오더니,

"선생님, 선생님 이름은 참 촌스러워요." 한다.

정곡을 찌르는 내 반 아이 앞에 순간적으로 대꾸할 마땅한 대답을 찾지 못해 할머니께서 지어주신 이름이라고 얼버무렸다.

요즈음 아이들은 참 똑똑하다. 자기 담임교사의 이름조차 평가할 수 있으니까.

(어머니의 맛)

토요일 퇴근하여 집에 돌아오니 친정어머니께서 '백설기'를 보내오셨다. 50을 바라보는 딸을 위해 손수 찧어 만들어 보내주신 것이다. 나는 지금도 어린 시절 내 어머니의 '백설기'맛을 잊을 수가 없다. 돌멩이처럼 단단하고 야문 떡 한 덩어리를 받아드는 날이면 그렇게 신이 날 수가 없었다. 이빨로 사각사각 가루를 내어 삼킬 때마다 입안 가득히 차오르던 그 달콤한 맛! 솜털처럼 보드라운 촉감을 요즈음 아이들은 모르리라.

우리 집 냉장고와 내 친정집 냉장고도 인스턴트 식품 때문에 어머니 특유의 맛은 자취를 감추었으니 훗날 무엇으로 우리 아이들을 향수에 젖게 할 수가 있을까? 햄버거, 피자가 아이들의 기호식품

으로 자리하고 있으니 두고두고 '백설기'는 내 몫으로 남아 있다.

교사란 남의 자식을 내 자식처럼 키우고 가꾸어야 하는 직업이다. 아름다운 꽃을 가꾸는 원예사로서 때론 회초리로 매섭게 치는 준엄한 어머니로서, 짜장면 배달통을 든 채 씩씩하게 인사하는 주근깨 많은 승민이도, 어엿한 한가정의 주부로 자리잡은 영악스럽던 경아도 나에겐 자랑스럽고 소중한 한 송이 꽃이리라.

나는요? 경북 안동에서 교사로 재직하며 48년생입니다. 아이들에게 오래 기억되는 선생님으로 남기 위해 노력합니다. 글을 쓸 수 있는 시간이 빠듯하지만 꾸준히 습작해 보려고 합니다.

용 단지와 가신들

이 원 향

해마다 신정에는 사촌간의 모임이 있었다. 피라미드 처럼 번진 자손들이 사오십명은 넘었는데, 집집을 돌며 한 해 한번씩 정(情)을 다지자는 데에 뜻을 두었다.

올해는 영주에 사시는·종시숙댁에서 모임이 있었고, 오는 길에 예천 우리 큰댁에 들렀다. 야트막한 양철 대문을 밀고 들어서자 마당 한쪽엔 타작을 하고 난 빈 콩짚이 산더미처럼 쌓여 있고, 일부 매상을 하고 나머지의 벼가마니가 비닐에 덮여 높다란 채로 정부에서 사주기를 기다리고 있었다. TV에서 전량 수매를 외쳐대던 농민들의 구리빛 얼굴이 스친다. 그것은 시숙들의 얼굴이었다.

내외분이 함께 영주 모임에 나가셨던 터라 텅 비인 집안에 온기라고는 전혀 없고, 외양간 누렁이만 엊저녁부터 굶은 배를 움켜 쥐고 커다란 눈을 꿈벅이고 있었다. 냉기만 가득한 방안을 잔뜩 웅크리고 서성이는데 글방 한구석에 옛날 것으로 보이는 단지 하나가 눈에 띄었다. 투박한 듯 했지만 꾸밈없는 모양이 그 앞으로 다가서게 했다.

"형님, 이 단지에 뭐가 있어요?"

"으응, 자네 들어 보았능가? 그게 용단지라카는 걸쎄."

맏동서는 가마솥 아궁이에 불을 지피며 말을 이었다. 용단지라 함은 옛날부터 전해오는 민속신앙으로서 그해 농사지은 쌀중에서 처음 수확한 것으로 항아리에 넣고 한지로 정성껏 덮는다. 그 다음 명주실로 묶어 사람 눈에 잘 뜨이지 않는곳 중에서 동쪽으로 모셔 놓으면 돌아가신 선조들의 영혼이 용이라는 신으로 내려 앉게 된다고 믿게 되었단다. 그 용신은 일년 내내 식구들의 평안을 보살펴 주신다는 우리네 농경지 사회의 전통적인 신앙의 일종이었다. 그 옛날에는 나락을 넣어 두었다가 그다음해 씨앗으로 썼었는데 어느때부터인가 쌀을 넣어두게 되었단다. 맏동서는 시어머니 생존해 계실 때부터 해오던 일이라 별 거부감없이 요즈음도 모신다고 했다.

우리 시어머님은 불심이 세셨단다. 아니 일찍 혼자가 되어서 당신의 일곱 남매와 작은집 식구들이며 수무명 가까이 되는 식솔들을 이끌어 가시려면 여인을 초월한 강인한 의지가 필요하셨지 않을까 생각된다. 나약해질 때마다 마음을 그런곳에 의지하셨을것만 같다. 어쩌면 그 정성에 감복한 신의 보살핌으로 당신의 자손들은 이쯤에 살고 있을지도 모를일이다. 우매하셨다기보다 그 일은 가족들이 무병하고 집안을 액운으로부터 보호하려는 나름대로의 질박한 신앙이었다고 보여진다.

정성을 다해 신을 모신 순박한 모습은 요즈음도 생활 곳곳에 흔적이 남아 있다. 옛날에 쓰시던 상자모양의 2층 반닫이 장롱 위에는 삼신 바가지가 얹혀져 있었는데 그것은 자손의 번창을 기원하기도 하고, 낳은 자손은 잘 자라기를 바라는 일종의 모성애의 표현이기도 하다.

그시절에는 집안 어느곳에도 신이 있다고 믿었다. 장독대에는 철융신이라는 신이 있어 집안의 음식맛을 좌우한다 하였고, 우물에도 신이 있다하여 첫 새벽에 정한수를 떠다 집안 곳곳에 뿌리면서 가

족의 건강을 기원했다.

가신중에는 용단지, 삼신바가지, 성채로 나누었는데 용신, 삼신은 죽은 사람의 신이었고 성주는 산사람의 신으로 가정의 으뜸가는 신으로 섬겼다. 성주를 새로 모실때는 금기 사항도 많고 까다로왔단다. 대주의 나이가 3,7 되던해, 10월에 모셨는데 성주옷을 입힌다고 표현하기도 했단다. 날이 잡히면 일주일 전부터 가족들은 상을 당한 집에도 못가고, 만사에 조심해야 했으며 대문앞에는 황토흙을 뿌려 부정한 이의 출입을 막았다. 대문에는 금줄도 달았다. 그 금줄은 새끼줄을 왼쪽으로 꼬아 흰천을 매달았고, 그것은 성주모심을 공개적으로 알리는 표시였기도 하다. 그날이 되면 보살이라는 무당이 집전하였는데 붉은 팥으로 시루떡을 만들어 놓고 무당의 정한수 뿌림부터 시작했다. 한지를 접어 명주실로 마무리하여 드나듬이 잦은곳의 머리위에 모셔 두었는데 그일은 조심스럽고 정성으로 행해졌다. 그 이후부터 성주신은 가족들의 일거수 일투족을 지켜보고 계시다고 믿게 되었고 보살펴 주신다고 믿게 되었다. 그러니까 자연스레 생활이 진실하게 되었고 성실하게 사는 이들에게 만사형통할 수밖에 없었던 것같다. 그것을 신의 덕분이라 생각되어 더욱 정성스레 모셔지게 되었음직하다.

이렇게 우리 조상들은 생활 곳곳에서 신을 모신 흔적이 보인다. 모두가 안택(安宅)을 비는 기원이었으리라. 자식들을, 그리고 집안을, 더 나아가 동네를, 더 크게는 나라를 염려하는 소박한 모성애였을 것이다.

신앙이라 함은 흔들리지 않고 바르게 살아가기 위한 정신적 지주이다. 예수님을 따르고, 부처님을 따르듯이 이분들도 신을 모심으로서 일상을 어질게 사시고자 함이었다. 이 토속신앙은 낯선 시선으로만 보지 말아야할 우리 정신문화의 밑바탕이 아닌가 싶다.

아궁이 앞에서 부지깽이로 빈 콩짚을 끌어 넣던 맏동서의 골 깊은 얼굴이 불그림자로 얼룩인다. 외지에 나간 다섯남매의 안녕을 비는 맏동서의 간절한 기원이 그용단지에 가득담겨져 있음을 미안스레 훔쳐 보았다. 소박하셨을 시어머님, 그리고 옛 여인들의 체취가 물컥물컥 쏟아져 나올것 같아 그 단지를 보는 내 눈길은 처음과는 달리 따듯해져 가고 있었다.

나는요? 조용하고 따뜻한 것을 좋아하는 평범한 여인입니다. 그러나 좋은 글을 쓰고픈 욕심만큼은 대단하고요. 편지마을 사람들과의 우정을 소중하게 여기며 여의도에서 살고 있습니다.

가을 속에서

이 미 경

몇 해 전이었다.

여름 무더위가 아쉬운 발걸음으로 계절을 넘어가던 어느 날. 오랜만에 후배의 전화를 받았다. 그동안 소식이 끊겨 물어 물어 했다는 책망섞인 후배의 용건은 모교의 은사님께서 애타게(?) 찾으시니 연락을 좀 드리라는 것이었다.

그러고보니 스승의 날이면 딸아이의 담임선생님께는 감사함을 전하면서도 정작 나는 나의 옛 은사님은 한번도 찾아 뵙지 못한 무심한 제자였다. 학창시절 문예부 활동을 하던 나는 국어 선생님이셨던 은사님의 각별한 사랑을 받을 수 있었다. 제자라기 보다 마치 딸처럼 여겨 주셨던 은사님께 졸업 후에는 새해가 되면 한복을 곱게 입고 후배들을 모아 새배를 드리러 가곤 했다. 그러던 내가 결혼 후 몇 년은 연하장으로 새해인사를 대신 올리다 그후 10여 년 간 소식을 뚝 끊었으니 얼마나 섭섭하고 가슴 허전하셨을까.

여학생들은 결혼하면 끝이더라는 말이, 결국 나를 두고 하는 말이라 생각하며 부끄러움으로 가슴이 붉게 물들었던 하루였다. 그리

고 기다림에 지쳐 여기저기 수소문하신 은사님의 따뜻한 사랑에 숙연해졌던 그날, 죄송한 마음을 모아 장문의 편지를 정성껏 올렸다. 곧 찾아 뵙겠다는 약속과 함께…….

그러나 핑계처럼 바쁜 일상 속에서 약속을 또 미루는 사이 무심한 계절은 몇 번이나 바뀌어 버렸다.

올 여름은 유난히도 무더웠다. 그러나 지구를 온통 삼켜버릴 듯 오만하게 타오르던 태양의 열기도 어느 덧 가을바람 속으로 숨어버리고 말았다. 그리고 여름더위에 지친 내 어깨 위에 있던 하늘이, 저만큼씩 높아만 지더니 맑고 푸른 가을하늘이 되어 다가왔다.

가을엔 그리운 사람을 불현듯 만날 수 있는 마음의 여유가 있어서 좋았다. 아침 소란 속에 아이들을 보내고 모처럼 푸른 가을하늘에 구름처럼 마음을 띄우고 계절을 느끼고 있었다. 그때 문득 스승의 은혜 노랫말이 생각나는 까닭은 무엇일까. 우러러 볼수록 높아만 지는 하늘탓이었다. 스승의 은혜는 5월의 하늘보다 가을하늘을 더욱 닮고 있었다. 쪽빛 가을하늘을 무심히 바라보다 몇 해를 벼르던 은사님을 찾아 뵙기로 한 건 그래서 우연이 아니었다. 베란다 가득 눈이 시리도록 푸른 가을하늘 들여다놓고 서둘러 외출 준비를 하였다. 그리고 설레이는 마음으로 은사님을 뵙기 위해 서울근교 모교로 향했다. 길가 코스모스 위로 잠자리가 떼지어 날아 다니는 한가로운 오후였다.

노란국화 한다발을 가슴에 안고 오랜만에 찾아간 모교의 교정엔 낙엽이 뒹굴고 단풍이 곱게 물들어 있었다. 예전엔 단숨에 오르던 교정의 언덕이었는데 서른을 훌쩍 넘어 모교를 찾은 감회 때문일까. 이내 숨이 턱까지 차 올랐다. 내 모습이 옛 제자이기 보다는 학부형으로 보였을 텐데도 얼른 알아보시는 은사님. 오랫동안 소식이 없어 필경 섭섭하셨을 텐데도 반갑게 맞아 주시는 은사님의 가벼운 포옹 속에는 진한 사랑이 숨어 있었다. 자상한 은사님의 안내로 학교를 돌아보는 동안 추억의 갈피 속에 잠들었던 기억들이 하나씩 되살아 났다. 그리고 그리운 친구들의 웃음과 재잘거림이 환청처럼 들려와 자꾸 뒤돌아보면 그곳엔 후배들의 해맑은 모습만이 아쉽게 남아 있었다. 문득 운동장에 서 있는 풍성한 은행나무 앞에 발길이 멈추었다. 재학 당시 어린나무가 세월 속에 이제는 아름드리 나무 되어 학교를 지키고 있었다. 감회에 젖어 바라보다 돌아섰을 때, 평생을 교직에 바치신 은사님이 노을속에 인자하게 웃고 계셨다. 세월 탓일까. 은사님께서는 어느 덧 가을이 되어 계셨다. 은행나무의 무성함처럼 많은 제자를 배출하시고 이제는 황혼에 들어서시는 은사님. 주름 속에 남아 있는 수많은 제자들의 이름을 기억하시며 궁금해 하시는 은사님. 그분의 보람은 잊지 않고 찾아오는 제자들을 맞는 기쁨이란 것을 왜 진작 헤아려 드리지 못했을까. 가슴 뭉클한 자책이 찬바람처럼 지나갔다.

은사님께서는 얼마 전 출간하신 책에 따듯한 손길로 서명해 건네 주셨다. 책을 내시며 더욱 내 생각이 나셨다는 은사님의 변함없는 사랑에 이 가을 나는 행복해질 수 있었다. 그리고 열심히 살아가는 모습으로 자주 찾아 뵙는 제자가 되리라 마음 먹었다.

가을 속에서 나는 풍요롭고 넉넉해질 수 있었다. 그리고 추수하는 마음으로 지난날을 돌아보며 풍성한 삶의 결실도 얻을 수 있었다. 그동안 사소한 것에 충실하느라 진정 소중한 것을 잃고 살지는 않았는지 생각해 보는 계절이기도 했다.

어느 덧 가을 해가 지고 석양이 붉게 물들어 왔다. 못다한 이야기 아쉽게 챙겨 들고 나선 복도엔 적막이 그림자처럼 깔려 있었다. 그리고 그림자 뒤로 가을은 점점 깊어가고 있었다. 짧은 만남에 긴 여운 남기며 국화 향기 그윽한 교정의 언덕을 은사님과 다정히 내려왔다. 깊어가는 가을 길목에서 사제간의 훈훈한 정을 확인했던 소중한 만남을 간직한 채.

나는요? 이제 새로운 만남보다는 그리운 옛 사람들을 만나며 살고 싶답니다. 가을은 잊었던 사람들을 만나 그리움을 반으로 줄일 수 있어 좋아합니다. 59년생으로 감상적이며, 불의를 보면 참지 못하는 용기있는(?) 여자랍니다.

이제 만족하고 싶다

송 정 순

칙칙한 날씨가 며칠간 계속되더니, 쨍하고 햇빛이 났다. 그러더니 갑작스레 눈보라가 몰아친다. 컴컴해지면서 소나기가 한줄기 퍼붓더니, '위-잉, 윙!' 휘몰아치는 광풍에 귀신이라도 나타날 것같다. 사계절의 열정이 하루 속에 다 담겨 있던 날, 변화무쌍하고 강렬해서 좋았던 날. 3월 초순이다.

오늘의 날씨 속에 우리 살아 온 날들도 함께 소용돌이치며 내 망막을 흐려놓는다. 쉼없이 헉헉대며 달려온 세월. 그 세월 속에 그래도 가끔씩은 무풍지대의 평화를 맛보았는지, 크리넥스 두께만한 행복이나마 누려본 듯도 하고……. 이제는 만족하고 싶다. 욕구를 억제해야 겠다.

결혼 11년만에 둘러보니, 가진 것도 참으로 많다. 멋대가리 없고 우직스럽기만 한 남편. 예쁘고 똘똘한 두 딸, 24평 우리 집, 빨갛고 자그마한 우리 차, 430ℓ 짜리 냉장고(이건 정말 중요하다 180ℓ 냉장고를 10년 동안 끌고다녀, 수박값이 천오백원일 때도 못 샀으니까), 낡은 검정 호마이카 피아노, 컴퓨터…… 또 있다, 갑작스런 직장 생활로 스트레스 쌓인다며 외상으로라도 음악부터 듣고 보자고 들여놓은 앙징맞게 생긴 오디오. 그곳에선 지금 보케르니의 〈미뉴엣〉이 흐르고 있다. 그리고 커피 한 잔. 더 무얼 바라랴.

작년 이맘때는 어떠했는가. 떠돌이 생활을 청산하느라고 얼마나 속을 썩혔던가. 쪼개고 쪼개서 적금을 붓고, 대출 받고, 부업하며, 우리의 소원은 통일이 아니라, 바로 내 집이었다. 어느 날은 하도 지겨워서 전화통 붙들고 친구한테 하소연도 해 봤다. 유일한 나의 문화생활은 전화로 수다를 떠는 일이었다. 움직이면 돈이니까.

"야아~ 정말 죽겠어. 나! 소비욕구에 시달려 미~이치겠다."

"얘! 욕구 좀 승화시켜라, 작가라든가, 뭐 그런데로 말야. 또 그렇지, 돈은 없으면 빌려쓰면 되지, 남편 없어 봐라. 어디다 대고 꿔 달라겠니. 난리난리 나게?"

"킥킥킥 하하, 그래 맞다, 맞아. 어! 너 잘 났다!"

감칠맛 나는 짤막한 유머. 그러면서 또 한바탕 웃곤 한다.

하여간 욕심도 단계를 밟아 올라가는가 보다. 올라갈수록 숨이 차다. 결혼 전, 결혼승락을 받아내지 못할 때는 전쟁의 폐허 속에서, '삼각형의 방이라도 있었으면……'하며 절규하던 〈제8요일〉의 주인공 연인 같았다. 우린 단지 사랑할 수 있는 최소한의 공간을 염원했다. 드디어 결혼, 삼각형이 아닌, 사각형의 단칸방살이 할 땐, 두 칸짜리 방이 소원이더니, 이삿짐 싸들고 동서남북으로 떠돌 땐 '정말 콧구멍만하더라도 내 집이 있어야 해!'하며 발악을 해댔다. 그런데 지금의 난 또 뭔가.

'방은 꼭 세 개여야 해, 목욕탕은 두 개이어야 하구. 케빈 코스트너가 누구인지도 모를 정도의 문화실조현상을 면하려면 영화 한 편 정도 볼 여유는 있어야 하고, 음악연주회 티켓이라도 끊을 여건은 되어야지. 에~또… 바다 건너 가는 여행은 접어두고라도 하다못해 자연농원 정도는 부담없이 다녀올 수 있어야 하는데……'

이래서 늘 불안하다. 욕구는 항상 상대적인 빈곤감을 유발시키니까. 사치의 바벨탑만 쌓아올리다가 끝내 그냥 스러질 인생 아닌가. 이제 만족하고 싶다.

에밀 졸라의 〈목로주점〉에서, 젤베즈의 옛날 소망이 떠오른다. '일 하고, 밥을 먹고, 자기 집을 갖고, 아이들을 키우고, 얻어맞지 아니하고, 자기 자신의 침대에서 죽는 것' 나의 잠재돼 있던 소망도 애초에는 그런 것이 아니었을까. 지금으로선 얻어맞지도 않을 뿐더러, 지리할 정도로 변함없는 사랑을 받고 있다. 그래, 더 무얼 바라랴.

이제 꽃샘추위가 가고나면, 따뜻하고 향긋한 봄이 올 것이다. 진해까지 벚꽃놀이 원정은 가지 못할 망정, 창경원에라도 가서 벚꽃 그늘 밑을 거닐어 봐야겠다. 언뜻 언뜻 내비치는 푸른 하늘을 올려다 보면, '사는 것도 그런대로 괜찮아. 으음—괜찮아'하며 중얼거리게 될지 알게 뭐야. 이제 정말 만족하고 싶다. 일체(一切)가 유심조(唯心造)인데…….

나는요? 도둑질만 빼놓고 모든 걸 다 경험하는 것이 가장 알찬 노후대책이라고 여기는 저는 현재 37세로 남편과 두 딸을 사랑하며, 엥겔계수만 높은 중산층 이하의 우리 생활도 사랑합니다.

한 편의 영화

동 화 란

결혼을 하고 딸아이가 내 인생 속에 등장하자 자연히 개인적인 취미생활에 지장을 받을 수밖에 없었다. 좋아하던 연극이나 영화관람이 힘들어 지고부터는 가끔씩 비디오를 통해 감상하곤 한다. '베르린 천사의 시(詩)'도 그렇게 만난 작품이었다. 작년 봄쯤으로 기억한다. 저녁 설거지를 끝내고 나니 그날따라 딸애도 일찍 잠자리에 들었다. 늦은 남편의 귀가를 오히려 다행(?)으로 여기며 온 집안의 불을 소등하였다. 마치 영화관처럼 분위기를 연출하고 TV앞에 앉아서 영화가 지닌 또 다른 세계로 몰입했다.

'베르린 천사의 시'는 영화의 속도감과 줄거리를 즐기는 사람들에게는 그리 큰 흥미를 주지 못할 것 같았다. 마치 정체된 활동사진의 연속적인 필름처럼 지리함을 느끼게도 하는 영상이었다. 그러나 절제된 대사와 꾸미지 않은 영상의 묘미가 이 영화가 전달하는 메세지의 백미(白眉)였다.

영화의 내용은 이렇다. 오랫동안 천사의 노릇에 실증난 천사가 인간들의 삶을 지켜보게 된다. 인간들이 가지는 오욕칠정(五欲七

情), 그리고 어느 평범하고 순수한 인간 소녀에게 각별한 관심(사랑?)을 느끼게 되어 인간스러운 감각을 지니게 된다. 인간처럼 고뇌하고 기뻐하며 슬퍼하기를 원하여 스스로 인간됨을 선택한다.

대사는 지극히 절제되었다. 천사의 독백과 먼저 인간화된 선배 천사들의 대사, 그리고 서커스 단원인 소녀의 독백이 언어 전달 기능의 전부이다. 작품의 내용을 암시적으로 전달 하려는 의도가 깔려 있어 보는 이에 따라 느낌은 사뭇 달라질 수 있는 영화다.

나름대로 이 영화는 나에게 한떨기의 새로 핀 꽃처럼 그렇게 스며들었다. 가장 인상 깊었던 것은 천사가 인간이 되면서 제일 처음 신체가 찔리어 피가 나는 장면이었다. 천사는 오히려 맨 처음으로 체험하는 고통을 환희로워하며 전율한다. 갓 태어난 아이가 세상의 모든 것을 새롭게 받아 들이길 갈망하듯이.

나는 내게도 그런 시절이 있었음을 기억한다. 한줄기의 햇살이 나뭇잎에 부서질 때의 찬란함. 은빛 비늘을 지니고 흐르는 강물의 반짝임. 저마다 지닌 생명의 노래에 귀 기울이는 것이 어찌 나만의 기억이랴. 고백컨데 현실이 삶 속에 흔들리며 스스로 선택한 것들도 또 다른 것을 위해서는 놓아버릴 수밖에 없었던 것을. 이미 놓쳐버리고 잃어버린 수많은 아름다운 것들에 대한 기억을 되살아 나게 하는 힘을 이 영화는 갖고 있었다. 한 편의 아름다운 시처럼 조용히 나를 흔들어 깨웠다.

영화의 대사 중에도 나오지만 우리 모두는 많은 배움과 체험을 위해 삶을 선택했다고 볼 수 있겠다. 조금 더 하고 덜 한 차이는 있지만 우리는 세월의 흐름과 스스로 던진 욕망의 그물에 갇혀 본성을 망각해 버린 슬픈 천사는 아닐까? 다소 황망한 상상을 하며 오히려 그 상상이 오래 가기를 바랬다. 왜냐하면 그로 인해 사람들이 아름답게 열린 마음으로 보일 수 있었으면 하는 바람 때문이었다.

일상에서 느끼는 단조로움이나 권태를 벗어나 다시 어린이의 순수로 돌아가고 싶은 소망, 적당히 타협하고 나약해진 자신의 모습에 대하여 돌이켜 보았다. 그리고 진정으로 잃어버리고 싶지 않은, 진실로 소유할 수 있는 것에 대해서도 생각해 보았다. 그것은 우리 손에 만져지는 그런 것들이 아니라 마음만 열면 언제든지 우리 앞에 놓이는 것들이다. 스치는 인연들과의 따뜻한 교류, 모든 생명들에 대한 열려 있는 마음에서 한줄기 따뜻한 체온을 느낄 수 있는 그런 마음들이다.

나는요? 드문 성을 받고 태어났기에 헛된 삶이 되지 않도록 노력합니다. 자작시를 아주 멋지게 낭송하기도 하고 좋은 시를 쓸 수 있을 때까지 정진하렵니다.

바위, 영원한 사랑

윤 영 자

저 멀리 도봉의 암봉들이 병풍처럼 보이고, 바로 앞엔 언제 봐도 위풍당당한 고구려 장수처럼 우뚝 솟아 있는 인수봉이 손에 닿을 듯 보이는 백운대 정상에 서 있다.

항상 그러하듯이 첫사랑에 빠진 소녀의 가슴처럼 설레임과 두근거림, 그리고 언제 일어날지 모르는 사고에 대한 불안감, 산에 대한 외경심이 겹쳐서 무사히 산행을 마칠 때까지 겸허해야 하는 마음가짐으로 정상에 올라 황홀감과 성취감에 스스로 도취되어 있다.

내가 오르는 이 암릉길은 등반장비 없이 오르는 자유등반으로, 걸어서 편안한 길을 오르는 일반등산과는 달리 바위능선을 찾아 오르는 조금은 위험한 등반이다.

나도 처음엔 걸어서 오르는 등반을 즐겼으나, 어느 날 도봉산의 바위능선에 매료된 뒤 몇 년째 이 바위타기를 즐기고 있다. 지금은 지나가는 길에 먼 산의 바위만 쳐다봐도 가슴이 뛰고 달려가고픈 충동이 인다.

오늘도 작은 배낭 하나 메고서 혼자 집을 나서 구파발에서 이곳

백운대까지 무사히 도착해서 다음의 경유지를 바라보며, 볼 때마다 감회가 다른 마술사 같은 산의 정취에 흠뻑 취해 있다. 염초바위, 마당바위, 피아노바위 등을 지나 오면서 몇 번의 위험한 고비가 있었으나 침착하게 잘 이겨냈다. 잠깐 정신을 판다던가 상황판단을 빨리 못 하면 곧 사고와 연결되는 위험한 등반이기 때문에 스릴도 만점이다.

이 등반은 기술과 힘이 필요하다. 바위와 바위 사이를 유격대원처럼 뛰어 건너기도 하고, 슬라브(비스듬히 누워있는 손잡을 곳이 없는 바위)에서는 발 동작과 몸의 균형이 필요하며, 거의 수직인 바위에서는 팔로 잡아 당기는 힘과 몸을 끌어 올릴 수 있는 순발력을 필요로 한다. 또 대개 절벽인 경우가 많기 때문에 공포감이 없고 대담해야 한다. 오늘 지나 온 원효능선은 쳐다만 봐도 아찔한 수십 길 낭떠러지 위로 지나가기 때문에 고소공포증이 있으면 도전하기 힘들다.

바위를 껴안고 돌아야 하는 곳도 있고 잡을 것(홀드)이 마땅치 않은 곳은 손끝과 발끝으로 전신을 지탱해야 되는 곳도 있다. 등과 엉덩이로 밀고 양손으로 버티면서 올라야 하는 곳도 있고 절벽과 절벽 사이를 공중에 업드려서 건너야 하는 곳도 있고, 건반을 치듯이 가야 하는 곳도 있다. 몸의 어느 한 부분도 이용하지 않는 곳이 없는 완벽한 전신운동이다.

조금만 미끄러져도 터지거나 찢어지기 때문에 처음 배울 때는 온몸이 멍투성이, 피투성이였다. 이제는 혼자서도 어느 정도 익숙해져서 틈만나면 배낭을 메고 즐겨 찾는 편이다.

바위는 내게 있어 신앙과도 같은 존재이며 도피처이기도 하다. 삶에 부대끼고 힘들 때 바위를 타고 나면 봄눈 녹듯이 근심걱정이 사라지며 바위타는 순간만큼은 무아지경으로 몰입하기 때문에 남편도, 자식도, 골치아픈 세상사도 다 잊을 수 있다. 다른 생각을 조금만 했다가는 사고와 연결되기 때문에 일심으로 도전해야 하고 도

전 뒤의 성취감은 글로써 표현할 재주가 없다.

바위는 정직하고 듬직하며 언제라도 감싸주는 어머니의 품과 같다. 그러다가 방심하면 냉정하기 이를 데 없는 침묵의 스승이다. 욕심도 번뇌도 버리라 하고, 그 오랜 세월 서 있어도 언제나 의연함을 지녔다.

바위에는 억겁의 혼이 들어 있다. 태초에 생겨날 때부터 생명이 없으련만 생명이 있는 것보다 더 무한한 영원한 생명을 지녔다.

바위는 끊임없이 도전하라고 가르친다. 그 어떤 아름다운 꽃보다도 이름없는 생명의 꽃이며 영원히 사랑할 수 있는 무한의 대상이다. 온 몸이 부서져도 영원히 사랑해야 할 바위가 있다는 건 내게 너무나 행복한 일이다.

백운대에서 잠시 쉬고 내려와 마주 서 있는 위문을 힘겹게 오르고 나면 숨죽이고 쳐다보던 많은 사람들의 박수와 함성소리가 온 산에 퍼진다. 행락객이 보기에는 아찔한 절벽인데 맨몸으로, 그것도 여자가 오르니 바위타기를 이해 못하는 사람들에게는 환상으로 보이기 때문에 환호하는 것이다. 그래서 이 바위를 쳐다보는 사람이 많다고 매스컴 바위라고 한다. 손을 들어 답례할 때는 여왕이 된 듯한 기분이다. 백운대로 오르려는 사람들의 긴 행렬을 뒤로 하고 다음 코스는 만경능선, 쪽두리봉을 지나서 병풍바위로 향한다. 이곳 또한 수십 길 낭떠러지 위로 길이 있기 때문에 스릴만점인 곳이다. 피아노치듯이 조심조심 가야 한다.

여기까지 끝나고 나면 북한산 원효능선의 바위는 다 타는 셈인데 중간중간의 작은 바위이름은 밝히지 않았다. 이곳 말고 즐겨 찾는 곳은 도봉동에서 우이동까지 이어지는 암릉길인데, 북한산은 남자같이 우람하고 웅장한 반면 이곳은 여자처럼 아기자기하다.

온 몸을 흠뻑 적시며 산행을 끝내고 오늘의 무사함을 감사히 여기며, 실개천이 흐르는 우이동 매점의 맥주맛은 안 마셔 본 사람은 그 맛을 모르리라.

자연에 도전한다는 것, 만족할 줄 모르는 인간에게 얼마나 많은 것을 깨우쳐 주는가. 그 가르침대로 순리대로 살아가리라. 다시 산에 오르는 날을 기다리며 꿈결같이 흘러간 오늘 하루, 내일도 흔들림 없는 바위처럼 열심히 살리라 다짐하며 오늘의 산행을 마무리한다.

나는요? 산이 좋아 산을 자주 오르는 직장여성입니다. 누구든지 힘들고 어려울 때는 산에 오르세요. 산은 모든 걸 감싸안아 주니까요.

여행과 나

임 정 숙

여행은 이 세상에서 가장 유쾌한 일 중의 하나임이 분명하다. 떠나는 날은 비가 흩뿌렸다. 오히려 찌는 듯한 무더위보다는 빗줄기에 젖은 차창 밖의 풍경은 상쾌했다. 마치 수채화를 감상할 때처럼 온통 푸른 초목들의 무성한 잔치로 싱그러운 들판, 목적지는 전북 부안군의 위도라는 섬이었다. 낯선 곳이지만 어디로 가든 무슨 상관이랴.

늘상 해도 해도 표나지 않는 집안일과 천방지축인 두 녀석의 고된 훈장 노릇에 가끔씩 순악질 여사를 닮는 일상의 반복들. 그랬다. 어느 때는 모든 걸 훌훌 털어버리고 떠나고 싶었다. 결코 치기어린 감상으로만 여길 수 없는 답답함이 가슴을 짓누를 때가 있었다. 점차 직장과 사회에서 성장하는 남편을 바라보면서 알 수 없는 소외감을 느낄 때의 공허함. 가족 속의 내 역할은 대단히 가치있는 일이라고 자부해 왔건만 산산이 부서져 내리는 듯한 내 이름의 존재와 행방이 안타깝기만 하다. 울적한 마음으로 식탁에 앉아 쓴 커피를 축내는 일뿐, 묘책은 없다.

올 여름 휴가 계획은 남편 회사의 낚시회 모임에서 '가족과 함께'란 배려로 떠나게 된 것이다. 마음 설레며 출발하여 곰소항에 도착한 시각은 오후 2시쯤이었다.

비릿한 바다 냄새가 코를 자극하고 시원한 바람은 가슴속까지 산뜻해져 장거리 버스 여행의 멀미를 잊게 해 주었다. 목적지인 위도행 여객선에 몸을 실었다. 물살을 가르며 일어나는 하얀 포말은 검푸른 바다위를 떠가는 아찔한 현기증과 함께 생활에 찌든 마음을 말끔히 씻어 주었다.

우리를 싣고 온 배가 어디론가 떠나버린 후의 고요해진 바다. 그 망망대해를 바라보다 이 섬에서 다시는 돌아갈 수 없지 않을까 하는 막연하고 엉뚱한 상념에 사로잡히기도 하였다. 그러나 마을 뒷편으로 근사하게 펼쳐진 해수욕장을 보자 그런 망상은 말끔히 사라져 버렸다. 아직은 널리 알려진 곳이 아니어선지 여행객들은 드물었다. 마침 수평선너머로 내려앉는 석양이 바닷가를 온통 붉게 물들이고 있었다. 우리의 그림자는 어느 영화 속의 주홍빛 스크린을 연상하듯 그럴싸한 모습이 되었다. 그동안의 메말랐던 정서를 순화시켜 주는 아름다운 일몰의 광경은 그저 감동 그 자체였다.

이튿날은 몹시 뜨거운 전형적인 여름날씨였다. 요란한 매미들의 울음은 태양의 이글거림에 한 몫을 더했다. 물놀이에 정신없는 아이들을 지켜보며 엄마들은 그리 신통치 않은 기색이었다. 남편들은 통통배를 타고 낚시를 떠난 터라 시큰둥 할 수밖에. 평소에도 보기 힘든 아빠 얼굴인데 아이들과 함께 물장구를 치며 놀아준다면 하는 아쉬움이 남았다.

저녁 식사 메뉴에는 삼치회가 올랐다. 성질이 급해 그물에 걸리자마자 숨을 거두고 만다는 고기다. 그 성깔에 비해서는 연하고 감칠맛이 나는 별미였다. 지독한 모기는 마지막 밤까지 푸대접을 해 아침에 일어난 아이들의 몸은 성한 곳이 없을 정도였다.

위도를 떠나는 날도 잔뜩 흐리더니 결국은 비가 내렸다. 제법 굵은 빗줄기가 쏟아지던 민박집 대청마루에서 후후 불며 먹던 수제비 맛은 지금도 잊을 수가 없다. 그런데 그날따라 썰물 관계로 선착장이 변경되는 바람에 아이들과 함께 미끄럽고 울퉁불퉁한 돌밭길을 걸어야만 했다. 허리춤까지 오르는 물을 건너야 할 때는 꼭 빨려들어갈 것만 같은 두려움에 결국은 집집마다 가장의 등에 업혀 건넜다. 그때처럼 남편의 등이 믿음직스럽고 사랑스러운 적이 없었다.

그토록 애쓴 끝에 집으로 향하는 배를 탔건만 또 위험천만한 일이 벌어졌다. 피서객들이 한꺼번에 몰려 배가 균형을 잃고 한쪽으로 기우뚱했다. 비도 내리고 물안개마저 엷게 퍼져 몹시 불안한 상태였다. 위험하다며 협조를 구하는 선장의 방송에도 아랑곳하지 않는 승객이 많았다. 희희낙낙하며 고스톱에 몰두하는 대학생들과 무관심한 사람들 틈에서 우리 일행은 얼마나 애태웠는지 모른다. 평소 나일론 신자였던 나도 그 순간은 간절히 하나님을 찾고 있었다.

그후 얼마쯤 지나 위도에서 배가 전복된 사건은 식은땀 나던 그때의 기억을 되살려 놓곤한다. 배가 무사히 부두에 닿을 때까지 나는 초조한 마음으로 많은 생각을 했다. 무의미하게만 여겨지던 일상의 소중함. 나의 가족과 이웃의 만남이 얼마나 고귀한 인연인가를 깨달으면서 삶에 대한 강한 애착을 가져 봤다.

여행이란 새로운 경험을 하고 견문을 넓히는 산교육이 틀림없었다. 이 세상에서 한 인간이 차지하는 비중이 그 얼마나 하찮은 것인가를 가르쳐 주기에 여행은 인간을 겸허하게 만든다고 어느 작가가 말했다. 여행을 하면서 부딪혔던 갖가지 어려움. 사람들이 지닌 각각의 삶의 빛깔에 내 삶을 견주어 보며 우물안 개구리의 쓸모없는 아집을 반성한 잊지 못할 여행이었다.

나는요? 여행을 좋아하고 문학을 사랑합니다. 세 아이들을 키우느라 자신에게 많은 시간을 투자하지 못하는 게 아쉽습니다. 60년생으로 경기도 여주에서 살고 있습니다.

개

이 성 순

단독주택에 살게 되면서 꽃과 과일 나무를 심고 울타리엔 장미 넝쿨도 올렸다. 그러나 허전한 생각이 들어 애완견을 한 마리 사다 길렀다.

그러던 어느 날, 개가 보이지 않았다. 아무리 찾아 보아도 소용이 없었다. 해변의 바람소리가 요란스러웠던 날, 밤손님이 가져간 것이었다. 못내 섭섭하였다. 우리 집만 개를 잃은 것이 아니었다. 동네 개를 모두 훔쳐가서 옆집엔 젖먹이 새끼가 아홉 마리나 죽어버렸다.

아이들과 나는 너무나 허전해 했다. 남편은 일 주일이 다가오도록 침묵을 지켰는데 신기한 일이 생겼다. 처음 보는 큰 개 한 마리가 우리 집에 들어와 어슬렁 거렸던 것이다. 내쫓아도 다시 들어오기에 먹이를 주었더니 축 쳐진 꼬리와 귓날이 올라가기 시작했다. 애들을 곧잘 따라서 누렁이라고 이름도 지어 주었다. 식구들은 잃었던 웃음을 찾게 되었고 가족회의 끝에 주인이 나타날 때까지 우리가 돌봐 주기로 했다.

누렁이는 아주 영리했다. 수상한 사람이 오면 사나운 이빨을 드러내며 달려들었다. 노인이나 어린아이들도 구별할 줄 알았다. 내 친구나 친지들도 잘 알아 봤으며 미화원 아저씨와 집배원 아저씨도 알아 보았다.

서울에 사는 친언니가 내려왔을 때였다. 집 주인과의 관계를 아는지 짖지 않아 기특했다. 타인이 주는 먹이는 절대로 먹지 않으며 대, 소변도 깔끔하게 가렸다. 집 밖에 볼일이 있을 적에는 낑낑거려서 대문을 열어주면 또 이내 돌아왔다.

정원에 있는 꽃은 한 가지도 꺾지 않았고 우리에게 피해를 주는 쥐도 곧잘 잡았다. 생선을 집에서 말리는 날엔 먹고 싶어도 참는 눈치였다. 오히려 도둑고양이로부터 지켜 주어서 고맙기까지 했다.

언젠가 비가 부슬부슬 내리는 날이었다. 누렁이는 그늘진 꽃밭에 들어가 새끼를 한 마리 낳은 뒤였다. 개 집으로 가라고 했더니 금방 난 새끼를 입에 물고 움직이지 않았다. 집엔 나 혼자 뿐이었는데 두렵기도 하고 산고를 겪는 누렁이가 불쌍하기도 했다. 궁리 끝에 헝겊 끝으로 묶어서 수돗가 세탁기 옆에 안식처를 만들어 주었다. 그랬더니 행운의 숫자라는 일곱 마리나 새끼를 낳았다. 개 집이 덥고 좁으니 시원한 꽃밭의 그늘을 해산의 장소로 택했나 보다.

이젠 안심해도 좋겠거니 하고 있다가 다음 날 누렁이한테 가 보았다. 누렁이는 부엌 아궁이 위에다 새끼들을 올려놓고 입으로 핥으며 말리고 있었다. 그 가운데 한 마리는 숨이 끊어지기 직전이었다. 생쥐처럼 생긴 것이 역겨운 피 비린내를 풍기고 있었다.

가던 날이 장날이라고 했던가. 나의 부주의였다. 세탁기 옆의 수도꼭지 속의 고무파킹이 망가져 간 밤에 새끼들이 수돗물에 흠뻑 젖었었나 보다. 밤새껏 주인을 원망하며 물기를 핥아주고 위로했던 것 같았다.

아무리 짐승이지만 정말 미안했다. 마른 수건으로 정성껏 닦아 주었는데도 누렁이는 나를 원망하는 표정이었다. 내가 다시 새끼를

어떻게 할까 봐 잔뜩 경계태세를 갖추고 으르릉 거렸다.

새끼가 자라서 먹이가 부족하면 제비처럼 밖에 나가서 먹을 것을 구해왔다. 새끼를 보살피는 모성애가 어찌나 강한지 놀라웠다.

개의 모성애를 지켜보며 사람들을 생각해 보았다. 성격이 안 맞고 고통스럽다고 어여쁜 아이들을 남기고 이혼을 하는 사람들이 좀 더 매정한 편이 아닌가 싶다.

누렁이는 내가 미처 대문을 열어둔 채로 시장엘 가면 꼼짝도 않고 현관 앞에서 집을 지킨다. 남편이 귀가할 때는 어떻게 주인의 차 소리를 알아 내는지 낑낑 소리를 지르며 반긴다. 나는 처음엔 개를 그리 좋아하지 않았다. 털이 빠지고 비가 올 때는 냄새가 나고 크게 짖으면 몹시 시끄럽기 때문이었다. 이젠 개 짖는 소리에 따라 동네 분위기를 파악할 수 있어 개를 좋아하게 되었다.

개는 햇볕이 잘 쪼이고 땅 냄새를 직접 맡을 수 있는 곳에 집을 마련해 주면 좋고, 태어난 지 7~8개월 만에 사랑을 하게 된다. 반경 4km의 거리에서도 사랑을 찾아올 만큼 개는 후각이 발달되어 있다.

개의 임신 기간은 60일이다. 태어난 새끼는 3주 정도 지나면 눈을 뜨고 기기도 하고 걷기 시작한다. 7주가 지나면 젖을 떼고 대소변을 가리게 하는 등 어미는 엄격하게 교육을 시킨다. 쓸데없이 응석을 부리고 잘못을 저지르면 냉정하게 대하는 양이 우리 사람들의 자녀교육과 다를 바가 없다.

옛 선비들은 개들도 삼강오륜을 알고 지킨다고 하였다. 다른 동물보다 영특하기 때문에 서당개 삼년이면 풍월을 읊는다는 말도 생겨난 것이리라. 생긴 것은 여우나 이리와 비슷하나 자기 자신은 물론 주인과 주인의 주위를 죽을 때까지 지켜주는 충정심이 강하다. 개들의 이런 좋은 점은 우리 사람들도 본받아 실천했으면 한다.

나는요? 정확하게 시간을 잘 지키는, 준법정신이 강한 사람을 좋아합니다. 저는 아이들에게도 시간관념이 철저하라고 교육을 시켜왔습니다. 시간은 금이니까요. 시간을 잘 지키는 편지마을 회원이 됩시다.

쑥을 뜯으며

박 옥 자

작년에는 이맘때 만병통치약이라고 쇠뜨기풀을 뜯으러 다니느라고 야단이더니 올해는 또 쑥차를 만드는 게 한창인 모양이다. 나도 쑥 향기를 좋아하기는 하지만 시중에서 팔고 있는 인스턴트 제품이나, 자판기에서 뽑아 먹는 것은 본래 맛이 떨어질 것 같아 아예 사서 먹어 볼 생각도 하지 않았다. 그런데 이웃 아주머니로부터 쑥을 말려 율무와 같이 빻아서 타 마신다는 간단한 방법을 배워서 만들어 보기로 하고 집 옆에 있는 공터로 가 보았다.

우리 집 옆에 집을 짓지않고 방치해 두고 있는 그 땅에는 오물쓰레기로 지저분해져 있는데 이상하게 쑥이 바닥에 가득 나 있었다. 깨끗한 곳이 아니기 때문에 쑥이 나오기 시작하는 새봄에 귀할 때에도 별 관심을 갖지 않고 있었는데 그때부터 이 동네에서 못 보았던 머리가 허연 낯선 할머니 한 분이 캐는 모습이 보이더니, 며칠 전에도 이제 키가 크게 자란 것들을 목 있는 곳만 뚝뚝 떼어서 치마폭에 담고 있는 모습이 또 보였다. 쑥차를 이렇게 손쉽게 할 수 있다는 것을 진즉 알았더라면 그 할머니가 다녀 가시기 전에 내가 뜯어 왔을 텐데, 먼저 손길이 지나간 곳에서 뜯으려니 가져온 커다란 비닐 봉지에 담아갈 것은 보잘 것이 없는 것들 뿐이었으나 그나마라도 소중하여서 밑에서부터 샅샅이 살펴가면서 올라갔다.

이런 곳에서 앉아 있으려니 마음이 좀 꺼림직하고 동네 사람들이 보고 무얼하느냐고 물을까 봐 부끄럽기도 하였으나 오물냄새 나는 곳에서도 쑥의 약효는 변함없이 떨어지지 않고 깨끗이 삶아 씻으면 되겠지 하고 부지런히 뜯었다.

나는 지난 해 가을부터 만성 장염으로 고생을 하고 있다. 이 병을 고치기 위하여 비싼 한약도 먹어 보고 병원에도 꽤 오랫동안 다녀 보았으나 효과를 보지 못하였다. 장이 좋지 않으니 제일 어려운 일은 주의해야 할 음식이 너무 많은 것이다. 이 여름철에는 싱싱한 채소류와 과일, 시원한 음료수 등이 먹고 싶어서 참기가 힘들다. 그래도 이런 음식들은 참을 수가 있겠는데 그렇게 좋아하였던 커피를 끊어야 하는 것은 정말이지 괴롭기까지 할 정도였다. 근사한 선전 문구가 나오면서 커피를 마시는 TV 광고만 보아도 마시고 싶고, 마음이 허전할 때 습관적으로 즐기던 그 시간이 아쉬워서 다른 차를 대신하여 준비해 보았으나 처음 마실 때만 새맛이지 몇 번만 지나고 나면 맹물 같은 느낌만을 줄 뿐이었다.

내가 이렇게 쑥차 얘기를 듣기가 바쁘게 만들려고 하는 것도 쑥의 예쁜 녹색 빛깔과 그 향기가 은은히 내 마음을 빠져들게 하며 커피 생각을 잊어버리게 해 줄 수 있을 것 같은 기대가 들기 때문이다. 또 배가 아플 때나 속을 다습게 하기 위하여 약쑥을 닳여 먹는 것을 보았는데, 이 쑥차도 오래 먹다보면 좋은 효과를 가져다 줄 것 같은 생각이 들기도 한다.

그 공터에서 서서히 위로 올라가며 작은 샛길을 따라 꼭대기로 한번 올라가 보니 뜻밖에도 아주 탐스러운 쑥들이 군데군데 무더기로 나 있었다. 집에서 보기에는 가시 덤불과 잡초만 있는 것 같은 곳에 이렇게 쑥이 많이 있을 줄이야. 여기에 좋은 쑥이 있는 줄을 알았더라면 밑에서 많은 시간을 보내지 않았을 것을. 그곳에도 먼저 뜯어간 자국들이 한 두군데 보이기는 하였지만 반가워서 정신없이 뜯어 담으니 금세 가득 채워진다.

이렇게 높은 언덕에 올라와 있으니 시원한 들판에 산책나온 즐거운 기분까지 되었다. 한 포대 꾹꾹 눌러 가득찬 것을 얼른 집으로 내려와서 비워놓고 또 올라가서 해가 보이지 않을 때까지 뜯다가 돌아왔다. 모두 쏟아보니 김치를 담을 때 꺼내 쓰는 커다란 고무 함지박과 소쿠리 두 군데에 수북히 된다. 부엌에는 파란 쑥으로 가득하다. 내일 아침 일찍이 삶아서 채반 그릇 그릇마다에 얇게 펴서 잘 말려야지. 햇볕에 놓으면 색깔이 변하여 곱게 나오지 않는다고 하니 정성을 들여서 그늘에 말리며, 방앗간에서 빻아주는 비용이 비싸서 힘이 들더라도 한꺼번에 좀 많이 하는 것이 경제적이라고 하니 적을 것 같으면 다시 더 올라가서 보태야겠다.

내가 만든 솜씨가 어떻게 나올지 어서 맛을 보고 싶어진다. 지금 내 마음은 벌써 쑥차를 다 만들어서 빈 커피병, 쥬스병 마다에 가득 채워놓고, 깊은 겨울에도 김이 모락모락 나는 향기로운 찻잔을 들고 거기에 푹 취해 있는 내 모습을 떠올려보고 있다.

저녁에는 성당에 가서 기도를 하려고 하니 앞에 쑥이 가득 차 있는 들판이 그대로 보여서 눈을 감고 혼자 피식 웃었다.

나는요? 가끔 제 모습이 아이들에게 잔소리 잘 하고 남편에게 바가지 잘 긁어대는 전형적인 중년의 여인으로 늙어가고 있는 것 같아서 서글퍼질 때가 있습니다.

그러나 작은 일에 감동을 잘 하고 슬픈 음악을 들으면 아직도 눈물 뚝뚝 흘리는 소녀와 같은 마음을 가지고 있답니다.

이 다음에 아주 행복하게 노후의 생활을 보내기 위하여 열심히 살아가고 있는 52년생 전주의 회원이랍니다.

긴긴 소원

박 혜 정

남편에게 받고 싶은 선물이 있다. 날렵한 몸매로 힘찬 기운을 주는 바로 그것! 자전거 한 대를 꿈꾼다. 몇 년에 걸쳐 애교도 부려보고 응석도 부리고 타협(?)도 시도해 보았지만 남편은 요지부동, 꿈도 꾸지 말란다.

내가 십 수년을 자란 곳은 제주 대정이라는 곳이다. 지금이야 관광 도시로서 구석 구석 문명의 혜택이 놀랍지만 내 어릴 적만 해도 거의 원시적인 섬이였다. 앞바위에 걸터앉아 바닷속을 들여다보노라면 소라, 성게, 불가사리 등 색색의 물고기들이 보였다. 그리고 코끝을 간지르는 미풍과 비릿한 바닷내음을 맡으며 하늘을 올려다보면 파랗고 하얀 수채화 그 자체였다.

단발머리에 교복을 입은 학창 시절은 어떠했던가. 토요일 오후면 뒷밭에서 밀감 몇개 따 담고 신나게 페달을 밟았다. 삐걱대는 소 달구지를 요리 조리 피하며 대여섯 섬아이들이 한라산 초입길을 달리노라면 지척에서 노니던 조랑말들도 목장길을 내달렸다.

이쪽 주머니 저쪽 주머니 앞 뒤 주머니에 담아 온 밀감은 우리가 먹었던 게 아니다. 땀을 뻘뻘 흘리며 산토끼 마냥 발 빠르게 오르노라면 많은 사람들을 만나게 된다. 뒤로 쳐지며 쉬어가는 육지 사람들에게 하나씩 내밀었던 것이다. 단지 한 두 알이지만 달콤한 조생종을 물며 얼굴 가득 퍼지는 미소가 좋았기에.

백록담에 이르러 시간마다 흐르는 짙은 안개에 묻혀 땀을 식히고 내려오는 길은 뭇사람들로부터 훈훈한 미소를 건네받고 우린 또 그렇게 페달을 밟았다.

내가 자전거를 배운 건 좀더 어렸을 적이다. 아버지께서 처음으로 주신 선물! 어쩜 그리 멋있는 곡선에 힘이 좋은지 담박에 매료되어 버렸다. 사나흘을 밤낮없이 연습하여 기술은 익혔으나, 나의 애마, 나의 보물 1호는 달구지를 피하려다 돌담을 들이받아 그만 망가지고 말았다. 깨진 무릎에 코피가 터져도 아픔을 모른 채 너덜대는 자전거를 질질끌고 집으로 돌아오며 엉엉 울었다. 눈물없던 내가 목놓아 길게 길게 울던 날이었다.

부모님께서는 약속이나 하신 듯 한 말씀도 안 하셨지만 난 알고 있었다. 다시는 안 사 주실 거라는 것을.

내 예감은 적중했고, 난 이제 남편을 조르는 중이다. 못 들은 척, 실눈으로 째리며 어림없단 눈치지만 내 긴긴 소원을 잠재울 수는 없는 일!

실상 억지(?)부리면서도 고민은 있다. 그건 우리의 도로에 자전거 전용인 길이 보편화 되지 못한 점이다. 집집마다 자가용 없는 집이 드물고 교통 사고율 1위라는 불명예를 안은 나라, 군데군데 복병처럼 터지는 사건 사고들. 새벽녘에 펼치는 조간이 그리 달갑지만은 않은 요즘이다.

우린 이제 충분히 깨우치고 있다. 조급증에서 벗어나 하나 하나 내실을 기해야 하고, 국민성을 좀더 높여야 치열한 세계 대열에 설 수 있다는 것을.

자존심 강한 나라 프랑스에선 한국 대통령 방문이 뉴스거리가 안

된다는 듯 무관심하더니 끊겨진 다리와 세무 비리는 연일 신문 앞면을 차지한다는 씁쓸한 외신과 얄미운 일본은 또 얼마나 떠들어댔던가.

선진국일수록 자전거 문화도 발달되었다고 한다. 짧은 거리는 자전거로 다니고 싶다. 그리고 지하철이 신호대기로 잠깐 동안 멈춰도 기우가 앞서지 않는 세상. 내 남편이 마음놓고 자전거 한 대쯤 유쾌히 선물할 수 있는 그런 세상을 난 오늘도 꿈꾼다.

나는요? 봄입니다. 목련은 어쩌자고 그리도 단아하고 멋있는지, 장미 넝쿨 잎새 틔우고 라일락 수액 오르니 절로 행복합니다. 텃밭에 호박씨 몇개 심었더니 싹이 났습니다. 올 한해도 자연의 오묘를 만끽하며 더 부지런해져야 겠습니다.

백두산 천지를 향해

도 은 숙

지난해 여름은 대단한 무더위가 계속된 나날이었다. 그러나 내게는 소중하고 아름다운 추억과 좁은 시야를 넓혀준 시간으로 기억된다.

남편의 배려로 중국 여행을 준비하면서 설레임과 두려움이 교차했다. 백두산 등정도 일정에 포함되어 있었다.

주부가 6박 7일 동안 집을 비우고 여행을 떠난다고 하니 어려운 점도 한 두 가지가 아니었다. 몸이 불편하여 병원에 다니시던 시어머님께선 아직 완쾌한 상태가 아니셨고 아이들과 남편의 뒷바라지도 마음에 걸렸다. 아이들은 마침 방학을 맞았기에 시골 외갓집에 데려다 놓았다.

떠나는 날은 일찍 출발하는 비행기 시간에 맞춰 김포공항으로 나갔다. 약속된 장소에서 여행사 직원을 만났다. 함께 여행할 사람들을 둘러보니 우선 안심이 되었다. 나보다 연배의 주부들과 아저씨들. 학생들과 할아버지도 계셨다. 10대에서 80대까지 42명이 한 팀을 이루었다.

김포를 출발한 비행기는 곧 상해에 도착했고 바로 북경행 비행기로 옮겨탔다. 북경에 도착해서 점심식사를 했다. 그럭저럭 먹을 만했는데 전주에서 오신 어느 분은 싸 가지고 온 고추장을 꺼내놓고 밥을 먹었다. 안남미로 지은 밥은 찰기가 없어 밥알이 부스러졌다.

북경에서 세 밤을 보냈다. 북경의 인구는 200만인데 유동인구가 100만 명이라고 했다. 등소평의 사진이 부착된 버스를 타고 관광을 하였다. 대학 교수보다 운전기사를 더 우대한다는 북경의 거리는 그리 혼잡하지 않았다. 자동차가 많지 않았기 때문이다.

우리 나라의 중소도시 규모로 보이는 북경의 건물은 멋이 없고 칙칙한 느낌을 풍겼다. 거리의 간판들은 대부분 붉은 색과 금색이었다. 북경에는 공예품이 많이 만들어 지고 있었는데 한창 공부할 나이의 아이들이 수작업으로 공예품을 만들고 있었다.

북경을 중심으로 유명한 곳을 돌아보았는데 처음 찾아간 곳이 이화원이었다. 황제의 여름 별장으로 쓰이던 곳이라고 한다. 다음 날은 황제와 왕후의 능이 있는 정 13능을 찾았고 북경의 마지막 날에 만리장성에 올랐다. 만리장성은 진(秦)나라의 시황제가 북방의 흉노를 막기 위해 쌓은 성이다.

오후에는 천안문으로 향했다. 1420년에 지어진 건물로 중앙에는 모택동의 대형 사진이 걸려 있었다. '중앙인민 공화국 만세'라고 씌여진 글씨가 아직도 사회주의의 틀을 벗지 못하고 개방과 이념 사이에 두 다리를 걸친 현실을 말해 주는 듯했다. 천안문 다음으로 자금성을 찾았다. 중국의 황제가 거처하던 곳으로 72만평의 대지에 방 칸 수가 무려 1000칸에 가깝다고 한다.

섭씨 35℃를 오르내리는 무더위와 끝없는 건축물에 지친 하루였다. 아이스케이크를 팔고 있었지만 불결해 보여 사 먹을 수가 없었다. 물 맛은 찝찔해서 마실 마음이 나지 않았다. 가는 곳마다 화장실은 불결했고 문이 없는 화장실 풍습에 사용하기가 쉽지 않았다.

상해로 옮기면서 가이드는 중년의 아줌마로 바뀌었다. 어수룩한 생김새에 처음엔 모두 실망하는 눈치였다. 그러나 뛰어난 가이드의 솜씨를 발휘하는 그분께 모두 감탄사를 연발했다.

상해는 서울의 10배의 면적에 인구는 1300만 명으로 경제, 무역, 금융의 중심지라고 한다. 정부에서 90%이상 주택을 제공하고 개인이 집을 살 경우에는 많은 돈이 있어야 된단다.

제일 먼저 홍구공원에 갔다. 윤 봉길 의사의 의거지로 아직껏 기념비조차 세워지지 않은 것이 안타까웠다. 임시정부청사를 둘러보니 나라를 위해 목숨을 걸고 독립 운동을 했던 분들의 자취를 엿볼 수 있었다. 용정중학교에 들려 윤동주 님의 시비를 바라보며 '하늘을 우러러 한 점 부끄럼 없기를' 기도했던 님의 순결한 삶을 되새겨 보았다.

두만강!

다리 하나를 사이에 두고 중국과 북한이 마주 보이는 곳. 강은 수심도 얕고 바라보면 지척인 곳이었다. 속도전이라는 글씨가 빤히 보이고 낡은 건물에 김일성의 젊을 적 사진이 걸려 무상함을 말해주었다. 망원경을 통해 하나라도 더 자세히 살피려는 할아버지! 고향을 바라보며 가지 못하는 안타까움으로 한숨과 눈물을 보이셨다.

드디어 여행 5일째 되는 날. 백두산을 향해 연길로 떠났다. 오랜 기다림 끝에 비행기를 탈 수 있었다. 떠나고 싶은 때 떠나는 것이 그들의 시간관념이라니 한심했다. 아직껏 비행기 연료를 기름통을 손수 운반해서 깔대기를 통해 공급하고 있었다. 비행기는 비좁고 답답했고 사고라도 날까 두려웠다.

연변에는 인구 30만 중 조선족이 60%를 차지하고 있으며 학교에서 중국어와 한글을 함께 배운다고 했다. 그래서인지 조선족은 누구나 우리 말을 잘 했다. 비록 북한 사투리를 쓰고 있어 잘 알아들을 수 없을 때도 있었지만 오랜만에 고향에 돌아온 기분으로 한국식 식당에서 된장찌개로 식사를 했다.

연길은 물의 오염 정도가 심했다. 샤워기를 틀자 황토색 물이 쏟아졌고 이상한 벌레가 있어 양치질도 제대로 할 수 없었다.

저녁 식사 후 모두 야시장을 구경하러 나갔다. 우리나라 60년대의 재래시장을 연상케 했다. 장작불을 피워 메추리 고기를 구워팔고 옥수수, 명태구이 등 요즘 구경할 수 없는 것들이었다. 식혜로 만든 술도 있었고 꽈리가 한 봉지 가득히 천원이었다. 낙후된 환경 가운데 조선족의 뿌리를 이어가는 그들은 독립 운동가의 후예들이 대부분이라 한다. 그러한 그네들이 고생하며 살아 가는 모습을 보니 가슴 아프고 편히 살아가는 우리들이 부끄러웠다. 우리 나라를 찾아오는 교포들에게 국민 모두가 좀더 따뜻한 사랑을 나눠줘야 될 것이다.

새벽 두 시에 백두산을 향해 출발을 서둘렀다. 대형버스와 미니버스에 나누어 타고 가곡을 부르며 비포장 도로를 6시간 이상 달렸다. 가는 도중 혜란강이 보였고 일송정비에 내려 사진도 찍고 옥수수랑 개구리 참외도 사 먹었다.

조선족 학생인 가이드의 말에 따르면 백두산 가는 길에 보이는 집들 중에 흰색 회칠을 한 집은 조선족이 사는 집이라 했다. 깨끗한 백의민족의 후손인 그들의 삶이 비록 가난하지만 정결함을 느끼게 해 주었다. 그리고 중국 총각은 조선족 처녀와 결혼하기를 원하는데 정결하고 순종적인 미덕을 높이 사기 때문이라 했다.

에어콘 작동이 안 되어 창문을 열어놓은 탓에 머리칼은 먼지로 뻣뻣해지고 엉덩이랑 허리 다리가 아프다고 야단이었다. 중국에서는 백두산을 장백산이라 했다. 드디어 백두산 천지의 입구에 도착! 일행은 여러 대의 짚차에 나뉘어 타고 정상을 향했다. 오르는 길에 나무들은 곧게 자라지 못하고 휘어져 있었다. 천지 주변 능선은 멀리서 보면 마치 푸른 목장지대처럼 보였다. 자잘한 꽃들이 별처럼 피어 있었다. 오르는 길은 급경사에 구불구불 그야말로 곡예였고 아슬아슬했다. 고산지대라 귀가 멍멍했다. 몇몇 사람은 머리

가 아프다고 했다. 더 이상 갈 수 없는 곳에서 짚차를 내려 기어오르듯 정상을 올랐다. 생각했던 것처럼 힘들지는 않았다.

천지!

눈이 시리도록 맑고 푸른 호수.

푸른 융단을 펼쳐놓은 듯했다. 금방 뛰어 들어가 보고 싶은 짜릿한 충동이 일었다. 태극기를 펼쳐들고 애국가를 부르고 선구자를 부르며 사진 촬영을 했다. 새로운 감회가 있었다.

한쪽은 중국이고 한쪽은 우리의 땅. 허리 잘린 우리의 반쪽 땅을 보니 보초들이 어렴풋이 보였다. 빨리 통일이 되어 이렇게 아름다운 백두산을 관광지로 만든다면 참 좋겠다는 생각이 들었다. 시간상 아쉬움을 뒤로한 채 장백폭포로 이동해야 했다. 천지물이 폭포로 흘러 내리는 곳이다. 물이 얼마나 차가운지 30초도 발을 담글 수 없었다. 급속냉각이 되는 것 같았다. 폭포 한쪽 켠에 온천수가 흐르는데 최고 수온 섭씨 86℃로 물에 계란을 담궈놓으면 삶아져서 관광객에게 특식으로 팔리고 있었다. 한쪽은 천지의 냉천수가 흐르고 옆에는 뜨거운 온천수가 흐르는 곳. 그야말로 절묘한 자연의 신비가 조화를 이룬 곳이었다. 자연이 훼손되거나 파괴되지 않아 더욱 기분이 좋았다.

다양한 연령의 사람들이 만나 한 마음 한 뜻으로 움직여 현지 가이드의 칭찬을 받은 일행은 그 사이 가깝게 친해졌다. 그리고 끝까지 우리를 따라준 행운은 맑은 날씨였다. 맑은 천지를 볼 수 있는 것은 큰 행운이라고 했다.

이번 여행을 통해 우물 안의 개구리처럼 살아오지는 않았나 하고 내 삶을 되돌아 보게 되었다. 하루 빨리 통일의 그날이 와서 많은 사람들이 헤어진 가족을 만나고 백두산 천지에 오를 수 있기를 간절히 바라본다.

나는요? 음식을 하면 이웃과 나누어 먹기를 좋아하는 눈물많고 겁이 많은 여인입니다. 비록 뜻을 이루지는 못했지만 문학에 대한 열정은 가슴에 불씨로 남아 있습니다. 현재에 머물지 않고 내일을 향해 부지런히 뛰어가는 그런 여자이고 싶답니다.

빨간 구두 아가씨

육 금 숙

느즈막히 아침을 먹고난 휴일의 오전 시간이다. 겨울이라기엔 하늘도 맑고, 따뜻한 모처럼의 쉬는 날, 드러눕고 싶다. T.V나 신문을 보다가 졸리면 한숨 푹 잤으면 딱 좋겠지만, 오늘은 마누라를 위해 집안일 봉사를 좀 해볼까 한다.

그래서 간편한 옷차림으로 면장갑을 찾아끼고 현관으로 나갔다. 현관은 그 집의 얼굴이라는데 우선 신발장부터 깨끗이 정리하기로 했다. 위 아래 문짝을 전부 열어 제치고 보니, 신발들이 겹으로 쌓이고 우산은 반쯤 펴진 채 정말 볼 만하다. '아이고, 이 마누라는 직장 다닌답시고, 어느 구석 하나도 제대로 치워 놓은 데가 없이 가관이군' 속으로 투덜대면서도 이왕 봉사하는 건데 다 치워 놓고나서 기좀 팍팍 죽여놓자 싶었다.

하나하나 속에 든 우산과 신발 등을 꺼내는데 먼지끼고 쭈그러진 채 '툭' 떨어지는 구두 한 켤레가 있다. 마누라의 빨간 구두다. 손에 들고 요리 조리 살펴보다가 냅다 소릴 질렀다. "여보! 당신 이 빨간구두 신어, 안 신어?" 부엌에서 되돌아온 마누라의 대답이 참

웃긴다. "신어요! 시장갈 때하고, 목욕탕갈 때랑 약수길러 갈 때도 슬리퍼보다는 나으니까 놔 둬요!" "알았어! 닦아 놓을게. 나 참, 마누라 구두닦아 주는 사람은 나밖에 없을거야" 그러고선 구두솔에 왁스를 묻혀서 싹싹 닦다 보니 문득 옛일 하나가 떠오른다. 한 삼십여 년쯤 됐나? 하지만 기억은 선명한 그런일이 한 가지 있었다.

작은 지방도시의 고등학교에서 늘 함께 다니던 친구들이 일곱 명 있었다. 체격이나 성격은 각각 달랐지만 우리들은 뜻이 아주 잘 맞았다. 누군가가 무슨 일을 계획하면 척척 손발이 맞아 아주 잘 어울리곤 했다.

그 시절에는 수학 여행을 삼학년 가을에 갔는데, 우리들은 모두 그 여행을 빠지고 다른 곳에 놀러가기로 모종의 합의(?)를 보았다. 가을은 남자의 계절 운운하면서……. 단체로 단풍 구경가는 수학여행이 시큰둥했기 때문이었다.

집에서는 수학여행을 간다고 용돈들을 타 가지고 나왔다. 학교에는 집안 사정으로 못 가노라 핑계들을 대고는 근처의 유명한 산으로 향했다. 남학생들끼리 가면 재미없다면서 수완좋고 인물도 좋은 규의 주선으로 아가씨들도 일곱이 함께였다.

같은 나이 또래였지만 그녀들은 모두 학생이 아니고 직장을 다니거나 기술을 배우는 학원생이어선지 숙녀티가 물씬 풍기는 아가씨들이었다. 인원이 많고, 학생신분이어서 움직이기 쉽잖았지만 그 시절의 고등학교 삼학년은 어른 취급을 받았기에 다들 사복을 입고 나서니 그리 어렵지는 않았다. 나이에 비해 어른스럽고 큰 형님 같았던 남이, 키큰 수, 형규가 앞장섰다. 체격도 작고 말수가 적어서 영 재미없던 나랑, 순이, 호, 규는 뒤에서 장난치느라 킬킬대며 갔다.

온 산이 빨갛게 물든 단풍으로 보기 좋았고, 요즘같이 관광단지

조성도 안돼 있을 때의 산길이니 얼마나 정취가 있었겠는가! 마냥 가슴이 들떠 있었던것 같았다.

우리들 일곱 중에서도 유난히 내성적인 내게 여자친구를 만들어 주려고 친구들이 무던히도 애를 썼다. 그래서 그녀들 중에서도 그 중 싹싹하고 말 잘하면서 긴머리를 가진 선이를 내게 가까이 하게 만들었다. 동그란 얼굴인 것만 기억나는 그녀는 나보다는 오히려 다른 친구들과 더 잘 어울렸다. 한참을 단풍구경, 사람구경에 희희낙낙 하다보니, 짧은 가을해는 금세 저물었다. 우린 미리 잡아놓은 숙소로 각각 나누어 들어갔다. 저녁식사를 해결한 뒤, 한쪽 방에 모여앉아서 놀게 되었다. 그 논다는 게 지금처럼 노래방이나 디스코텍은 언감생심이었다. 그저 빙 둘러 앉아서 게임하고 박자 맞춰 가면서 박수치고 돌아가며 노래 한 곡씩 부르는 게 고작이었다. 개중에서도 튀는 사람의 짖궂은 춤솜씨를 구경하는 정도였고 아가씨들 노래시키는 게 전부였다.

지금 생각하면 참 재미없는 짓거리였지만 그 시절에는 그걸로도 만족이었으니까. 나랑 짝꿍이된 선이는 여전히 나는 안중에도 없는 듯 잘도 노는 것을 얼굴 붉히고 냉가슴 앓으면서 바라보아야만 했다. 그날은 그렇게 지나갔다. 내가 선이에게 확실하게 마음이 있다는 걸 안 규는 본격적으로 둘을 엮어 주려고 신경을 쓰기 시작했다. 둘 사이를 오락가락하며 다리 놓기를 하더니 어느 날에는 느닷없이 우리집에 찾아와서는 나가자고 했다. 영문도 모르고 따라나선 나를 데려간 곳이 바로 선이가 기거하는 그녀의 오빠집이었다. 그때 선이는 오빠집에 살면서 읍내의 무슨 기술학원을 다닌다고 했다. 대문을 조심스레 두드리자 쪼르르 달려나온 그녀는 우릴 보더니 깜짝 놀랐다. 그녀는 "오빠가 일찍 들어오셔서 나갈 수가 없어요. 안녕히 가세요"라는 말만 남기고는 재빨리 대문을 닫고 들어가 버렸다. 어딜 가는지도 모르고 따라나선 나는 참으로 황당했다. 인사말 한 마디도 못해 보고 그대로 돌아선 나 자신이 너무도 못나 보여 자존

심깨나 상했다. 그리고 그 후에는 규의 노력에도 불구하고 영영 그녀를 볼 수가 없었다. 함께 놀았던 그날의 선이가 신었던 「빨간구두」만 기억속에 선명하게 남겨졌다.

·

오늘처럼 날씨 좋은 휴일에 신발장 청소하다가, 마누라의 「빨간구두」를 닦으면서 떠올린 기억에 나도 몰래 웃음이 나왔다. 나는 가족모임이 있거나 노래방엘 가게 되면 꼭 「빨간구두 아가씨」라는 옛날 노래를 단골로 불렀다. 워낙 음치여서 아는 노래가 없는 탓도 있고 박자나 겨우 맞추니 부르기 쉬운 노래를 고른 때문이다. 그런데 우리 마누라는 자기가 즐겨(?)신는 그 빨간구두인가 싶어 내가 노래 부를 땐 신명나게 춤까지 추어댄다. 처가식구들은 마누라가 이쁘니가 구두까지 이쁘냐고 놀려대기도 한다. 그런데 그 「빨간구두 아가씨」가 나의 첫사랑이었음을 얼마 전에 마누라가 알아 버렸다. 그때의 그 친구들은 지금도 가끔씩 만나는데 그 모임에서 우연히 그 시절을 화제로 삼는 바람에 나의 「빨간구두 아가씨」에 중대한 시대 착오가 있음을 안 것이다. 앞머리, 옆엣머리 온통 희끗희끗한 중년의 나이에도 그런 첫느낌을 간직하고 있는 남편의 마음이 순수해서 좋다고 이제는 마누라가 그 노래를 부르겠단다.

친구들과 가끔 만나 술 한잔 즐기면서도 결국에는 화제가 고교시절로 돌아가 있는걸 보면 인생의 황금기가 그때이지 싶다. 어떤 글에서 보니 남자는 자기가 중년의 나이에 이른 걸 실감하는 게 아내의 외모에서라고 써 있었다. 마누라 닥달해서 젊게 보이도록 가꾸라고 해 볼까? 그래야 쳐다보는 나 자신이 아직 젊다고 느낄것이 아닌가. 빨간 구두 아가씨의 기억을 간직한 채 말이다.

"솔솔솔 오솔길에 빨간구두 아가씨 똑똑똑 구두소리 어딜 가시나
한번쯤 뒤돌아 볼 만도 한데 발걸음만 하나 둘 세며 가는지……
빨간구두 아가씨 혼자서 가네……."

나는요? 산본 신도시 주민이 된 지도 어느새 일년이 훌쩍 지났습니다. 직장에 출근할 때는 군포, 안양, 과천 3개 도시를 거칩니다. 바쁘게 사느라고 늙을(?)틈도 없는 57년생 닭띠입니다. 들 삼재라는데 올해는 제게 액운이 끼지 않도록 여러분의 기도를 바라겠습니다.

이웃의 章

나의 벗 모나리자

민 영 기

제목 그대로 벗 연이의 별명, 아니 애칭은 모나리자다. 레오나르도 다빈치가 4년이라는 긴 세월을 두고 그렸다는 이 명화는, 너무나도 유명하여 모르는 이가 없으리라. 외모를 아주 쏙 빼다 닮은 건 아니고 어딘지 모르게 풍겨오는 여운이 모나리자와 비슷한 연이에게 우정의 빚을 많이 졌고 그 안개꽃 같은 우정은 내 영혼을 울려주고도 남았다.

몇 주 전이었다. 찰밥을 할 때 넣는다고 제사 때 쓴 밤과 대추를 냉장고 한구석에 쑤셔두고는 까맣게 잊어 버렸는데 오늘에서야 주섬주섬 이것 저것 뒤적이다가 내어놓고 우선 팥을 삶았다. 압력솥이 십상이었다. 미지근히 약한 불에 올려놓고 마냥 두었다가 푹 퍼지기 전 불을 껐다.

찹쌀을 씻어놓고 밤을 반씩 가르고 대추는 통채로 섞었다. 소금으로 싱겁게 간을 한 후 물을 자작자작하니 부어 찰밥을 앉히는데 붉으레한 팥물에 깎은 선비처럼 흰 밤에 빨간 대추가 어우러져 아주 보기가 좋았다. 또 영양도 만점일 거라 생각하면서 흐뭇한 마음이 되었다. 이렇게 맛있는 걸 혼자 먹을 수는 없는 일. 불현듯 몇몇 사람들의 얼굴이 떠올랐다. 그 중 연이한테 먼저 뜨끈뜨근한 찰밥을 퍼다 주고 싶었다. '에이, 좀 가깝게나 살지. 분당까지 어찌간담.' 그러면서도 마음은 전철을 타고 이미 서현동으로 달려가고 있었다.

92년 5월 뉴욕에 갔을 때다. 딸의 안내로 맨하탄에서 제일 크다는 메이시 백화점에서 쇼핑을 하는데 화장품 코너 앞에서 떠오르는 얼굴이 있었다. 그래, 연이 것도 사 가지고 가야지. 기뻐할 거야. 이왕이면 그렇게도 좋다는 ESTEELAUDER를 사기로 했다.

난생 처음 사 보려는 ESTEE영양크림은 꽤나 비쌌다. 네모진 겉곽도 크림병도 뚜껑도 온통 누런 황금색으로 된 것이 특색이었고 크림 속에는 금가루도 들어 있다고 하던데 그래서 금딱지라고들 하나? 망설이고 망설이다 결국 그날은 못 사고 이튿날 딴 곳을 구경다니다가 지금 아니면 언제 기회가 오려나 싶었고 연이가 싫다면 내가 쓸 요량을 하고는 겨우 샀다.

마침 신도시 복층아파트로 이사한 지 거의 일년이 다 됐지만 한번 방문하지도 못한 터라 집구경도 할겸 찾아갔다. 처음 가는 길이어서 그럴까? 분당은 너무 멀게 느껴졌다. 정성껏 차려주는 점심을 먹고 놀다가 그걸 건네주고 돌아왔다. 그 뒤 얼마 지나서 우리 모임이 있는 날이었다. 연이 얼굴에 무엇이 더덕더덕 나 있었다. 깜짝 놀라서 왜 그러느냐고 물었다. 촌 사람이 금딱지를 발랐더니 놀래서 이 지경이 됐다며 옛날 살던 동네의 피부과에 다닌다고 했다. 앞으로도 두어 주 가량 더 치료를 받아야 된다는 것이었다.

"뭐? 합정동까지……." 나는 그만 몸둘 바를 모르게 난감해졌다. 연이를 그렇게 고생시키다니, 할 말을 잃고 당황하는 나에게 '네가 나를 예쁘게 해 주려고 그랬는데 뭘 그러느냐'며 그 크림을 도로 가져왔으니 날더러 쓰라고 했다. 그제서야 각자의 피부상태에 따라 그 반응이 다르다는 걸 깨달았다. 나는 할 수 없이 크림병을 받아 들었다. 마침 지갑 속에는 연이가 크림값이라며 건네 준 돈이 들어있었기에 그돈을 꺼내 연이 앞에 내놓았다. 연이는 펄쩍 뛰었다. 돈을 받을 셈이었다면 가져오지도 않았을 거란다. 자기가 바른 것이나 진배없이 여길 테니 다른 친구들 보기 전에 얼른 치우라며 굳이 받지 않았다. 무려 금 한 돈 값이 넘은 액수였는데. 그렇게 얼버무려 일을 맺고나니 마음이 착잡했다. 그 먼 곳에서 양화대교를 넘나들며 병원에 다니느라 얼마나 고생스러울까? 낭비하는 시간은 얼마며 또 내가 얼마나 원망스러울까마는 아무런 내색없이 저럴 수 있을까 싶었다. 반대로 내가 그런 일을 당했다면 어떠했을까? 사 오라는 말도 안 했는데 널름 사 왔다며 원망도 퍼부었을 테고 욕도 했을지 모른다. 얼굴의 상처가 안정될 때까지 조마조마 했지만 자주 전화를 하며 궁금증을 달랬다.

그럭저럭 어버이 날이 돌아왔다. 연이에게 긴 편지를 써 가지고 구두표 한 장을 함께 넣었다. 집에 가서 읽어 보라며 백 속에 넣어 주었는데 문득 지금 그 편지가 읽어 보고 싶어진다. 연이가 그 편지를 아직도 잘 간직하고 있을까. 순간 섬광처럼 어떤 생각이 뇌리를 스쳤다. 그래, 맞다. 연이는 바로 모나리자를 닮았다. 기쁨인지 슬픔인지 모를 모나리자의 미소가 아름답다면 오래 전 우리의 우정이 싹틀 때부터 내게 준 그 은은하고 소박한 우정의 미소는 모나리자의 미소다. 넘치지도 않고 모자라지도 않는 그 미소는.

새해 첫 주일이었다. 찬송가를 부르는데 창가에 예수님의 크신 환영이 떠오르고 그 뒤에 연이가 서 있었다. 왈칵 눈물이 솟구쳤다. '예수님, 제 벗 모나리자 연이는 예수님을 닮았습니다.' 물기 있는 눈을 감고 있노라니 연이의 머리위로 예쁜 꽃들이 떨어지고 있었다.

나는요? 올해(1995)는 회갑을 맞는 뜻깊은 해였습니다. 틈틈이 써 놓았던 시를 한데 묶어 시집을 만들었지요. 오랫동안 교사로 일해왔고 지금은 글공부로 보람된 노년을 보내려 애씁니다. 편지마을의 아름다운 여인들을 사랑합니다.

새벽을 여는 아이들

성 기 복

자다말고 일어나 시계를 본다.

새벽 출근을 시작한 지 여러 달 지났건만 아직도 익숙하지 못해 안절부절이다. 뜨뜻한 이불 속에 미련이 남아 누워 뒤척이다 깜빡 잠이 들었었나 보다. 아버님께서 여러 번 깨우고서야 부시시 일어났다.

정신이 몽롱해 한참 뭉기적 거리다가도 자리를 털고 일어나면 바쁘다. 얼렁뚱땅 세수하고 채 말리지 못한 머리가 얼어 버릴 것 같아 코트 깃을 세우고 목수건을 두른 후 길을 나선다.

캄캄한 거리.

닭이 홰를 쳐 새벽을 알리고 인기척에 놀라 잠을 깬 개가 요란스럽게 짖어대면 새벽이 열린다. 청소부 아저씨의 빗질 소리가 바빠지고 공중전화 박스를 닦는 아줌마의 입김이 박스 안을 가득 메운다.

첫차를 타려고 나온 승객들에게 막 끓여 온 재첩국을 권하는 재첩국 장사, 뜨거운 재첩국김과 입김이 한데 어우러진다.

어둠을 뚫고 자전거 페달을 밟는 소리가 들려온다. 아이들이 벌써 출동한 모양이다. 행여 추위에 떨고 기다리면 어쩌나 싶어 뛴다. 숨이 턱에 닿도록 뛰지만 마음과는 달리 걸음이 더디지는 건 무슨 까닭인지——.

우체국에 도착하니 다행히 기다리는 아이는 없다. 숙직자를 깨우기가 민망스러워 서성거리다 문을 두드렸다. 미안해 멋적게 인사를 나누고 사무실을 대충 정리했다.

조간신문을 면 배달국으로 발송하려면 모든 작업이 운송시간 전에 마무리 되어야 하기 때문에 항상 바쁘다.

오늘은 한국일보 일준이가 일등이다. '안녕하세요?' 잠이 덜 깨 하품을 하며 꾸뻑 절을 한다. 지국장 아들인 일준인 배달해서 받는 3만원으로 학용품을 사고 나머진 모아 두었다가 컴퓨터를 살 거란다. 글을 어찌나 커다랗게 쓰는지 별납신청서에 여백이 없을 정도인데 오늘따라 못 쓰겠다고 엄살을 떤다.

어제 부산에 사는 형에게 갔다오다 손을 다쳤단다. 글을 쓸 수 없을 정도는 아닌 것 같고 부산에 갔던 걸 은근히 자랑하고 싶었나 보다. 또 갈 거라며 씨익 웃는 순진한 아이다.

두 번째는 경향신문 상훈이. 중학교 1년생인 상훈인 덩치는 큰데 추위도 잘 타고 늦잠을 잘 자서 가끔씩 날 골탕 먹이지만 운송시간에 쫓겨 허둥대는 날 보고 미안해 머리를 긁적거리는 착한 아이다.

전문대 신입생인 멋쟁이 윤경이. 아침운동도 되고 피아노 학원비를 마련할 수 있어 일석이조의 효과를 갖는다는 실속파 아가씨다.

고2년생 은숙인 3학년 올라가기 전까지만 배달을 할 거라며 새벽에 일어나는 습관도 기르고 보충수업비를 직접 낼 수 있어 무척 즐겁단다. 간밤엔 날씬해 지려고 저녁밥을 굶었다가 새벽 1시경 너무 배가 고파 밥을 두 공기나 먹고 자는 바람에 얼굴이 퉁퉁 부었다고 야단이다. 약한데 뭘 고민하느냐고 했더니 나중을 위해 훈련해야 한단다.

수능고사 치르고 너무 해이해지면 안 된다고 자진해서 무료봉사하는 민경이, 귀엽게 생긴 민경인 신문발송만 담당하는데 가끔은 늦잠을 자고 싶은 유혹이 든단다. 전문대를 지망한 야무진 아이다.

운동선수인 선우는 600부 가량 되는 신문을 배달국별로 기술적으로 묶어 타 신문사 아이들이 감탄할 정도로 신문 묶는 예술가다. 얼마 전 어머니께서 돌아가셔서 우울해 안타까웠는데 조금 나아진 것 같아 마음이 놓인다. 워낙 말이 없는 아이라 행여 상처라도 받을 것 같아 위로도 못해 주었다.

제일 어린 성용인 일도 제일 많다. 방과 후에도 석간신문을 세 구역 배달하고 조간도 두 구역을 담당한다. 새벽 3시30분에 일어나 4시에 신문사에 도착한다는 성용이, 계절 중 겨울이 제일 싫은데 비 오는 날은 더 싫고 힘들다며 고개를 흔든다. 잠을 깨고 자리에서 일어나는 그 순간이 제일 괴롭다는 작은 아이다.

아버지는 일찍 돌아가시고 불구 어머니와 동생을 보살피며 사는 성용인 무척 어른스럽다. 손이 트고 갈라져서 아프지 않느냐고 묻기라도 하면 슬그머니 손을 감춘다. 한참 단잠을 자야 할 어린 나이에 생활비를 벌겠다고 새벽을 뛰는 성용인 수업시간에 절대 졸지 않는다고 다부지게 말한다.

월급 15만원을 어머니께 생활비로 드릴 때가 흐뭇하고 행복하다는 아이. 게으름을 피우기 일쑤고 삶에 회의를 느끼는 나 자신이 그 애 앞에 서면 너무 작고 초라해 보인다.

기사를 쓰고 편집하고 인쇄를 해서 한 부의 신문을 발행하는 과정도 중요하지만 새벽을 가르며 배달하는 아이들의 노고를 구독자들이 조금이나마 헤아려 줬으면 하는 간절한 바람이다.

야타족이니 오렌지족이 뭔지는 몰라도 자기의 삶을 어떻게 살아야 하는가를 아는 아이들. 먼 훗날 훌륭한 성인이 되어 자랑스럽게 지금을 이야기 할 수 있으리라. 진솔하게 살아가는 그아이들의 앞날이 밝고 건강한 생활이길 진심으로 빌어본다.

나는요? 체신공무원으로 근무하며 틈틈이 편지를 쓰는 불혹의 여인입니다. 농사를 짓는 시부모님을 모시고 남편과 아이들과 함께 하동군 옥종면에서 살고 있습니다.

비몽사몽

진 숙

꿈이 현실과 부합되는 일이 가끔 있다. 제과점의 토요일은 분주하여 꿈도 못 꾸고 자기 일쑤인데 그날은 너무 곤하여 쉬이 잠도 오지 않았다. 창 밖에 고요히 흐르는 별빛은 가슴을 설레게 했다. 하나, 둘 별들의 숫자를 헤아리다 가까스로 잠이 들었나 보다.

창 밖 풍경이 온통 초록의 대지로 바뀌고, 나는 버스를 타고 어디론가 가고 있었다. 풀내 흙내가 부는 바람에 싱그러웠다. 길가엔 작은 꽃들이 무리지어 피어 있고 높이 세워진 장대가 하나 있었는데 꼭대기에는 인조 까마귀가 앉아 있었다. 그것은 머리 따로 꼬리 따로 움직이는 것이 흡사 마리오네트(인형극에 쓰이는 인형)와도 같았으나 눈이 인상적으로 살아 있는 것처럼 움직이고 있는 게 아닌가? 갑자기 으스스해지고 머리가 쭈뼛거렸다.

땀을 흘리며 꿈에서 깨어났다. 다음 날은 중풍으로 누워계시는 노인을 찾아뵙기로 한 날이었다. 30분을 달려 연대리에 도착하였다.

노인은 몇 년째 누워서 지내신다는 데도 안주인은 얼굴이 밝고 평화스러웠다. 차려내온 된장찌개에 밥 한 그릇을 금방 비우고 앉아 있는데 '이웃에 어린 학생이 병중에 있는데 함께 가 볼 테냐'고 물으신다. 날은 찌는 듯이 무더워 목줄기엔 땀이 골을 이뤘다.

찾아간 집은 비좁고 후덥지근했는데 침대에 있는 아이는 두꺼운 이불을 덮고 있었다. 가까이 다가가 기도를 하려고 눈을 좀 떠보라고 청하자 웅크리고 있던 아이는 고개를 들어 쳐다봤다. 까까머리로 얼굴엔 커단 눈만 퀭하니 붙어 있는 게 꿈에 본 까마귀의 눈과 흡사했다.

이름이 호순이라고 했다. 열 여섯 나이에 암 말기라는 그녀는 추우니 선풍기도 끄라고 성화다. 나를 알겠느냐고 물으니 친구들과 몇 번 빵 먹으러 온 적도 있다며 아는 체를 한다. "빵이 먹고 싶어요!"하며 가슴에 통증이 오는지 고통스러워한다.

견딜 수 없도록 후끈한 방의 열기도 그렇지만 환자를 쉬게 하고 싶은 마음에 다음 주에 다시 오마고 약속하며 그집을 나섰다.

산자락에서 한줄기 바람이 불어온다. 빵을 담다가, 청소를 하다가 호순이 생각에 잠시 멈춰서서 먼 산을 보곤 했다. 그런데 약속한 일요일이 낼 모레로 다가온 금요일 밤 호순이의 꿈을 꾸었다. 꿈속에서 그땐 저녁이었다. 까까머리의 애기를 업은 사람이 가게로 들어섰다. 가만있자, 언젠가 본 듯한데 누구였더라? 그녀는 나의 친구였다. 15년 전 병으로 시집도 못 간 채 병으로 떠난 사람이 애기를 업고 온 것이다. 애기를 좀 보쟀더니 세상에, 그 애기는 호순이가 아닌가. 꿈 속에서도 꿈인가 싶어 살을 꼬집어 보았으나 허사였다. 태연한 척하며 그들이 골라 놓은 빵들을 가방에 넣어 건네 주었다. 친구가 호순이를 업었지만 두 사람은 서로 모르는 사이인 게 너무도 이상했다. 아쉬운 듯 발길을 돌리는 그네들의 모습에 마음이 영 좋지 않았다.

다음 날은 연대리로 전화를 걸어 환자의 안부를 물었다. 그런데 상대방에서 들려오는 소리는 나의 심장을 잠시 멎게 하기에 충분했다. 어젯밤 호순이가 세상을 떠났다고 한다.

얼마나 빵이 먹고 싶었으면 나의 꿈에서조차 빵을 사러 왔을까? 며칠이 지났다. 성당을 가려고 버스를 타고 앉아 있는데 연대리에서 호순이 어머니가 차에 올랐다.

우린 서로 두 손을 맞잡고 이야기했다. 딸을 잃은 어미에게 무슨 위로의 말이 소용 있으랴? 호순이는 입버릇처럼 아프지 않은 세상에 어서 가고 싶다고 했다며 그렇게 좋아하던 빵도 못 먹고 어쩌냐고 했다. 호순이 죽던 날 저녁, 내 친구의 등에 업혀와서 빵을 사갔다는 꿈 얘기를 차마 말하기가 두려워 내내 그녀의 손만 꼭꼭 쥐고 있었다. 며칠 동안 현실과 연결 되어진 그 여름날의 꿈들은 지금도 현실이었는지 꿈이었는지 풀지 못한 채 기억의 저편에 남아 있다.

나는요? 여주에 혼자 남아 빵을 굽는 남편의 외조로 두 남매를 서울에서 교육시키며, 카톨릭 레크레이션 연구소에 근무합니다. 저녁이면 남편과 팩스로 편지를 나누고 주말에 서울과 여주로 오가는 길에 책도 읽고 많은 생각도 하게 됩니다. 무엇보다도 편지마을에 마음 한자락 붙이고 있음을 자랑스레 여깁니다.

행복한 여자

박 혜 숙

내가 몇 년 동안 남편의 직장을 따라 고향인 시골에서 살 때다. 그곳에는 6일마다 장이 열렸다. 나는 자전거를 타고 장터에 나가 생필품과 농산물 등을 사 오곤 했다.

그러던 어느 날, 내 어깨를 툭 치는 사람이 있었다. 한눈에도 그녀가 국민학교 동창 은자라는 걸 알 수 있었다. 그녀는 남자처럼 우락부락한 체격과 화통한 성격, 특유한 표정과 인상을 지녀 금세 알아챌 수 있었다. 난 반가움을 감출 수가 없었다.

우리는 길 옆으로 늘어선 잡화상과 생선을 파는 아줌마들 사이로 나란히 걸으며 필요한 것들을 샀다. 그날따라 둑길에 핀 들꽃이며 야산의 소나무, 섬진강 줄기의 시원스런 물줄기는 우리들의 동심을 부추기는 회오리바람 같았다.

봇물이 터지듯 한꺼번에 쏟아져 나온 추억담으로 우린 어른인 것도 잊고 소녀시절로 돌아가고 있었다.

그녀와의 해후는 26년 만이었다. 같은 고향이라고 해도 그녀의 집은 꼬불꼬불한 산구비를 몇 개 더 넘어야 하는 깊은 산골동네였다. 외따로 떨어져 있는 그녀의 집은 유난히 깊어 울안에 심은 은행나무나 호도나무, 감나무 등이 뒷산과 한데 어울려 숲을 이루고 있었다. 공해 같은 건 끼어들 틈이 없는 야생들국화 향기가 묻어나곤 했다.

그녀는 촌에 살면서 촌부답게 살았다. 억척스럽게 밭을 일궈 고추농사를 지어서 농사에 굼뜨는 날 부럽게 했다.

들녘이 황금빛으로 물들고 고추잠자리 떼가 무수히 날아다닐 때쯤이면 그녀는 나에게 전화를 했다. 두 아들들 등살에 시달리는 것만으로도 힘들어 보이는 날더러 행복한 여자라고 했다. 그때부터 내겐 행복한 여자라는 호칭이 붙기 시작했다.

그녀는 나에게 호두와 감, 밤 등을 친정엄마처럼 챙겨 주었다. 극구 사양해도 그녀는 자기네 것도 맛 좀 보라며 자전거에 싣고 와서는 쿵 하고 마루에 내려놓곤 했다.

얼마 후, 나는 다시 내장산이 가까운 정읍으로 이사를 나왔고 그녀도 몇 해 뒤에 다른 지방으로 이사를 갔다. 가끔씩 주고 받는 통화에 그녀는 날더러 아직도 행복한 여자라고 했다. 그럴 때마다 난 행복이 넘쳐서 죽을 지경이라며 행복한 듯한 웃음을 너펄지게 터트리곤 했다.

남의 떡이 더 커 보인다는 속담이 있다. 주위의 사람들이 나보다 다들 행복해 보일 때가 더러 있다. 나보다 조금이라도 나아 보이면 '에그, 이 놈의 팔자'하면서 신세타령이 터져나오고 그러다 정말 불행한 사람들을 보게 되면 '그래, 이만하면 행복한 거지 뭐.'한다.

사람들은 타인의 삶을 통해 자신을 돌아보는 기회를 갖는다. 행복은 누가 가져다 주는 게 아니고 스스로 피나는 노력을 통해 얻어지는 결실이다.

여성은 주부와 엄마라는 굴레 속에 속박 아닌 속박을 당하게 된다. 수시로 부딪치는 갈등 속에 송두리채 잊혀져 가는 자신의 꿈과 이름. 생활의 어려움도 크고 작은 굴레가 된다. 늘 자신을 되돌아 볼 수 있는 마음의 여유와 자신과의 싸움에서 처절할 때에 행복의 씨앗은 움트기 시작하는 게 아닐까?

그 친구가 날더러 행복한 여자라고 말한 건 내가 내면 깊숙이 꿈을 간직하고 깨어 있으려는 노력을 두고 하는 말인 듯 싶다. 그게 비록 이루지 못할 꿈이고 망상일지라도 틈나는 대로 독서를 즐기고 습작하는 습관이 내가 자아완성의 길로 향한 몸부림임을 그녀는 알고 있을까?

가끔씩 그녀와의 대화 중에 나는 책이야기를 꺼내게 된다. 생활 전선에서 악착같이 뛰는 그녀에겐 중년의 철없는 짓이거나 정말 행복한 일로 비칠지도 모른다. 그녀가 겉으로 보기에 굴곡있는 삶을 살아 간다면 나 또한 안으로의 굴곡이 있을 수도 있다. 내 삶의 가치기준과 방향을 올바르게 체득하기까진 많은 시일이 필요했다.

자신을 사랑할 수 있는 진정한 자아의 눈을 뜨기 위해서는 욕심을 버려야 했다. 그래야만 진실하고 순수한 마음의 눈을 뜰 수 있었다.

작은 풀잎 하나도 보는 이에 따라서 아름다움과 생명의 존엄성이 달라진다. 이렇듯 자신의 삶의 테두리 안에서 부딪치게 되는 갖가지 고뇌와 절망을 진실과 바꿀 수 있는 지혜를 터득해야 한다. 그렇게 하지 못한다면 어찌 삶이 아름다울 수 있고 고통 속에 핀 환한 인생의 참꽃 향기를 만끽할 수 있겠는가?

하나의 향을 사르듯 수많은 밤을 기도로 밝힌 나의 투쟁을 그녀는 알까. 자신의 모든 걸 버리고 가정의 우환이 걷히기를 기도했던 시간들. 한 치 부끄럼 없이 살려고 산사를 헤맨 날들을…….

내가 즐겨 읽는 책 속에 이런 구절이 있다. '세상에는 네 종류의 사람들이 있다. 첫째는 어두운 데서 어두운 데로 가는 사람. 두번째는 어두운 데서 밝은 데로 가는 사람. 세번째는 밝은 데서 어두운 데로 가는 사람. 네번째는 밝은 데서 밝은 데로 가는 사람이다.'

행복을 추구하는 방법도 마찬가지리라. 나에겐 행복 같은 건 없다고 포기하며 어둡게 사는 사람. 부부 관계나 자녀의 문제를 꾸준히 노력하여 밝게 개척해 나가는 사람. 가진 게 없어도 받는 게 없어도 체념할 것은 체념하고 항상 긍정적인 자세로 밝게 사는 사람 등등.

나는 전자나 후자에도 끼지 못하는 아직도 철없는 사람일지도 모른다. 다만 '행복한 여자'라고 친구가 불러준 대로 행복한 여자가 되기 위해 향을 사르듯 가슴도 자신도 태울 수 있는 노력을 하니 후자에 속하는 편일까?

그녀는 얼마 전, 생활의 터전을 옮겼다고 전화를 했다. 대천에서 대전으로. 난 그녀에게 '누가 행복한 사람인 줄 모르겠네. 가고 싶은 도시에 터전을 바꿔가며 살고 있으니. 그게 사는 재미가 아니야?'라고 말했다. 그녀는 본의 아닌 화를 내며 누구 약을 올리느냐고 따졌다. 내장산의 정기를 받고 살더니만 행복한 소리만 한다면서.

우리는 그냥 웃었다. 그녀를 만나는 날 난 정말 가식없는 작은 행복의 웃음을 건네주고 싶다. 그녀가 챙겨 주었던 알찐 과실의 원색처럼 내 원색의 삶을. 주부다운 주부, 엄마와 아내다운 참 생활인의 웃음을…….

나는요? 때론 새가 되고 싶었습니다. 자유! 그러나 영혼의 자유는 더 고귀한 삶의 질을 유지시키는 꿈과 희망이 가득한 걸 체득하며 삽니다. 편지마을은 욕심을 버린 사람들의 몫이어서 좋습니다. 창립 때의 순수하고 맑은 심성으로 지키렵니다. 화이팅!

내 일

김 지 영

오년 전 나는 남편과 헤어지려고 마음먹은 적이 있다. 결혼 육년째의 봄날이었다. 첫 아이 입학을 며칠 앞두고 생긴 일이다.

육 년 간의 지하 셋방을 탈출하기 위해 은행에서 융자받은 돈이 엉뚱한 사람의 손에 넘어 갔고, 자기는 도저히 어떻게 할 수 없으니 날더러 돈을 받든지 말든지 하라며 전화 번호를 적어놓고 남편은 교육을 받으러 지방으로 내려가 버렸다.

다이얼을 돌렸더니 뜻밖에도 남편이 돈을 빌려 준 사람이 여자였다. 몇 마디 말도 못한 채 수화기를 놓았다. 가슴이 떨리고 말문이 막혀 아무 말도 할 수가 없었다.

한마디 변명도 하지 않고 가 버린 남편의 의도가 무엇일까? 내 상상의 나래는 끝간 데가 없었다. 언제부터 사귄 여자일까? 어떤 관계일까? 방정맞은 상상들이 떠올라 날 괴롭혔다.

남편은 일 주일이 지나야 집에 돌아올 텐데 그 시간을 어떻게 기다려야 할까. 그동안 한 번도 의심해 보지 않은 우리 가정의 행복이 한낱 허상에 불과한 것이었나, 주체할 수 없는 눈물이 하염없이 흘러 내렸다. 속도 모르는 아들녀석이 다가왔다. '엄마 어디 아파, 엄마 눈에서 자꾸자꾸 왜 눈물이 나오는 거야'하더니 화장지를 가져다가 눈물을 찍어내곤 했다.

남편과 나는 그야말로 사랑하나 믿고 맨손으로 시작한 결혼 생활이었다. 단칸 셋방에 두 사람 겨우 누울 자리 하나로 시작한 결혼이었지만 나는 이 일이 있기 전에는 한번도 가진 것 없는 우리의 생활이 불행한 삶이라고 생각해 보지 않았다. 진정한 행복은 많이 갖는 것이 아니고 마음 안에 있다고 믿었고 그가 날 사랑하고 내가 그를 사랑하는 한 우리는 가장 행복한 부부라고 믿었으니까…….

남편은 시내버스 값도 아끼겠다고 낡은 자전거를 사서 그것으로 2년이나 출퇴근을 했고, 나는 구슬을 꿰고 봉투에 풀을 붙이면서도 즐거웠다. 우유값을 아끼겠다고 아이에게 3년간 묽은 젖을 먹이면서도 우리의 내일은 얼마나 밝은 햇살이 머물러 있었는가. 살아오면서 빈틈 없었던 남편이기에 내 가슴은 더 아프고 내 처지가 더 슬프기만 했다.

팔남매의 큰 딸로 자란 나는 남편과 살면서 형편이 어려워도 마음아파하실 친정 부모님 생각에 한 번도 내색하지 않았다. 그래서 친정 부모님은 큰딸이 시집을 잘 갔다며 항상 남편에게 고마워했다.

아무리 세상을 둘러 보아도 마주 앉아 의논할 상대가 내겐 없었다. 세상에 홀로 남겨진 것처럼 외로웠다.

며칠 후 이사갈 방값을 선뜻 내어줄 수 있는 여자는 누구일까? 남들은 남편이 다른 마음먹으면 행동부터 달라 금방 눈치를 챈다고 하던데 나는 왜 이처럼 무딘 여자가 되어 버렸는지 내 자신이 바보스럽고 미웠다.

내 집을 하루라도 빨리 마련하겠다고, 결혼 6년간 미장원 한번 가지 않았는데, 길가에서 흔들어 파는 싸구려 옷만 사 입으면서도 즐거웠는데 내가 살아왔던 그 동안의 절제의 삶이 너무나 억울했다.

남편을 기다리는 일주일이 몇 년보다 길었다. 내게서 마음이 떠난 남편이라면 나는 붙잡지 않으리라, 마음을 정하고 나니 눈에 밟히는 아이들, 아들과 이제 갓 돌이 지난 딸 아이를 끌어 않으니 가슴으로부터 뜨거운 눈물이 솟아 올랐다. 사라져 버린 돈은 내게 아무 의미도 없었다. 남편에 대한 배신감으로 자꾸만 자꾸만 초라해지는 내 모습…….

남편이 돌아왔다. 조목조목 따지겠다고 벼르고 있었는데, 남편의 얼굴을 보는 순간 한마디도 물어볼 수가 없었다. 그이도 더 이상 아무 말도 하지 않았다. 한마디라도 좋으니 변명이라도 하면 좋으련만, 나에게 미안하다는 한마디와 애처로운 눈빛 속에 그렁그렁한 눈물을 뒤로하고 남편은 교육을 받으러 가 버렸다. 남편의 교육은 3개월 만에 끝이 났고 나는 그 동안 몇 번씩 지옥의 나락으로 떨어지며 살았다.

그 여자를 만나리라 마음을 정했다. 나는 어떤 모습으로 나갈까 잠시 갈등을 겪었다. 청바지 차림에 맨 얼굴을 하고 약속 장소에 갔다. 내 온갖 상상 속의 여자는 쉴새없이 눈꺼풀을 깜박거리며 초췌한 모습으로 서 있었다.

그 여자는 남편의 중학교 때 동창이었고 남편의 사업 실패로 그 동안 동창생들을 찾아 다니며 많은 피해를 입힌 사람이었다. 피해자 속에 한 사람이 바로 남편이었다.

그 여자는 금방 돈을 갚겠다고 나에게 약속하기를 여러 번, 지금껏 돈을 받지 못하고 있다. 시간이 지날수록 그런 그 여자가 밉기보다 측은하고 불쌍한 생각이 들었다.

나를 몇 번 만난 그 여자가 말했다. 책망하는 말 한마디라도 하라고. 왜 이렇게 자기를 부끄럽게 만드느냐고. 하지만 난 모진 말이 한마디도 나오지 않았다.

그때 낸 융자금을 올 유월까지 남편의 월급 통장에서 꼬박꼬박

지불했고 이제 마무리가 되었다. 내 상했던 마음이 누구러지기까지는 많은 인내가 필요했다. 지금은 매일 그 가정을 위해 기도하고 있다.

인간은 누구나 실수를 범하며 살 수밖에 없다는 것을 안다. 큰 실수인가 작은 실수인가 그 범위가 다를 뿐이다. 나도 많은 실수를 하며 살아오지 않았는가.

내가 믿고 사랑했던 남편의 마음이 변심이 아닌 실수임을 알게 되었을 때 잠시나마 먹구름으로 덮혔던 우리들의 내일이 활짝 개어옴을 느꼈다. 이 일을 통해 믿음을 배반당했을 때 인간은 가장 슬프고 외롭다는 것을 알았다.

내 이웃 속에 항상 믿음을 저버리지 않은 사람으로 살고 싶다. 한 가정의 행복은 모든 사회로 연결되는 통로라고 믿으니까.

나는요? 올곧게 사는 것을 생활신조로 삼고 있는 30대 후반의 여자입니다. 글쓰는 일은 평생의 애인으로 여기며 좋은 친구를 사귀고 싶습니다.

국화빵 장수

김 연 화

학교에서는 3월이 되면 생동감이 넘쳐 흐른다. 움추렸던 몸과 마음이 새학기를 맞아 활짝 펴지고 무엇인가 희망에 부풀어 꿈틀거리기 때문이다.

모든 사람들이 날이 바뀌면 어떤 기대감에 젖어 보듯이 나 또한 금년에는 어떤 재미있는 일이 벌어질까 상상해 보며 새학년 새학급 담임이 되었다.

학년 초에 늘 해왔던 학급 어린이의 환경조사를 하는 시간이었다. 부모님의 직업, 나이, 종교, 학력 등 어린이 지도에 도움이 되는 여러 가지를 조사하는 일이다. 우선 부모님이 하시는 일을 알고 있는지 모두에게 물어 보았다. 제일 먼저 준이가,

"우리 아빠는 국화 장사해요."

하고 큰 소리로 말했다.

"그래, 참 좋은 직업이구나. 나도 화원 속에서 꽃과 나무를 보살피며 산다면 얼마나 좋을까?"

내가 이렇게 말하였더니 준이는 어깨에 힘을 주며 환하게 웃었

다. 그 모습이 귀여웠다. 그 다음 아이들은 "회사 다녀요" "음식점 해요"하며 조그만 목소리로 말했다. 나는 준이 아빠의 직업이 최고라며 너무 추켰나 싶어 다른 아이들의 이야기도 귀담아 들어 주었다.

다음 날, 교실문을 열고 들어서니 아이들이 내게로 우르르 몰려왔다. 아이들은,

"선생님, 국화장사가 아니고 빵장사예요."한다. 무슨 소리냐고 물었더니 준이 아빠가 국화꽃을 파는 것이 아니라 국화빵을 구워 판다고 했다. 난 잠시 난처했다. 몰려든 아이들은 이번엔 내가 어떤 말로 국화빵 장수를 예찬하는가 두고 보겠다는 표정들이었다.

"그래, 그것은 더더욱 좋은 직업이구나. 준이 아빠가 계시는 곳이 어디니? 내 오늘 퇴근길에 들려 사 갈 것이다."

나는 아이들을 둘러보며 커다란 목소리로 말했다. "이 추위에 따끈따끈한 국화빵을 구워 파는 일도 배고픈 사람들을 위한 좋은 일이다. 남을 위해 보람되고 좋은 일을 하면 그 일이 가장 훌륭한 직업이란다." 아이들은 저마다 하고 싶은 이야기가 주렁주렁 열려 있는 눈빛이었지만 쉬 말문을 열지 못했다. 한 아이가 가까스로 이렇게 말했다.

"우리 아빠가 그러시는데 골목길 한켠에서 국화빵 장사를 하는 것이 뭐가 그리 좋은 직업이냐고 하던데요. 선생님은 참 이상하세요."

직업의 귀천에 대해 아이들 앞에서 아무 생각없이 판단해 어릴 때부터 남을 멸시하는 습관을 길러주는 부모들이 원망스러웠다. 어느 직종에 근무하건 내가 제일 잘 한다는 긍지와 보람을 갖고 일한다면 성공할 수 있지 않은가.

오늘따라 내가 해야 할 일을 찾은 것 같다. 준이에게는 준이 아빠의 직업이 최고라는 자신감을 갖게 하는 일이 학과공부 이상으로 중요한 것이다. 또 직업에는 귀천이 없다는 인식을 아이들의 가슴

속에 새겨주는 일이 산교육의 첫걸음이 될 것이고.

새학년 새학기, 담임을 맡은 내가 시골에서 온 것을 어떻게 알았을까? 도시로 온 선생님이 제일 먼저 해야할 일이 무엇인가를 가르쳐 준 우리 반 아이들이 고마울 뿐이다.

나는요? 참교육을 실천하려 애쓰는 국민학교 교사입니다. 옳은 일에는 굽힘이 없고 마음이 따뜻한 사람들을 사랑합니다.

잊을 수 없는 아이

김 희 정

5년째 모 중학교에서 상담을 하면서 많은 십대들을 만났다.

93년 11월 초, 교도주임으로부터 한 남학생 애길 들었다. 상담 의뢰였다. 14살짜리 중학생으로선 금기된 사항을 모조리 경험해 버린 학생이었다. 아무리 그럴 수 있을까? 의문으로 입이 다물어지지 않을 만큼이었다. 무단결석 50여일 동안 그 학생은 이성교제, 술, 담배, 금품 뺏기 등 경악할 만큼 놀랄 일들을 모두 거친 아이었다. 더 이상 망가질래야 망가질 수가 없을 만큼 영과 육이 모두 망가진 아이였다.

대강만 애길 듣고도 난 가슴이 울렁거릴 만큼 떨렸다. 아니 그런 부류의 애에 대해 두려웠다고 해야 솔직한 표현이겠다. 그토록 엉망으로 망가진 아일 위해 해줄 수 있는 게 있을까? 있다면 무엇일까? 이런 선입관을 갖고 만나 역효과나 내지 않을까? 그런 아인 정말 어떤 모습일까? 갖가지 험한 모습들이 주마등처럼 스쳐지나갔다. 많은 갈등과 함께 용기를 내서 만나 보기로 했다.

처음 상담실에 들어서는 그 애의 모습을 난 아마 살아가는 동안 잊지 못할 것이다. 가출해서 온갖 험한 일을 저지르고, 겪은 애라고는 상상하기 힘들 만큼 듬직한 체구에 겁 많게 보이는 큰 눈을 가진 학생이었다. 난 잠시 안도의 한숨을 조용히 삼켰다. 조금은 호기심 어린 표정으로 그 앤 내가 어떻게 하나 구경하러 온 것처럼 서 있었다.

그 동안 상담을 해 오면서 가장 어렵고, 서글프고, 안타까웠던 점은 대다수의 내담자들이 상담자를 신뢰하려 하지 않는다는 점이다. 그리고 그들 자신들이 저지른 엄청난 잘못이 얼마나 무섭고, 심각한지를 깨닫지 못하는 것이었다.

이 시대의 문제아들에겐 내일이 없다. 꿈도 없다. 아니 내일을 향한 찬란한 꿈을 꾸려고조차 하지 않는다.

내가 만난 철민이도 예외는 아니었다. 상담실에 오게된 동기를 묻자 아무런 갈등도, 부끄럼도 없는 죽어버린 표정으로 “제가 가출했었거든요”했다. 나도 질세라 빤히 바라보며 담담하게 싱긋 웃으며 “참 재미있었겠구나”했더니 조금은 어이없어하며 배시시 웃었다. 이렇게 시작된 인연은 1년 넘게 연결이 되었다. 다행히 철민인 날 신뢰하며 잘 따라 주었다.

부모님이 호프집을 하시는 집의 막내인 철민인 대개가 새벽 1시까지는 형과 단 둘이 지내야 했다. 모범생이 못되는 형은 항상 동생에게 제왕처럼 군림하려 했고, 작은 심부름에서 심한 구타까지 헤아릴 수 없이 괴롭혔다. 의지할 곳 없는 작은 가슴은 형도, 집도, 공부도 싫었다. 그래서 매일 비슷한 또래들이랑 집 밖을 방황했다. 그러던 중 어느 날 별 생각도 계획도 없이 집을 떠났던 것이었다. 처음 얼마 간은 그래도 나이를 속여가면서 레스토랑이나 카페 같은 데서 먹고, 자고 아르바이트도 했지만 전국을 돌아다니다 보니 그것도 여의치 않았다고 한다. 그런 와중에서 어느 날 배가 고파 학교 친구의 돈을 뺏었다. 그런데 공교롭게도 그 친구의 아버지는 경찰이셨다. 붙들리는 건 시간 문제였다. 곧 붙들려 소년원에 넘겨지기 직전에 학교로 돌아온 아이였다. 자신의 모든 얘길 다할 때까지 그 앤 아무런 죄책감, 부끄럼, 자존심 같은 인간으로서 간직해야 할 소중한 부분을 모두 상실해 버린 사람 같았다. 아무런 생각이나 책임도 지려들지 않는 상실된 자아와 영혼을 보며 난 무척이나 답답하고 안타까웠다. 걱정하는 내게 그 앤 굵고 짧게 살겠다고 했다.

생각해 보자.

열네 살짜리 입을 통해 짧고 굵게 살겠다는 말을 들었을 때의 그 충격과 아찔함을 어떻게 표현해야 할까? 그때를 생각하면 지금도 가슴이 뛰는 것 같다. 무엇이 잘못 됐을까? 어디서부터 헝클어진 실타래인가? 어떻게 이 애에게 생명의 준엄함 그리고 존귀함을 가르쳐 줄 수 있을까?

난 가벼운 말로,

"세상 사람들은 아니 호호백발 노인들까지 왜 열심으로 운동을 하실까?"했더니,

"건강해지려구요." 했다.

"그들은 왜 건강에 신경을 쓸까?"하고 물었더니,

"오래 살려구요."

"그래. 대개 모든 이들이 건강하게 오래 살고 싶어하는 것은 생명이란 소중한 것이고 오로지 자신에게든 누구에게든 하나 뿐이기 때문이란다. 가장 소중한 것이지. 그런데 철민인 이제 열네 살인데 짧고 굵게 살겠다는 얘긴 좀 심했다고 생각지는 않니?"하자,

"네."하며 씩 웃었지만 뭘 느끼고 알았는지는 지금도 알 수 없다. 열네 살에 정말이지 너무 긴 생을 살아버린 안쓰런 아이였다.

그리고 가출해서 보고 느낀 것이 있다면 무엇이었냐고 물었더니 종업원을 할래도 고등학교 졸업은 해야 한다는 것이었다. 그래서 학교는 꼭 다니겠다고 했다. 그때까지 난 세상에서 그처럼 아름다운 말을 들어본 적이 없었던 것처럼 반갑고 감사했다. 그리고 철민이와 나와의 만남에 조그만 희망과 가능성도 보았다.

우린 열심히 만나고 또 애길 나누는 다정한 사이가 되었다. 주로 술, 담배, 주위 친구들 애기였지만……. 그러나 항상 서글프고 문제가 되는 것은 세상 그 누구도, 하물며 부모 형제까지도 문제아는 질시의 잣대로 본다는 것이다. 좀 나아지려고 노력하다가도 멸시를 당하면 자포자기가 되어 아무런 행동이나 하게 된다며 울먹일 땐 가슴이 아팠다.

내가 철민이에게 좋은 길잡이였든 반대였든 간에 조금은 제자리에서 밝게 생활하려고 노력하는 걸 보면 감사한다. 그 애가 무사히 중학교를 졸업하고 상급 학교에 갔으면 하는 게 그 애에 대한 바람의 전부다.

불나비가 되어 아무런 의미없이 오늘도 자신을 송두리채 태워버리는 아직은 너무 작고 여린 영혼들. 날이 갈수록 청소년들의 무분별은 극에 달해 부모도 선생님들도 두 손 들게 만드는 겁 없고, 무서운 십대들의 방황은 어디서부터 잘못 됐을까? 언제부턴가 우리 주위엔 준엄한 아버지의 모습도 산업 사회 이전의 순수한 모성애도, 그에 따른 자식의 도리도 찾아보기 힘든 것이 지금 우리의 현실인 것 같다.

요즘은 애들 뿐이 아니고, 어른들의 무책임도 한계를 벗어난 것 같다. 밤거리를 방황하는 우리 애들을 영원히 돌아올 수 없는 미로 속으로 밀어 넣는 것이 이기심에 눈이 먼 어른들이 아닌가? 지금 우리 세대는 물질의 풍요를 얻은 반면, 인간적인 많은 아름다운 것들을 잃어버린 것 같다.

조금은 힘겹더라도 좀더 자식에게 애정과 관심을 가져준다면 밤거리를 불나비가 되어 헤매는 청소년들이 조금은 줄어들지 않을까를 그 동안의 경험으로 지면을 통해 얘기해 보고 싶었다.

누구에겐가 이 시간 감사드리고 싶다.

나는요? 전주 시골뜨기가 서울에 온 지 15년이나 된 51년생으로 남편과 두 딸을 보배로 삼고 있습니다. 조용하고 평화로운 집안 분위기 속에 낙서와 책읽기를 좋아하며 화초 가꾸는 것을 좋아합니다. 또 중학교에서 자원봉사로 학생상담을 하고 있습니다. 이 일만은 평생동안 하고 싶습니다.

길

문 영 순

"이제 가면 언제 오나."

세상을 떠난 내 친구의 관을 잡고 그녀의 언니가 마지막으로 울부짖던 말이다.

그녀가 가는 길은 아무도 동행할 수 없는 길이다.

그녀와 나는 어릴 적 친구였다. 어렸을 때 뿐만이 아니라 어른이 된 이후에도 자주 만나며 가깝게 지내왔다. 40대의 문턱을 넘어서는 지금까지 이웃하며 살아온 셈이었다.

결혼을 늦게한 친구는 두 남매를 키우며 비교적 행복한 생활을 했다. 어느 날 갑자기 백혈병이 찾아 오면서부터 우리의 길은 방향이 달라졌다. 친구는 늘상 병원 생활을 했고 그녀가 병원을 이리 저리 옮길 때마다 나는 따라 다니는 일을 해 왔었다.

그해 봄에는 고향에 가고 싶다고 해서 오붓하게 둘만의 시간을 가질 수가 있었다. 고향의 봄은 그림 그 자체였다. 아직도 계속 돌고 싶다는 듯한 표정으로 서 있는 물레방앗간을 지나 돌로 만든 징검다리를 소녀처럼 뛰어 넘고 싶었다. 그러나 뒤돌아서 가랑잎같이 가벼워져 버린 친구를 업고 냇물을 건넜다.

따뜻한 봄인데 발을 벗고 들어서니 물속에 잠긴 발끝에서 심장까지 싸늘함이 전달되어 왔다. 험한 병으로 고생한 지 3년이 넘은 친구의 몸은 마른 장작 같았다. 물살을 가르며 걷고 있는 나에게,

"얘! 물 위를 걸으면 길이 보이지 않듯이 내가 가야할 길도 이렇게 보이지 않는구나."

그후 말이 없는 것으로 보아 아마도 친구는 울고 있는 듯했다.

나도 요즘 들어 부쩍 약해지는 친구의 마음이 무엇인가를 암시해주는 것 같아 가슴이 답답해지기 시작했다.

그렇게 고향에 다녀온 후 그녀는 자리에서 일어나지 못했다. 언제부터인가 우리는 서로 말을 잊어 버렸다. 오직 침묵으로 휩싸인 병실 문에 '절대 안정'이란 글씨는 더욱 마음을 무겁게 했다.

나는 그냥 그녀를 바라볼 수밖에 없었다. 함께 있으나 차츰 서로 다른 길을 가고 있는 우리의 우정을 서러워할 뿐이었다. 나는 너를 위하여 무엇을 해야 하는지 무능함에 그만 입술을 깨물며 그녀에게 나약함을 보이고 말았다.

이것이 하늘 나라로 가는 길이라고 이런 고통과 슬픔의 길을 지나면 죽음조차 없는 영원한 곳이 있다고 오히려 그녀가 나를 위로했다. 내가 가면 너도 이다음에 따라올 텐데…….

그날 나는 거짓말을 했다. 하루 하루 떠나가는 그녀의 생명을 바라보며 어제보다 좋아졌다고. 세상에서 가장 슬픈 것이 자신의 죽음을 알고 있는 것이고 그것을 바라보는 마음인 것 같다.

한겨울의 볕이 따뜻하게 느껴지던 어느 날 친구는 내 손을 꼭 잡아 주면서 고맙다고 했다. 그말이 마지막 인사같이 느껴져 웬지 병실을 선뜻 나설 수가 없었다. 나왔다가 다시 들어가고 무엇을 놓고 가는 것 같아 또다시 들어가 보고 공연한 불안함 때문일 거라고 스스로 위로하며 돌아섰다.

그 뒤로 영영 그녀의 얼굴을 볼 수가 없었다. 그녀 나이 이제 마

흔 하나, 어린 것들은 어찌하라고 다시 못 오는 길로 가 버렸을까? 강한 모습으로 뼈를 깎는 아픔을 안으로 안으로만 삼키며 꺼져가는 자신의 생명보다 자식이 걱정돼서 돌아 누으며 흐느끼던 친구였다.

아들 중학교 입할할 때까지는 살 수 있을 거라고 말하던 모습이 이 겨울 새삼 아픔이 되어 온다. 나는 언제나 마음만 아파했을 뿐 아무것도 그녀에게 해준 것이 없었다.

그녀가 다니던 성당에서 장례미사가 있었다. 뜨락에는 검은 띠를 두른 영구차가 대기하고 제대 앞에는 친구를 담은 검은 관이 놓여 있었다. 관 속에 누워있는 그녀가 "나 답답해"하면서 탁탁치는 소리가 들리는 것 같아 관을 덮은 검은 천을 오랫동안 들여다 보았다.

성당 공원 묘지에 친구를 묻고 돌아서며 캄캄한 밤이 싫다던 그녀를 생각했다. "네가 어떻게 이 땅 속에 누워 있겠니. 부활하신 예수님처럼 하늘에 올라가 방황하는 내 모습 보고 비웃지는 말아라. 내가 떠나고 네가 남았으면 너는 더 호들갑을 떨고 있겠지" 그렇게 말하기를 좋아하던 친구는 나에게 아무런 대답도 하지 않았다.

우리가 살아 가고 있다는 것이 죽음 쪽에서 보면 한걸음 한걸음 죽음으로 다가가고 있다는 것임을 생각할 때 사는 일은 곧 죽는 일이며 생과 사는 결코 절연된 것이 아니라 앞서거니 뒤서거니 할 뿐인 것을…….

언젠가 우리는 또 만날 수 있다는 것을 믿으며 친구가 가는 길에 노란 국화 한 송이를 살며시 얹어 주었다.

나는요? 인생에 있어 무엇이 되는 것보다 어떻게 사는 것을 중요하게 생각합니다. 아직도 꽃잎 모으는 재미를 잃지 않는 사십이 넘은 소녀랍니다. 남매를 키우며 꿈도 키워가고 글쓰기 보다는 책읽기를 좋아하고 흙과 자연을 사랑합니다.

버려진 집에서 얻은 행복

유 정 숙

풍성했던 농촌에 이농(離農)현상으로 빈집이 늘어난 지도 오래되었다. 그 빈 집들이 일부 비행청소년들의 우범장소로 사용된다는 신문기사를 읽으며 내 마음은 씁쓸하였다. 이런 현상은 득지마을에도 예외없이 닥쳐왔다.

일찍이 살던 집과 전답을 팔고 도시로 떠난 사람들은 그나마 다행이었다. 십 수년 동안 뿌리를 내리고 살던 집을 텅 비워둔 채 떠나야 했던 심정은 얼마나 참담했으랴. 농촌의 버려진 집들에 관심을 갖고 찾아 나섰던 날, 내가 마주한 상황은 짐작한 것 이상으로 암담했다.

그 곳에는 고양이와 쥐, 거미와 온갖 벌레들이 저마다 주인인 체 빈집을 차지하고 있었다. 텅빈 외양간의 습습한 곳은 지렁이의 소굴로 변하여 등골이 오싹하였다. 추녀 사이로는 겹겹이 쳐놓은 거미줄, 허물어진 벽 틈으로는 하늘이 삐끔 내비치고 있었다. 옛 어른들의 손때가 거무스름하게 묻어 있는 기둥. 깨진 옹기 조각과 나뒹그러져 있는 터진 구유. 마당에는 빛바랜 옷가지들이 삶의 숨결이 멈춘 허망함을 말해 주고 있었다.

마을 사람들은 깨끗이 헐고 새집을 지으라는 권유를 했다. 망설이던 끝에 집 수리를 하기로 결정하고 둘러보았는데 엄두가 나질 않았다. 그렇지만 이왕에 마음먹은 일을 포기할 수는 없어 계획대로 밀고 나가기로 했다.

가장 큰 어려움은 역시 인력이었다. 도시에서는 남아 도는 인력이 농촌에서는 하늘의 별따기처럼 어려웠다. 게다가 새집을 짓겠다는 일꾼은 있어도 헌집을 수리하는 일은 피하려고 했다. 성가신 일을 피하려는 인부들의 도도함과 기술자들의 배부른 흥정은 나를 어이없게 만들었다. '잘못 생각했구나. 헐어버리고 말까? 아니야, 그럴 수는 없어. 얼마나 오랜 생각 끝에 결단을 내린 일인데…….' 마음속에는 벌써 심한 갈등이 일기 시작했다. 포기하고도 싶었지만 남이 외면하는 일에 도전하는 것도 의미있는 일이라 여겨졌다.

평소 나는 아이들에게 이렇게 가르쳐 왔다. 험난한 산이 앞을 막으면 돌아갈 궁리를 해라. 돌아가려고 노력해도 힘이 들 때는 좌절하기 전에 다시 한번 생각해 보아라. 그래서 옳다고 생각되는 일이라면 터널을 뚫고서라도 포기하지 말라고. 이렇게 가르친 양심에 부끄러워서는 안될 일이었다. 새로운 경험을 얻는 좋은 기회로 생각하고 가족들과 힘을 합쳐 집수리를 시작했다.

두 팔을 걷어부치고 치우고 또 치웠다. 남편과 함께 안반짝만한 구들장을 들어낼 때는 이마에 구슬땀이 송글송글 맺혔다. 구슬땀이 흐를 때에는 막일하는 사람들의 입장을, 먼지를 뒤집어 쓰고 일할 때에는 청소부 아저씨들의 노고를 이해할 수 있었다.

주말이나 쉬는 날에는 장성한 자식들도 힘을 보탰다. 흙을 나르고 벌레집들을 치우고 문짝을 뜯어서 물에 불려 씻기도 했다. 벌레집 속에서는 생명의 신비를 관찰하고 창살을 다듬고 끼운 옛 목수들의 솜씨를 감상하며 과거로 돌아간 듯한 착각에 빠지기도 하였다. 땀흘려 일한 다음에는 가슴이 뿌듯했다. 반쯤 내려앉은 마루는 각목을 대고 못질을 한 다음 괴어 놓았다. 진흙을 바른 벽에는 시멘트를 발랐다. 선무당이 사람잡는 격으로 서툰 미장이에 목수 일까지 해 냈다. 굴 속 같던 안방에 벽지를 바르고 창호를 다니 하룻밤을 거처할 수 있는 아늑한 별장이 마련되었다.

참죽나무 아래에는 작은 우물이 있었다. 주위를 훤히 치우고 우물안도 깨끗이 청소를 했다. 두레박을 장만해서 길어올린 물맛은 또 일품이었다. 군불을 때어 온돌방을 덥히고 부엌아궁이에 구워먹는 고구마 맛은 정말 별미였다.

늙는 것도 서러운데 궁상맞게 무슨 농사냐며 친구들은 비웃었다. 후회할지도 모를 것 같던 일들이 차츰 보람으로 다가오기 시작했다.

봄에는 텃밭에서 나물을 캐고 씨를 뿌렸다. 파랗게 솟아나는 새싹의 강인함은 느슨한 마음에 용기를 심어 주었다. 보고픈 자식을 두고온 것처럼 수없이 득지마을을 오가며 푸른 생명을 가꿨다. 주방의 음식 찌꺼기를 모아 썩혔다가 텃밭에 비료로 사용하였더니 채소들은 열심히 보답을 했다. 서툴고 여린 손놀림도 어느 새 조금씩 농사에 길들여졌다.

가을의 문턱에 성큼 다가서자 알알이 영근 참깨와 고추를 수확하기 시작했다. 손수 농사를 지어 짠 참기름과 들기름은 먹을 때마다 대견스러웠고 몰래한 사랑마냥 정이 깃들었다. 유난히 고소한 맛은 우리의 삶을 더 한층 건강하게 만들었다.

농사를 짓기 위해 수리하던 헌집은 삶의 경험을 얻는 큰 스승이 되었다. 해가 거듭할수록 자연에 순종하는 법을 배운다. 농부가 흘리는 땀방울의 소중함을 알게 되었고 정성껏 가꾼 농산물을 헐값에 넘겨야 하는 안타까운 실정을 목격하며 소비자와 생산자의 입장을 대변하기도 한다.

나는 평범한 생활 속에서 난 놈보다는 된 놈으로 자식들을 키우려 애썼다. 그랬기에 훌륭한 산 교육장으로 활용되었다. 비록 허름

하고 옹색한 집이지만 살면서 자연의 품에도 안길 수 있는 좋은 기회를 얻게 된 것이다.

아무리 시대가 변하고 나이를 먹어도 변하지 않는 것은 자연의 섭리다. 어머니 품처럼 포근하고 넉넉한 들판은 진리가 담긴 교육의 터전이다. 그 속에는 인간의 삶을 살찌게 하는 비결이 담겨 있음을 시간이 지난 후에야 피부로 느끼게 되었다.

세월이 흘러 아이들은 하나 둘 내 곁을 떠나지만 그 푸르름들은 언제나 나를 기다려 줄 것이다. 농산물 백화점이란 별명이 붙은 그 터전에서 농심은 날로 자라 도심에서 메마른 내 가슴을 촉촉히 적셔줄 것이다.

뿌리고 가꾸는 세월 속에서 투박한 내 손은 더욱 바빠지리라. 작은 소득을 나누는 기쁨도 나의 주름살과 함께 더욱 늘어나서 이웃을 돌아보는 훈훈한 마음으로 농촌을 사랑하고 싶다.

나는요? 뒤늦게 자신을 돌아보고 무엇을 해 보려해도 막차를 탄 기분으로 마음만 바쁜 삶을 사는 39년 생입니다. 몸이 생각을 따르지 못해도 열심히 후회없이 살려고 노력하는 주부입니다.

이웃사촌과 함께 한 봄나들이

김 정 식

온 동네 울타리마다 개나리 꽃이 만발했다. 목단과 장미도 질세라 뾰족하게 새순을 내밀었다. 차례를 지켜 온갖 꽃들이 피어나고 들판이 파랗게 물들면 비로소 봄은 무르익는다.

도시에 사노라면 피는 꽃을 보면서 뚜렷하게 계절의 감각을 느끼게 된다. 그리고 한번쯤은 봄이 무르익는 들판으로 나가고 싶은 충동을 느낀다. 그런 4월 어느 날, 한 동네에 살고 있는 몇몇 가족들이 봄나들이 겸 쑥을 캐러 가기로 했다. 윤수네, 민희네, 필곤이네 가족과 우리 집은 남편이 빠지고 두 아이들과 내가 함께 나섰다. 세 집은 개인택시 사업을 하고 있어서 쉬는 날을 택했다. 점심은 각자가 준비하기로 했다.

오랜만에 야외로 나가게 된 아이들은 모두 들뜬 기분으로 콧노래를 흥얼거렸다. 서울을 막 벗어나자 차창 밖으로는 맑은 햇살과 파란 하늘이 더욱 아름답게 보였다. 마치 긴 여행이라도 떠나는 기분이었다. 노란 물감을 마구 흩뿌려 놓은 것만 같은 개나리꽃, 진달래의 자태도 고왔다. 사람들은 모두 그 모습에 취해서 한없이 즐거운 표정이었다.

얼마나 달렸을까. 길 양쪽으로 시골집들이 보이기 시작했다. 소, 돼지, 닭, 염소들의 울음소리와 함께 쿵큼한 두엄 냄새가 차 안까지 스며들었다. 오랜만에 맡아보는 두엄 냄새는 나를 향수에 젖게 했다. 고향에라도 온 듯한 착각에 빠져 있는데 옆자리의 딸애가 외마디 소리를 지르며 코를 막았다. 도회지에서만 살아온 아이들이니 두엄 냄새가 역겨운 것은 당연하리라.

마침내 우리는 넓은 언덕과 논밭이 있는 들판에 다다랐다. 김포를 지나 강화까지 온 것이란다. 우리는 뿔뿔이 흩어져 쑥을 캐기 시작했다. 쑥뿐만 아니라 주위에는 냉이며 돌미나리, 씀바귀와 달래 등도 많았다.

먼저 쑥부터 뜯기 시작했다. 쑥은 소복소복 모여 있었다. 병충해 때문인지 논두렁엔 불을 놓아 까맣게 그을린 곳도 있었다. 그 옆의 질척한 웅덩이 가에는 돌미나리도 자라고 있었다. 정신없이 뜯고 캐다보면 팔짝 뛰어 나오는 개구리 때문에 얼마나 놀랐는지 모른다.

여자들이 쑥을 캐고 있는 동안에 남자분들은 점심식사 당번을 맡았다. 모두 음식 솜씨도 좋은 분들이었다. 구수한 찌개를 끓여놓고는 우리들을 불렀다. 돼지고기를 넣고 끓인 김치찌개 맛은 정말 일품이었다. 고기를 구워 상추쌈으로 맛있는 점심을 먹고 커피까지 한잔 곁들였다.

나는 잠시 잔디 위에 드러누워 보았다. 그러자 옛 생각이 머리를 스쳐지나갔다. 국민학교 4학년 때쯤이었다. 둘도 없는 친구 외숙이와 쑥을 캐러 나갔다. 둘이는 홍얼거리며 몇 시간이나 쑥을 캤지만 대소쿠리에 담긴 것은 아주 적었다. 이미 해는 서쪽으로 기울고 있는데 큰일이었다. 집에 가서 엄마에게 칭찬을 받기는 커녕 오히려 야단을 맞을까 봐 겁이 났다. 우리는 꾀를 썼다. 개울로 가서 캔 쑥을 물에다 흠씬 적셨다. 그렇게 하면 쑥이 물기를 머금고 부풀어 양이 많아 보였기 때문이다. 쑥을 물에 축여 놓고 외숙이와 나는 잔디밭에 누워 음악책에 나오는 노래들을 신나게 부르기 시작했다.

옛날 일을 회상하노라니 나도 모르게 웃음이 나왔다. 옆자리의 윤수 엄마가 툭 치면서 왜 웃느냐고 했다.

세월은 말없이 흘러서 그 옛날의 단발머리 소녀가 중년의 주부로 변하였다. 이제는 캔 쑥에 물을 적셔 많아 보이게 할 이유도 없지만 조금 더 캐기로 하고 몸을 일으켰다.

일 때문에 함께 오지 못한 남편을 생각하며 내 마음은 벌써 집으로 줄달음쳤다. 돌미나리는 살짝 데쳐서 참기름을 넣고 무치고 냉이와 달래로는 구수한 된장찌개를 끓여 저녁 식탁에 올리리라.

삭막한 도시 생활을 벗어나 이웃과 함께한 봄나들이의 하루도 저물고 있었다. 그날따라 황금빛으로 물든 저녁놀이 차창으로 스며 우리들의 귀가 길을 배웅하고 있었다.

나는요? 세 아이들의 학교 일로 바쁘고 보람된 나날을 보냅니다. 나이보다 훨씬 젊어 보인다는 말을 들으며 깔끔한 여성이 되려고 늘 노력합니다. 앞으로는 글공부에 좀더 열성을 기울이고 싶습니다.

소중한 친구

하 호 순

우연히 고개를 들어 하늘을 보니 유난히도 푸른 빛에 새하얀 솜털구름이 싱그럽다. 그 하늘 아래 같은 쪽빛으로 고개를 내민 보리싹들처럼 풋풋한 내음으로 다가오는 친구가 있다면 누가 부러워하지 않을 수 있을까?

눈을 감으면 엊그제만 같고 손가락을 꼽으며 아득한 옛날인 그때를 회상하면 항상 내 옆자리에 서 있는 친구였다. 그러다가 갑자기 땅을 등지곤 도시로 떠났다가 고생고생 끝에 이젠 제법 자리를 잡아간다는 소식을 들었다. 이렇게 간혹 소식을 들어가면서 그만큼 시간이 흘러갔고, 또 그 흐름만큼 친구의 눈빛이 잊혀져 갈 즈음이었다.

며칠 전 고3인 둘째가 대학 면접일 관계로 급하게 창원에서 방을 구해야 할 상황이 되었다. 친척이라곤 한명도 없는 그 도시에서 염치없이 딸의 친구들까지 4명이나 맡아줄 곳을 생각하는데 제일 먼저 떠오른 게 그 친구의 얼굴이었다.

오랜만에 친구에게 전화를 걸어 그동안 쌓인 회포와 함께 입 속

에서만 맴돌던 정순이란 이름도 맘껏 부르며 딸아이 얘기를 했다. 그랬더니 마치 미안스런 내 마음을 알기라도 한 것처럼 반갑게 대답하며 보내라는 것이다. 단순히 잠잘 방을 구한 것만 고맙게 생각하던 나는 이틀 뒤 환한 표정의 딸아이의 얘기를 들으면서 오히려 미안함을 느껴야 했다.

딸 부자인 나와는 반대로 아들만 내리 셋을 둔 정순이는 딸아이와 친구들까지 무려 넷이나 되는 아이들에게 귀찮다는 표정 한 번 짓지 않고 친절히 대해 줬다고 한다. 거기다가 면접 당일에는 친구 남편이 급하게 사온 찹쌀과 쇠고기로 새벽부터 식사준비를 해 주고서도 일 때문에 학교까지 태워다 주지 못해 미안하다며 택시비까지 쥐어 줬다는 것이다. 그리고 문 밖에 서서 시험 잘 치라고 한 말 한 마디가 그렇게 가슴 따뜻하게 여겨질 수가 없더란다. 그 얘기를 들으면서 어째서인지 나는 정순이에게 예전과 다름없는 흙냄새가 난다는 걸 느꼈다.

몸에 배어나는 건 흙냄새뿐인 농사는 싫다며 도시로 갔고 또 누구보다 잘 적응해 나간다고 여겼던 정순이었다. 그 친구에게서 잠깐동안이지만 강하게 느낀 흙냄새는 나도 모르게 내 얼굴에 미소가 번지게 만들었다.

아마도 그건 내 친구 정순이의 몸은 네온사인 화려한 도시에 있어도 마음만은 구수한 된장 냄새나는 변함없는 시골 아낙으로 남아 있어 준 덕분인지도 몰랐다.

그날 저녁 고마운 마음으로 전화를 건 내게 오히려 해준 게 없다며 미안해 하던 정순이 같은 친구가 있기에 내가 살아가는 이곳이 더더욱 따뜻하게 느껴지는 것 같다. 나도 정순이처럼 누군가에게 이처럼 따뜻한 친구가 될 수 있을까? 너무 강렬해 바라볼 수 없는 태양보다, 달빛처럼 은은함으로 다가설 수 있는 그런 친구가…….

나는요? 작지만 푸르름 속에 자리잡은 분식점이 제 생활의 터전이구요, 구김살 없이 예쁘게 자라는 딸들이 제 보람이랍니다. 바닥에 떨어진 구슬 하나라도 반짝반짝 윤을 내고 싶은 모든 일에 최선을 다하는 시골 아낙입니다. 51년생으로 의령군 칠곡면에서 살고 있습니다.

추억의 章

해 후

차 갑 수

어젯밤, 오빠가 돌아가셨다.

영안실에 손님이 들기 시작한 건 이튿날 아침부터다. 문상객 맞이할 시간이 하루뿐이어서 정신없이 분주했다. 그 밤도 웬만큼 손님들 발길이 뜸해졌다. 자정이 넘고 밤 새울 팀들이 웅성거릴 무렵 첫 새벽 손님 한 분이 들어섰다.

얼른 상을 차리고 '이쪽으로 앉으시지요.'안내했다.

그 분은 내게 말을 걸어왔다. 저어… ○○○ 씨가 아니냐고. 고개들어 얼굴을 마주 본 순간, 나는 하마터면 소리까지 지를 뻔했다. 귀에 익은 목소리, 낯설지 않은 얼굴이 그였음을 단번에 알아볼 수 있었다. 깡마른 몸매에 키만 훌쩍 컸었는데…… 옛모습은 그림자뿐 중년의 사나이로 멈칫 서 있는 것이 아닌가. 뇌리 속으로 번뜩이는 상념이 기억 저 편 구석에서 환상처럼 피어났다. 꿈결 같았다. 도대체 이게 얼마만인가? 어림잡아 30년이 조금 넘었다.

심장이 마구 뛰고 온몸이 떨려왔다. 친척들은 오가며 나를 힐끔힐끔 본다. 초침이 똑딱하는 순간이 길었다. 스러질 것처럼 몸둘 바도 어렵고 혼란과 현기증이 겹쳐왔다.

생각지도 않았던 느닷없는 만남, 그를 본 것이 너무 황홀했다. 그는 말없이 그냥 있기만 했다. 정신을 가다듬고 다시 그를 봤다. 반갑고 웃음이 나왔다. 한때는 먼 그리움 속에 싸안았던 사람이다. 소녀시절 그 사람을, 오늘 초상마당에서 이렇게 만나게 될 줄이야 꿈엔들 짐작이나 했겠는가. 나는 영안실을 나왔다. 그 곳에서 더 이상 버텨낼 자신이 없었다. 집을 향해 걸었다. 몇 미터쯤 갔을까, 뒤에서 저벅저벅 급한 걸음소리가 내 가까이 다가왔다. 그 사람일 것이라는 느낌이 진하게 와 닿는다. 우린 마음의 숙제를 안고 이별했던 속 사정을, 못다 나눈 이야기를 해야만 했다. 짧은 사랑 속에 갇힌 긴 여운… 채석장의 돌책만큼이나 쌓인 사연이 있다.

지금이라도 그를 만날 수 있다는 건 다행이었다. 신이 내려준 시간적 공간적 기회에 크게 감사했다. 그는 내 어깨 위에 가만히 손을 얹었다. 감격해, 가슴이 벅찼다.

나는 차분하게 앉아서 얘기할 만한 장소를 찾아 두리번거렸다. 너무 늦은 시각이어서 커피점 문이 모두 닫혔다. 동네 입구에 있는 24시간 편의점이 떠올랐다. 그의 차를 타고 옆자리에 앉았다. 환한 불빛 아래서 점원이 공손하게 맞이해 준다. 한 쪽 모퉁이에 오붓하니 둘이 앉았다.

삼십여 년 만의 해후다. 나는 그제서야 가슴이 풀렸다. 우린 누가 먼저랄 것도 없이 악수를 청했다. 한동안 손을 놓지 못하고 쿡쿡 웃었다. 그도 큰 소리로 한바탕 웃어제꼈다. 서로 살아 숨쉬고 있음을 확인했다. 이 땅 위에 몸 붙이고 살다보니 만나게도 되는구나. 첫사랑의 인연을 맺지 못하고 미지근한 상태로 헤어졌던 우리들, 십 년을 세번씩 걸러낸 깊은 연륜이 감회에 젖게 했다. 장구한 세월에 묻어둔 속 시련을 내 어찌 망각했겠는가. 언제라도 그의 안부를 알게 되는 날, 나는 춤을 추리라고 생각했던 적이 있었다.

사람이 사는 맛 중에서 만남보다 귀한 삶(해후)이 있을까?

60년 대, 몸서리나게 가난했던 젊은 시절이 생생하게 되살아났다. 그가 먼저 말문을 열었다. 그 때 내 얼굴은 사과처럼 볼태기가 발갰다고. 갈래머리 귀 밑으로 땋고 교복에 하얀 칼라가 단정했다고, 잠시 후 그의 눈에 이슬이 비쳤다. 표정이 숙연하고 엄숙해졌다. 그는 무겁게 입을 떼었다. 왜? 답장을 하지 않았냐고. 앞 뒤도 모르는 말을 반복해 토해냈다.

무슨 답장을? 오히려 내 쪽에서 반문했다. 언제, 내 앞으로 편지를 띄우기나 했던가요? 얼굴색이 하얗게 변해 가는 그의 성난 분위기를 역력히 읽으면서 얼핏 스쳐 지나간 옛날 일이 생각났다. 내 손에 들어오지 않았던 편지들, 어른 손에서 연기로 사라져버린 희미한 기억들이 하나, 둘, 선명하게 드러났다.

어느 날이던가. 부엌 아궁이 속으로 타들어가던 여러 통의 편지를 본 적이 있었다. 영문을 모르던 나는 그것들을 더 깊숙히 불꽃 속으로 밀어 넣었었다. 어머니는 모른 척 계셨고, 저 사람이 보낸 거였구나. 오늘 비로소 모든 사실을 알아내고 난 그만 눈물이 핑그르 돌았다.

회상의 날들이 아련히 떠올랐다. 그의 모친과 내 어머님은 고향 친구 사이다. 우리가 먼저 서울에 터를 잡고 살 때쯤, 그는 모친의 봉함 한 통을 품에 안고 상경했었다. 두 어머님 우정으로 그는 내 집에 발길을 멈추고 옷보따리를 풀었다. 무악재 고갯마루턱, 인왕산말랭이 능선따라 가면 동네가 있다. 판자집 그 방에서 한겨울, 모질고 칼날 같은 찬바람이 문 틈 새로 들어와 황소바람 일으키면 한 조각 담요자락을 서로 끌어당겨 무릎을 덮었다. 사춘기를 그렇게 함께 부대끼며 한 솥에서 삶아낸 밀밥을 축내는 식구로 살았었다. 그 무렵 나는 어렴풋이 사랑에 눈을 떴다.

밀밥은 오랜 시간 끓여 뜸을 들여도 껍질이 두꺼워 잘 퍼지지 않았다. 씹고 또 씹어도 목구멍으로 넘어가지 않고 입 안에서 뱅뱅 돌기만 했다. 그러나 그것이라도 먹지 않으면 목숨을 부지할 수 없던 배고팠던 시절에 우리는 사랑을 배우기 시작했다. 공부를 하기 위해 구두를 닦고 신문을 배달했던 그였다. 손에서 책을 놓지 않았던 맑고 아름다운 사랑이야기를 낡은 필름 되풀이 하듯, 되짚어가며 후련히 털어놓았다. 첫사랑처럼 보배스런 낱말이 어디에 또 있을까. 그것이 성공했으면 우린 호적으로 남는 일심동체의 관계가 됐을 것이다. 그러나 실패 뒤에 파고 든 가슴앓이가 비밀 수첩으로 자리잡고 말았다. 그 수첩 속에 묶인 옛얘기가 오늘은 한 올씩 풀려나왔다.

그는 고향에 계신 모친이 보고 싶어 후미진 골방에서 눈물을 흘리곤 했다. 타향살이 설움에 겨워할 때, 친구되어 주마고 그의 곁에 쪼그리고 앉았던 나의 소녀기. 어느 날 그는 병이 났었다. 온몸에 신열이 나고 입술이 메말라 갔다. 그에게 약을 먹여야 하는데 약은 그만 두고 쌀밥 한 그릇이면 벌떡 일어날 것만 같았던 그시절. 어렵사리 풋사랑의 아픔이 보이는 듯 아른댄다.

냉수 한 사발, 그 맹물밖에는 건네 줄 것이 없었다. 때 안 묻고 욕심 없던 애련한 정으로 먹였던 냉수 한 사발의 기억이 풋풋한 향기로 그리움 되어 지금은 생명의 연민으로 가슴 속을 후빈다. 이유 같지도 않은 가난 때문에 멀어진 인연. 몸살 같은 세월을 뛰어 넘어 그를 만났다. 지금 나는 하늘의 뜻도 새길 수 있는 오십 고개를 막 넘겼다. 그와 내가 마주앉은 편의점 귀퉁이 이 자리가 은밀한 천국처럼 옛자락의 한 마당이 되었다.

그 사람 등 뒤 거울 속에 비친 내 얼굴에는 긴 세월 만큼이나 길게 그려진 흔적이 주름살로 환하게 보였다. 머리카락 절반은 서리되어 희끗하고, 엉성했던 앞니는 도금으로 칠했으니, 소녀 때처럼 청순했다면 얼마나 좋았겠는가, 흘려버린 시간을 되돌리고 싶은 소망을 가져봤다. 그날 우린 편의점에서 꼬박 날을 밝혔다. 일상적인 궁금증은 맨 나중에 물었다. 그는 남매를 두었고 평범한 가정생활을 꾸리고 있었다. 헤어질 시간이다. 또다시 만날 수 있으려나?

그의 자동차가 저만치 미끄러져 간다. 울컥, 목줄기가 납덩이처럼 굳어져 왔다. 나는 영안실을 향해 발길을 옮겼다. 발인날 아침이다. 오빠를 잃은 슬픔이 컸지만 30여 년 만의 해후, 그날부터 나는 새롭게 태어나고 싶은 열망 속으로 끌려 갔다. 여자이고 싶은 울렁거림이 가슴을 들뜨게 한다. 내가 오래 전에 남편과 사별하고 혼자 사는 여자라는 것을 만약에 그가 알게 된다면…….

사랑은 소리나지 않는 목숨
보이지 않는 오열
인간이 사는 곳이어서 도는 것일까.
사랑은 닿지 않는 구름
머물지 않는 바람
차지 않는, 차지 않는 혼자 속에서 돈다.

나는요? 최선을 다하는 삶 속에 진정한 아름다움이 있는 것을 깨닫습니다. 제 몫을 다하는 자랑스런 4남매와 행복하게 살아갑니다. 꾸준히 글을 써서 크고 작은 공모에서 영광을 얻을 때 삶의 보람을 체득합니다. 앞으로도 더욱 열심히 살아가렵니다.

겨울비

신 태 순

창 밖에는 겨울비가 추적추적 내리고 있다. 긴 가뭄 끝에 내리는 단비라 반갑긴 해도 이렇게 차가운 빗소리가 외로운 밤이면 하얀 눈송이가 그리워진다. 지붕에도, 거리에도, 잎 떨구어낸 앙상한 나뭇가지 위에도, 또 내 마음속까지도 소복히 쌓여 준다면 긴 겨울밤의 낭만을 오랜만에 느껴볼 터인데 을씨년스런 찬비만 자꾸만 창을 타고 내리고 있다. 창문에서 듣는 빗소리, 흘러 내리는 빗물, 겨울밤은 점점 깊어가는데 오늘은 왠지 저 겨울비가 자꾸만 낯설어 진다.

이런 날 밤에는 소리도 없이 하얀눈이 내려 쌓여 주었으면 하는 바람이 드는 건 '김광균'의 「설야」란 시가 생각나기 때문일까?

어느 먼-곳의 그리운 소식이기에
이 한밤 소리없이 흩날리느뇨

처마끝에 호롱불 여위어 가며

서글픈 옛 자췬양 흰 눈이 나려
하이얀 입김 절로 가슴이 메어
마음 허공에 등불을 켜고
내홀로 밤깊어 뜰에 나리면

먼-곳에 여인의 옷 벗는 소리

눈이 내리는 소리를 먼 곳에서 여인의 옷 벗는 소리로 표현한 최상의 감각적 형상화로 승화시킨 이 시를 읽을 때마다 나는 눈 오는 밤의 신비로운 소리를 생각하게 한다.

문득 눈을 감고 겨울풍경을 그려본다.

햇살 눈부신 아침, 숲속에는 까치가 운다. 부러질 듯 휘어진 가지마다 하얀 눈송이들이 보석처럼 반짝인다. 그곳에 아무도 걷지 않은 하얀 눈속을 뽀드득거리며 걸어가면 남겨지는 내 발자국들, 뒤돌아보며 그렇게 걷고 싶어진다.

아직은 메마르지 않은 가슴이 남아 있기 때문일까? 아니면 여태껏 소녀 같은 감상에서 헤어나지 못하는 철부지일까?

이제는 불혹의 세월을 잡다한 일상사에 파묻혀 살고 있지만, 저 창 밖에 내리고 있는 찬비 한줄기에도 다른 의미를 부여하고자 이 밤 잠 못 드는 모양인가.

먼 기억 속의 겨울이 그립다.

유년의 추억이 차곡차곡 포개어진 내 어린 동심이 살아 숨 쉬는 곳. 그곳은 오래도록 내 삶의 안식처로 가슴의 한 모퉁이를 차지할 것이다. 고향인 대구는 겨울이면 유난히 춥고 눈이 많이 왔다.

어릴 적, 아침에 눈 비비고 일어나 밤새 문풍지 떨던 창호지 문을 열어보면 아, 어느 새 온 세상은 희디 흰 백색의 세계로 펼쳐져 있었다.

넓은 마당에도, 장독에도, 고욤나무 가지에도 밤새 소리도 없이 사르륵 사르륵 긴 겨울밤의 꿈을 풀어 놓았다.

설레이는 기쁨으로 마당에다 작은 발자국을 내며 신선하고 차가운 아침을 맞는다. 깡총거리며 뛰어 다니는 강아지처럼 덩달아 신이나서 마냥 즐거웠던 기억들.

작은 눈사람을 몇 개씩이나 만들어 장독마다 얹어놓곤 숯조각으로 얼굴을 만들어 놓으면 한낮이 지나 어느 새 녹아 볼품없는 형태로 사그라드는 모습에 실망하는 내 어린 가슴.

고드름 와드득 와드득 깨물어 먹으면 혀끝에 녹아드는 시리고 찬 물맛의 기억들도 다 지나간 추억이리라.

겨울이면 장복산이 병풍처럼 둘러쳐져 있어 아늑하고 따듯한 이곳은 바다가 잔잔하고 섬이 많아 볼수록 아름다운 풍경이다.

창을 열면 소금기 배인 해풍이 넘실거리며 내 옷자락을 스치는 나의 직장사무실에서 늘상 봐 오는 바다이건만 차가운 빗방울이 하염없이 떨어져 작은 파문으로 녹아 내리는 겨울바다는 참 슬프다. 비안개에 싸여진 외로운 바다에 갈매기만 무심히 날고 있는 풍경은 아련히 가슴을 적셔 주기 때문이다.

그래서 겨울비는 차가운 지성의 눈빛처럼 느껴진다.

오래도록 찬바람에 떨고 섰던 가로수 벚나무들은 찬 수액을 흠빽 빨아들이고 있다.

겨울비가 잦으면 메마른 가지에는 하루가 다르게 생기가 돋아나 봄이 빨리 찾아온다.

앙상한 가지에는 어느 새 작은 꽃망울들이 방울방울 수도 없이 맺혀 있어 그 작고 여린 꽃몽우리들은 지금 무슨 꿈을 꾸고 있는 걸까?

산 모롱이마다 햇살이 포근히 감싸줄 때, 벚나무 가지에는 아련히 감도는 붉은 산안개로 피어나서 산자락마다 봄빛이 완연해 진다. 비로소 인고의 긴 겨울잠에서 깨어나 연분홍 자태로 수줍은 꽃잎으로 벌어질 것이다.

축축히 젖은 저 땅속에는 새 생명의 꿈틀거림이 눈에 보이는 듯하다.

어느 날 봄 아지랑이 가물거릴 때 그 젖었던 땅속을 뚫고 연한 연두색 풀잎들이 돋아날 것이다. 한포기 풀에도 끈질긴 인내심을 엿볼 수 있다. 아마 그래서 겨울비는 모든 살아 있는 것들의 새 희망일지도 모른다.

지금 밤은 점점 깊어만 가는데 아직도 창 밖에는 빗줄기가 창문을 타고 내린다. 천지는 고요히 잠들었는데 밤비는 계속 내려 심란한 가슴을 잠 못 들게 할 것인가.

문득 내일 아침의 광채를 꿈꾼다.

어쩌면 먼 산등성이에는 하얀 눈발이 희끗희끗하게 내려 있을지도 모를 일이다.

겨울 아침의 햇살은 씻겨진 거리를, 지붕들을, 나뭇가지 위에도 내리내리 비춰 줄 것이다.

나는요? 아름다운 벚꽃의 도시 진해에서 살고 있는 주부이자 공무원입니다. 적극적인 성격으로 열심히 살며 책 읽기와 뜨개질을 하는 것이 취미입니다.

산수화 한 폭

양 정 숙

그날은 모임에서 글벗이 살고 있는 장흥에 가기로 한 날이었다. 아침부터 서둘러 아이들의 점심 준비까지 해놓고, 약속장소인 진흥원에 도착하니 먼저 온 친구들이 반겨 주었다. 우리 일행은 화순을 거쳐 장흥으로 달렸다. 갈 옆에 늘어선 아카시아 나무는 수정알 같은 하얀 꽃을 조랑조랑 달고서 진한 향내를 뿜어 주어 가슴 벅차게 했다. 논에는 비단이불처럼 깔린 홍자색의 자운영이 우리가 뒹굴며 놀던 유년시절을 얘기해 주는 듯 잔잔히 웃고 있었다.

"저 자운영이 배고픈 시절에 자란 우리에게 허기를 면하게 해 준 일도 있었지요."

"저걸 먹었어요?"

"그럼요. 나물을 캐려면 온 들판을 쏘다녀야 하기에 꾀가 나면 자운영 밭에 들어갔지요. 남의 것을 한 바구니 캐 오다 주인한테 들키는 날이면 바구니까지 빼앗겼어요."

"그 바구니 뺐겼던 얘기 좀 해 봐요."

"그래요."

나는 여기저기서 주워들은 얘기며 내가 겪은 일들을 1탄 2탄하면서 들려주었다.

"하루는 그 자운영 밭에 막 들어서는 순간 캐지도 못하고 주인한테 들킨 거예요. 목덜미를 잡힌 채 개 끌리듯 끌려가는데……."

이야기가 계속되는 동안 승용차는 웃음통으로 변해 춤을 추고 있었다. 운전하는 친구는 웃다가 핸들을 놓칠 뻔했다기에 우리는 갓길에 차를 세워 놓고 실컷 웃기까지 했다. 물어물어 목적지에 도착하니 함박꽃이 만발한 마당에는 교수님 차가 먼저 와 기다리고 있었다. 울도 담도 없는 인심 좋은 집, 바로 그곳이 문우의 집이었다.

뒤란으로 돌아가니 넓은 채마밭에는 온통 과일나무와 이름모를 크고 작은 나무들이 빽빽히 들어차 있었다. 막 피어오르기 시작하는, 아기 살결처럼 보드라운 연록색 잎파리들, 풋풋한 향내가 내

몸 속으로 스미는 듯했다. 고개를 들고 높은 나무위를 바라다 보다가 화들짝 놀랐다. 싸리나무 같은 긴 다리를 가진, 커다란 새가 나무 위에 살포시 내려앉는 게 아닌가, 아니? 눈을 부비고 다시 쳐다보았다. 까치집과는 모양이 조금 다른, 엉성한 둥지 안에 왜가리 한 쌍이 신방을 차린 듯 밀어를 속삭이고 있었다.

까치만 삭정이를 물어다 집을 짓는 줄 알았는데……. 가슴 찡하도록 고맙고 신비로웠다, 사람을 믿고 인가까지 찾아와 한울타리안에 보금자리를 잡아준 그들이. 나는 마치 전설이 서려 있는 신선들이나 사는 요정의 나라를 방문한 듯 온갖 상상의 나래를 펼쳤다.

'저들은 집 주인에게 어떤 방법으로 보은을 할까? 지금 가족계획을 하느라 머리를 맞대고 있는 걸까?'

나는 넋을 잃고 한참을 바라봤다.

준비가 조금 늦었다며 조바심하는 친구를 도와 서둘러 식사 준비를 했다. 개가 해칠까 봐 장에 갈 때는 광에 가두어 놓고 갔었다는 그 씨암탉을 삶아 놓고, 어제 산에서 뜯었다는 취나물도 무쳤다. 유난히도 샛노래 군침이 도는 된장에 양념을 해 생취에 닭고기를 싸 먹었다. 고소한 고기맛과 쌍긋한 취나물이 어우러져 맛이 일품이었다.

점심을 마치고 밖으로 나갔다. 마을을 애무하듯 보듬고 흐르는 맑은 냇물, 건너편 산에는 백로와 왜가리가 떼를 지어 놀고 있어 마치 산수화 한 폭이 살아 꿈틀거리고 있는 것 같았다.

나는 보았네, 앞산 가득히
산수화 한 폭
살아 꿈틀거리는 것을.

백로와 왜가리,
오순도순 얘기하다

오늘도 해 지는 줄 모른다네.

시 한 수가 절로 흘러나왔다. 마을 앞에는 '조류 보호 구역'이라고 쓴 입간판이 있었다. 냇가에서는 동네 아주머니 몇이서 빨래를 하고 있었다. 우리는 양말을 벗고 거울같이 맑은 냇물로 들어갔다. 아직 봄 기운이 덜 가신 4월 말이라 물이 차가웠다. 돌을 들추니 굵은 다슬기가 붙어 있었다. 내 유년시절, 내 고향 적성강도 이렇게 물이 맑았었는데…….

그 맑은 물 서답바위에서 빨래를 하다가 싫증이 나면 홀랑 벗고 첨벙 뛰어들었다. 동무들과 수영도 하고 돌을 들추며 숨박꼭질하는 모래무지와 장난도 했었다. 어느 날 그 맑은 물, 유년시절이 그리워 고향 떠난 지 30여 년 만에 장거리행 버스를 탔었다. 희미해진 기억을 더듬어 더듬어 찾아갔다. 넓은 냇물과 서답바위는 흔적도 없고, 그 자리는 오물이 득시글거리는 시궁창으로 변해 있었다. 이렇게 훼손만 되어 가는 금수강산이지만 여기 이곳만은 그대로 보존되어 있었다. 백로와 왜가리와 주민이 마음 놓고 같이 살아가는 곳, 장흥군 유치면 금사리를 떠나오면서 자꾸만 뒤돌아 보고 손을 흔들었다.

나는요? 독서와 습작에 몰두한 덕분에 이제 수필가의 대열에 올라선 조금은 뚱뚱한 여자입니다. 그러나 마음만은 푸른 창공을 훨훨 날으는 솜털처럼 가쁜한 나날이지요.

그리움과 미련

오 선 미

그리움이 없다면 황량한 벌판에 외로이 떠 있는 달처럼 허허로울 것이요, 미련이 없다면 그 누가 그립다 읊조릴 것인가. 누군가 물었다. 인생을 한 마디로 무어라 표현하고 싶냐고. 선뜻 대답을 못하자 그가 말했다. 그리움과 미련이라고. 그리워하면 미련이 투기하여 심한 생채기를 내면서도 그 미련이 자꾸 그리움을 분만하곤 했다.

삶의 지주삼아 흠모하던 그리움의 별이 빛을 잃어 슬픈 마음을 가눌 길이 없다. 내 마음의 별. 그 분을 별처럼 바라보았다. 팔십이 다된 연세에도 퇴색되지 않은, 소녀 같은 순수성이 나를 사로잡았고 식사 후에 립스틱을 살짝 꺼내 입술을 다듬는 여자다움은 가끔씩 느슨해지려는 기본적인 미적 감각을 탱탱하게 긴장시켜 주었다. 그 분은 나의 별님이 되었다.

차곡히 쌓이는 세월의 겹겹을 별님처럼 영롱한 빛으로 채색해 가리라 마음먹던 어느 날, 화선지에 앉힌 한 송이 수선과 함께 연하장이 날아들었다.

병석에서 보내온 연하편지의 사연은 가까운 날에 유성처럼 사라질 것 같은 별님의 통곡인 양 내 가슴에 흘러내렸다.

몇이서 뜻을 모아 별님을 찾아 가던 날. 차창 밖으로 스치는 삭은 빛의 산야는 스산했다. 그러나 가슴에는 갓 구워낸 빵처럼 신선한 기억들과 물미역처럼 풋풋한 추억이 일렁여왔다.

××농원. 길가에 세워진 푯말을 보자 그리움이 물안개처럼 피어나고 알 수 없는 두려움이 서서히 다가왔다. 개 두 마리가 쓸쓸히 우리를 맞았다. 주위의 적막함이 눈물겹도록 싫었지만 그것은 부인할 수 없는 현실이었다. 아무도 반겨 안내하는 이 없었지만 초대받지 않은 손님들은 별님을 쉽게 만날 수 있었다. 나의 별님은 마치 세상 짐을 내려놓은 듯 동그마니 누워 있었다. 손을 맞잡고 부비며 서로를 확인하고 담소를 나누었다.

이리도 나약한 것이 인간이란 말인가. 하나뿐인 결승점을 향해 초지일관 달리는 주자와 같이 누구도 대신해 줄 수 없는 순간에 다다르기 위해 그토록 열심히 한눈 팔지 않고 달려왔단 말인가. 자식들을 훌륭히 키워내 그럴 듯한 위치에서 몫을 다하고 있건만, 그것이 뭐가 그리 큰 의미가 있는 것인지. 말을 많이 하면 숨이 차오르고 소량의 죽과 링거주사에 의지하고 있으면서도, 조그만 상 위에 메우다 만 원고지와 펜을 놓아두고 있었다. 고기가 물을 떠나서 살 수 없음을 입증하는 듯.

별님이여. 어서 쾌차하시어 백두산의 천지를 배경으로 찍은 사진 속의 모습으로 영원토록 기억되게 하시고 덕진 연못의 연꽃 같은 입술로 우리네 가슴에 꿈을 부어 주시며 용정에 있는 윤동주 시인의 시비를 사진찍어 복사해 주시던 열정으로 우리의 영혼을 사로잡아 주시어요.

대접받은 곶감 위로 뜨거운 눈물 덧입혀 먹으며 인생은 복습도 예습도 해볼 수 없는 매정한 것이라 원망하면서 다음 모임에 건강한 모습으로 만날 것을 약속하고 또 다짐했다.

우리가 떠나온 뒤, 별님은 무슨 생각을 하실까. 방안에 자리잡고 있던 손때 묻은 낡은 가구처럼 빛바랜 기억속의 편린들을 들추어내 그리움으로 도배하며 긴 밤을 지새우지 않을지. 아니면 회한의 눈물지으며 연민인지 미련인지 모를 삶의 낙조를 베개삼아 베갯잇 흠뻑 적시리라. 방안에 남아 느껴질 우리들의 사랑의 마음을 가슴에 부여안고서.

책 한 권을 선물 받아 꼬옥 품고 마당 가운데로 서며 자신도 모르는 맹세를 했다. 다시는 별님을 찾아오지 않으리라. 오늘 이 자리를 같이 한 모두는 말은 없었지만 아마도 한결같은 마음일 것이다.

아, 이 섭섭함.

차는 농장에서 점차 멀어지며 구이쪽을 향해 미끄러져 갔다. 문득 올려다 본 하늘에는 낮게 드리워진 잿빛구름 두어 조각이 산자락에 걸려 있었다. 이때 왜 헨델의 '사라밴드'가 떠올랐을까. 모를 일이다. 이제껏 받아 본 편지 중에 잊지 못할 별님의 편지. 그것은 별님에 대한 그리움이며 아직도 가슴에 남은 미련이다.

xx년 xx월 xx일
다정한 사람끼리 만난 날.
첫눈 내리면 만나자던 약속은
밤사이 무산히도 사라지고
발등 덮인 둘째 눈은 나를 울렸소.
밤사이에 첫눈 소식 나도 몰랐네.
꼭두새벽 가랑비로 변했다네.
아쉬운 첫눈이었소.
첫눈 내리면 우리 모두
다정히 손 꼭잡고 만나잤는데.

xx년 x월 x일 폭설

두 해 걸쳐 제일 많이 쌓였다.
출근길에 폭설 쌓인 웅덩이에
풍 하고 배꼽까지 묻혔던
50년 전 그 생각 어찌 잊으랴
젊은 회원과 첫눈을 즐기자는
나는 역시 의기에 넘쳐 좋다
가는 날까지 이렇게 살고파.

(병석에서)

새해를 맞아 가정의 건강과 행운을 빌며 수선 같은 청초한 여인 되소서, 하고 묵화로 그려 주신 수선 한 송이. 우연인지 우표의 그림도 수선화였다.

만약에 내 마음의 별이 진다면 몇 날일지 모를 가슴앓이를 또 어찌 견딜거나.

※병석에 계시는 강병훈 선배님을 뵙고서 이 글을 썼는데, 안타깝게도 95년 3월 6일 영면하셨습니다. 삼가 명복을 빕니다.

나는요? 딸 하나, 여자 하나, 공주 하나를 둔 54년생 주부입니다. 항상 새로움을 추구하며 적당히 고독을 즐길 줄도 압니다. 마음에 맞는 상대라면 날이 새는 것도 모르고 얘기하는 자칭 매력덩이 여자랍니다.

그곳 자은도에 가고 싶다

나 화 선

요즘 유행하는 말이 '그 곳에 가고 싶다'라고 한다. 어느 텔레비전 프로그램의 이름이지만 이 말은 듣는 이로 하여금 누구에게나 잊고 살아왔던 추억의 장소로 데려다 주는 정감어린 말인 듯싶다.

나도 '자은도'에 가고 싶다.

'자은도'라는 섬은 행정구역상 전라남도 신안군(섬만으로 이루어진 군으로 모든 군단위 기관은 목포에 있다) 자은면으로 목포에서 서남해 쪽으로 세 시간쯤 걸리는 곳에 있는 섬이다.

목포를 출발한 배는 완행버스와 같이 이곳 저곳의 섬에 들러 사람과 화물을 내려 놓는데 사람과 화물이 많은 경우에는 우리 말로 애가 터진다.

여객선(보통 120여톤, 승객 200명 정도 실음)이 닿을 선창이 없는 섬들인지라 객선이 가까이 가면 '종선'이라는 조그만 통통배가 나와서 사람과 화물을 옮겨 싣는다. 짐이 많을 때는 두어 번, 시간과는 거리가 먼 듯 내릴 의사가 없는 사람들은 안면이 있는 끼리끼리 잡담을 하거나 차디찬 바닥에 누워 억지 잠을 청하기도 한다. 처음

뱃길인지 아닌지는 금세 보면 알 수 있다. 목적지를 기다리는 모습을 보면 말이다.

한겨울 바다의 종선에 내리면 배는 통통 매운 바람을 가르며 우리를 기다리고 있는 버스가 있는 선창에 내려준다. 덜컹거리는 버스는 가도가도 끝이 없을 듯한 푸른 마늘밭을 지난다. 바다처럼 넓은 밭이다. 흔히 섬이라면 마음놓고 축구 놀이도 할 수 없을 정도의 바다 위에 작은 산 하나쯤이라 생각한 사람들은 놀랄 것이다. 산 구비를 돌아 아기자기한 동네마다 사람들을 내려놓고 한 시간쯤 달리면 동쪽 종점에 이른다.

진고개! 사람들은 그곳을 그렇게 불렀다. 그이의 학교가 있는 동네였는데 집들은 모두 한 집 한 집 떨어져 있었고 다른 동네에 비해 가난했다. 다섯 채의 집이 전부였는데 그때만 해도 귀한 초가집이 세 채나 되었으니까. 그들이 우리가 정들어 살던 이웃들이었다.

도서지방 생활을 말로만 듣던 우리는 쌀 한 가마와 석유 한 말, 그리고 물이 귀하다는 생각에 간단한 이부자리를 싣고 그곳에 도착했다. 그러나 우리의 생각이 얼마나 잘못된 것이었는지를 금방 알게 되었다. 고기를 잡아 생활하는 섬이 아니라 농사를 짓는 농촌이었다. 사는 정도가 육지의 시골보다 더 윤택해 보였고 생활용품도 뭐든지 편리하게 구입할 수 있었다.

산 밑 솔밭 사이에 있는 목욕탕을 개조한 관사가 우리 집이 되었다. 두 번째 밤이었을까? 부엌에 나간 나는 기겁을 하고 말았다. 검고 몸이 마알간 도룡뇽 몇 마리가 축하인사를 온 게 아닌가. 참으로 신기한 것은 그들은 매년 그맘때가 되면 올 뿐 육 년 동안 이틀 이상 온 적은 없었다.

길어지는 봄날을 뻐꾸기가 노래하면 집뒤 붉은 진달래 사이로 이슬비와 안개에 싸여 굵은 고사리가 쑤욱쑤욱 고개를 내미는 신비함. 나른함에 겨워 길게 누워 있다가 불청객 가슴을 방망이질 치게 하던 배암…….

보리가 누르스름해지면 뒷동네 아낙이 미처 팔리지 않은 숭어며 알밴 새우며 잡생선을 함지박에 이고 찾아 주는 게 반가워 모처럼 생선구경을 한다. 고사리와 미나리를 넣고 끓여 먹는 매운탕 맛은 가히 일품이었다.

마늘밭이 누렇게 변해 가면 세상은 마늘 천지다. 뽑고 쌓고 그러다 보면 온몸과 얼굴은 시커멓게 마치 탄가루를 만진 것처럼 엉망이 된다. 마늘 먼지가 곰팡이 때문에 까맣다는 것을 아는 사람은 드물것이다.

그 마늘밭이 파란 콩밭으로 변해가면 뜨거운 여름이 온다. 물때를 맞추어 그물질을 하는 남정네와 고기를 따려고 구경하는 사람들이 세상 떠들썩하게 물장난을 친다. 긴 백사장에 올라오는 고기떼들은 계절마다 다르다. 숭어, 게, 서대, 전어, 망둥이 등등. 헛탕을 칠 때도 있지만 그 자리서 맛있게 먹고도 제법 묵직한 자루를 들고 오는 때도 있다.

채소밭에 심심풀이로 심은 토마토, 오이, 고추, 가지를 가꾸는 재미란 자식 키우는 재미와 비교할 만하다. 마치 풍선을 불면 부푸는 것처럼 호박, 오이들이 커 가는 모양을 가슴을 열고 바라보면 얼마나 경이로운지 모른다.

밭이 많으면 여자들이 고생이라든가. 그곳 아낙들은 쉴 참 없이 일을 한다. 그래서 그 긴 밭이랑에는 풀이 하나도 자라지 못한다. 삼복 더위조차도 그네들은 가을에 심을 마늘을 낱개로 조각조각 쪼개서 빨간 그물망에 수십 자루씩 채우느라 쉴 틈이 없다.

그들은 또 일하는 것처럼 신앙을 믿는다. 그래서 마을마다 교회가 있다. 아무리 바쁘게 일을 하다가도 주일 날 시간이 되면 깨끗한 한복으로 갈아입고 성당과 교회로 향한다. 그들의 모습에서 생활과 종교가 하나임을 느낄 수 있었다. 그곳은 나를 영적으로 살찌우게 해준 고마운 땅이기도 하다.

솔밭에 바람이 바뀌면 가을이 왔음을 알게 된다. 새벽녘 교회 종

소리에 깨어 뒤척일 때 둔장벌 파도 소리가 가까이 들려오는 것을 느낄 수 있기 때문이다.

노란 콩밭이 개미마냥 부지런한 사람들 손에 거두어 들여지면 마늘을 심기 시작한다. 마늘을 심고 나면 밭이랑은 비닐로 덮히고 달빛을 받은 마늘밭은 마치 반짝이는 은물결처럼 보인다.

그 무렵, 아이들은 어른들이랑 함께 소풍을 간다. 도서지방 특유의 풍습이거나 달리 놀러갈 기회를 잡기가 어려워서이리라. 도시락을 든 엄마들의 행렬이 너무도 행복한 모습으로 보인다. 소풍뿐만 아니라 운동회니 학예회 등 모든 학교 행사는 아이들만의 행사가 아닌 지역사회 전체의 축제가 되었다.

뒷산 산비탈에 도토리가 좌르르 쏟아졌다. 마사토에 바람이 많은 까닭인지 숲이 우거지진 않았지만 야무진 도토리를 줍는 기분은 가을을 다 주워담는 것처럼 풍요로웠다.

구월 열엿새, 달님은 휘영청 밝은데 이웃에서 얻어온 햅쌀로 시루떡을 쪘다. 고사리 나물을 무치고, 도토리로 묵을 쑤며 일년에 한 번 있는 그이의 생일을 장만하는 일은 나를 신나게 했다. 생일이 가을에 들어서 그랬는지도 모른다.

가을이 깊어 해가 노루 꼬리마냥 짧아지면 사람들은 우리 집 옆을 노루가 지나다니는 길이라 했다. 희귀란을 찾아 온 산을 헤메다 보면 한 두 개 매달린 붉은 산감나무 밑을 그 겁많은 짐승이 유유히 엉덩이를 흔들며 지나가는 그곳! 눈이 흩날리면 유일한 산짐승인 노루가 모습을 드러내는 그곳에 가고 싶다. 펑펑 쏟아지는 눈속을 걸어 어느 처마밑 문을 두드리면 언제나 반가운 얼굴로 맞아주는 곳, 정다운 이웃들 집에…….

나는 그 땅을 사랑했다. 떠난 뒤에 더욱. 내 간 신혼 생활만큼 귀한 시간을 갖게 해준 그곳, 언제라도 달려가면 맞아줄 사람들이 있는 곳, 그곳 자은도에 정말로 가고 싶다.

나는요? 오랜 기다림 끝에 얻은 두 아들을 키우며 행복하게 살아 갑니다. 틈나는 대로 글공부도 열심히 하고 싶습니다.

친구, 다시 피어나는 그리움으로

김 문 자

사람은 누구에게나 잊지 못할 사랑하는 친구 하나쯤은 가슴속에 담아두고 있을 것이다. 우리는 때때로 그런 친구를 그리워하기도 하고 보고파도 하면서 지나간 옛 추억을 되새기며 향수에 젖어 보기도 한다. 봄의 향기가 짙은 날 불현듯 아득한 세월 속에 감춰진 옛 친구가 생각남은 웬일인지.

어린 시절 시골에 살 때 나에겐 친한 친구가 한 명 있었다. 이름은 정미였고 나이는 내가 한 살 많았지만 키는 나보다 조금 컸다. 그 친구와 나의 집은 아래 윗 집으로 조금 떨어진 곳에 살았는데 다른 아이들보다 유달리 친하게 오고 가며 지냈다. 그 친구집 뒤란에서 소꿉놀이를 할 때면 호박꽃과 줄기를 꺾어다 사금파리 같은 것으로 살림을 차렸다. 엄마 아버지의 자리를 번갈아 맡아가며 시간 가는 줄도 모르고 놀았다.

친구들과 여럿이 모여 놀 때는 이 다음 어른이 되면 선생님이 되고픈 희망에 학교 놀이를 즐겨했다. 그럴 때마다 항상 내가 선생님이 되어 아이들 벌을 준답시고 작은 막대기 하나를 들고 친구들 손바닥을 탁탁 때리곤 했다. 다만 정미라는 친구에게는 놀이를 할 때 이외에도 별스레 더 때리는 짓을 자주 하였다. 그 친구 큰댁이 바로 우리 옆집에 있는 넓은 기와집이었는데 큰댁에 갈려면 우리 집 대문을 지나쳐 가야 했다.

동네 사람들은 친구 큰어머니에게 '부산댁, 부산댁'하고 불렀다. 지금 생각해도 큰댁에 무슨 볼일이 있었는지 모르겠지만 우리 어머니가 이른 아침 정지에서 연기를 모락모락 피어 올리며 밥을 지을 때면 친구는 늘상 그 시간에 우리 집 앞을 지나 큰 댁으로 가곤 했다. 그럴 때면 나는 담벽에 딱 붙어 섰다가 그 친구가 지나가면 기다리기라도 한듯 탁 한 대 때리고는 약을 올리며 집으로 뛰어 들어갔다. 물론 뒷전에선 어머니의 야무진 꾸지람이 들려왔다. 결코 모자라서도 바보스러워서도 아니었는데 친구는 한마디 맞서 저항하는 기색도 없이 매번 나에게 당해 주기만 했다. 굳은 표정에 그냥 말없이 내 얼굴만 물끄러미 바라보다 지나쳐 가던 그 모습이 지금도 잊혀지지가 않는다.

나의 그러한 행동에도 고양이처럼 눈을 치켜뜨고 싸우려 들지 않는 친구의 고운 마음씨 덕분인지 우리는 서로가 할퀴고 싸운 적은 한 번도 없었다. 만나면 또 친하게 지냈고 소꿉놀이도 학교 놀이도 열심히 했다. 그후 내가 국민 학교에 들어갈 무렵 우리 가족은 도회지로 이사를 나왔다. 몇 년이 지나 여름 방학 때 시골에 가서 그 친구를 잠깐 만나고는 깡그리 잊었다.

내가 직장 초년 생활에 열중해 있을 때이다. 어느 날 외할머니를 뵈러 고향에 다녀오신 어머니로부터 그 친구의 말을 전해 들었는데 "나 어릴 때 문자한테 참 많이 맞았다."는 말을 하더라는 것이다. 그 말을 듣는 순간 어머니와 난 마주보고 소리내어 웃었지만 잊고 있었던 그 친구에게 미안함과 죄책감과 그리움이 울컥 솟았다. 어린 시절 친구들 사이에 흔히 있을 수 있는 일이라고 하지만 그 이야기를 듣는 순간 그 친구의 기억 속에 내가 어떤 모습으로 새겨져 있을까를 생각해 보았다. 나는 지금 추억이라고 쉽게 이야기 하지만 어쩌면 친구의 가슴속에는 하나의 지워지지 않는 응어리로 묻어 두었을지도 모른다. 다시 피어 오르는 옛 친구에 대한 그리움으로 다음에 가시면 편지해 달라고 어머니 편에 주소를 적어 드렸지만 연락이 없었다. 뒷날 알고보니 서울로 이사를 해서 날씬하고 어여쁜 숙녀가 되어 있더라는 소식만 접했다.

지금쯤 30대 중반의 어엿한 주부이자 한 남자의 길동무가 되어 있을 그녀. 지금도 옛날처럼 그렇게 남편에게 자식에게 참을 때 참을 줄 아는 인내와 너그러운 마음씨를 가졌을까. 결코 밉거나 악의가 있어서 그런 게 아니었으니 어린 시절 나의 철없고 못된 행동을 이 글을 통해 사과하며 용서를 빌고 싶다. 아울러 일상 생활에서 부딪히는 참기 어려운 일이 있을 때 어린 시절 옛 친구의 순진무구한 얼굴을 떠올리고 싶다. 친구의 앞날에 행복이 가득하길 기원하며.

나는요? 경북 영일군 동해면에 살며 독서와 글쓰기를 좋아하는 주부입니다. 따뜻한 마음으로 대해주는 시댁 식구들과 성실한 남편이 있어서 행복합니다.

껌

최 계 숙

"엄마, 꼭 껌 사 와!"

두 아이가 시장 바구니를 들고 현관문을 나서는 나를 보고 합창하듯 껌을 주문한다. 맛있는 과자도 많은데 늘 입버릇처럼 껌을 사오라고 한다. 큰 아이(5샬)가 말문이 트기 시작할 무렵에 육아책에서 무엇이고 많이 씹으면 뇌 발달에 좋다는 글을 읽고 아무 생각없이 껌을 주게 되었는데 그만 단맛에 입맛이 익숙해져 일종의 중독상태가 된 것이다. 울거나 보채고 할 땐 껌을 주면 뚝 그치곤 해서 연년생을 키우는 내게 좋은 무기로 둔갑하게 되었던 것이다.

요즘엔 먹을 게 흔해서 껌을 크게 쳐주지 않지만 내가 자랄 땐 시골에서 모든 게 귀했다. 그중에서도 특히 껌이 귀했는데, 껌을 처음 씹게된 것은 3살 터울의 언니가 10리 떨어진 국민학교에 들어가면서였다. 어느 봄날 언니가 학교에서 돌아왔는데 삼키지 않고 씹기만 하는 그 '껌'을 씹고 있었다. 떼어 달라고 조르고 조른 후에 이 사이로 조금 내밀어 준 것을 얻어 먹었는데 단물도 다 빠져 맛은 없었지만 질겅질겅 씹히는 게 무척 신기하였다. 참밀이 익을 무렵이면 밀이삭을 잘라 양손바닥으로 맞대어 비비면 속살처럼 고운 밀알이 나오는데 그것을 되풀이해서 씹으면 물컹한 껌이 되었고 송진을 씹어서 떫은 맛을 빼낸 다음 크레파스를 새 눈물만큼 떼서 함께 씹으면 연분홍껌이 되었다. 그런데 늘지도 줄지도 않는 고무(chicle)껌을 씹는 맛이란 정말 신기하였다. 7일마다 시골장이 서는데 장날이면 어머니는 곳간에서 팥이며, 콩, 깨를 한보따리 싸서 이고는 산을 넘고 재를 넘어 10리도 넘는 장에 가서 팔아 우리 형제의 옷이며 신발, 성냥 등을 사 오셨다. 그런데 어느 날엔가 어머니는 껌을 사 오셨다. 지금도 잊을 수 없는 셀레민트껌이었다. 내 손에는 한 개가 주어졌을 뿐인데 너무나 소중해서 반을 잘라 씹고 나머지 반은 다락에 두었다가 씹었다. 잠을 잘 때면 행여 삼킬세라 벽에 소중하게 붙여 두었다가 다음 날 떼서 씹곤 하였다. 그때부터 어머니가 장에 갈 채비만 하시면 언니와 나는 "엄마, 꼭 껌 사 와."하며 지금 우리 아이들이 내게 하는 것처럼 껌을 주문하였다. 어머니가 아침 일찍 시장에 가시면 종일 땅 뺏기 놀이, 공기 놀이를 하거나, 종이를 오려 신랑각시 옷을 만들어 인형놀이를 했는데 저녁해가 설핏하게 질 때쯤에야 어머니는 장에서 돌아오셨다. 대문안에 들어서는 어머니에게 인사 대신 "껌 사 왔어?"하고 물으면 "에구, 그 껌장수가 아파 안 나와서 못 사왔네," 또는 "껌을 다른 사람이 다 사 가고 없더라"하며 정말 껌이 없어서 못 사 온 것처럼 안타까운 표정까지 지으면서 말씀하셨다. 그럴 때마다 정말 그런 줄 알고 포기했다. 그 하얀 거짓말이 내가 국민학교에 들어가던 날 들통이 나고 말았다. 어머니 손을 잡고 운동장으로 가는데 옆 구멍가게에는 온갖 색깔 모양의 사탕, 껌, 풍선들이 많이도 진열되어 있었다. 나는 적잖이 실망했지만 어린 나이였음에도 돈이 없어서 그랬을 거라는 생각을 했고 투정은 부리지 않았다. 참 부러웠던 것은 입학한 아이 중에 그 가게집 딸이 있었는데 선망의 대상이 되었음은 물론이다. 나중에 보게 되었지만 그 아이는 어금니까지 까맣게 썩어 있었다. 친척들이 와서 용돈을 주면 풍선과 껌을 사곤 하였는데 4학년이 될 때까지 그칠 줄을 모르다가 담임 선생님의 호된 꾸중으로 멀어졌다. 중학교에 가서도 거의 씹었던 기억이 없고. 지금까지도 껌을 거의 씹지 않는다. 그런데 20년이 지난 지금 우리 아이들은 하루 평균 1통의 껌을 씹어 삼킨다. 내가 우리 아이만 했을 때 참 귀하고 소중했던 껌이 지금은 아스팔트에도 보도블록에도 흉하게 붙어있는가 하면 식당에서는 식후에 껌을 써비스로 준다. 무엇을 쉽게 버릴 때 껌종이 버리듯 한다고 표현할 만큼 껌이 흔한 것의 대명사가 되고 말았다. 내가 자랄 땐 껌종이도 훌륭한 장난감이었는데, 격세지감을 느낀다. 나는 학생 때 비교적 공부를 잘했는데 어릴 때 껌을 많이 씹어서는 분명 아닐 것이다. 신토불이가 어느 때보다 강조되고 있는데 껌은 수입품에 속한다. 이제부터라도 우리 아이들에게 우리 땅에서 자란 옥수수, 감자를 삶아 주고 자연 속에서 뛰놀게 해서 우리 고유의 맛에 길들도록 해 주어야 겠다. 입에 쓴 것이 몸과 마음에 이롭다는 옛 어른들의 교훈을 되찾아 아이들의 가슴에 심어 주고 우리들 일상의 지침을 삼을 때가 온 것이다.

나는요? 경북 포항에서 문학을 사랑하며 사는 주부입니다. 좋은 글을 쓰겠다는 염원으로 꾸준히 노력합니다.

결혼 기념일의 산행

최 수 례

진달래 하면 청초하고 지순한 반면 골 깊도록 사무친 한이 서려 있는 꽃만 같다. 무슨 한이 그리도 많길래 피빛 가슴으로 온 산야를 붉게 물들이는 것일까.

그는 꽃샘추위가 기승을 부릴 즈음 살얼음 밑으로 돌돌돌 흐르는 개울물 소리와 더불어 조심조심 봄을 틔운다. 나도 두견화처럼 열정을 태우며 살자하고 4월 어느 따스한 봄날 면사포를 썼었다. 한곳에 뿌리를 내리고 해마다 한 모양의 꽃을 피우는 진달래의 지조를 닮기라도 하려는 듯…….

그러나 소소한 것으로 하여 서로에게 등을 보이기 몇 년이던가. 두견화가 몇 번이나 피었다 져도 우린 그 4월의 열정을 돌려받지 못했다. 그런 쓸쓸함에서인가, 난 결혼 기념일만 되면 호젓한 산길을 거닐곤 했다. 그 산에 진달래만 사는 양 온통 한을 토해내는 열기로 하여 불바다를 이루는 그곳에, 내 가슴을 타고 흐르는 찐득한 한의 절규도 골짜기마다 뿌려버리고 싶어서였다.

그날만은 꼭 혼자이고 싶었다. 인생의 패배의식 같은 것을 남에게 보이고 싶지 않아서 였을까. 아니 어쩌면, 같이 살지도 못하면서 무슨 말라죽을 결혼기념일이냐고 놀림이라도 받을까 봐 혼자 떠나고 싶었는지도 모른다.

며칠 전에도 예외는 아니었다. 결혼기념일이랍시고 아침 일찍부터 산행을 서둘렀다. 온 봄을 지천으로 피었다가 5월이 오면 향기 그윽한 아카시아에게 성큼 자리를 내줄 줄도 아는 그의 배려를 배워 오기라도 하려는 듯 나는 더 깊디깊은 골짜기로 치달아 올랐다.

공해에 찌든 도심지를 벗어나 진달래가 만개한 산등성이에 서노라니 아! 그제야 살 것 같았다. 세상사 잡다한 고민들이 훌훌 털려나간 듯 머리가 개운해져 왔기 때문이다.

발길 닿는 곳마다, 눈길 돌리는 곳마다 아름다움의 감탄이 절로 터져나왔다. 다람쥐들이 부스럭거릴 때마다 행여 남편의 발자국 소리가 아닐까 부질없는 기대가 일기도 했다. 같은 하늘아래 살면서도 강 건너 불빛보듯 떨어져 있어야 하는 안타까움을 붉게 타는 저 정열의 꽃밭은 알까!

그 사람을 사랑해서라기 보다는 남편이기 때문에 같이 살아보려무지 애썼던 내 지난 날이 이미 꽃잎을 떨군 앙상한 진달래를 본 양 서럽고 한스러웠다. 좋은 자리도 있으련만 척박한 산야에 뿌리를 내리고 모진 비바람을 감내하는 그가 어쩌면 내 인생과 그리도 흡사한지.

저 붉은 꽃밭도 머지않아 아름다운 꽃송이를 온통 봄의 축제에 바치고 앙상한 나뭇가지로 겨울을 지탱해야 할 것이고, 나 또한 젊은 청춘을 아픈 세상에 맡겨버린 채 독수공방으로 숱한 밤을 밝혀야 하기 때문이다.

하기야 진달래는 다음 계절에 또 꽃을 피우면 되겠지만, 한번 가버린 내 청춘은 어디에서 찾을까 생각하니 새삼스레 인생무상함에 가슴이 저려옴을 느껴야 했다. 내게도 진달래의 다시 피어남과 같이 꽃다운 처녀시절로 돌아갈 수 있다면 내내 후회하지 않을 열렬

한 사랑 한 번 찾아보련만, 정열은 커녕 머리에 하얀 눈꽃(흰 머리)만 이고 걸어가야 할 질곡의 세월이 망망하기만 하다.

왜 만물의 영장인 인간이 한 뿌리 나무만큼도 못한가 하는 회의를 느끼며 그자리에 털썩 주저앉았다. 아, 그런데 이게 어인 일인가. 까투리 한 마리가 알을 품었는지 잔뜩 웅크리고 앉아 있는 것이었다. 나와 불과 몇 발짝 떨어지지 않은 가까운 거리에서 인기척을 느껴도 날아갈 생각도 않고 이미 죽음을 각오한 듯 고개를 척 내리깔고 있었다.

아, 저 숭고한 자태, 저게 바로 모성애로구나! 나는 순간 한 뿌리 나무만큼도 못 하다고 탄식하던 자신이 부끄러워 꿩을 똑바로 쳐다볼 수가 없었다. 모든 식물이 해마다 다시 꽃을 피우듯, 인간을 포함한 모든 동물들은 다시 태어날 수 있는 기회를 자식으로 받았다는 것을 꿩을 보고 절감할 수가 있었다.

내 분신, 내 하나밖에 없는 아들―그는 곧 내 혼이고 넋이었다. 올곧고 튼실하게 자라도록 혼신을 다해 키워가리라 몇번을 다짐했다.

그날따라 진달래향이 더욱 짙게 코끝을 간지럽히고 그 꽃밭에 주저앉아 올려다 본 하늘은 더 푸르고 넓어만 보였다. 진정 부부로 맺어진 것은 우리들 마음대로가 아니었으며 신(神)의 섭리가 깃들어 있었음을 비로소 알 것 같았다.

온 산은 여전히 진달래의 물결로 술렁거리고 있었다. 겨우내 꼭꼭 싸맸던 가슴 풀어헤치고 목이 터져라 4월의 노래라도 합창하는 듯했다. 저들은 저렇게 여전히 입을 모아 합창을 하는데 봄의 향연에 뚜엣(부부)으로 초대(결혼)되었던 내 짝은 어디로 갔단 말인가.

"산에는 꽃 피네 꽃이 피네. 갈 봄 여름없이 꽃이 피네……."

비록 나혼자 부르는 노래였지만 진달래들의 합창과 아름다운 하모니를 이루며 멀리멀리 퍼져나갔다.

아늑한 여염집 화단도 있으련만 왜 하필이면 척박한 산야에서 찬

서리 맞아가며 서 있다가 이 봄날 붉은 물결을 이루는지 알 것 같았다. 세상만물에겐 다 제게 주어진 자리가 있다는 걸 그들로부터 배웠기 때문이다. 내게 주어진 생(生)을 역겨워하지 않고 진달래처럼 모질게 살얼음을 깨면서 내 인생에 찬연한 봄을 틔우리라.

행여 남들이 알세라 숨다시피 떠난 산행이었지만 세상순리를 깨닫고 돌아오는 발걸음이 그렇게 가벼울 수가 없었다.

나는요? 주어진 생활에 충실하며 열세 살짜리 보석 같은 아들과 행복하게 살고 있는 마흔 한 살의 주부입니다. 아무리 큰 시련이 닥쳐와도 글을 써야겠다는 생각만하면 오뚜기처럼 다시 일어서는 글 광입니다.

모쪼록 좋은 글 쓰도록 최선을 다할 생각입니다.

나에게는 없는 여고 동창생

곽 경 자

언제 어디서나 주부들이 모여앉으면 으레 여고 시절의 이야기를 제일 많이 하는 것 같다. 그러나 나에게는 누구에게나 할 수 있는 여고 시절의 이야기가 없다.

어떤 사람들은 이렇게 말한다. 여고 때 너무나 가난해서 도시락도 싸가지고 다니지 못했고 교복은 선배들 것을 물려받아 입었노라고, 게다가 소매 끝이 닳고 닳아서 남들이 볼까 봐 소매 끝을 숨기고 다녔다고.

그런 얘기를 들을 때마다 난 속으로 말하곤 했다. '그래도 당신들은 참말로 행복한 사람들이오. 난 점심을 굶고 누더기 같은 교복을 입더라도 그런 학창시절이 있었다면 세상 부러울 게 없겠오'라고 말이다.

그 시절에는 너나 없이 가난했던 터라 특히 시골에서 태어난 사람 중에는 나와 비슷한 처지의 사람들이 많았다. 그래도 일생에서 가장 아름다운 추억을 남길 수 있는 때가 여고 시절이라는데 나에겐 그런 추억거리가 없다. 하얀 칼라의 교복에 책가방을 든 내 또래

의 아이들을 너무나 부러운 마음으로 바라보기만 했다. 그러나 그 마음은 그때에 끝난 것이 아니었다.

내 마음속엔 늘 꼬리표처럼 열등감이 붙어 다녔다. 많이 배운 사람 앞에서는 기가 죽었고 움츠러 드는 듯했다. 그런 마음은 중년이 된 지금까지도 변함이 없다.

남들처럼 아름다운 추억을 간직한 여고 시절을 보내지 못한 것이 얼마나 마음 아픈 일인지 모른다. 그러한 시절이 있었다면 내 마음은 얼마나 부자일까?

공부는 혼자서도 얼마든지 할 수 있지만 여고 동창생이란 이름은 혼자서는 만들 수도 가질 수도 없는 게 아닌가.

살림 잘 하고 아들 딸 잘 키우고 남편의 내조도 잘 하며 자기 일에 충실한 주부라고 해도 내 마음 한구석에는 늘 빈자리가 있는 것 같다.

그 무엇도 나의 마음을 메꾸지 못한다. 이젠 훌쩍 다 자라난 아들딸에게도 나의 속마음을 터놓지 못하고 있다.

지금까지 지내온 세월들을 되돌아 보면 정말 후회없이 열심히 살아 왔다. 그 세월 속에 내가 다시 여고 시절로 돌아갈 수도 없는 일이지만 마음만은 그 시절로 다시 돌아가고 싶다.

아이들 공부 뒷바라지에 정신없이 지내다 보니 막내까지 모두 어엿한 대학생이 되었다. 이제는 나 자신을 위해 무엇이든 할 수 있는 때라고 본다. 지금이라도 남 앞에 떳떳이 설 수 있는 사람이 되기 위해 노력하고 있다.

여고 동창생은 없어도 추억은 만들 수 있고 학교를 다니지 못했다고 공부를 하지 못하는 건 아니니까. 그들보다 더 따뜻하게 편안하게 보듬어 주는 내 가족들을 위해 열심히 일하며 공부하며 살 것이다. 아름다운 추억을 만들기에도 게을리 하지 않으면서.

나는요? 여수에서 조그마한 의상실을 경영하며 성실한 남편과 3남매와 함께 열심히 살아 갑니다. 글을 쓰는 일에도 더욱 열성을 다하렵니다.

고향의 章

그리운 날들

김 주 옥

나의 옛집엔 커다란 버드나무 한 그루와 조금 작은 버드나무 두 그루가 집 옆으로 흐르는 작은 냇가에서 자라고 있었다. 여름이면 시원한 그늘을 만들어 주었고 이름모를 새의 아름다운 노래소리는 한결 농촌마을의 낭만을 더해 주곤 하였다. 지금처럼 오염되지 않은 맑은 물이었기에 상추와 배추 등 야채도 씻고 쌀도 씻어 먹을 수 있을 만큼 깨끗하였다. 작은 화단에는 하얀 수국꽃이 탐스럽게 피어 눈이 쌓인 듯 밝은 달밤을 더욱 눈부시게 했고, 분꽃, 다알리아, 잉크꽃, 채송화, 봉숭아는 철마다 어김없이 제자리에 나와 저마다의 임무를 다해 주었다. 집 앞쪽 샘가에는 구기자나무가 담장을 대신해 주어 무더운 여름밤이면 나무그늘에 숨어 얼음물처럼 시원한 물로 목욕을 하곤 하였다.

어린 시절 기억 속의 어머니는 늘상 분주하였다. 수년 동안 중풍으로 거동이 불편하신 할머니의 낭자머리를 참빗으로 곱게 빗은 뒤 은비녀를 꽂아 드렸다. 할아버지께서는 일과가 끝나시면 아랫목에 정좌하시고 성경을 읽으셨고, 경험담이나 재미나는 이야기들을 들려주시며 긴 겨울밤을 보내셨다.

원래 공무원이셨던 아버지는 농촌으로 들어와 살면서 하루도 빠짐없이 일기를 쓰셨고, 돌아가시기 며칠 전까지 계속하실 만큼 책과 글을 좋아하신 분이다.

메모지에 짧은 글을 쓰실 때에는 단 한번 흐트러짐 없이 바르게 쓰시는 명필로써 내게 전할 말씀이 있으실 때면 편지를 띄워 주시며, 서두에 '사랑하는 딸아 보아라'하고 다정한 글을 보내주셨다. 지금은 옥상이 있는 양옥집에 마당에는 잔디가 있고 많은 나무들이 둘러쳐져 있지만 꿈속에서 만큼은 항상 옛집만이 영상으로 나타나니 어릴 적 환경의 소중함을 새삼스레 느끼게 된다.

해가 서산마루에 걸려 노을이 찬란한 저녁이면 버드나무 밑에 멍석을 깔고 온 가족이 모여, 늦울음을 우는 매미소리 벗삼아 도란도란 저녁밥을 먹을 때면 세상 무엇도 아쉽지 않고 풍요로웠다. 살아가는 수많은 교차로에서 영원히 머무르고 싶었던 순간들이었다.

지금은 예전에 없던 주유소가 들어왔고 가든이라는 음식점도 여러 곳에 생겨났다. 조금 있으면 도시계획으로 도로 한쪽마저 사라질 전망이지만 멀리 철길이 보이는 들녘의 모습만은 남아 있다. 송사리떼 줄을 잇고, 자운영과 온갖 야생화의 아름다움에 반해 도랑을 따라 걸었던 그날들이 잔잔한 추억으로 남아 있다. 동네 친구댁에 마실가신 할아버지를 찾아 발목까지 쌓인 눈을 밟고 헤매었던 추억은 요람처럼 푸근하다. 꿀꿀거리는 돼지우리 앞에서 돼지에 대한 시를 써서 여동생들과 낭송(?)하며 깔깔댔던 일은 지금도 옛이야기하며 웃게 한다. 돌아갈 수 없는 지나간 시절이지만 영혼의 양식이 되어 그리움으로 다가온다. 우리 여섯 남매 중 사랑하는 막내는 수녀님이 되었고 막둥이도 수도의 길로 들어섰다. 대대로 8대째 내려오는 카톨릭 집안이었기에 가능했으리라. 조부님이 돌아가신 후 저녁기도 시간이면 하루도 빠짐없이 연도를 하여 줄줄 기도문을 외울 정도였다. 어리기만한 동생들인 줄 알았는데 의젓하게 성장하여 남을 위해 봉사하는 생활을 하는 모습을 보니 대견스럽다. 막둥이는 4년제 대학을 졸업하고 학원을 경영하다 하느님의 소명에 응답하여, 이제 다시 신학생으로 공부하며, 수도원에서 생활하고 있다. 누구나가 갈 수 있는 평범한 길이 아니기에 더더욱 소중하다. 높고 낮음 가리지 않고 햇빛과 공기를 나누어 주시는 하느님의 마음을 닮아 지혜롭고 훌륭한 수도자가 되기를 기도한다.

한 울안에 살다 저마다의 길로 가고 있는 나의 형제자매들. 새로운 가족의 구성원들 속에서 힘차게 살아 갈 것을 믿는다. 조금의 여유가 주어지면, 언제나 내 도움의 손길을 필요로 하는 분신, 아들과 딸아이의 손을 잡고 고향들녘으로 나가 보리라. 엄마의 품속 같은 온기와 그리움이 있는 그곳으로…….

나는요? 57년생으로 아들과 딸 두 아이의 엄마입니다. 주어진 환경에서 최선을 다하겠다는 자세로 생활하고 있습니다. 욕심만큼 가슴앓이도 많이하는 편지마을 회원입니다. 글과 음악을 좋아하며 언제나 바쁘게 산답니다.

그림 같은 삶의 현장

황보정순

지금은 앙상한 가지로 초연히 서 있는 겨울나무들. 그 나무가장이 사이로 가볍게 옮겨앉는 까치들의 모습이 그림같이 아름다운 풍경이다.

내가 사는 곳은 경남 고성군 대가면 금산리. 아늑하고 조용한 시골마을이다. 대부분 김해 '허'씨들이 모여 살고 있다.

좁은 골목길을 따라 형님네 댁을 오가며 이야기 꽃을 피우는 아기자기한 멋이 깃든 마을이다.

시골치고는 젊은 사람이 제법 많이 살고 있다. 이웃 마을만 해도 빈 농가가 많은데 우리 마을은 빈집이 없을 정도로 생명의 싱그러움이 가득 차 있다.

봄이면 텃밭에 상추와 쑥갓을 비롯한 채소의 씨앗을 뿌린다. 여름이면 모기와 파리떼가 극성을 부려도 풍성한 먹거리가 시골의 향취를 더해 준다.

여름밤 앞 벌 논에서 들려오는 개구리들의 합창은 지금도 변함이 없다. 텃밭에서 풍겨오는 오이 냄새나 콩잎파리의 풋내는 코 끝을 상큼하게 한다. 모기를 쫓을 양으로 불을 놓아 연기가 어른대는 골목길은 여름밤의 운치를 더한다. 지붕 위의 하얀 박꽃도 여름밤을 아름답게 수놓는데 빠질 수가 없다.

자정이 훨씬 넘어서도 시골의 여름밤은 두런거리는 말소리가 끊이지 않는다. 고단한 삶의 푸념에서부터 부부간의 사랑 싸움, 고부간의 갈등 등 많은 이야기와 하소연들이 이어진다.

여름 한낮엔 정자나무 그늘이 단단히 한몫을 한다. 마을 사람들은 정자나무 아래 모여 시장에 내다 팔 고구마 줄기를 다듬으며 무한정 이야기의 꽃을 피운다. 작은 마을의 온갖 소식들은 금세 입에서 입으로 전해진다.

농촌의 사람들은 육순이 지나고 칠순이 지나도 나이를 잊고 살아간다. 이들이 청춘의 열정으로 흙을 사랑하지 않는다면 농촌은 그 생명을 잃기 때문이다. 순박하고 부지런히 살아 가는 사람들, 마음만은 항상 넉넉한 사람들이 모인 곳이 농촌이다.

간혹 뉘 것이 옳고 뉘 것이 그르다며 흙탕물을 끼얹고 다니는 사람도 없지는 않다. 이런 사람, 저런 사람이 고루 갖추어서 더 사는 맛이 우러나는 농촌이리라.

눈과 귀가 맑아서 세월의 흐름을 잘 읽고 때묻지 않은 양심으로 사는 사람들. 농사를 천직으로 아는 이들에게 자연은 값비싼 향수가 흉내내지 못할 풀냄새와 찔레꽃 향내를 제공한다.

예쁜 며느리를 맞았다고 떡국을 대접하는 이웃. 생일잔치나 기제사를 지낸 다음에도 남녀노소 구별없이 모여 나누는 탁주 한 사발에서 이웃의 정겨움은 더해만 간다.

사람 사는 게 뭐 별 것인가. 이렇게 시골 사람들처럼 악의없이 살아 간다면 도회의 인심도 메마르지 않을 것이고 범죄도 줄어들 것이다.

더 잘 살아 보겠다고 마을을 떠났던 사람들도 지긋이 나이를 먹으면 고향에 돌아오길 원한다. 살아생전에 돌아오지 못한 사람들은 또 죽어서라도 고향으로 돌아온다. 죽어서 돌아온 사람들의 무덤을 더 없이 따뜻한 손길로 돌보는 심성 고운 고향사람들. 이런 사람들의 향기는 시골 마을을 가득 채우고 넘쳐흐른다.

머지않아 희망의 새 봄이 오면 앙상한 가지마다 잎이 트고 꽃을 피우리. 그때가 되면 그림 같은 이 삶의 현장엔 봄햇살이 가득하리라.

나는요? 남쪽 지방에 사는 전업주부랍니다. 글을 잘 쓰는 분들이 하늘만큼이나 존경스럽습니다. 힘겹게 살다보니 반평생이 후딱 가버렸습니다. 남은 생을 보람있게 살고자 노력하렵니다.

식혜와 단술

정 순 례

태어나서 지금까지 삼십 몇 년을 쭈욱 서울에서만 자라온 남편은 전형적인 서울 사람이다. 생김새부터가 시골스러운 맛은 전혀 없다. 부모님께서도 도시 분들이어서 시골을 접할 기회가 없이 살아오다가 이 시골뜨기 촌여자를 만나 결혼한 지도 어언 7년이 되었다. 함박눈이 펑펑 내리던 어느 겨울날, 남편의 입에서 느닷없이 식혜타령이 나왔다. 어떤 집은 음료수나 쥬스를 사 먹지 않고 대신에 여자가 집에서 항상 식혜를 해서 먹는다는데 너는 식혜라는 걸 할 줄이나 아냐고.

식혜를 먹어는 봤지만 그걸 어떻게 하는 건지는 전혀 모르는 서울양반이 날 무시하는 투로 말을 하는 게 아닌가.

"알지, 식혜를 할 줄 모르는 사람이 어딨냐. 안 해서 그렇지 하면 나도 잘 한다구. 흥!"

막상 큰소리를 빵빵치면서 삼십 몇 평생에 내 손으로 직접 식혜란 걸 해본 적이 없는 나는 입술을 비죽거리며 콧방귀까지 뀌어댔지만 내심 걱정이 되었다. 두 아이들 백일 돌잔치 때에는 친정 언니가 와서 식혜를 맛나고 시원하게 잘 해 주었었는데…….

그렇다고 시어머님 역시 부엌일 하시는 걸 귀찮아 하실 나이인지라 모셔다 해 달랠 수도 없는 노릇이었다.

이럴 때 불현듯 시골에 계신 친정엄마 생각이 떠오름이야.

어린 시절을 촌에서 살았던 우리 집은 겨울이면 특히 식혜를 자주 해 먹었던 기억이 난다.

추운 겨울날씨에도 아랑곳없이 엄마는 식혜를 하신다고 엿기름을 걸러서 가라앉혀 놓고 고슬고슬한 고두밥을 지어 엿기름 걸른 물을 붓고 뜨끈뜨끈한 온돌방 아랫목에 이불을 푹 뒤집어 씌워 한나절 정도 밥을 삭힌다. 대여섯 시간이 지난 뒤 이불을 들춰보면 말간 엿기름물 속에 동동 떠오르는 하얀 밥알을 보고 삭은 정도를 짐작하여 커다란 가마솥에 쏟아붓고 펄펄 끓인다.

끓이는 도중에도 조금이라도 빨리 식혜를 먹고 싶은 조바심에 뜨거운 김을 훅훅 불어가며 식혜를 맛보다가 혓바닥을 데이기까지도 했었다.

긴긴 겨울밤, 초저녁잠이 많은 우리 형제들은 새벽녘에 일찍 깨어나 장광 항아리에서 차디찬 식혜를 퍼 온다. 살얼음이 와사삭 씹히는 이빨 시린 식혜 한 대접에 조금 남은 잠이 저만치 도망쳐 버렸다.

간밤에 군불을 때면서 한 솥 가득 쪄놓은 고구마 소쿠리를 뒤적이며 켁켁 목이 메일 즈음이면 어김없이 식혜바가지를 들이키던 우리 여섯이나 되는 형제들. 어떤 때는 산에서 약초를 캐어다가 그 약초 우려낸 물로 식혜를 해서 먹었던 적도 있었다.

무릎이 약해서 맨날 무릎 좀 밟아 달라고 하던 나에게 엄마는 무슨무슨 약초들을 캐어다 식혜를 만드셨다. 병원이 귀했고 약 한첩 제대로 쓰기 어려웠던 그때에 단방약이랍시고 주시면 잘도 먹었다.

겨울은 내내 식혜 다리는 내음으로 다 보내고 여름엔 또 여름대로 엄마는 단술이란 것도 잘 하셨다.

여름철, 먹다 남긴 찬밥에 엿기름을 버무려 한나절 정도 두면 걸쭉하게 삭는 즉석식 술이라고나 할까.

요즘 세상에야 냉장고니 전기보온 밥통이니 하는 가전제품이 있어 찬밥이 남아도 한 두끼 정도는 문제가 아니지만 어린 시절 특히나 촌에서는 가전제품을 구경조차 할 수 없었던 때라 여름철에 음식 보관하는 게 여간 신경쓰이는 일이 아니었다. 하수구에 밥알 하나 흘려버리는 것도 죄받는 일이라며 소홀히 하지 않았으니 가난하고 어려웠던 시절에 입으로 먹는 문제가 가장 큰 걱정이었다. 그래서 그 당시엔 어느 가정에서나 여름이면 단술을 해 먹는 게 보편화되어 있었다. 시간도 많이 걸리지 않고 만드는 법도 간단했다.

찬밥이 남았는데 아직 가축 주기는 아깝고 그냥 놔두자니 상할 듯 하는 찬밥을 엿기름 탄 것과 버무려 물을 자작자작하게 부어 놓는다. 한나절 푹 삭혔다가 저녁 해거름에 체에 걸러서 찌꺼기는 닭이나 돼지에게 주고 텁텁한 단술을 받쳐 시원하게 놔두었다가 마시면 캬—, 시큼한 쉰내도 나고 달큼한 단맛도 나고 컬컬한 막걸리 맛도 났는데 그것도 술(?)이라고 많이 마시면 취기가 아롱지곤 했었다.

두꺼비 손같이 뭉툭한 엄마의 거친 손으로 아무렇게나 주물럭주물럭 거른 단술은 보기엔 맛이 없어 보인다. 그러나 한번 먹어 본 다음엔 또 찾게 되는 기막힌 맛이 있었다. 지금은 맛볼 수 없는 구시대적 음식이 되고 말았지만.

생각난 김에 고향에 계신 엄마에게 전화를 걸어 요새도 겨울이면 식혜를 해 잡수시고 여름이면 단술을 거르느냐고 물어 보았다.

"몸도 성치 못하고(중풍이 있어 수족이 불편하심) 누가 귀찮게 시방도 그런 것 해 먹는디야, 명일 때면 모를까. 예전에야 하도 먹을 게 없어서 못 먹고 사니까 상한 찬밥덩이도 아까워서 잘 해 먹었는디 지금은 단술 안 해 먹어 본 지도 여러 해 되었다. 근디, 니가 시방 단술얘기는 왜 꺼내냐, 난 그 단술 생각만 떠올리면 예전에 못 먹고 배곯던 시절이 떠올라서 맴이 아프다. 니들 여섯 남매 어떡해서든지 배곯리지 않고 잘 먹이려고 고생했다만 워낙 나라적으로다가 가난하게 살던 때라 다들 어렵게 살았어야. 허기진 배를 단술로 채우는 것도 지긋지긋했다."

그래, 엄마는 그랬었구나. 자식들 주려고 밥을 남겨 놓았다가 때를 잘못 맞춰 식은밥이 되어 버리면 자식들한테는 따듯한 새 밥을 지어 주시고 당신은 누룽지 밥이나 단술을 만들어 배를 채우셨구나. 새삼스레 엄마의 숨은 면을 이제야 알고 보니 오직 자식 사랑밖에 모르신 엄마의 마음에 콧날이 찡해왔다. 지금은 꽁보리밥에 된장국이 별미가 된 세상이지만 지나간 시절엔 나도 꽁보리밥이 지긋지긋 했었던 어린 시절이 있었다.

지금은 단술을 아는 젊은 사람이 몇이나 될까. 눈만 돌리면 동전 몇닢에 자동 판매기에서 콜라니 커피니 얼마든지 손쉽게 구할 수 있는 인스턴트 음료가 범람하는 시대에, 찬밥 한덩이도 결코 버리지 않으려고 단술을 해서 먹고 자식들 배곯을까 봐 당신몫은 오직 남은 음식으로 때웠던 우리네 어머니들의 살림의 지혜와 자식사랑이 잊혀지지나 않을까 걱정이 된다.

언젠가 고향에 내려가거들랑 엄마 치마꼬리 붙잡고 단술 한 번 해 먹자고 졸라 봐야겠다.

참, 아까 엿기름 걸른 물에 고두밥 넣어 보온밥통에 꽂아 놓은 지가 한 너댓 시간 지났나? 안 지났나? 살그머니 뚜껑을 열어 보니 밥알이 동동 떠 있었다. 가까운 친정 언니의 전화 조언으로 식혜를 손수 만들어 보니 새삼스레 감회가 깊다.

오늘 저녁엔 남편에게 큰소리 한번 더 칠 수 있을 것 같다.

내마음을 알아차리기나 했는지 식혜가 아주 잘 되었다.

여보, 이것 보라구요. 다음엔 식혜 아니라 수정과도 단술도 다 해줄게용~.

나는요? 전남 영광이 고향인 65년 꽃뱀띠 랍니다. 스물네살 다이아몬드 값에 오리지날 서울 토박이인 깍쟁이와 시골뜨기 깽깽이가 만나 결혼하여 시부모님 둥지 속에서 6년을 같이 살다가 새 둥지로 이사온 지 어언 1년이 넘은 딸, 아들 남매의 엄마랍니다.

연꽃이 진흙탕물 속에서 고고하게 피어나듯이 고통과 어려움 속에서는 진정 진실한 글이 씌여지는데 나태하고 단조로운 일상에선 글이 잘 씌여지지 않는다는 걸 지난 1년을 통해서 새삼스레 깨닫게 되었습니다. 편지마을 선후배님들, 삶이 그대를 고통스럽게 할수록 더욱 진정한 좋은글 많이 쓰시길 바랍니다.

자녀의 章

흙에서 익힌 셈 공부

이 임 순

시장을 다녀오는데 조그만 아이 셋이 앞서 걷고 있었다. 같은 가방을 멘 것으로 보아 서로가 비슷한 또래라는 것을 짐작할 수 있었다.

배가 불룩 튀어나온 가방은 아이에게 제법이나 무거워 보였다. 그중 키가 작은 아이의 가방은 금세 땅에 닿을 듯 말 듯해서 나를 불안하게까지 했다.

달랑거리며 걷던 아이들은 연신 불만을 터트렸다.

"얘, 선생님 기분이 좋지 않았나 봐."

"아니야, 선생님은 기분이 좋을 때는 빨간색으로 그림을 그리는데 오늘도 그랬거든."

"그래도 암산시간에는 신경질을 많이 부렸잖아."

"그야 우리가 못 하니까 그렇지."

5.6세쯤 되어 보이는 아이들은 자기 의사 표현이 분명했다.

나는 다소 거리를 두고 아이들의 이야기에 귀를 기울였다.

"나는 다른 시간은 재미 없더라. 죄다 간식 시간이었으면 좋겠어."

"어떻게 하루 내내 먹기만 하니?"

"그래도 난 먹는 것이 좋아. 오늘 옥수수도 참 맛이 있더라."

엄마의 품에서 바둥거리며 놀아야 할 시기의 아이들이었다. 그런데 조기교육이라는 명분을 앞세운 부모들의 극성 때문에 미술학원을 다녀오는 모양이었다. 감수성이 예민한 아이들이 영리를 목적으로 운영하는 학원에서 엄마의 체취를 느끼지 못하는 것은 당연한 일일 것이다.

요즈음은 유아원 아이의 가방에도 연필과 공책이 필수품처럼 들어 있다. 가족의 이름은 말할 것도 없거니와 대부분의 글자도 쓸 수 있게 가르친다. 한창 멋모르고 뛰어놀아야 할 아이들의 순수한 동심이 경쟁의식에 휘말려 가고 있는 것이다.

뚜렷한 자기 표현이 미숙한 아이에게 글자공부니 숫자공부를 강요하다 보니 배우고 익히는 것에 재미를 붙이기도 전에 싫증부터 느끼곤 한다. 그러자니 먹는 것이 좋을 수밖에.

시대가 변하는 것은 자연의 섭리다. 그런데 그 섭리를 거부하는 어른이 늘어가고 있다. 어린 아이들을 머리 큰 어른으로 생각하는 것이다.

철부지 아이가 옹골지게 행동하고 가시박힌 말을 해 대면 어른들은 마냥 좋아한다. 아이는 아이다운 순박함이 있어야 하는데 아이도 어른이기를 바라는 사회가 되어 버렸다.

아이들은 자기 집 앞에 이르러서는 손을 흔들고 대문 안으로 몸을 가두었다. 난 시장바구니를 내려놓고 내 아이의 조기교육에 대해 생각해 보았다.

우리 아이는 이웃이 없다보니 또래도 없었다. 그러자니 아이는 일하는 나를 따라 다니며 따분한 생활을 할 수밖에 없었다. 밭에 가면 밭두렁이 아이의 놀이터였고, 과수원에서 일을 할 때면 감나무 그늘이 아이의 꿈의 산실이었다.

나는 호미질을 하면서도, 괭이질을 하면서도 입으로는 연신 말을 했다.

"오늘은 우리 양리가 엄마 곁에서 잘 놀고 있으니까 예쁘다. 참새가 앞산에서 한 마리 날아 왔는데 뒷산에서 또 두 마리가 날아오면 모두 몇 마리지?"

나의 말이 끝나면 아이는 여린 손가락을 접어가며 셈을 했다.

이렇게 한참을 묻고 답하다 아이가 싫증을 낼라치면 나는 다른 이야기를 만들어 거기에 숫자를 끼워 넣었다.

"다음 일요일에는 동물원에 구경을 갔으면 좋겠다. 동물들도 모처럼 나들이한 우리 가족을 반겨 줄 거야. 예쁜 공작새가 두 마리는 뒤뚱거리며 걷고 있고 세 마리는 날개를 활짝 펼치고 있구나. 모두 몇 마리지?"

벌써 동물원을 거닐고 있는 듯 나의 이야기에 취해 신나게 눈망울을 굴린다. 아이는 두 손을 떼고 고개를 갸우뚱거리며 셈을 했다. 그러다 졸리면 눈을 부비고 투정을 부리곤 했다.

남편도 퇴근길에 아이의 과자를 사서 도시락 가방에 넣어 오곤 했다. 그 과자를 삼등분으로 나누어 놓고 아이에게 감각의 숫자를 세게 하고 많은 숫자대로 나열을 시켰다.

처음에는 바둑알을 펼쳐놓고 셈을 하던 아이가 손가락을 접고, 더 철이 들어서는 연필과 종이로 자연스레 이어졌다.

일을 가려고 연장을 챙기면 아이는 얼른 들어가 바둑알을 호주머니에 담아와서는 앞장을 섰다. 우리 모자가 두런두런 나누는 이야기를 길가던 사람이 듣고 실없다고 했을지도 모른다.

그러나 난 아이에게 숫자의 개념을 정확하게 심어주려고 노력했다. 처음에는 하나에서 셋을 가지고 이야기를 만들었다. 아이가 이해하고 개념이 형성되면 숫자를 늘려 가면서 셈을 하게 했고 상상력 또한 키워 주려고 노력하였다.

아무리 고달프고 힘이 들어도 저녁이면 동화책을 읽어 주고 느낀

점에 대하여 서로 이야기를 나누었다. 내가 느낀 점은 이유를 들어가며 설명을 해 주었고 아이의 의견을 듣고는 그렇게 생각하게 된 동기도 물어 보았다.

어쩌다 한가한 틈이 있어 쉬고 있을라치면 아이는 숫자공부를 하자고 조르기도 했다. 하나씩 익히고 배우는 것에 재미를 붙인 아이는 역할을 바꾸어 하자고도 했다. 일부러 틀리게 답을 하면 아이는 지적을 하고 틀린 숫자를 정정하기도 했다.

우리 아이는 호기심이 많은 편이었다. 바구니에 담긴 감을 보고는 커갈수록 색깔이 변하는 이유를 묻기도 했고 때로는 엉뚱하게 엄마와 아빠의 차이점에 대해 물어 보기도 했다. 아이가 묻는 것이면 사실대로 예를 들어가며 답을 해 주었다.

어릴 때부터 숫자의 개념을 형성해서인지 과목 중에서 수학을 제일 재미 있어 한다. 저녁으로는 내가 읽어 주던 동화책의 영향때문인지 중학교 3학년인 지금도 잠자리에 들기 전에 책을 읽으며 하루를 마무리 한다. 그러고 보면 나의 교육방법이 알찬 열매를 맺었다는 생각도 든다.

요즈음 아이들처럼 어릴 때부터 사설학원에서 배우지 못하고, 콘크리트벽 속에서 사는 친구들보다 운동화가 지저분해도 생활여건에서 오는 차이점이라는 것을 인식하는 우리 집 꿈나무가 있었기에 나의 삶이 더욱 풍성한지도 모르겠다.

나는요? 과수원지기인 저는 하고 싶은 일은 많지만 의욕만 앞설 뿐 행동으로 옮겨지지 않습니다. 자신보다는 나무를 더 보살펴야 하고 동물도 내 아이처럼 사랑해야 하는 세 아이의 엄마이자 우리집 동물대장입니다. 마음이 어수선할 때는 먹을 갈아 붓글씨를 쓰고, 원고지와 씨름을 하지만 글다운 글 한 편이 써지지 않습니다. 넓은 가슴, 포근한 마음으로 자신을 다스리고 싶습니다.

"쌍둥이 아들 덕분에 효도 한번 했어요"

김 명 옥

나에겐 쌍둥이 아들이 있다. 이미 흐르는 세월과 함께 두 아들이 태어나던 날의 벅찬 감동은 많이 퇴색되었지만 그날의 놀람과 당황, 그리고 아들이었다는 안도감은 아직도 내 기억 속에 생생하다.

사실 15년 전 홀시어머니의 외아들인 그이와 결혼을 한다고 하니, 외며느리는 아들을 꼭 낳아야 하는 부담이 있는데……, 하면서 모두들 나를 걱정해 주었다. 그러나 대를 이어 줄 아들을 낳는다는 것이 별다른 의미로 받아들여지지 않았던 내게 어머님은 외아들을 키우며 애간장 태우셨던 이야기를 종종 들려 주셨다. 요즈음같이 불의의 사고가 많은 시대에는 아들 하나만으로는 마음놓을 수 없다며 은근히 손자 기다림을, 그것도 둘은 되어야 한다는 속마음을 암시하시곤 했다.

나의 어머님은 기가 막힌 한을 끌어안고 살아오신 분이다.

6.25라는 몹쓸 전쟁으로 남편을 잃고 22살에 청상과부라는 이름으로 평생을 사셨다. 오로지 아들 하나만을 바라보고 헌신적인 희생을 감수하셨으니 어머니에게는 그이의 존재가 절대적인 것이었

다. 무엇보다도 아버님의 제사를 지내 줄 아들이 있다는 것이 큰 위로와 힘이 되었다고 하신다. 그러니 며느리인 내가 조상을 받들 손자를 필히 낳아야 한다는 어머님의 생각은 지극히 당연한 것인지도 모른다. 하지만 난 주위분들의 기대를 저버리고 첫딸을 출산하였는데, 정작 내 자신은 새 생명을 탄생시켰다는 경이로움과 신기함, 그리고 엄마가 되었다는 행복함에 섭섭함을 몰랐다.

어머님께서도 아들이 흔한 가문이라 딸도 귀하다는 말씀으로 섭섭함을 감추시곤 다음엔 분명히 손주를 안아 볼 수 있을 거야 하시며 당신 스스로 위로하시는 듯하였다. 나도 남들이 낳는 아들을 나라고 못 낳으랴 하는 엉뚱한 자신감을 가지고 바로 둘째 아이를 갖게 되었다. 그런데 이상하게 첫아이 때보다 몸은 더 무거운 듯하고 만삭이 되어서는 제대로 앉을 수도, 걸을 수도 없었다. 유난히 배가 부르다는 주위의 쑤근거림을 들으며 초조하게 출산 예정일을 기다리고 있었다.

1981년 12월 14일, 동자부처님 둘이서 어머님 방을 들여다보며 웃고 있더라는 어머님의 꿈 이야기가 왠지 출산을 예감케 하더니 늦은 밤부터 진통이 시작되었다. 이미 출산의 경험이 있는지라 느긋한 마음으로 진통이 빨라지기를 기다려 통금시간이 해제되자 곧 병원으로 갔다. 그런데 도착하자마자 분만실로 향하는 내 귀에 간호사들의 쑤근거림이 나를 섬뜩하게 하였다.

"난 그런 아기는 처음 보았어."

"뭘 잘못해서 기형아를 낳았지?"

나는 순간 "아들 딸 상관없으니 정상아만 출산하게 해 주세요"하고 기도하였다.

진통의 막바지에 의사 선생님이 오셔서 아기를 받았는데 "으앙–" 소리가 난 후 선생님은 내게 "수고했어요"라는 말 대신 "X-ray 찍었던가요?"하는 것이었다. 임신중 X-Ray를 찍으면 방사능에 노출되어 태아는 기형아가 될 수 있다는 짧은 상식을 가지고 있었던 나였기에 "아니, 제 아기가 정상이 아닌가요?"라고 놀란 반문을 하였다. 그런데 정상적인 아들을 분만했다는 선생님의 말씀은 있었는데 왠지 분위기는 이상하였다.

간호사들은 바쁘게 들락거리고 무엇인가 침묵의 지시가 오감을 느끼는 가운데 잠시 시간이 흘렀다. 그리고 수 분 후 나는 또 한번의 이상한 진통을 느끼곤 힘이 주어졌는데 "으앙"하는 두 번째의 아기울음을 들었다. 그때서야 선생님들은 만면에 웃음을 띄우며 "축하합니다. 아들 쌍둥이를 출산하셨습니다."하는 게 아닌가? 쌍둥이라니? 꿈에도 생각지 못했던 일이었고, 의사선생님 역시 열달 동안의 진찰에서도 전혀 예상치 못했던 일이기에 혹시 X-Ray를 찍어 산모는 알고 있었는가 하여 내게 물어 보았다고 했다. 그러면서 오히려 내가 아기용품을 두 몫으로 준비하지 못하게 된 점을 미안해 하셨다. 나중에 안 일이지만 대기실에 기다리고 있던 그이와 어머님에게는 첫아이 분만 후 간호사들이, 산모의 태중에 아기가 또 있다고 하여 나보다 먼저 쌍둥이 출산을 알고 걱정과 놀람으로 당황하였다고 한다.

지금도 5분 간격의 형, 아우의 탄생이 50년보다 더 긴 시간이었다고 회상하시는 어머님은 차라리 쌍둥이 인줄 모르고 있었던 게 식구들의 열달 근심을 덜어준 다행스러움이라고 말씀하신다. 이렇게 우리 집엔 어머님의 뜻대로 아들이 둘이나 태어났고 지난 15년간 할머니의 사랑을 듬뿍 받으며 자란 두 녀석은 어느새 중학생이 되었다. 녀석들은 똑같은 모습, 똑같은 키, 그리고 똑같은 학교성적으로 나를 놀라게 하지만 어머님에게는 손주라는 듬직한 조상받이로 대견하기만 한가 보다.

"대를 이어 줄 아들을 낳았으니 한 가지 효도는 한 셈이다." 하시며 함박웃음을 지으시던 어머님. 옛날에 이 땅의 못난 사람들은 아들 못 낳는 것을 마치 여자의 죄인 양 칠거지악의 하나로 단죄했다. 난 그 우매함을 잘 알면서도, 나의 쌍둥이 아들은 남편없이 나혼자 잉태하여 낳은 듯이 당당함 속에 행복한 중년을 보내고 있다.

물론 두 아들을 점지하셨다고 어머님이 굳게 믿으시는 부처님과 나와는 모자의 인연으로, 이 세상에 태어나 건강하게 잘 자라고 있는 두 아들에게 감사하면서 말이다.

나는요? 책읽기와 편지쓰기를 좋아하는 주부입니다. 가끔 여기 저기 투고하여 작은 성취감을 느끼며 행복해 합니다. 편지마을 총무로 봉사한 것을 보람으로 여깁니다.

너는 여왕이 되어라

최 수 영

조금 전까지만 하여도 TV 앞에서 장희빈이라는 연속 사극을 보며 흥분하기도 하고 긴장하기도 하던 두 딸의 잠든 얼굴이 이제는 차라리 평화롭기까지 하다.

나는 그들의 곁에서 잠시 기도한다. 좋은 밤을 주신 하나님 감사합니다. 오늘밤도 이 소중한 생명들을 거룩하신 사랑의 품에 품으시고 보호해 주옵소서.

모두가 잠든 이밤에 왠지 나는 잠이 오질 않아 자꾸만 몸을 뒤척인다. 옆에서 곤히 잠든 남편의 코고는 소리가 잔잔히 나를 달래 듯 내 마음을 차분히 가라앉힌다. 남편의 잠든 얼굴을 바라보노라니 공연히 슬퍼진다. 우린 때로 사소한 일 앞에서 부부의 조율이 잘 되지않아 불협화음도 내며 자주 토닥거리면서 살아왔지만 권태기가 무엇인지 모르고 24년을 살아온, 연인 같고 친구 같은 부부인 것이다.

인생의 페이지는 내일을 향해 쉬임없이 넘어가고 어느새 큰 딸 수진이가 24세, 사랑하는 연인도 있다. 별스럽게 속썩이지 않고 건강하게 잘 자라준 딸이 대견하다. 그의 앞날을 축복하는 간절한 모정 속에서 나는 남 모를 조급증과 아쉬움으로 내 스스로 시달린다. 난 남들보다 잔 생각이 많고 내성적인 탓에 남편과 막내딸에 대한 안쓰러움 또한 떨쳐버릴 수가 없다. 그러나 남편과 막내는 나보다 더 대범하여 더 자연스럽게 웃으며 축복할 수 있는 세련된 아빠이며 동생일진대 내가 만든 생각의 굴레속에서 나홀로 이렇게 시달리고 있는 것이다.

딸들을 흠없이 잘 관리(?) 보호하기 위하여서도 때로는 엄격하고 완고한 악역도 맡아야 했던 남편. 그 인고의 세월. 하지만 곧잘 친구처럼 딸들과 장난하며 재미있는 연출도 곧잘 해 내던 아빠였다. 그러나 이제 곧 머지않은 날에 우리는 첫딸 수진이를 새로운 인생의 문을 열고 살며시 내어보내야 하는 것이다. 때로는 마음을 알아주고 투정을 받아주던 언니를 보내고 동생 유진이는 혼자 남겨질 것이다. 교회에서는 나와 함께 성가대를 하며 나에게는 친구와 같은 꽤 마음이 통하는 맞딸 수진이. 늘 밝고 명랑한 성격이나 아직은 못 미더운 철부지다. 수진이의 떠난 자리가 얼마나 허전할까? 그러나 누구나 다 같은 이름의 길을 가야하지. 결혼이라는…….

나는 잘 안다. 그 옛날 내가 부모님을 그렇게 떠나왔듯이 너는 예쁜 파랑새처럼 날아갈 거야. 내 친정 어머니처럼 그렇게 축복하며 행복의 언덕을 향해 너를 조용히 보내야겠지. 이제 내 품을 떠나는 딸에게 어떤 좋은 교훈을 마음에 새겨줄까? 그래! 탈무드에서 의미깊게 읽었던 글이 생각난다. 그것은 슬기로운 어머니가 혼인하는 딸에게 당부하는 좋은 글이니 너무나 합당한 교훈이 될 것 같다.

딸아.

만일 네가 남편을 제왕처럼 받든다면 그는 너를 여왕처럼 존대할 것이다. 그러나 네가 만일 계집종처럼 처신하면 남편은 너를 노예처럼 취급할 것이다.

만일 네가 지나치게 자존심을 세워
그를 섬기가를 싫어한다면
그는 완력으로
너를 계집종으로 만들어 버릴 것이다.
만일 남편이 친구를 방문하게 되거든
그를 목욕을 시켜 단정히 하도록 하여 보내거라.
만일 남편의 친구가 네 집에 놀러 들르거든
할 수 있는 한 정성을 다하여 대접할 것이니라.
그렇게 하면 남편이 너를 어여쁘게 느낄 것이다.
늘 가정에다 마음을 두고 남편의 소지품을 소중히 하여라.
그렇게 하면 그가 네 머리에 관을 씌울 것이다.』

그렇다! 한 남자를 만나 인생을 함께 하면서 지혜를 자아내서 슬기롭게 살면 남편은 나로 인해 왕이 되고 나는 남편의 사랑받는 여왕이 되는데…… 내딸 수진아, 너는 여왕이 되어라. 엄마는 그런 삶을 살지 못했을지라도 너에게 이 소중한 교훈을 꼭 당부하고 싶구나. 왕과 같은 남편, 여왕 같은 아내. 이 균형이 항상 네 일생에 긍지가 되어라.

어느 날 내 가슴이 찡했었다. 수진이가 동생에게 '유진아, 이제와서 생각하니까 아빠가 우리에게 엄격하게 하신 것이 고맙더라.' 고 한 그 말. 그래. 서운했던 것은 잊고 좋은 것만 기억해 다오.

가을 벌레소리가 호젓한 이밤을 나와 함께 지새워준다. 마치 여인의 가녀린 손길에서부터 흘러나온 한줄기 바이올린 소리처럼 너무도 애절하여 이 밤이 더욱 깊어만 지는 것 같다. 바람 소리가 들린다. 나뭇잎 스치는 소리가 스산히 들린다. 이제 이 상념의 굴레에서 벗어나야 겠다.

올 가을은 남편과 단둘이서 설악산 단풍속으로 날아가자고 약속이 되어 있다. 과연 나를 위해 바쁜 시간을 쪼개 주려는지? 그곳에서 우리는 어떤 대화로써, 무르익은 인생의 동질성을 빛낼 것인지? 벌써 마음이 설레인다.

단풍이 아름답다고 모두들 감탄하지만 그 누가 알까? 그 단풍 하나하나의 아픈 마음을……. 나는 그들의 아픈 이별을 알 것 같다. 가서 그들의 이별의 콘서트에 참여하여 슬픔에 겨운 그 아름다움을 배워오리라. 낙엽의 대합창 속에 숨겨진, 새 봄의 길목을 알아오리라. 이제 모든 생각 다 떨쳐 버리고 곤히 잠든 남편곁에 살며시 눕자.

나는요? 편지마을이란 예쁜 이름을 누가 지었을까?가 매우 궁금한 두 딸을 둔 조금은 노숙한 여인입니다. 막상 글을 쓰려하니 마치 문맹자처럼 백지 위에 굳어진 손이 안타깝습니다. 많이 보고 느끼며 살기로 결심했답니다.

여 행

김 순 기

지난해 여름은 내 생애에 있어 잊지 못할 추억의 한 페이지를 장식하였다. 94년 7월 23일, 찌는 듯한 무더위 속에서 전선을 타고 들려오는 남편의 목소리는 뜻밖이었다.

"여보, 나야. 30분 후면 집에 도착할 테니까 여행 준비를 해 놓으라고. 알았지. 명령이야!"

나는 반신반의하며 딸애들과 함께 서둘렀다. 두 딸들은 신이 나서 들뜬 가운데 정말로 가느냐, 어디로 가느냐, 언제 돌아오느냐며 궁금해 했다.

지난 10여년 동안 우리는 앞만 보고 달려왔다. 질주를 잠시 멈추고 남들 사는 것처럼 살아보자며 남편은 갑작스레 여행을 계획했다고 한다.

찜통 같은 도시로부터의 탈출! 우리는 관광안내 지도를 갖고 무작정 동해로 가기로 했다. 모자를 쓰고 선글라스도 끼고 이것 저것 준비를 해서 영동고속도로를 달렸다.

대관령에서는 잠시 휴식을 취하고 사진도 찍었다. 굽이굽이 고개를 넘으며 우리는 첫번째 목적지를 오대산 소금강으로 정했다.

소금강에 도착한 때는 저녁 무렵이었다. 남편은 손수 밥을 하고 찌개를 끓일 테니 우리 세 모녀는 물가에서 놀다 오라고 성화였다. 재은이와 재민이 두 딸애는 어느 새 친구를 사귀어 물장구를 치기에 바빴다.

소금강에서 이틀을 보낸 우리는 경포대로 향했다. 야영장에 도착하자 텐트를 치고 바다로 뛰어들었다. 남편과 재은이는 얼굴만 빠끔히 내놓고 모래찜질을 했다. 해가 지자 대낮같이 훤히 불을 밝힌 오징어 배들이 또 다른 신비감을 불러 일으켰다.

다음 날 우리 가족은 새벽 3시부터 바닷가에 모여 앉았다. 해돋이를 보기 위해서였다. 해돋이는 정말 말로써 표현할 수 없는 장관이었다. 아이들의 환호성이 있고 잠시 동안의 침묵은 기도 시간이었다. 각자의 소원을 빌며 우리는 그렇게 뜻깊은 하루를 맞았다.

경포대를 뒤로 하고 이번에는 설악으로 향했다. 내설악을 둘러보고 선녀탕이 있는 외설악으로 가 계곡에 자리를 잡았다. 이틀 동안 외설악에서 머물며 우리는 감자와 옥수수를 쪄 먹고 밤하늘의 별들을 헤아리기도 하였다. 여행의 즐거움을 만끽한 순간이었다.

집을 떠난 지 며칠 되어서일까? 작은 아이는 지루한지 집으로 가자고 보챘다. 할아버지도 보고 싶고 강아지도 보고 싶다면서. 우리는 일단 서울 쪽으로 방향을 잡았다. 집으로 향해 가면서 쉬고 싶으면 더 머물기로 합의를 보았다.

소양강 댐을 옆으로 끼고 달리는 기분은 최상이었다. 그렇게 달려서 춘천에 닿았고 밤이었다. 춘천에서 하룻밤을 묵고 다음 날 남이섬을 둘러보고 집으로 가기로 했다. 모처럼 여관에 여장을 푼 우리는 노래방에 가서 목청껏 노래를 부르면서 긴 여행에서의 피로를 풀었다.

여행의 마지막 날, 수박과 복숭아 등을 사서 배를 타고 남이섬으로 갔다. 물살을 가르며 시원하게 섬 주위를 한 바퀴 돌고 자전거를 빌려 타고 네 식구가 즐거운 시간을 보냈다.

8일 동안의 여름 여행은 나를 더욱 성숙하게 만들었다. 앞만 보고 달리던 나에게 뒤를 돌아볼 시간을 갖게 했다. 자연이 우리에게 주는 혜택들, 자연 앞에서 내 존재가 얼마나 작아 보이는지도 생각해 보게 했다.

앞으로는 좀 더 넓은 마음으로 세상을 보리라. 나의 두 딸들에게도 여행의 기회를 많이 갖게 하여 우물안 개구리가 아닌 세상 밖을 향해 달리도록 키우고 싶다.

여름 여행으로 인해 내가 실천하고 있는 것은 아이들에게 전시회 등의 관람을 적극 권유하고 있다. 삶이란 모두에게 공평한 기회를 주는 것. 이제는 여행을 통해 더 넓은 세상으로 날아가리라.

나는요? 현재 여덟 식구의 대가족과 함께 살고 있는 30대 중반의 여인입니다. 산 속에 자리한 아담한 별장 같은 집에서 산 지도 2년이 가까워 옵니다. 편지마을에 대한 이야기를 듣고 회지를 읽으면서 여러 회원들과 만나고 싶고, 무엇인가 쓰고 싶은 욕망이 솟구쳤습니다.

민들레의 꿈

김 정 자

마른 나뭇가지에 내려앉은 햇살이 무척 고운 오후입니다.
"애, 어서 일어나! 눈 좀 떠 봐!"
누군가가 어깨를 흔드는 바람에 민들레는 깊은 잠에서 깨어났습니다.
"누구야? 누군데 이렇게 일찍 날 깨우는 거야?"
"어서 눈을 떠 봐! 나야 봄바람!"
민들레는 눈을 부비고 일어나, 두 팔을 머리위로 쭈욱 뻗어 기지개를 켰습니다.
방금 잠에서 깨어난 탓인지 눈이 부셨습니다.
"이크! 내가 너무 잠을 많이 잤나 봐. 너무 늦게 일어났으면 어떡하지?"
민들레가 울상을 짓자, 봄바람이 민들레의 어깨를 두드리며 말했습니다.
"걱정마! 아직 늦진 않아. 저 산허리에 눈이 쌓여있는 걸 봤거든. 힘내! 그리고 어서 네 환한 모습을 보여 줘! 네 얼굴을 봐야만 사람들은 봄이 왔다고 생각하거든. 네가 일어났으니까 난 다른 친구들에게도 봄소식을 전하러 가야겠어. 안녕!"

봄바람은 민들레에게 손을 흔들어 보이곤 서둘러 길을 떠났습니다.

'여기가 어디지?'

민들레는 두리번거리며 사방을 돌아보았습니다. 아직 겨울잠에 빠져있는 장미와 목련의 가지 뒤로, 오후의 햇살을 받고 거울처럼 빛나는 유리창이 보입니다. 민들레는 생각난 듯 고개를 끄덕였습니다.

오래 전, 산들바람을 타고 떠났던 힘겨웠던 여행이 문득 눈앞에 떠올랐기 때문입니다.

민들레는 자기의 몸을 가만히 내려다 봅니다. 단단한 흙속에 뿌리를 내리고 초록의 잎을 키운 자신이 무척 자랑스럽습니다.

늦은 봄날, 민들레 홀씨는 자꾸만 산들바람이 기다려지는 것을 알게 되었습니다. 엄마품이 갑갑하게 느껴지기도 했고, 넓은 세상으로 여행을 떠나고 싶다는 생각도 했습니다.

"엄마, 언제 제 몸이 풍선처럼 둥둥 떠오를 수 있나요? 빨리 세상으로 나가고 싶어요. 엄마, 절 날려 보내 주세요."

민들레 홀씨는 몇 번이나 엄마를 졸랐지만, 그럴 때마다 엄마는 고개를 옆으로 저으며 말했습니다.

"아직은 네가 너무 어리단다. 조금만 더 기다려라, 곧 산들바람이 널 데리러 올 거야. 그동안 심술궂은 비는 오지 말아야 할 텐데……."

엄마는 걱정스런 눈길로 민들레 홀씨를 바라보았지만, 민들레 홀씨는 엄마의 걱정 따윈 아랑곳하지 않았습니다.

'난 나만이 할 수 있는 보람있는 일을 찾아내고 말 거야. 넓은 세상을 여행하다 보면 꼭 찾을 수 있을 거야.'

며칠 뒤 정말 산들바람이 민들레 홀씨를 찾아왔습니다.

"곧 비가 올 거란 얘길 듣고 달려오는 길이야. 어서 내 등에 올라 앉으렴."

산들바람이 등을 돌려대며 민들레 홀씨에게 말했습니다.

사실 민들레 홀씨는 산들바람이 오기 전에 심술장이 비가 먼저 와서, 세상을 여행해 보지도 못하고 진흙탕에 묻혀버리거나 시궁창 속으로 흘러가 버리는 건 아닐까 하고 몹시 걱정을 했거든요.

산들바람이 몸을 휙 솟구쳤습니다.

민들레 홀씨는 너무 높이 올라서 현기증이 날 지경이었지만, 산들바람에 몸을 싣고 부드러운 깃털을 낙하산처럼 활짝 폍쳤습니다.

문득, 몸이 풍선보다 더 가볍게 떠오르는 걸 느꼈습니다.

저만치 아래에서 엄마가 손을 흔들고 계셨습니다.

민들레 홀씨는 기분좋게 날아갔습니다. 자동차가 빵빵거리며 정신없이 달리는 도로도 지나고, 커다란 상자를 포개놓은 듯한 아파트 단지도 지났습니다.

넓은 학교 운동장을 지날 땐, 아이들의 웃음소리가 햇살처럼 밝아서 미끄럼틀 꼭대기에 앉아 아이들을 바라보았습니다.

'여기서 아이들이랑 놀까? 아니야, 이곳보다 더 나를 필요로 하는 곳이 있을 거야.'

민들레 홀씨는 혼자 고개를 살레살레 흔들곤 또다시 여행을 떠났습니다.

얼마나 멀리 날아왔는지. 푸른 숲이 보이고 시냇물이 졸졸졸 흐르는 소리도 들렸습니다.

그동안 많은 날이 지났지만, 민들레 홀씨는 진정으로 보람있는 일을 찾지 못했습니다.

민들레 홀씨는 시냇물 곁에 앉아 지친 몸을 쉬고 있었습니다.

"내 곁에서 예쁜 꽃을 피워주지 않을래? 난 너를 위해 언제나 아름다운 노래를 들려줄게."

시냇물이 아름다운 목소리로 노래를 불렀습니다.

"네 목소리는 정말 아름답구나. 그렇지만 난 꼭 해야 할 일이 있단다. 미안해!"

시냇가 숲속에 서서히 보라빛 어둠이 내려앉기 시작했습니다.

민들레 홀씨는 다시 몸을 추스려 하늘로 솟아올랐습니다.

그때 막 켜진 듯 노랗고 환한 불빛이 조그만 창문에 가득한 것이 보였습니다.

불빛은 무척 따스해 보여 민들레 홀씨는 불빛이 쏟아져 나오는 창가로 다가갔습니다.

"할머니, 엄만 언제쯤 오실까요?"

"엄마 생각하는 거니? 엄마는 새봄이 오면 돌아올 거야. 수경이가 일곱살이 되는 새봄이 되면 오겠다고 약속했단다.

우리 수경이 그때까지 쓸쓸해 하지 않고 씩씩하게 엄마 기다릴 수 있겠지? 엄만 꼭 건강해 지실 거야!"

민들레 홀씨는 방안을 들여다 보았습니다.

할머니의 무릎을 베고 누운 수경이의 동그란 얼굴이 보였습니다.

수경이의 엄마는 몸이 아파서 먼 곳에 계시는 것 같았습니다.

'어서 봄이 와야 수경이가 엄마를 만날 수 있을 텐데……. 그래, 내가 여기서 수경이에게 제일 먼저 봄소식을 전해주자.'

민들레 홀씨는 살며시 창가를 내려와 흙속에 몸을 묻었습니다.

가슴 속에 가장 아름다운 꿈을 간직한 채 봄이 오기를 기다린 민들레 홀씨는 마침내 꿈을 이룰 수 있었던 것입니다.

나는요? 아이들을 보살피는 점만으로도 지쳐버릴 것만 같은 나날이지만, 아이들의 고른 숨소리를 들으며 책상 앞에 앉는 조용한 밤 시간은 행복합니다. 때때로 내 것이 아무 것도 없다는 허전함을 느낄 때가 있습니다. 그럴 때에는 원고지를 앞에 펼쳐놓거나 한 권의 책을 읽으며 가슴 속 허전함을 메꾸곤 하지요.

가족의 章

가화만사성(家和萬事成)

박 귀 순

저는 결혼한 지 올해로 7년째 되는 두 아이의 엄마이자 며느리이며 손부랍니다.

4대가 한 집에 사는 저희집은 시할머님, 시부모님, 시동생, 남편, 저 그리고 두 아들 해서 모두 여덟 식구랍니다.

핵가족 생활이 몸에 익은 신세대 주부님들에게는 조금 놀라운 식구입니다만 여덟이라는 숫자도 우리 집의 고정식구가 그렇다는 것이고 큰집 조카들 넷이서 번갈아 드나들고 또, 시할머니께서 병환중에 계시다 보니 병문안 겸 드나드는 사람이 참 많습니다.

결혼 전 어머니를 일찍 여의고 아버지와 동생, 저 이렇게 세 식구가 적적하게 생활해 오다가 결혼을 하고 보니 집안에 언제나 북적대는 식구가 많아서 참 좋았습니다. 게다가 결혼 초에는 시할아버지께서도 생존해 계셨고 시누이 또한 출가 전이었기에 지금 보다도 식구가 더 많았답니다.

더구나 제가 결혼한 때가 마침 겨울이라 농한기를 맞이한 우리집은 언제나 구수한 군고구마 냄새와 함께 화기애애한 식구들의 웃음이, 유난히 눈이 많은 이 고장의 추운 겨울을 녹여 주었습니다.

갓 시집온 새댁이다 보니 모든 대화에서 그저 묵묵히 듣고만 있을 뿐이었지만 그래도 우스개 소리가 나오면 큰소리로 함께 웃으며 가족의 한 사람으로 동화되어 가고 있음을 느낄 수 있었습니다.

결혼하고 며칠 되지 않은 구정 때였습니다.

설날 먹을 떡국 준비를 위해 시어머님께서 떡쌀을 세 말이나 담그셨습니다.

매년 설날 때면 방앗간에서 썰어서 비닐봉지에 담아놓은 떡을 사다가 떡국을 끓였던 저는 아연실색하여 벌린 입을 다물 수가 없었습니다. 이웃동네에 사는 손위 동서와 어머님, 그리고 저 이렇게 셋이서 이틀 꼬박 떡을 썰고나니 손가락에 물집이 생겼습니다. 그러면서 속으로는 '아마 이 떡으로 떡국을 다 끓여 먹으려면 아무리 식구가 많다고 해도 몇 달은 먹고도 남을 거야.'하고 생각했습니다.

그러나 그것은 엄청난 저의 판단착오였습니다.

설날 아침, 부엌 아궁이에 걸린 보기만 해도 겁부터나는 커다란 가마솥으로 떡국을 몇 번 끓여내고 나니 그 많던 떡이 정말 거짓말처럼 흔적도 없이 사라졌습니다.

시할아버지께서는 독자셨지만 시아버님은 10남매의 맏이란 걸 몰랐던 건 아니지만 남편의 사촌과 고종사촌 형제가 그렇게 많을 줄은 미처 생각하지 못했던 거지요.

그렇게 명절이나 집안 대소사로 집안은 자주 북적대었고 그럴 때마다 크든작든 사소한 마찰이 있을 법도 하건만 그런 일은 일어나지 않았습니다.

그 이유를 결혼 후 몇 년의 세월이 흐르는 동안 집안에 감도는 묘한 분위기를 감지하면서 알 수 있게 되었습니다.

그것은 성난 파도처럼 억지로 흐르는 흐름도 아니었고 솟구치는 분수처럼 감정대로 흐르는 흐름은 더욱 아니었습니다. 그것은 밤낮

없이 넘치는 논물 같은 흐름이었습니다. 논 바닥에 뿌리박고 있는 벼포기 뿐 아니라 잡초와 해충까지도 수용하는 논물 같은 존재, 바로 저의 시어머님의 헌신적 인내와 사랑이 튀어오르는 마찰을 잘 다독여 잔잔히 잠 재우시는 덕분이란 걸 알았습니다.

"형님은 나중에 돌아가시면 부처님께서 극락문 활짝 여시고 몸소 마중 나오실 거야."

시숙모님께서 입버릇처럼 늘 하시는 말씀이 아니더라도 어머님은 혹 생불이 아닐까 하는 생각이 들 정도로 모든 일에 관용과 자애로 대처하십니다.

칠순이 넘으셨으니 다른 집 같으면 집안의 제일 웃어른으로 편하게 지내실 연세이십니다만 시할머님의 병수발을 손수 드시고 어른공경을 몸소 실천하시며 저의 본보기가 되어 주십니다.

열 여섯 꽃 같은 나이에 시집 오셔서 종가의 맏며느리로 반세기가 넘는 세월을 살아오시는 동안 비바람 모진 풍파가 어찌 없을 수가 있었을까요?

사업을 하시던 큰아주버님의 사업실패로 전답이 다 넘어가고 집안 구석구석 차압딱지가 붙여졌을 때 갈갈이 찢기운 가슴은 아직도 치유되지 않은 상처로 남아 있을 테지요. 환갑을 넘기신 아버님께서 밖에서 본 핏덩이 어린 것을 강보에 싸 안고 들어오셨을 때, 당신 손자와 함께 기저귀 갈아채워 키우시며 석탄백탄 타듯이 타 들어간 가슴은 아직도 새카맣게 흔적이 남아 있을겁니다.

직장인이라는 명분이 앞선 제가 홀짝 출근해 버리고 나면 고스란히 당신 몫으로 남아야 했던 시할아버지, 할머니의 병수발과 아이들 뒷치닥거리로 쇠잔해진 육신에 더욱 피로가 쌓여도 내색없이 묵묵히 감당하시는 거룩한 희생 앞에 저는 언제나 죄인 같은 송구스런 마음으로 살아갑니다.

분별력을 잃으신 할아버지께서 식사 도중 옷을 버려내는 일은 수시로 있는 일이었습니다. 그럴 때마다 식구들은 슬며시 숟가락을 놓고 모두들 밖으로 나가도 어머님은 언제나 변함없이 조용히 뒷처리를 하십니다.

"늙으면 다 그렇지. 누구는 안 늙냐?"

그렇게 지성으로 수발을 들었던 할아버지께서 돌아가시자 아침저녁으로 빈소에 상식을 올려놓고 곡하시며 일년상을 치르셨습니다. 이렇게 드러내지 않는 낮달 같은 존재로 자신을 희생하셨던 어머님은 재작년 삼성문화재단으로부터 효부상을 받으셨습니다. 그러나 그렇게 가슴 뿌듯한 상을 받으시고도 막상 당신은 '마땅히 해야 할 도리를 했을 뿐인데' 하시며 몹시 부끄러워 하셨습니다.

효와 사랑을 몸으로 실천하시며 자신을 불사르는 촛불 같은 어머님 앞에 저는 어머님을 비출 수 있는 작은 거울이라도 되고자 하나 턱없이 부족하기만 합니다.

언젠가 읽은 글이 생각납니다.

사랑에는 여러 가지가 있으나 그중 가장 으뜸은 신이 인간을 사랑 하는 것, 부모가 자식을 사랑하는 것, 다시 말하면 내리사랑이 여러가지 사랑 중에 가장 으뜸이라고 하더군요.

가지 많은 나무에 바람 잘 날 없다고들 하지만 저희 어머님께서는 그 바람을 잘 다스리시어 나무가 더욱 울창해지고 날로 그 푸른 빛이 짙어지니 모든 식구가 어머님으로부터 참사랑을 배웁니다.

어쩌다 남편과 말다툼이라도 하고 나면 저를 따로 조용히 불러 말씀하십니다.

"하루를 참으면 백날이 편하고 내가 한번 참음으로써 집안이 조용해 진다면 여자이기 때문에 참아야 한다고 생각지 말고 여자이니까 참아줄 수 있는 거라고 생각하라"고 하십니다. 그럴 때면 저는 부끄러워 몸둘 바를 몰라합니다.

'가화만사성(家和萬事成)'

우리에게 얼마나 많은 것을 생각케 하는 글귀입니까!

그러나 이 글의 밑바탕에는 또 얼마나 많은 어머님의 희생이 쌓여져 있을까 생각하니 정말 숙연해지지 않을 수 없습니다.

때때로 지친 육신을 핑계삼아 제가 처한 현실에 대해 옹졸해지는 자신을 발견하기도 하지만 그럴 때면 허리굽은 어머님의 모습이 떠올라 자신에게 타이릅니다.

'사랑은 받는 것이 아니라 주는 것이라고…….'

나는요? 아직도 내성적이고 소극적인 62년생 주부입니다. 4대가 함께 사는 대가족 속에서 많은 것을 배우고 느낍니다. 경북 상주군 화북면에 있는 중학교 서무과에 근무합니다.

어떤 효자

김 여 화

엊그제 신문에는 보건사회 연구원의 노인생활 실태 조사가 실려 있었다. 별거노인 60퍼센트가 자녀들과 3개월 이상 만나지 못한다는 이야기였다. 전국의 60세 이상 노인 2천4백17명을 대상으로 한 조사였는데 자녀로부터의 고립이 심하다는 내용이었다.

요즘 TV드라마 딸부잣집은 대가족이라는 특별한 경우로 나는 이 프로를 즐겨본다. 홀아비가 고집이 센 어른을 모시고 말괄량이 딸들 사이에서 힘들어 하는 모습에 공감하기 때문이다.

병중에 계시는 부모님을 극진히 모셔 효부라 하고 효자라 해서 표창을 하여 그들의 노고를 치하하는 경우도 늘상 보아온 터다. 허나 나 자신은 부모님께 극진하지 못하였기에 주자십훈의 사후회(死後悔)를 되뇌이며 산다.

어른들 말씀에 '보리데기 효자된다'더라는 말을 믿고 싶은 요즘이다. 이는 잘난 자식들은 도시로 나가고 못난이 아들 하나가 있어 촌에서 농사 지으며 노모를 모시고 살면서 TV 드라마 '딸 부자집'의 아버지보다 더 극진히 노모를 대하는 이름모를 어떤 효자를 만났기 때문이다.

솔찮이 모자란 듯해서 나는 처음에 못난이라고 불렀지만 그 노모에게는 대단한 아들임에 틀림이 없다. 못난이 아들은 노모에게 대하는 것이 하도 극진해서 이제 나는 그를 보면 가슴이 뭉클해지고, 몇달 지켜본 요즘에는 될 수 있으면 전보다 더 친절하게 말대답을 해 준다.

나는 물론 그 모자가 사는 동네가 어디라는 것만 알 뿐이지, 그의 형제가 몇이며 그의 사는 형편이 어떠한지는 알 수 없다. 다만 짐작되는 것은, 하고 다니는 행색으로 느끼는 것은 없이 살며 대단히 모자라는 아들이며(한글을 모르는 듯)시계도 볼 줄 모르는 것이 분명하다.

그의 노모는 여든이 넘은 듯하고 못난이 아들 역시 머리가 희끗하고 얼굴이 주름진 것을 보면 오십줄은 되어 가는 모양이다. 닷새장을 빠짐없이 보게 되는 꾀죄죄한 모자(母子)간을 보면서 처음 생각은 저렇듯 모자라서 한심하다 여겼더니, 아니 그보다 일과를 끝내고 돌아갈 때면 적어도 서너댓 번 차 시간을 물어보는 것이 귀찮기만 했는데 지금은 동정이 아닌, 그보다 못난이 아들이 노모에 대한 따뜻한 정이 한결 같아서 절로 고개가 숙여지고 부러워지고 만다.

내가 귀찮아 할망정 그는 노모를 부축해서 버스를 타고, 날이면 날마다 노모를 따라 읍내에 나온다는 사실이다. 이제 나는 그를 서슴없이 국평리 효자라고 부르는데 때로는 병원에 모시고 오고 때로는 면사무소에 양곡을 타러 나오기도 하며 거의 매일이다시피 병원엘 간다고 한다.

이 못난 아들은 무조건 반말이다.

“어, 차 몇 시 있어?” 시간을 말해주면 알아 듣는 둥 마는 둥 “곧 있어? 알았어.”그러고는 저만큼 물러나 노모와 나란히 앉아 있는 것이다. 머리가 희끗한 아들은 노모를 향해 언제나 “엄마”이다.

어느 때는 노모 앞에서 우스개 소리를 하고 서 있는가 하면 차를 기다릴 때는 밖이 춥다해서, 감기 든대서 노인네를 억지로 끌고 대합실로 들어오기도 한다. 때로는 따끈한 붕어빵을 나누어 먹으면서 도란거린다. 이 모자는 남의 시선은 아랑곳하지 않는다.

아들은 술을 무척 좋아해서 30분마다 있는 군내버스를 연달아 놓치면서도 막걸리 집을 들랑거린다. 또한 모자간에 막걸리 잔을 주거니 받거니 한다. 여느 때는 내게 와서 술 한잔 마시고 와도 차를 탈 수 있느냐고 묻는다. 이때도 물론 반말이다. 누가 그렇게 할 수 있을까.

이 아들이 모자란 듯하니 다행이지 조금만 창피한 것을 의식할 수 있었다면 노모를 모시고 다니지도 않을 것이란 생각이 든다. 변함없는 자주색 털쉐타에 머리는 날마다 보아도 빗은 흔적이 없이 흰색의 머리카락이 이마까지 흘러내리고 언제나 바지 차림이다. 허리는 꼬부라져서 기어다니는 듯하고, 온전한 정신의 아들이었다면 이런 노모를 그렇게 극진히 부축해서 모시고 다니겠느냐 하는 것이다.

우리 부부는 곧잘 이야기 한다. 아들이 못났기 때문에 효자라고. 그는 차 시간을 물었을 때 한 시간 후라고 대답하여도, 곧 있다고? 금방 있다고? 할 정도이니 어찌보면 안쓰럽다는 생각에 혀를 끌끌 차 보기도 하지만, 그가 말하듯 엄마가 넘어질까 봐 그런다는 그의 생각은 변함없으니 그가 바로 효자가 아니겠는가?

농촌에는 자식들과 따로 사는 노인들이 의외로 많은데, 도시 사는 자식들이 제아무리 자주 돌아본다 한들, 금방 달려올 수 있는 것은 이웃의 남일 수밖에 없으니 내 눈에는 못난이로 보이고 사람들은 웃지만 극진히 노모를 모시는 그가 존경스럽기만 하다.

똑똑한 체하는 사람들이 버스 기본요금이 얼마인지도 모르고 늘상 묻는데 비해 이 모자는 언제나 동전을 챙겨서 사용하는 걸 보면 내가 볼 때 준법정신이 철저하고, 비록 글씨를 읽을 줄 모르지만 차를 놓쳤다고 신경질을 부리는 것이 아니라, 다음 차로 가지 하는 태연함으로 노모를 달랜다. 또한 다른 행선지의 차를 타는 실수도 하지 않는다.

효의 의미는 무엇인가? 비록 남들이 웃을지언정 늙으신 어머니를 모시고 수발을 들어 드리며 곁에서 모시는 그는 효자일 수밖에 없다. 곁에서 섬기는 것, 말동무가 곧 효도가 아닌가.

나는요? 편지마을 전북지회의 총무로 편지마을을 사랑합니다. 가정과 직장, 문학을 사랑하는 마음도 타의 추종을 불허하고요. 전북 임실에서 이름처럼 꽃과 같은 여인으로 살아갑니다.

편 지1

한 귀 남

'그대가 곁에 있어도 나는 그대가 그립다.'

류시화의 시구를 적어 끝 인사로 편지를 접는다. 자전거를 타고 20분 거리에 있는 우체국으로 달려가 편지 무게를 달고 우표를 붙인 뒤 우체통에 넣는 순간 짧은 흥분, 희망, 그리고 행복에 전율한다. 나의 편지를 받고 반가움과 그리움을 가슴에 그려 넣고 있을 남편 모습을 상상하는 일 또한 설레임이다. 어느 내용을 읽을 때는 고개를 끄덕이겠고, 외롭다고 투정을 토해 낸 글에서는 마음 상하겠지. 답장은 어떤 말을 적어 보낼까, 돌아 오는 길은 점점 커지는 궁금증을 모아 가슴에 묻어둔다. 그리고 다시 종이와 펜을 들어 생각과 그리움을 모아 편지를 쓴다.

작년 8월, 해외 근무령을 받고 남편은 혼자서 지구 건너편으로 날아갔다. 어느 가수의 노랫말처럼 공항의 이별을 가슴으로만 느끼며 태연한 모습으로 웃어 보이기까지 했지만 돌아오는 길은 왜 그렇게 눈에 이슬이 고이던지, 한참 애를 먹었다. 두 아이들이 보고 있어서 참으려고 했지만.

남편이 떠난 그날부터 편지를 쓰기 시작했다. 현기증이 날 정도로 보고 싶다고 했고, 소리의 메아리처럼 그립다고 말했다. 저만치 떨어져서 바라보면 왜 그리움이 더 클까. 사색으로 하루를 시작하면서 일상생활이나 그날의 마무리를 글로 섬세하게 적어 '사랑한다' 'love'란 끝인사로 편지의 마지막을 장식했다.

사람들이 말하기를 어떻게 하루도 빼놓지 않고 편지를 쓰냐고 물어 오지만 내 대답은 간단하다.

"남편에게 좀더 열중하고 싶어서…… 그리고 내 고독을 들키기 싫으니까."

여름 날 서쪽으로 기우는 붉은 석양이 눈동자를 물들여 놓았다는 얘기며, 깊은 가을 발목까지 쌓이는 낙엽을 밟았다는 서러운 글과, 평소에 아름답게 느껴졌던 눈이 거추장스럽고 지저분하게 보여 내리지 않았으면 좋겠다고 엉뚱한 트집을 부려 편지를 보낸다. 내용은 변화무쌍하지만 끝 마무리는 늘 달콤하다. 그런데 남편은 한결

같은 문장으로 답장을 보내와 가끔씩 맥빠지게 만들기도 한다.

'젊어 고생은 돈 주고 사서도 한다는데 조금만 참읍시다.' 그러다 어느 날에는 감동을 넘어서 감격까지 하게 만드는 진한 내용도 보내 온다.

'내게 가장 소중한 사람 보시오.'라든가 '늘 함께 하고 싶은 당신에게' 등등. 긴 시간은 아니었지만 헤어져 지내게 된 공간적 거리를 좀더 좁혀주고, 멀어져 있음을 두려워하지 않았던 이유는 매일 글을 쓰고, 편지라는 도구가 다리 역활을 해 주었기 때문이었다. 서로에게 믿음과 충분한 사랑이 있다하더라도 편지에 실은 사랑을 확인할 수 없었다면 외로움은 견디지 못하였을 것도 같다. 오랜 시간이 흐른 뒤 서로에게 보내졌던 지금의 편지들을 다시금 읽으며 충실함에 감탄하겠지. 내 열의에 남편은 또다시 흥분할 것이다. 나 역시 30년쯤 뒤에 그 편지를 보면서 남편의 사랑을 다시 건져올리게 될 테지. 후일을 미리 예감하면서 또 다른 행복 속으로 빠져든다.

'나는 그리움에 갇힌 노예가 되어가고 있습니다.'

마지막 편지에 여운을 남긴 채…….

나는요? 상식과 지혜로 살게 하소서, 무엇이든 먼저 베풀어라 등등 예쁜 말들을 적어서 문이며 벽에다 온통 붙여놓았지요. 그러나 제대로 지키지 못하는 것을 두고 숙제를 못한 아이처럼 전전긍긍하는 필부입니다. 남편과 두 아이의 엄마로 61년생입니다.

구름처럼 피는 그리움

이 효 자

입동, 소설, 대설, 동지, 소한, 대한의 긴 침묵을 지나고 나니 봄의 여명이 밝았다.

기와집 기둥에 새로이 단장된 '立春大吉' '春滿乾坤福滿家' '春光先到吉入家'에 낮게 내려앉은 햇살 한줄기 따스웁다.

바람난 처녀처럼 갑자기 나들이를 나서고 싶어진다. 갈 데는 많아도 오라는 데는 없어, 침묵으로 반기는 선산(先山)쪽으로 발길을 옮겨본다.

우수 경칩에 다달은 봄 들녘에는 자연의 신비로움으로 가득한데 뾰족이 눈을 내민 연두빛 새싹이 발길에 채인다. 오솔길 옆에는 민속촌에서나 있음직한 초가집 한 채가 정겹게 웅크리고 있다. 아궁이에 불 지피는 연기가 초가 지붕을 에워싸는 풍경은 편안함을 준다.

봄의 정기를 받아 진달래 가지에도 새움이 통통하다. 바위떡풀에서도 짙은 봄내음이 난다. 산에 오르면 그것들이 내것이 아닐지라도 마음이 넉넉해진다.

여울져 흐르는 개울을 두어 개 건너고 작은 재 하나 넘어서 목적지에 다다른 나는 숙연해진다. 떡갈나무 묵은 가랑잎에 긴 한숨 토하며 엉거주춤 주저 앉았다. 이거라도 마시라는 듯 싱싱한 산 공기를 내 앞에 잔뜩 퍼담아 주시는 것만 같다.

는개처럼 내리는 슬픔에 양볼이 젖는다. 양지쪽에 누워 볕바라기하던 봄바람이 와락 달려들어 손을 잡는 듯 옷자락이 펄럭인다. 도래솔에 몰려든 참새 떼가 미천한 내게 뭐라 열심히 이야기를 걸어온다.

물 먹은 배추 잎사귀 살아나듯이, 불현듯 지난 여름이 되살아난다. 북한 김일성 주석의 사망 보도가 전 세계를 떠들썩하게 했던 무더운 여름, 바로 그날이었다. 흩어져 사는 친척들을 다 불러모으고 한마디 인사말도 없이 마지막 이별을 고하시던 형님의 임종은 지금 생각해도 꼭 꿈만 같다.

온갖 이기와 욕심을 다 비워낸 가슴으로 자욱이 내리던 향(香)내의 체취가 기억끝에 매달려 있다. 대궁 짤린 국화송이 숲에선 천국이 가깝게 느껴지기도 했었다.

당신 닮은 곱고 고운 공주 셋, 집안 대들보 같다시던 미더운 아들 둘을 매몰차게 떼어놓고 바삐 달려가 남편곁에 길게 누워 버리셨다. 애지중지 다독여오신 일편단심 목숨 같은 삶도 미련없이 버리셨다.

이 세상 근심걱정 다 잊으시고 육신마저 거두어 가시던 날, 이 산비탈에는 가는 님 닮은 순결한 둥글레꽃이 여기저기 눈물로 피어 있었다.

그날따라 낮게 내려앉은 태양은 화력 센 불꽃같이 뜨거웠다.

영혼을 달래는 신(상여)소리가 햇살처럼 풀어져 사람들의 가슴을 더 뜨겁게 했다. 끊어질 듯이 이어지는 상두꾼의 느린 가락이 칠월의 햇살을 뚫고 골짝 멀리 멀리로 퍼져 나갔다.

'어허덩차 어허
이제 가면 언제 오나
어허덩차 어허
북망산천 멀고 멀어
어허덩차 어허
산길 설고 물길 선데
어허덩차 어허…….'

그날 성(형님)은 지천명의 나이로 짧은 삶을 마감하시고 영원한 안식처에 편히 잠드셨다. 남아있는 자들에게 오랜 침묵을 강요하시며 먼길 떠나셨다.

이 세상 태어나실 때 좋은 사주팔자를 못 챙겨오신 까닭으로 일찍이 남편을 사별하는 비운을 겪으셨다. 그리고 당신도 서둘러 그 뒤를 따라 천상에 오르셨다. 지금쯤은 하늘나라 어디쯤에서 두 분이 만나셨을 게다. 뭉개구름 모여드는 하늘가에 터를 잡고 청실홍실 단단이 엮어 비둘기 같은 집도 마련하셨으리라.

겁도 없는 참새 떼가 더 가까이 다가들며 내 안에서 되살아나는 지난 여름의 슬픈 이야기를 몰아낸다.

정암리 산하에는 그림처럼 펼쳐진 형형색색의 나무가 수려하다. 제각기 독특한 이름으로, 다양한 모양새로 저마다의 향기를 내뿜는다. 너럭바위 밑으로 이른 새벽에 피어난 할미꽃 한 송이가 조화를 이룬 작은 금강산이다. 금강산 자락에 깊은 잠 청하신 형님의 집, 원형의 잔디밭에 그리움 한켜 벗어던지고 외로움 한짐 지고 서둘러 하산길에 나섰다. 막 산모퉁이를 돌아설 때다.

'까작 까작' 상수리 나무 꼭대기에 올라앉은 까치 한 마리가 뭐라(?) 당부의 말을 하는 것 같다. 가슴으로 들어야 할 말을 전해주는가 보다.

형님은 지난 날 철없는 나에게 가끔씩 '잘 지내자'는 말씀을 하셨었다. 그 한마디 짧은 말 속에는 수많은 바램들이 들어있었음을 내 이제서야 어렴풋이 깨우친다.

형님이 떠나버린 지금, 뉘우침의 조각들이 하나 둘 쏟아져 바위산이 되기도 한다.

잘익은 호박 속에 무수히 박힌 씨앗처럼 깊은 애정을 안으로만 품고 사셨던 후덕하신 형님의 기억들이 봄날 새순처럼 돋아난다. 막장, 고추장 담는 날이면, 마디 굵은 검지손가락으로 가장 알맞은 맛을 선별하시던 모습이 눈에 선하다.

따스웁던 그 손길이 오늘따라 더 그리워진다.

나는요? 꿈이 작아서 높이 날 수도 없고 멀리 뛰지도 못합니다. 늘 제자리를 맴돌면서 자리지킴이나 하는 처지로, 편지마을 식구들의 세상사는 이야기(옥고)를 읽을 수 있어 기쁩니다. 강원도 횡성에서 살고 있습니다.

사랑의 손길

이 선 나

오늘도 그이는 자정이 훨씬 지난 시간에 술을 한두 잔 마신 듯 기분좋은 얼굴로 들어왔다.

"여보, 미안해. 일찍 들어오려고 했는데 이렇게 늦었네."

그이의 말을 뒤로한 채 난 방으로 들어와 이불을 둘러쓴다. 대부분의 날들을 낚시가는 일 아니면 친구들과 술잔을 기울이는 그이의 생활이 정말 이해가 안 되고 미울 때가 많다.

난 그 사람과 늘 가까이에서 얼굴 마주보며 살고 싶은데 먼데서 오신 손님처럼 자정을 넘길 때가 많으니 항상 그 사람의 모습을 그리워하면서 기다리는 것이 내 몫이 되어 버렸다.

그이의 취미는 참 특이하다. 이제는 그이의 직업이 되어 버린 낚시와 사냥을 아주 좋아한다.

결혼 전 그이는 날 낚시터로 데리고 가 고기잡는 방법, 사색의 깊은 맛을 가르쳐 주었다. 잔잔한 물 속에서 노는 고기떼들을 바라보면 마음이 참 평화로웠고 미끼에 속아 잡혀오는 고기를 보면 기쁘기도 했다. 먹는 것보다 잡는 재미라는 그이의 말을 실감할 수 있었다.

어느 주말, 퇴근 후 난 그이와 밤낚시를 떠났다. 출발할 때는 괜찮았는데 비가 오려는지 잔뜩 흐려지기 시작하자 마음이 불안했다.

"이봐요, 총각. 조그마한 아이 데리고 뭐하시우. 큰 비 올 것 같으니 빨리 데리고 집으로 가시구려."

낚시터 할머니의 말이 끝나기가 무섭게 그이는 배를 움켜쥐며 큰 소리로 웃었다. 난 정말 어이가 없어 흐려지는 하늘만 처다보며 쫑알 거렸다.

"나는 그만 가는 게 좋겠어요. 그 할머니 참 이상한 분이시네."

그러자 그이는 재미있다는 듯 계속 웃기만 하였다. 난 작은 체구때문에 내 나이를 제대로 읽어주는 사람이 거의 없다. 그래서 손해를 볼 때도 많다. 그이는 그때 그 할머니의 말을 흉내내며 결혼 후 10년이 지났지만 지금도 모습이나 생각들은 소녀 같다는 말을 잘한다.

낚시점을 운영하는 그이는 사업상 밖으로 다니는 일이 많다. 낚시하러 가는 손님들을 모셔다 드리고 모셔오기도 한다. 자기가 낚시를 좋아하다보니 원님 덕에 나팔분다고 같이 가버리는 경우도 있다. 그런 그이가 걱정되기도 하고 때로는 여자인 내 마음을 아프게 만들어 나에게 미움을 받을 때도 있다.

7년 전이었다. 둘째아이 출산을 눈앞에 둔 난 늘 불안하고 초조했다. 어찌된 일인지 그이없이 아이 낳으러 가는 꿈이 계속되어 더 그랬다. 바람따라 떠도는 그이인지라 안심할 수가 없었다.

그날도 그이의 친구가 놀러왔다. 재미있게 이야기하길래 슈퍼에 다녀왔다. 그런데 방안이 너무 조용해 문을 열어보니 그이의 모습이 보이지 않았다. 방바닥에 작은 메모지만이 덩그라니 놓여 있었다.

'이야기 못 하고 낚시가네. 내일 올 테니까 걱정하지 마. 무슨 일 있으면 삐삐로 연락하고.'

난 기절할 뻔했다. 출산이 눈앞에 와 있는데 낚시를 가 버린 그이가 이해되지 않았다. 슬픔과 분노가 밀려왔다. 그런데 그이는 1주일이 지나도 나타나지 않았다. 아버지 어머니도 걱정이 되시는지 찾으러 가 봐야겠다고 하셨지만 난 두 분을 말렸다. 10일째 되는 날 그이는 주체할 수 없을 만큼 많은 고기를 잡아왔다. 난 너무 미운 마음이 앞서 얼굴조차 마주하기 싫어 부엌으로 들어와 버렸다.

"미안해. 다시는 그런 일 없을 거야. 그러나 올 수가 없었어. 저 고기 좀 보라구."

"그래요. 고기하고 더 살지 왜 벌써 돌아오셨나요."

그이는 내 행동과 말은 개의치 않은 채 사람좋은 그 선한 웃음을 지어 보였다. 천진난만한 아이처럼 웃는 그 사람 앞에서 난 더이상 화를 낼 수 없어 웃어 버리고 말았다. 하지만 그이는 대부분은 내가 고마움에 젖어 살게 한다. 아무리 늦게 들어와도 두 아이 낳은 후 계속 몸이 좋지 않아 아파하는 내가 안쓰러운지 그이는 내 팔과 다리를 주물러주는 것이다. 내가 밤새워 두드려도 풀리지 않는 몸이 그이가 5분만 주물러도 내 몸은 기적을 낳아 나비처럼 날아갈 듯 몸이 가벼워진다. 난 그 이유를 알 길이 없어 이상하다고 말한다.

"아휴, 이 사람아. 아직도 그걸 모르겠나. 내 손에는 당신을 향한 사랑이 철철 넘치기 때문에 그러는 것이라네. 이제 알겠는가."

그이의 말이 맞는 것이었다. 그렇게 터져나갈 듯이 아픈 내 몸이 제 기능을 찾아 움직일 때면 한없이 고맙다.

"4대가 모여 사는 우리 집. 즐겁고 행복한 만큼 일이 좀 많겠는가. 그래도 늘 웃는 얼굴인 당신에게 내가 해 줄 수 있는 일이라고는 그것밖에 더 있어."

그이의 따뜻한 마음이 그대로 흘러내렸다. 당신 몸도 피곤하고 지친 상태인데도 결혼 10년 동안 밤마다 나를 위해 안마해 주는 그이의 마음을 이미 알고 있다. 그이의 날 사랑하는 마음은 나보다도 더 크고 깊다는 것도.

그이는 지금도 여전히 매력적이다. 저음에 구수한 목소리는 늘 내 가슴을 설레이게 하고 마음도 용광로처럼 따뜻하다. 난 그런 그이 곁에 늘 가까이 할 수 있음을 신이 내게 준 소중한 행복이라 여긴다.

지금도 난 그이의 손만 닿아도 짜릿해진다. 난 영원히 그런 느낌을 간직하는 여인으로 살고 싶다.

나는요? 시부모님의 사랑을 한 몸에 받으며 남편과 10살, 7살박이 두 남매의 엄마로 사는 61년생 주부입니다. 바다를 좋아해 넓은 마음을 펼치며 그 속에 좋은 글을 쓰는 꿈을 담고 열심히 살아갑니다. 장성군 장성읍 영천리에서 삽니다.

오빠! 건강하세요

황 점 심

새벽이면 우리 집 앞마당 빨랫줄에 작은 새 한 마리 찾아와 예쁜 목소리로 운다.

작년 이맘때쯤이었다. 밤 늦은 시각에 전화 벨이 울렸다. 큰오빠였다. 오빠는 별일이 없느냐고 묻더니 항상 조심하고 건강에 마음 쓰라며 이르고 전화를 끊었다. 피로에 지친 나는 다른 생각 없이 수화기를 내려놓았는데 이상한 생각이 들기 시작했다. 늦은 시각인데 오빠가 왜 전화를 하셨을까? 그러나 안부전화려니 하며 마음을 가라앉히고 잠을 청했다.

며칠 뒤 작은 오빠로부터 큰오빠에 대한 소식을 듣게 되었다. 큰 수술을 받았는데 결과가 아주 좋다고 했다. 그러고 보니 큰 수술을 앞두고 가족들의 목소리라도 한 번씩 들어 보려고 했던 것 같다. 그런 줄도 모르고 전화를 끊었던 내가 어떻게 동생이라고 할 수 있겠는가? 나 살기에 바빠 전화 한 번 제대로 드리지 못했던 죄책감에 마음이 아팠다.

나는 부랴부랴 아이들을 데리고 남편과 함께 서울로 향했다. 달리는 열차 속에서도 나는 오빠를 위한 기도를 멈출 수가 없었다.

이제 50대인 우리 오빠께 어떻게 이런 일이 있을 수 있단 말인가? 그렇게도 건강하시던 분이……. 유난히도 정이 많은 우리 형제들이기에 가슴은 더욱더 아프기만 했다.

부모가 죽으면 땅에 묻고 자식이 죽으면 가슴에 묻는다고 했다. 친정어머님을 생각했다. 오직 자식을 위해 40여 년을 홀로 살아 오신 친정어머님 앞에 어떻게 이런 일이 있을 수 있는가? 오빠! 꼭 건강을 되찾으셔야 합니다. 하느님! 제발 우리 오빠를 살려 주세요. 언제 아팠느냐는 듯이 깨끗이 낫게 해 주세요. 하느님은 내 간절한 기도를 꼭 들어주시리라 믿었다.

오빠를 뵈니 모습이 말이 아니었다. 그 야윈 모습을 어떻게 말로 표현할 수 있겠는가. 가슴이 콱 막혀 아무 말도 할 수가 없었다. 워낙 건강관리를 잘 해 오신 분이라 수술은 기적이라고 할 만큼 잘 되었다고 했다.

오빠는 수술한 지 일 주일 만에 퇴원하시고 한 달만에 회사에 출근하셨다. 가족들은 얼마만이라도 쉬기를 바랬지만 일을 해야 한다면서 일터로 나가셨다. 수술한 이튿날부터 회사에서 서류며 일감을 가져오게 하여 제대로 쉬지도 않으셨다는 가족들의 말을 듣고는 기가 막혔다. 아무리 능력도 좋다지만 세상에 그럴 수가 있는가. 차가운 사람의 마음에 몸이 떨렸다.

언제나 자기보다는 남을 더 생각하며 살아오신 분이기에 더 마음이 아팠다. 수술을 한 지 벌써 일 년이 지났다. 내 삶에 바빠 그 뒤 한 번도 찾아뵙지 못했는데 이번 여름 휴가 때 우리 집을 다녀가셨다. 오빠를 보며 '세상에, 가엾은 우리 오빠! 어쩜 저리도 야위셨나요'하며 마음속으로 울었다.

음식을 조금밖에 먹지 못해서일까? 몸무게가 자꾸만 떨어진다고 한다. 앞으로 얼마를 더 사실지 모른다. 그저 마음아파 애태울 뿐 동생으로서 뭘 어떻게 해 드려야 좋을지 모르겠다. 작년에 해드린 포도엑기스가 몸에 맞는 것 같더라고 하셔서 올해도 포도엑기스를 만들어 보내드리려고 한다.

한동안 집안 두루두루 마음 아픈 일이 많았다. 작은 오빠도 쓰러져 많이 고생하셨고 친정어머니께서도 많이 아프셨다. 또 작은 아버님께서도 병환으로 입원하고 계신다.

가을의 문턱에서 새벽 하늘을 바라보며 앞으로는 좋은 일이 많았으면 하고 바라본다.

오빠! 꼭 건강을 되찾으셔야 합니다. 동생이 보내드린 포도즙을 드시고 좋아진 모습 뵙고 싶습니다. 그리고 작은 아버님도 건강하셔서 저희와 좀 더 오래오래 사시길 빕니다.

나는요? 어려움을 잘 극복하고 노력한 끝에 아주 자그마한 내 집을 마련했습니다. 바쁜 생활 탓에 게으름을 피운 글쓰기가 마음에 걸립니다. 편지마을은 항상 든든한 마음의 안식처지요.

어떤 가출

배 복 순

'오늘은 기어이 강행하고 말리라.'

새벽 6시 30분. 식구들이 다 빠져 나간 뒤 집안을 둘러보니 곳곳이 심란하다. 거실엔 펼쳐 둔 신문이며, 잡지, TV 리모콘 등으로 어수선하고, 아이들 방은 책상 위에 널려진 책이며, 자고 난 이부자리, 벗어둔 옷가지가 산란스러웠다. 식탁엔 아직도 된장찌개가 김을 내고 있었고, 먹고 난 빈 밥그릇이며 컵들도 그대로 놓인 채였다.

'오늘은 내 기어코 본때를 보여 주고 말 거야.'

아침 식탁에서 남편이 한 행동만 아니었다면 오늘쯤은 스스로 잦아 들려는 참이었는데 남편은 기어이 내 결심에 쐐기를 박고 말았다.

"이것 봐. 아침부터 웬 반찬이 이렇게 많아? 당신, 어제 돈 찾아왔어? 당신이라는 여자는 돈이 있으면 안 돼. 하여튼 돈만 보면 쓰지 못해서 환장을 했어?"

"뭐라고요? 환장을 해요? 아침부터 무슨 말을 그렇게 심하게 해요?"

평소에 누누이 강조하던 1식3찬에 어긋났다는 무지막스런 남편의 표현이었다. 그것도 내 말은 들어 보지도 않고 소리부터 질러대는 것이었다.

밤 10시까지 보충 수업에 시달리는 큰 아이가 입맛을 잃고 밥을 못 먹길래 큰맘 먹고 쇠고기 불고기를 조금 만들고, 곁들여서 작은 아이가 좋아하는 계무침도 한 접시 만들고, 아이들 것만 만들어서 미안한 마음에 남편이 좋아하는 잡채도 한 접시 만들었더니 남의 속말은 들어 보지도 않고…….

'다 가족들 위한다고 한 것인데, 나를 위해서 한 게 뭐 있어? 그래! 나도 이젠 못 참아. 그럼, 참는 것도 한계가 있지. 난 뭐 부처님인 줄 알아? 자기는 하고 싶은 말, 하고 싶은 행동 다 하고 살면서……. 손찌검을 해야만 폭력인가? 어쩌면 언어 폭력이 더 무서운 폭력이라고. 안 당해 보면 몰라. 사사건건 트집잡고 무시하고, 난 자존심도 없는 인조 인간인가? 어디. 그래! 나 없이 잘 사나 두고 보자. 말없이 참고 넘어가면 내가 바보라서 그러는 줄 아는 모양이지? 착각하지 말라고. 나도 자존심도 있고, 화도 낼 줄 아는 인간이라고요. 제일 가까운 사람이 당신이라고 생각했는데…….'
더 망설일 것도 없었다.

조그만 가방에 속옷 몇 벌만 달랑 넣고 일어섰다. 터미널로 가는 동안 내내 쾌재를 부르고 있었다.

터미널에 도착하고 보니 막상 갈 곳을 정할 수가 없었다. 이리에 있는 시댁으로 갈까? 아니면 광주에 있는 친정으로 가야 하나? 망설임 끝에 시댁으로 정했다. 유교적이고 보수적인 친정 아버님께 왜 혼자서 아무 예고도 없이 내려 왔는지를 설명하기에는 어려움이 많을 것이고, 어느 글에선가 읽었는데 가출을 꼭 하고 싶다면 친정보다는 시댁으로 가라고 했던 글을 떠올리며 이리행 표를 샀다. 아침 이른 시간이라 그런지 드문드문 빈 자리도 보였고, 모두가 바쁘고 힘들어 보이는 얼굴이었다. 차가 시내를 벗어나고 고속도로로 접어들자 시선을 창 밖에 둔 채 몸을 의자 깊숙히 묻었다. 저녁에 돌아와서 황당해 하고 있을 남편의 얼굴을 떠올리니 독기어린 웃음이 피어 올랐다.

결혼한 지 열 여덟 해. 내가 결정적으로 가출을 시도해 봐야겠다고 생각하게 된 사건이 있었다. 평소에도 독선적이고, 고집이 세고, 자존심도 강하고 거기에다 남성 우월주의 사상이 어렸을 때부터 몸에 딱 맞게 배어 버린 남편이라서 어지간한 부분에서는 그저 참고 넘어가는 것이 당연지사였다. 그런데 열흘 전에 사건이 발생했다. 얼마 전부터 시름시름 아프던 몸이 암만해도 큰 이상이 생긴 것 같았다. 하혈은 40일이 넘게 지속되고 있었고, 불안감과 초조함 때문인지 입맛을 거의 잃고 아무것도 먹을 수가 없었다. 먹지 못하다보니까 어지럼증과 심한 탈수 현상까지 겹쳐 하루 하루가 버티기 힘들 만큼 어려웠다. 사무실에 앉아 있기조차도 버거운 상태였고, 진찰한 결과 산부인과 쪽으로 문제가 생겨서 빠른 시일내에 수술해야 했다. 그것보다 우선 당장 급한 것은 심한 빈혈과 탈수 현상을 먼저 치료해야 수술을 할·수 있다는 진단이었다. 직장을 다닌다는 것은 도저히 내 스스로 버텨낼 수 있는 한계를 넘어서고 있었다.

"저, 직장 사표 내야겠어요. 도저히 하루하루 넘기기가 힘들어요. 앉아 있는 것도 불가능해요. 내일쯤 사표 낼까 해요."

"당신 맘대로 해. 수술하는 동안만 병가를 내든지. 사표내든지."

"며칠 병가를 낸다고 해결될 일이 아니예요."

"그럼 맘대로 해. 언제는 당신이 번 돈으로 먹고 살았어? 당신이 안 벌어도 먹고 사는 건 할 수 있지 뭐. 그래 그만 둬."

"같은 말이라도 어떻게 그렇게 해요? '그래 잘 됐다. 몸이 그렇게 엉망이 될 때까지 있지 말고 일찍 쉴 걸 그랬다. 이 기회에 사표 내고 수술받고 치료나 잘 해 보자. 아무 걱정 말고.' 이렇게 말하면 어디가 덧나요? 말 한마디 따뜻이 해 주면 안 돼요? 그러고도 당신이 내 남편이에요? 난 지금 불안하고 힘들단 말이에요. 심적으로 갈등도 많고…….”

“불안할 게 뭐 있어? 의사 선생님이 하자는 대로 하기만 하면 되지. 수술해 버리고…… 그럼 간단하잖아?”

매몰차고 야박스럽게 뱉어낸 말에 이것이 내 열여덟 해 결혼 생활의 실체구나 생각하니 기가 막혔다.

아둥바둥 직장 생활에 힘들면서도 한푼이라도 남편을 거들 수 있다는 생각에 힘든 줄 모르고 일을 했고, 보수적인 남편이라서 집안일 도와주는 것은 꿈도 못 꿨기에 집안일 하는 것도 당연한 내 몫이려니 생각하고 정말 열심히, 그리고 악착같이 살았다. 그래도 나에 비하면 자기는 친구들과 술도 자주 마셨고, 연락도 없이 고스톱판에 끼어앉아 놀기도 했다. 나는 정말 직장과 집을 오가는 시계 같은 삶을 살았다.

‘나를 위해 옷을 한벌 해 입어 봤나. 연극이나 영화 같은 것을 보려고 꿈이나 꿨었나. 퍼머 비용이 아까워서 생머리를 질끈 동여 매고 살아온 세월이었는데……’ 내가 살아온 삶이 허무하고 헛된 것 같아서 울음이 쏟아졌다.

밥을 못 먹고 힘들어 하는 나에게 두 아들들은 걱정스러워하며 스프를 끓여 주겠다고 나서고, 캔으로 된 죽을 사다 준다고 안절부절해도 “내버려 둬. 배고프면 먹게 돼 있어. 너희들 할일이나 해. 네 엄마는 죽으려고 작정한 여자니까……”했다. “그래요. 차라리 죽어 버렸으면 좋겠어요. 당신한테 그런 천덕꾸러기 취급 안 받고…… 요새 세상은 맞벌이 안 하면 힘들다고 은근히 맞벌이를 강요하더니 이제 병들었다니까 죽었으면 좋겠지요? 그래요! 소원대로 죽어 줄게요.” 악다구니로 덤벼드는 나를 쳐다보며 상대도 않고 나가 버리던 남편의 뒷모습에서 아득한 어지럼증이 엄습해 왔었다. 다음 날로 사표를 내고 쉬면서도, 새벽에 나갔다가 10시가 넘어서 들어오는 남편과는 별로 얘깃거리가 없이 그냥 그렇게 지냈다. 그런데 '조금만 빨리 병원을 갔어도 수술받지 않아도 될 것을 여태껏 무리를 하게 만든 것이 자기 탓이라서 마음이 무겁고 아프다'며 걱정하더라고 남편 후배가 전해 주던 소리를 들으며 서서히 미움이 잦아들고 워낙 성격이 무뚜뚝하니까 그러려니 했었는데, 아침에 하던 행동에 더 이상 참고 있는 것이 무의미한 일이라고 생각 되었다.

시댁쪽이 점점 가까워지자 괜시리 등이 저리고 가슴이 묵지근 하면서 엉덩이도 저려 왔다. '어차피 마음 편하자고 나온 건 아니니까…….' 스스로에게 최면을 걸어도 영~ 불편하긴 마찬가지였다. '시어머님께 뭐라고 말씀드리지? 그렇잖아도 몇달 전 아버님을 여의고 힘들어 하시는 어머님께 내 짐마저 안겨 드릴 수는 없을 텐데……' 걱정스런 내 마음속에 언젠가 시어머님께서 들려주시던 말씀이 떠올랐다. '에미야 고생한다. 아범 성격을 내가 더 잘 안단다. 아범도 네 아버지 성격 닮아서 자상하고 넉넉하지는 않지만 그래도 퉁명스럽고, 아닌 것처럼 하는 말속에 따뜻한 마음이 다 담겼단다. 언젠가 모 심는 철에 내가 몹시 앓아 누웠는데 네 아버지께서는 화를 불같이 내시더구나. 이렇게 바쁜데 누워만 있으면 어떡하냐고. 그래서 기다시피 논으로 나갔는데 도저히 힘들어서 안 되겠더라. 논두렁으로 기어 나와서 하늘을 쳐다보고 누웠는데 높고 맑은 하늘을 보니까 정말 죽고 싶더구나. 그날 아범을 포함해서 아들들에게 "네 엄마 죽는 꼴 봐야 되겠느냐" 하시며 화를 내시더라. 그것이 네 아버님이 날 생각해 주던 방식이야. 층층시하 어른들 계신데서 마누라 아프다고 내색할 수도 없고 오히려 반대의 말로 노여워하면 다른 사람들이 더 가엾이 여기고, 쉬게 만들어 줄 수 있다는 거야. 아마 아범도 성격이 똑같을 거야. 호들갑을 떨고 말로만 하는 것보다는 자기 스스로 무능할 수밖에 없는 어려움을 자기 자신에게 더 화를 냄으로써 말이야. 성격이 그런 사람은 변덕은 없단다. 어멈이 힘든 일 많을 거라는 것은 내가 더 잘 알아. 그래도 마음만은 항상 변함없을 거라는 것은 어멈도 잘 알지?'

그래, 불편함의 실체는 그거였다. 검소하고 강직한 남편의 성격을 누구보다 더 잘 알고 있는 내가, 몇년 전엔가 남편이 무뚜뚝하다고 흉을 봤더니 어머님께서 들려주셨던 그 말씀을 되새길 수 있는 시간이 있었던 것은 천만다행이었다.

터미널에 내리자마자 다시 인천행 고속버스 표를 샀다. 그리고 혼자 피식 웃었다. 남편이 돌아오기 전에 어질러진 부엌이며 집안을 정리해야지. 유행가의 어느 구절처럼 마치 아무 일도 없었던 것처럼.

나는요? 책읽기를 아주 좋아하는 30대 후반의 여인입니다. 가끔은 어울리지 않게 십대의 소박한 꿈이 되살아나 마음앓이도 하는 두 아들의 엄마입니다.

그 여름의 편지

김 순 남

비 개인 오후, 하늘빛이 파아랗다. 시샘이라도 하듯 하얀 뭉게구름이 춤추듯 너울댄다. 세상에 어느 것 하나 새롭지 않은 것이 없다는 생각을 하며 지난 일을 되돌아 본다.

올해 국민학교 일학년인 아들이 태어나기 전이었다. 그때 우리 부부의 꿈은 열심히 일해서 전셋방을 얻고 전화를 놓는 일이었다. 차곡차곡 모이는 예금통장을 들여다 볼 때면 생머리를 질끈 동여맨 내 초라한 모습도 부끄럽지 않았다. 꿈과 희망이 마냥 부풀기만 했다.

남편도 결혼식 때 입은 양복 한 벌로 몇 년을 잘 버텼다. 우리는 서로에게 불평 한마디 던지지 않고 무던하게 살아 왔다. 사는 것이 이런 것이려니 하며 열심히 일했고 젊음과 건강이 늘 우리 곁에 머무를 것이라 생각했다.

그때 남편은 자전거를 타고 가까운 곳에 있는 회사에 출퇴근을 했다. 그러던 어느 날, 퇴근시간이 훨씬 지났는데도 남편은 돌아오지 않았다. 초조한 마음으로 서성이고 있으려니 애간장이 타는 듯

했다. 얼마 후, 남편은 일을 하다가 허리를 다쳤다며 걸어서 집으로 왔다. 남편은 그리 대수롭지 않게 생각하는 듯했지만 얼마나 참느라고 애썼는지 가뜩이나 검은 그의 얼굴은 검정 숯덩이 같았다. 지하의 방으로 내려오는 두칸의 계단을 그렇게 힘겹게 들어서기는 처음이었다.

병원과 집을 오가는 남편의 투병생활이 시작되었다. 병은 한가지인데 좋다는 약은 수십 가지였다. 친정과 시댁의 부모님들은 민간요법에 따라 제비똥, 지네, 고양이, 뱀 등으로 만든 약을 가져오셨다.

남편은 매일 병원에 다녀와서는 누워지냈다. 찜질하고 주무르고 선풍기의 바람이 해롭다고 하여 가족들도 따라서 참을 수밖에 없었다. 좋다는 것은 무엇이든지 구해 주고 싶었고 약탕기가 내손에서 떠나지 않았다. 엄지손가락에 쥐가 나서 쩔쩔매는 나의 손을 잡고 위로해 주던 그 여름이 지나 계절은 바뀌고 있었다.

아침이면 노란 은행잎이 우수수 앞마당에 떨어지더니 어느 새 홍수가 났다고 머리에 보따리를 이고 피하는 모습을 텔레비전 화면으로 볼 수 있었다.

긴 병에 효자가 없다는 말도 실감이 났다. 아침이면 뚜벅뚜벅 출근길을 재촉하는 발자국 소리가 그리워졌다. 매일 그 자리에 누워있는 남편이 안타까웠다. 생머리를 질끈 동여맨 내 모습도 초라하게 비쳤다. 온 집안에는 예전엔 느끼지 못했던 쓸쓸함이 맴돌았다.

우리는 서서히 대화가 없이 지내는 날이 늘어만 갔다. 밥상머리에 마주 앉아도 따뜻한 눈빛이 오고 가지 못했다. 집안은 삭막하고 잡초가 듬성듬성 돋아난 주인없는 무덤 같기만 했다.

그러던 어느 날, 난 편지를 쓰기 시작했다. 긴 머리를 찰랑찰랑거리며 그곳에 가면 약속하지 않았어도 나를 기다리던 그가 있던 곳. 청년시절의 남편은 특유의 매력과 함께 사랑에 이끌리게 하는 향기를 지니고 있었다. 아름다웠던 그때를 회상하며 부치지도 않을

긴 긴 편지를 썼다. 슬픔에 젖어 마냥 흐르는 눈물을 닦아내면서.

그러다가 용기를 내어 한 통의 편지를 전한 날, 남편은 술이 엉망으로 취해서 흐트러진 모습으로 들어왔다. 남편은 나를 끌어안더니 내 이름을 부르며 한없이 울었다. 커다란 눈물방울이 어깨를 적시도록 우리는 한동안 그렇게 울고만 있었다. 그동안 말없이 보낸 고통의 나날들을 잊어버리려는 듯이.

한참 후에야 마음을 추스린 남편이 미안하다고 짧게 한마디 건넸다. 그러나 그 짧은 말 한마디는 수많은 의미로 내게 다가왔고 내 가슴을 적셨다.

우리는 마침내 길고도 험했던 어둠의 터널을 무사히 빠져나올 수가 있었다. 그 여름, 한 장의 편지가 작은 등불이 되어 우리에게 희망을 안겨주고 삶의 튼튼한 뿌리가 되었던 것이다.

나는요? 편지마을에 입촌한 지 채 몇 달이 되지 않는 신입회원입니다. 조용하고 차분한 성격으로 안양시 호계동에서 삽니다. 편지마을과 함께 성장하고 싶은 꿈을 보듬기 시작했습니다.

물 베기

김 원 순

토요일 오후의 도심 거리는 차라리 길다란 주차장이었다. 내가 탄 차는 행선지가 어딘지도 모르고 앞차만 뒤따르고 있었다. 평소와는 다른 생각으로, 꽉 막힌 도로가 우리 같은 사람들 때문일 것이란 생각에 미안한 마음마저 들기도 했다.

소나기를 잉태한 먹구름처럼 암울한 날들이 일 주일쯤 계속되고 있었다. 이웃들이 낌새를 알아 차렸는지 바람이나 쐬러 가자고 부추겼고 핑계는 약수를 뜨러가는 길이었다.

별로 내키지 않는 마음이었지만 이웃들의 체면을 생각했다. 두 대의 승용차에 세 커플로 나누어 함께 탄 일행에게 찝찝한 내 기분을 감시 당하는 듯했었다. 카셋트 테잎에선 뽕짝 음악이 요란하고 일행들은 웃기기 위한 농담을 건네기도 했다. 어색한 분위기를 떨쳐내려 했지만 헝클어진 내 머리 속엔 그들의 분위기를 담을 만한 공간이 없었다. 가끔씩 내 표정을 살피는 그들에게 웃음을 잃어버린 사람처럼 소리없는 미소를 애써 지을 뿐, 떠나기 전에 있었던 언쟁들로부터 그 이전의 기억까지 거슬러 가며 속을 부글거리고 있었다.

이런 식으로 화해의 제스처를 해야 하는가? 이웃에게 치부를 드러낸 것 같아 창피한 일이었다. 다툼이 있은 후로 상대가 화해의 제스처를 해올 때 반가움보다는 분노가 치미는 얄궂은 심정이었다. 단단한 바위 앞에 계란이었던 나, 무력한 자의 소산물은 약오름 뿐이었다. 영원히 굳어져 화석이라도 되어 버리라고 우겨대고 싶었다. 바위가 변질되어 바스러짐은 내겐 허탈과 역겨움으로 느껴와 가을 독사처럼 독을 품게 했다. 나의 꼭 다문 입술처럼 마음속 깊이 잠긴 문 하나는 결코 빗장을 풀지 않으리라 생각했었다.

두 시간 남짓 시름시름 앓던 자동차가 죽을 고비를 넘기고 살아나는 듯했다. 성남, 남한산성을 알리는 이정표가 엷은 땅거미를 벗으며 느닷없이 달려왔다 사라졌다. 물 뜨러 성남에 자주 간다고 했던 기억을 되살리며 성남 어디쯤에 약수터가 있겠거니 했다. 그러나 차는 성남을 지나 남한산성으로 향하고 있었다. 남한산성 입구에 도착했을 땐 어둠이 짙게 내려앉았다. 벌거벗어 앙상한 나목의 치부를 어둠은 넉넉한 옷으로 덮어주고 있었다. 마치 나무들이 나이기라도 한 것처럼 나 또한 어둠으로부터 위안을 받고 싶어졌다.

밤중에 웬 남한산성? 지금 이 시간은 남한산성이 아닌 계룡산 밑에 있어야 할 나였다. 학교에서 계룡산으로 M.T를 간다고 했을 때 나는 제일 먼저 손을 번쩍들었다. 그랬었는데 일은 이렇게 어긋나 있었다. 앞차가 약수터를 휙 지나쳤다. 애초부터 약수터는 핑계였는지, 매운탕 잘 하는데 가서 저녁이나 먹자 했다. 이끄는 대로 따라 간 곳은 아구탕 집이었다. 그리 크지 않은 아담한 집이었는데 손님들이 제법 법석댔고 안쪽 깊숙히 아늑한 방이 미리 예약이라도 해둔 것 마냥 우리를 기다리고 있었다. 여섯 명의 일행은 테이블 주위로 둘러앉았다. 아구와 콩나물을 잔뜩 넣은 매운탕이 불 위에 올려지고 곧 이어 코끝을 간지럽히는 찌개 냄새가 시장기를 돋구었다. 소주잔이 돌았고 제일 먼저 찌개냄비로 손이 간 사람은 나의 적, 남편이었다.

"어허허! 다이어트 중이라던데?" 누가 먼저랄 것도 없이 일행 중에서 터져나온 말이었다. 모두 다 한바탕 웃고 우리의 긴 싸움은 공개 비판에 들어갔다.

지난 화요일 오후, 여느 때처럼 독서를 하고 있었다. 밖에서 들어온 남편은 늦은 점심을 서둘렀다. 남편은 점심 상을 앞에 놓고 동사무소에 가서 무슨 서류를 떼오라고 했다. 별 비중없이 듣던 나는,

"당신이 좀 떼면 안 돼?"라고 말했다. 숨돌릴 틈도 없이 벼락불이 튀었다.

"내가 바쁘니까 그러는 거 아냐!" 귀청이 떨어져 나갈 듯한 고함소리였다.

"뭐, 그깐 일에 화를 내고 그래요! 늘, 노는 사람이 뭐가 그리 바빠요!" 나 역시 덩달아 소리를 지르고 말았다.

"그래, 나는 놀고 너는 책 보는 것도 일이라고, 책만 보면 다냐! 나 놀러 안 다닐 테니 너도 공부고 뭐고 때려치워!"

화살은 빗나가기 시작했고 서로의 자존심을 할퀴어 상채기를 냈다. 대부분 모든 다툼의 근원은 너무나 사소한 것에서 일어나는 것 같다. 정말 아무런 생각없이 평범하게 대꾸했던 말 한마디가 순간의 감정을 격하게 하고 일주일 간의 단식 투쟁을 하게 했다.

부부는 '일심동체'란 말이 무색하기만 했다. 얼마나 더 살아야 서로를 안다고 할 수 있을까. 결국 사랑이란 걸 해 보기나 한 것일까. '일심'일 수 없는 분리된 허상을 부여잡고 의지했던 나의 어리석음을 안타까워 했다. 그동안 내가 아닌 우리만이 존재했던 조심스런 날들이 억울한 얼굴로 고개를 치민다. 때늦은 공부를 시작한 내 자신의 고충 만으로도 버거운 요즘의 나, 숱한 갈등의 연속이지만 용케도 버텨오는 중이었다. 주부라는 올가미 속에서 최선을 다하려 발버둥치며 짜투리 시간에 책을 보는 것마저도 그의 비위를

거슬렸단 말인가. 실망과 배신감으로 온몸은 들끓고 있었다.

아이들이 들어오면서 다툼은 멎었다. 그 뒤로 묵언과 단식이 시작되었다. 아이들 앞에선 싸움을 끌지않는 것이 철칙처럼 지켜왔다. 그나마 할퀴어지지 않고 남은 자존심일 것이다. 아이들이 9살, 12살로 어리기 때문에 그들에게 정신적인 충격은 주지 않으려 했다. 이것은 내가 유년시절부터 다짐했던 일이었다. 엄마와 아버지가 다투는 것을 가끔 보면서……. 엄마와 아버지의 싸움은 늘 엄마가 매를 맞고서야 끝이 났다. 그래서 그땐 말로만 이기는 엄마가 불쌍했고 엄마를 때리는 아버지가 밉기만 했었다. 혹시라도 엄마가 죽어버리거나 집을 나가 버리면 어떡하나 하는 불안에 떨면서. 사랑하는 사람끼리 싸워야 한다는 게 그땐 이상하기만 했었다.

나는 인내심이 적어 곧잘 성깔을 부리기도 하지만 후회도 빨리하는 편이다. 아이들 앞에서 애써 흔적을 지우고 동사무소에 가서 서류를 떼어왔다. 1시간 남짓 지난 시간인데도 점심 상이 그대로였다. '고질병이 도지겠군!' 속으로 빈정댔지만 은근히 겁도 났다. 남편은 다툼이 있은 후 항복을 받아내는 최후의 무기로 늘 단식을 택했다. 알면서도 번번히 속고 사는 바보스러움도 있지만, 그보다 한번도 이겨 보지 못하는 싸움에 덤벼들게 되는 나의 부족한 인내심을 탓해야 했다. 몹쓸 생각이 머리를 들쑤셔대서 아무 일도 손에 잡히지 않았다. 야속한 마음만 자꾸 충동질을 해댄다. 진보적이지 못한 쓸데없는 아집을 언제까지나 받아줘야 될지 한심한 생각과 아이들만 아니라면 뛰쳐나가고도 싶었다. 다툼이 있을 적마다 이혼이란 단어가 떠오른다. 검은 가운을 드리운 마귀할멈 같은 공포와 불안감을 수반하는 단어지만, 스스로에게 최면을 걸어 본다. 할 수 있을까, 못 할 것도 없지 뭐. 그렇지만 웬지 서글픈 생각이 든다.

5일째 되는 날은 이성을 잃어버릴 정도로 지쳤다. 신경질환을 앓고 있는 나는 급기야 불면증과 편두통에 시달려야 했다. 빈 속에 독한 병원약과 냉수만 마셔대며 점점 휑하니 까칠해져 가는 남편 모습을 차마 더는 봐 줄 수가 없었다. 남편은 허리디스크 때문에 2년 전부터 사업을 그만 두고 병원과 길을 잇대놓고 있는 형편이다. 아파서 쉬고 있는데도 놀고 있다는 생각이 들었던 것이다.

고문이 따로 없었다. 합일점을 찾지 못한 채 영원한 평행선으로 치달을 것만 같은 생각이 나를 몰아세웠다. 집을 나가라고. 억지로라도 마음을 고쳐먹고 마지막 사정을 할 생각이었다. 점심상을 차려서 침대 앞에 갖다 놓으며,

"그만 풀고 식사 해요. 내가 다 잘못 했어요."

"흥! 잘못, 너는 너 할 일 하고 나는 나 할 일 하니까 편하고 좋은데? 간섭 않고……."

"그래, 좋아요. 밥하고 원수진 일 없으니, 밥은 먹어야 할 게 아니야, 신경쓰게 하는 것은 간섭 아니야! 정말 내가 이 집을 나가야겠어!" 처음 먹은 마음과는 달리 소리를 지르고 말았다.

"맘대로 해라."

깜깜한 절벽이었다. 집 가까운 은행의 통장을 들고 집을 나왔다. 우선 돈을 찾고 갈곳을 생각하기로 했다. 눈물을 억지로 삼키니 목으로부터 명치까지 아려왔다. 은행에서 돌아와 보니 남편은 없었고 오히려 담담한 마음으로 가방 하나를 챙겼다. 현관문 소리가 났지만 별관심 없었다.

"형님! 물 뜨러 가자는데요?" 이웃집 창훈 엄마였다. 어이없는 일이었다. 주차장의 차는 어느 새 한길가에 세워져 있었다.

떠들썩한 가운데 방안은 아구탕 내음으로 가득했고 찌개냄비가 바닥을 보일 무렵 나는 한껏 취해 있었다. 대책없이 취하고 싶은 날이었다. 힘겨웠던 지난날과 힘들게 다가올 날들이 아구탕 냄비의 밑바닥에서 졸여지고 있는 앙상한 생선 가시처럼 내 자신에게 다가섰다.

아이들은 핑계이고 사실은 용기가 없었다. 매번 다툼이 있을 적마다 지내놓고 보면 참아내길 잘 했다는 생각이 정답처럼 기다리고

있기 때문이다. 취미 생활이 나와는 너무 다르기 때문에 더욱 외로워 하는 남편, 안쓰러워 보이기도 하지만 독서를 유일한 낙으로 여기는 나는 시간에 매우 인색한 편이어서 남편에게 그런 불만을 갖게도 했을 것이다. 이해를 바라고 있었는데 빗나간 화살이 정통으로 꽂혔다. 서로의 단점을 꼬집기 앞서 장점을 격려하고, 부족함을 채워줄 줄 아는 넉넉함으로, 용서와 이해를 구하는 것이 부부의 지혜가 아닐까 싶다.

나는요? 옛 시인들의 숨결이 깃든 서정의 고을 정주에서 9남매의 맏딸로 태어났습니다. 보람있는 생활을 위해 문학수업을 받고 있으며 수영도 배우고 있습니다. 책읽기를 즐기며 진솔한 글을 쓰고 싶습니다. 나이를 의식하지 않으려 몸부림치는 여인이랍니다.

꽃잔치 국화

김 춘 자

“내가 요즘 사위들 처갓집 드나들 듯하네.” 국화꽃을 한 아름 안고 들어오시는 외숙모가 문소리에 곁들이는 말이다. 금세 벌떼들이 꼬여들 것처럼 향기가 은근하고 부드러워 코를 흥흥거리며 받아 안았다. “웬 꽃가루가 이렇게 숭얼숭얼 많아요?” “그게 그래서 벌이 득시글거린다네. 이름도 꽃잔치라고 하지.” 꽃수레에 가득한 중에서도 ‘꽃잔치’에는 유독 벌이 꾀어들어 꽃잎을 망가뜨릴 정도라서 비닐을 덮씌워 놓는단다.

이렇게 가끔씩 꽃선물을 해 주는 외숙모는 내게 많은 걸 생각하게 하는 분이다. 아이들의 부름대로 하자면 그분은 꽃할머니다. 꽃장사를 하기 때문에 생긴 직업명이기도 하다. 꽃할머니는, 스무살도 못 되어 얻은 맏딸이 출가하여 재행오던 날 밤에 남편을 잃었다. 첫사위를 얻던 날, 장인인지 새신랑인지 구별 못할 만큼 젊고 반반하다고 치레말을 들은 남편을 느닷없이 저 세상으로 보낸 후 눈물과 억척으로 다섯 남매를 키워 오셨다. 이제 지명을 바라보는 외숙모는 늘 어머니의 뒷모습을 떠오르게 했다. 궁핍했던 시절에 눈물

삼키던 어머니를.

오래 전 저녁이었다. 아이들과 조촐히 저녁상을 물리곤 하던 내가 모처럼 온 식구가 둘러앉게 되어 별미를 정성껏 차리던 중이었다. 남편과 한 상에 앉아 오붓한 저녁을 즐길 생각에 신바람나게 동동거리는데 꽃할머니가 오셨다. 가끔 들러 식사를 함께 하는지라 남편과 아이들이 반가이 맞았다. 그런데 나는 애써 붙잡고 싶질 않은 거였다. 할머니의 옷자락을 잡아끄는 둘째애에게 흘깃 눈짓을 보내는 내 시선을 느끼셨는지 외숙모는 서둘러 되돌아섰다. "밥 한 그릇만 더 푸면 되잖아?" 하는 남편의 말이 채 떨어지기도 전에 좁은 행세를 한 자신에게 화가 났고 속이 뭉글거리기 시작했다. 민망하고 송구해서 길거리에 나와 무거운 발길을 떼고 있는데 큰애가 귀가하고 있었다. 어둑한 길을, 아이의 손을 꼬옥 쥐고 걸으며 좀 전의 일과 심정을 털어놓았다. "엄마, 「부정빈객이면 거후회」라는 말이 정말 맞네요." 아뿔사, 지식으로 아무리 좋은 글귀를 알면 무얼 하나. 실행하지 못한다면 죽은 지식이며 배우나 마나지. 그날의 저녁끼니를 거른 건 물론, 몇날 며칠을 그 일에서 벗어나지 못했다. 어찌 생각하면 요즘처럼 먹거리 풍성한 시대에는 맞지 않는 속앓이를 괜히 하는 성싶기도 했다. 밥 한끼 홀대했대서 가슴에 설움을 심는 일이야 있을라고? 속으로 자신을 위로하면서도 어머니의 설움이 떠올라 괴로웠다.

1950년대 초. 어리광쟁이 나를 업고, 어머니가 밥술깨나 뜨고 살던 작은댁엘 갔더란다. 그런데 그 시절로는 상당히 귀한 별미였던 국수를 삶더란다. 끼니 때에 맞춰진 방문이 무렴하여 되돌아서는 어머니의 등짝에서 아이는 버둥질치며 맘마, 맘마를 외쳐댔단다. 그러나 붙잡아주지 않는데 어쩌랴. 보리밥조차 배불리 먹이지 못한 어린 것을 무슨 말로 달래랴. 그저 폭포 같은 눈물만 하염없이 흘려야 했단다. 작은어머니는 세상을 뜨신 지 오래건만, 40여 년을 두고도 그일을 되짚으며 원망이 섞인 푸념과 함께 눈물을 흘리시곤 한다, 지금껏.

돌이켜보면 그런 가난이 잘 살아보자는 의지를 주었고 우리 가족들의 정을 더욱 튼튼히 이어 주었다. 서로를 가엾이 여기고 돌보아 가며 살게 도와 주었고 그것을 감사하게 생각했다. 그런데 왜? 세상이 좋아져서 밥술 못 뜨고 사는 친척도 없고, 요즘의 모임에선 음식이 멀쩡한 채로 버려져도 별로 민망해 하지도 않으며, 배불러도 후식이다, 2차, 3차 곁들이조차 흔전만전하게 하는 세상이다. 그렇건만 꽃할머니의 되돌아선 모습은 죄악처럼 왜 마음에 걸려 있는지. 그 죄스러움을 갚아내듯 외숙모님께 예전보다 더 지극히 대했다. 속으로부터 우러나오는 정을 맘껏 거짓없이 드린다.

꽃병 가득히 모여앉아 있는 꽃잔치 국화꽃. 꽃빛깔이 화려하지 않고 눈에 띄게 고운 빛깔도 아니다. 다만 꽃잔치에 넘치는 꽃가루와 은근하고 짙은 향내가 없던들 벌이 꼬여들랴 싶다. 무심히 던져보는 꽃잔치에의 눈길에 살아가는 향기가 무엇일까가 은은하게 맡아진다.

시대는 변하여 물질적으로 풍족하다해도 진정한 정을 나눌 수 있는 그 마음을 잃는다면 우리는 점점 외로워질 것이다. 그리고 스스로 그렇게 살지 못한다면 나 자신부터 황폐해지고 말 것이다. 정을 잃지 말아야지. 정을 나누는 걸 잃지 말아야지. 꽃잔치의 꽃가루처럼 숭얼숭얼 정을 모아서 꽃잔치의 향내처럼 부드럽고 은근한 정을 풍기며 살아야지.

나는요? 편지마을을 알고 난 뒤로 더욱 마음이 풍요로워진 여인입니다. 전주에서 살며 문학의 향기를 늘 간직하고 싶어합니다.

내 삶의 기쁨과 행복

이 계 선

지난 여름은 유난히도 무덥고 심한 가뭄이 계속되었다. 어쩌면 다시는 가을이 오지 않을 것처럼. 그러나 가을에 이어 어김없이 겨울이 찾아왔고 오늘은 첫눈이 내렸다. 첫눈치고는 제법 많은 눈이었다. 요소비료 포대에 짚을 한 단 넣고 뒷동산으로 가 아이들과 함께 눈썰매를 탔다. 무주리조트가 부럽지 않을 만큼 신나는 눈썰매였다.

시아버님께서는 여름에 고냉지 배추 농사를 지으신다. 그리고는 그때 쓰셨던 비료 포대를 버리지 않고 차곡차곡 모아 두신다. 겨울철, 당신의 손주들과 며느리가 눈썰매를 탈 때 요긴히 쓰라는 배려에서였다.

땀이 흠뻑 젖도록 산비탈에서 눈썰매를 타다 보면 언제나 점심때를 지나기 일쑤였다. 그럴 때마다 시어른들께서는,

"에미야, 희수야, 현수야. 배고프겠다. 점심 먹고 타거라"하시며 우리를 찾아 오신다.

미끄러운 산길을 시아버님과 시어머님은 손을 꼭 잡고 조심스레

올라오신다. 눈썰매를 많이 타서 비료 포대는 이미 펑크가 나 있지만 예비로 간수했던 것에 부모님을 앉게 하고는 살짝 밀어드린다. 어른들은 눈깜짝할 사이 고추밭까지 도착하고는 웃음을 머금은 얼굴로 이젠 그만 타라며 말리지도 못하신다.

국민학교 5학년과 3학년이면 다 큰 손주들인데 부모님들께는 아직 어린아이로만 보이나 보다. 큰손주는 시아버님이, 작은 손주는 시어머님이 업고 진달래 나무나 도토리 나무의 등걸을 잡고 산길을 내려오신다. 남편은 어느새 사진기사가 되어 열심히 사진을 찍는다.

등 따뜻하고 배부른 산골 동네. 봄이 되어 씨앗을 뿌릴 때까지는 걱정없고 한가하여 평화스런 마을이다. 눈이 많이 내리면 마을엔 며칠씩이나 버스가 들어오지 못한다. 거창읍내 장에도 못 가고 이웃집 마실을 다니며 긴 겨울밤을 보낸다. '할머니, 아지매'하고 부르면 사립문도 없는 집에서 맨발로 뛰어나와 반기는 동네 어른들. 꼭 친정어머니를 대할 때처럼 따뜻한 정이 느껴진다.

아궁이에 묻어 두었던 고구마와 알밤은 아이들과 나에게 좋은 간식거리가 된다. 아버님의 사랑과 정성이 듬뿍 담긴 먹거리들은 이 세상에서 제일 값지고 소중한 음식들이라고 자랑하고 싶다. 정지용님의 시구처럼 이곳이 차마 꿈엔들 잊힐 리야!

연세가 많으신 어른들께는 지상의 낙원이라 해도 좋을 이곳이다. 그러나 젊은 새댁인 나로서는 자아발전을 위한 노력을 게을리 할 수는 없었다. 거창읍내의 서예학원에 등록을 했다. 시장에 갈 때나 각 기관의 회의가 있을 때 참석을 하고 시간에 맞춰 학원에 들려 서예 공부를 했다.

겨울에는 열심히 연습을 하다가도 농번기가 되면 아예 학원에 갈 엄두도 내지 못했다. 그럴 때마다 배우고 싶은 마음은 더욱 간절해진다. 가뭄에 콩 나듯이란 말처럼 이렇게라도 배우는 것이 안 배우는 것보다는 훨씬 나았다.

낮에는 들 일과 집안 일을 부지런히 하고 밤에는 먹물을 곱게 갈아놓고 마주 앉았다. 화선지에 한 획 한 획 정성들여 글씨를 써내려가다 보면 세상의 근심과 걱정은 모두 까만 먹물 속에 가라앉는 듯했다.

이렇게 익힌 솜씨로 이제는 한글과 한문을 제법 쓸 수 있게 되었다. 학원에서 회원전을 열 때에는 나도 출품하였고 거창 군민의 날에는 매화와 대나무를 멋지게 그려서 군수님 및 여러 어른들의 격려를 받았다. 축전, 꽃다발, 난분 등이 애써 노력한 보람을 빛내주는 순간이었다.

언제나 고맙고 자랑스런 나의 가족들. 내가 서예를 배우는 동안 한마음으로 내게 따뜻한 협조를 해 주었다. 붓을 잡고 싶어 들일이나 집안일을 서두를 때마다 '에미야, 그만하고 들어가서 글쓰거라.'하시는 시부모님. 앞으로 언제까지가 될는지 모르지만 내가 그만 두고 싶다고 할 때까지 힘껏 지원해 주겠다는 남편에게도 진심으로 감사를 드린다. 또 우리 아이들 희수와 현수도 고맙고 기특했다. 엄마가 붓글씨를 쓰는 모습이 보기에 좋았던지 고사리 같은 손들로 먹을 갈아 주기도 했다. 옷이나 방바닥에 묻혀 오히려 성가시기도 했지만.

오늘 저녁에도 시아버님께서는 우리 방에 군불을 넉넉히 지피신 모양이다. 밤이 이슥해진 지금도 따끈한 방바닥은 식을 줄을 모른다. 글을 쓰다가 허출할 때 먹으라고 챙겨주신 곶감과 연시, 군고구마와 알밤에도 시아버님의 사랑은 듬뿍 담겨 있다.

가족들의 사랑과 정성에 보답하기 위해서라도 나는 부지런히 자신을 가꾸어 나가려 한다. 서예와 편지쓰기, 글쓰기는 내 유일한 낙이며 기쁨이고 보람이었다. 만약 내게 이런 취미생활이 없었더라면 나는 벌써 도회로 나갔을지도 모른다. 누구에게나 무슨 일에 열중한다는 것은 시간을 소중히 여기게 되고 쉽게 늙지 않는 비결이라 생각한다.

한 집 두 집 불이 꺼지고 나면 산골마을은 적막에 휩싸인다. 올 겨울도 가장 오래도록 내 방에서 불빛이 새어 나가길 바라며 깊어 가는 겨울밤 고요한 마음으로 먹을 간다.

나는요? 편지의 힘이 정말 위대하다는 걸 느낍니다. 5년 동안의 편지 왕래 끝에 남편과 결혼하여 거창에서 살고 있습니다. 젊은이들이 귀한 산골에서 이웃 어른들을 도와드리며 시부모님을 모시고 삽니다. 두 아들을 키우랴 농사와 집안 일로 바쁘지만 편지쓰기와 글쓰기, 붓글씨를 쓰면서 보람있고 행복하게 살고 있습니다.

씨뿌리는 행복

김 선 희

요즈음 내가 살고 있는 동네의 풍경은 참으로 아름답다. 서울이면서도 조용한 시골의 느낌이 나는 이곳은 집집마다 라일락꽃이 활짝 피었다. 라일락이 제일 많이 피어 있는 동네로도 이름이 나 있을 만큼 동네 전체가 흰꽃과·연보라꽃의 향기에 취해 있다. 그래서인지 새들의 나래짓도 행복에 취한 듯하다.

나는 근래에 들어 이런 풍경이 참으로 아름답고 산천이나 들의 풍경을 보는 것이 행복하다는 것을 느낀다. 중년이 되어서 느끼는 첫번째 감정의 표현이다. 마음의 폭이 느긋해짐이리라. 이런 생각 속에 시장을 가기 위해 대문을 나서면 다시금 라일락 향기를 맡게 되고 동시에 시골에서의 아카시아꽃 향기를 생각케 한다. 하얀 꽃송이를 한웅큼씩 입에 물고 아작아작 씹어대던 어린 시절을.

유년 시절을 시골에서 보낸 나는 봄이 오면 어김없이 작은 화단에 씨를 뿌린다. 흙냄새와 함께 고향의 냄새도 내 공간에 마련하고 땅을 비집고 머리를 쏘옥 내미는 생명의 신비도 보고 싶어서이다. 항상 씨앗을 뿌릴 때마다 땅이 비좁다며 투덜거리던 나에게 올해는 남편이 근사한 밭을 마련해 주었다. 쓰지 못하게 된 옥상의 물탱크를 반으로 잘라 정말 큰 평수의 밭을 네군데나 마련해 준 것이다.

우리 가족은 쉬는 날이면 이 넓은 밭에 흙을 날랐다. 남편은 어깨에 메고 나는 머리에 이고 아이들은 손으로 들어 올렸다. 흙이 어찌나 무거운지 잠깐씩 휴식을 취해야 했다. 우리는 쉬는 중간에 어릴 적 이야기를 아이들에게 들려주며 땀흘림의 기쁨을 느끼게 했다.

남편과 나는 똑같이 유년 시절을 시골에서 보냈기에 농사짓는 얘기에는 일가견이 있었다. 내가 먼저 국민학교 4학년 때의 일을 아이들에게 들려 주었다.

우리 집은 내가 어렸을 적에 학교만 갔다오면 농사일을 거들곤 했는데 그날도 어김없이 엄마는 언니와 함께 솔밭에 가서 콩을 심고 오라고 하셨다. 솔밭은 집에서 멀리 떨어진 강가쪽으로 소나무가 울창하게 나 있는 집에서 먼 곳이었다. 우리 집은 밭이 많지 않고 논농사를 주로 지었는데 땅 값이 싼 탓으로 이 먼 곳에 밭을 마련했나 보다 하고 불평하곤 했다. 그러나 지금 생각해 보면 그림같이 풍경이 좋은 곳이었다.

어쨌든 나와 언니는 책가방을 내던지고 콩을 심으러 갔다. 언니는 호미를, 나는 콩자루를 들고 '풀냄새 피어나는 언덕에 누워'로 시작되는 노래를 흥얼거리며, 호미로 밭고랑의 흙을 젖혀 주면 콩을 넣고 또 흙을 덮고 반복하여 밭 전체에 심노라면 해가 뉘엿뉘엿 넘어가고 있었다.

언니와 나는 항상 농사일을 함께 하곤 했다. 어릴 적 더불어 살던 삶 때문인지 중년이 된 지금도 나와 언니는 옆 동네에 붙어 살며 무슨 일이든지 함께 하곤 한다.

나는 감정을 넣어가며 나의 아이들에게 콩을 심던 이야기를 들려주었다. 너희 남매간에도 더불어 사는 협동심을 키우라고 하며 고추와 호미를 두 녀석들에게 쥐어 주었다.

남편과 나는 상추씨와 쑥갓씨를 뿌렸다. 고랑을 만들어 무씨도 뿌렸다. 남편은 한여름에 호박잎 쌈이 맛있다면서 호박씨도 심었다. 가장 양지바른 쪽에는 토마토 모종도 했다. 이렇게 갖가지 채소를 파종한 후 바로 옆자리의 야외식탁에 밥상을 차리니 이보다 더 큰 행복은 없는 것 같았다. 나의 주변에 널려 있는 행복! 모두 내 품에 주워담은 듯하고 살아 있음에 감사하고 행복했다.

흙을 소중히 하고 한 생명을 잉태하기 위해 씨를 뿌릴 때 배반하지 않고 사랑을 베푸는 자연의 법칙을 깨닫게 된다. 흙에서 배우며 아이들에게도 자연을 사랑하자고 함께 외쳐본다.

나는요? 책읽기와 글 쓰는 일을 사랑하는 두 아이의 엄마입니다. 종가집 큰며느리로 책임과 의무를 다하려고 애씁니다. 마음은 아직도 뜨거운 정열로 가득찼고요.

자아의 章

고행의 기쁨

나 순 용

매일 아침마다 동쪽 샛별을 보면서 '오늘 하루도 최선을 다하여 살겠습니다.'하고 마음속으로 약속을 한다. 자신에게 살아가는 자체가 희망과 꿈과 고통과 아픔들이 씨줄 날줄되어 아름답거나 또는 추한 삶을 엮어가게 될진대 어찌 하루 하루가 소중하지가 않을 것이며 헛되게 소모할 수 있을까? 하지만 또한 알면서 그렇게 잘 해내지 못하는 것이 어리석은 인간의 모습이 아니던가.

사람들은 대개가 자신의 삶이 그 어느 누구보다도 힘겹고 드라마틱하다고 생각한다. 어쩌면 그런 생각을 하지 않는 것이 이상할지 모른다. 나 또한 내가 살아오고 있는 이 과정들이 꿈결같고 영화의 장면처럼 느껴질 때가 많다.

결혼한 지 17년 째 되는 날 남편으로부터 축전을 받았다. 「오늘은 우리의 결혼기념일 서로 더 사랑하고 아끼는 부부가 됩시다. 당신의 사랑 ○○○」 잔잔한 행복감이 가슴 가득 밀려 들어왔다. 지금까지 걸어 온 길이 주마등처럼 스쳐간다. 참으로 힘겹고 어려운 날들이었다. 직장생활과 아이를 키워내는 일이 가장 힘든 일이었다.

하지만 이는 지극히 당연한 것이어서 어떻게 대처하고 이겨내 왔는지조차 모를 정도로 정신없이 보냈다. 이런 와중에도 내 의지와는 무관하게 크고 작은 위기가 끼어들곤 했다.

자신의 삶은 자신의 책임이며 자신의 의지대로 살아갈 수 있을 것이라고 믿어왔고 지금도 그 생각에는 변함이 없다. 때로 타의에 의해 상처받고 흔들거리기도 했지만 이를 견디어 내는 것 또한 자신의 몫이다. 어느 누구도 평탄하기만한 삶은 없다. 겉으로 보기엔 행복으로 가득찬 것 같아도 그 속에는 각 나름의 아픔들이 스며 있는 것이다. 거의 5년 주기로 힘든 고비들이 서서히 밀려와서는 성난 파도처럼 나를 휘두르고 할퀸다. 이때 주특기인 울기는 스스로를 달래주기도 자신을 성찰하는 계기가 되기도 한다.

21살의 조금 이른 듯한 결혼은 아직 완전히 여물지 못한 세상살이 방법을 갖고는 이겨내기 벅찬 것이었다. 조그마한 아픔에도 눈물을 흘리고 서러워했지만 단 한 가지, 질 수 없다는 생각이었다. 이런 힘든 과정들이 나를 시험하는 것이라고 생각했던, 내가 선택한 것에 대한 스스로의 책임을 저버릴 수 없다는 것이 나를 버티게 하는 힘이었다. 숱한 절망의 나락에서 허우적거리고 서로에게 상채기를 내는 일들이 계속되었지만 저 밑바닥에 깔려 있는 서로에 대한 믿음을 끌어올리려는 노력이 있었다.

내가 남편에게 준 고통과 남편이 내게 준 상처와 내가 가족들에게 준 아픔과 가족들이 보내준 보이지 않는 사랑의 힘으로 견디며 이겨낼 수 있었고 지금의 생활을 일구어 낼 수 있었다. 고통은 남이 주는 것이 아니다. 결국 자기가 만든 것이며 자기의 몫인 것이다. 고통을 사랑하지 않으면 이길 수 없다. 고통을 즐기지 않으면 견딜 수 없다. 이것이 내가 살아가는 방식이다.

느즈막이 시작한 대학원 진학이 고통이 되기도 기쁨이 되기도 한다. 이 새로운 도전을 잘 마무리 하고자 정신적 육체적 고통에 시달리는 내게 남편은 말한다. "사서 고생한다"고. 맞을지 모른다. 스

스로 힘들게 하는 내 모습이 안타까운 것이다. 그러나 이 또한 잘 받아들여 주고 적극 도와주는 남편이 고마울 따름이다. 이렇게 자신을 얽어매는 틀을 만들지 않고는 배겨내지 못하는 성격에다 느슨한 것은 질색이다. 여유로움과는 또 다른 의미이다.

아침 4시30분의 기상 시간은 처절(?)하다. 시계의 따릉거림은 반사적으로 중단하지만 몸은 이불 속에서 빠져나오지 못해 안간힘이다. 아이들 도시락, 등교, 출근, 그리고 퇴근 후의 저녁밥 준비, 아이들에게 해 주고 싶은 얘기하고, 남들이 느긋하게 풀어져야 할 시간에 자신을 조이며 책상 앞에 쭈그리고 앉아 책을 뒤적거리다가, 허리 아프다 다리 아프다 어깨 아프다고 아우성이다. 남들도 다 이렇게 사는 걸까? 그렇지도 또는 아닌지도 모른다. 다만 이보다 더 힘들고 어려운 상황을 잘 이겨내고 있는 이들이 많을 것이라는 점이다.

점점 편안하기를 원하는 내 몸과 마음이 맞아떨어져 요즘에는 기진맥진이다. 무엇 때문에 이 고생을 사서 하는지 어떤 때는 자신이 한심하게 느껴질 때도 있다.

올 한 해만 열심히 하면 또 한 과정을 올라서게 된다. 그때는 홀가분 하리라. 그 후에는 스스로 옭아매는 일은 찾지 않으리라 맘 먹어 본다. 그러나 한 목표지점에 도달하면 또 다른 목표를 찾아 나설지 모른다. 지금도 내 머리 속에는 해야할 일, 하고 싶은 일들이 줄을 서서 도사리고 있으니까.

삶! 그 자체가 고행이라고 했다. 분명 고통이지만 고통만 있는 것도 아니며, 이 고통을 어떻게 수용하고 자기 것으로 반전시켜 나가느냐는 오직 자신의 겸손함과 강한 의지와 노력에 달려 있음을 깨닫게 된다. 이때 갖게 되는 희열이야 말로 어디다 견줄 수 있으랴.

나는 지금의 생활에 만족한다. 눈물로 얼룩이 많이 졌지만 패배하지 않았고 패배하지 않을 것이므로, 그리하여 진실되게 살려고 애썼다는 기쁨을 나중에 나중에 맛보려고 한다.

나는요? 두 아들에겐 교과서보다 더한 어머니가 되고 싶고, 남편에게는 부뚜막에 앉혀둔 아이밖에 못 되는 어리석은 아내이며, 형제 자매들에게 도움만 받고 사는 어줍잖은 사람입니다. 현재 진해시청에 근무하며, 운전면허를 따는 것이 급선무입니다.

글과 주부

송 병 란

모든 이의 생애의 의미를 여러 형태의 모습으로 두루 접할 수 있는 기회는 책을 통한 만남일 것이다. 그들의 삶을 통해 공감을 얻고 깨우침도 받으며 닮아가기도 하는 동안 참된 내 모습으로 성숙되는 과정인 듯싶다.

거의 대부분의 여성들은 결혼과 동시에 가정이란 테두리에 안주하게 되며 아울러 책과의 만남도 뜸해지게 된다. 나 자신도 신혼 때에는 나름대로 단단한 각오를 했었다. 나만은 절대로 그런 부류의 주부가 되지 않겠다고. 그러나 아이가 생기고부터 상황이 달라졌다. 크고 작은 일들로 하루의 생활은 바쁘고 자질구레한 일까지 신경을 써야 하는 번거로움에 육신은 피곤하기만 했다. 자연히 머리를 써야 하는 일은 회피하게 되었다. 그러다가도 녹이 슬어 삐걱거리는 듯한 느낌을 받을 때면 '아차! 무언가 잃어가고 있구나.'하는 자각이 들기도 했다.

책을 펼치면 눈꺼풀은 무겁게 내려앉고 책장은 넘기되 머리에 들어오는 것도 없다. 반복되는 일과가 거의 습관에 의해 움직이는 주부라는 소임. 지적 도전이나 창조적 의미도 없는 단순노동에 길들여져 버린 것이다.

항상 건설적인 방향으로 두뇌를 많이 쓰는 자에겐 노화의 속도가 느리다고 한다. 중추신경 세포의 신진대사가 계속 왕성해져서 노화현상이 더디게 온다는 실험결과도 발표되었다. 중년에 들어선 남성들을 보라. 같은 연배의 여성들보다 건강한 체구에 일에 대한 성취감도 크며 기억력도 좋다. 폭 넓은 인간관계와 취미생활, 전문서적이나 학술적인 책을 가까이하며 성장을 거듭한다. 반면 여자는 잃으면서 쇠퇴한다. 누구의 탓이라고 할 수 없는 게으름으로 바보가 되어 주름져 가는 것이다.

언젠가 우리나라 주부들의 취약점은 책을 읽지 않는 것이라는 기사를 읽은 적이 있다. 이웃 간에 놀러다닐 시간이나 외적인 미에 치우쳐 많은 투자를 하면서도 내면의 아름다움을 가꿔주는 몇천원의 책값에는 인색하다는 것이다. 부끄러운 일이 아닐 수 없다.

한때 나는 철학적인 서적을 밤새워 읽으며 고뇌에 찬 인간의 모습을 흉내내어 보기도 했다. 슬픔과 사색에 잠겨 고독을 삼키며 글도 써 보았다. 정치, 경제, 사회의 여러 현상에 관심과 참여로 지적인 여성임을 자랑하며 행복의 계단을 밟아 이곳까지 온 것이 아니던가. 세월은 흘러 그때의 풋풋한 생활태도는 말끔히 사라지고 아이들의 성장, 남편의 뒷바라지에 내 생애 전부를 내맡기다시피 하고 있다.

자신을 찾을 수 없다고 한탄하면서도 결국 주체성을 가진 한 인격체로써 개성과 자주성을 포기하고 희생하게 된다. 그러나 그 대가로 남은 것은 무엇인가. 가족들은 냉정하리만치 그 희생의 결과에 책임을 지지 않는다. '당신 그것도 몰라? 지금이 어느 때야. 사회적인 여성을 요구하는 시대에 살고 있다고.' '엄마는 학교에 다닐 때 무엇을 배웠어요?'라는 식의 핀잔을 들을 때마다 소외감과 외로움을 느끼지 않는가?

언제까지나 이렇게 녹슨 두뇌로 의기소침한 일상을 유지할 수 만은 없는 일이다. 책이라는 무한한 가능성을 부여하는 매체를 발판으로 삼고 힘써야 겠다. 현자(賢者)의 경험과 지혜를 바탕으로 이룬 축적된 지식을 내 것으로 만들어 황폐한 가슴에 싹을 틔우는 능력을 길러보자. 어느새 단조로운 주부의 생활 리듬은 창조하는 기쁨을 누릴 것이요, 활력소를 얻게 될 것이다. 왜냐하면 책을 통하여 시인, 철학자, 소설가, 정치인, 과학자 등의 삶을 엿보는 희열을 얻기 때문이다. 또한 우주의 원리와 자연의 섭리를 또 다른 시각에서 바라볼 수 있는 심오한 사상을 기르는 행위가 될 것이다. 그래서 어떤 이는 글을 통한 상상의 세계를 끊임없는 여행에 비유하기도 했다.

산다는 것은 자기 실현과 자기완성이라고 안병욱 교수님은 강조하셨다. 한 인간이 완성되는 조건으로 50년의 세월이 요구된다고 앙드레 말로는 말했다. 우리 가족의 보살핌에 충실하듯 나라는 존재의 가치를 인정하는 데도 게을리하지 말아야 겠다.

삼라만상의 색채를 내 마음의 눈에 맞추어 채색해 봄도 좋을 듯하다. 늘 새로운 생각, 새로운 자세로 사는 것도 가족 모두에게 마음의 풍요로움과 즐거움을 줄 것이다.

먹고 자고 배설하는 기능은 누구나 다 같다. 엄밀히 따지면 잘 살고 못 사는 것도 마찬가지다. 그러나 정신세계가 얼마만큼 풍부하느냐에 따라 인생의 또 다른 의미가 부여된다. 자신 속에 꽉 들어찬 여러 가지 현란한 꿈과 욕망을 걸러내는 작업으로 나는 글 쓰는 일을 가까이 하고 싶다. 그러면 내 삶의 질은 한결 넉넉하고 풍요로워질 테니까.

나는요? 4계절의 아름다움이 펼쳐지는 전원생활을 그리워하는 주부입니다. 자연속에서 닭, 오리, 개, 염소를 한쌍씩 키우고 텃밭에 채소도 가꾸며 글도 쓰고 싶고요, 들꽃 한 다발 꺾어들고 향기에 흠뻑 취하고도 싶습니다.

내게 남은 날이 주어진다면

박 명 심

하늘은 깊이를 모를 정도로 푸르르고 또 높아지며 멀어진다. 가을 빛으로 물든 풀섶을 따라 허리띠 같은 길에 발을 놓으면, 야망과 정렬로 치닫던 30대를 조용히 떼어낸다.

그 속에는 꿈을 실현코자 종횡무진 달음질치던 용맹과 패기가 있었다. 자신의 결점보다 타인의 결점에 곤두세운 촉각과, 분노하고 원망하던 신경도, 떳떳하게 자리하고 있었다. 피곤하고 힘들었던 생활의 타성, 지나친 욕심 끝에 덮치는 좌절, 까닭 모를 외로움과 우울증, 거기에 빗나간 울분까지 곁들이지 않았던가. 마음과 마음에 장벽을 쌓고 손해보지 않고 속지 않으며 남보다 잽싸고 영악해지려고 온 힘을 끌어올려 세월을 살았다.

이제 인생 40대, 그 많던 꿈과 사랑, 번쩍이고 요란했던 삶의 비늘들이 아픈 기억의 조각처럼 조용히 가라앉는다. 살아온 세월은 알맞은 불행과 적절한 행복으로 물 무늬졌던 강물과도 같은 거라 기억되고, 고통과 오욕도 때가 지나면 드넓은 웃음을 마련하게 된다는 지혜와 경륜까지 얻은 나이다.

굽이 돌아온 힘겨운 고갯길을 오르고 내리면서 인생의 길도 견딜 만큼 험하고 참아낼 만큼 고된 것임을 뒤늦게나마 깨달음이다. 또, 베풀지 못하여 서둘러 깨달은 것은 신이 내게 주었던 사랑이 무거운 중량으로 남아 있었으므로 나는 그걸 덜어내야만 한다. 그러므로 살아 온 날 만큼 살아내야 할 날들이 내게 주어진다면 나는 사랑하며 살으련다. 세상에는 사랑하며 사는 사람들이 너무나 많지만 처음부터 끝까지 외로운 게 인생이라고 한다. 그러므로 인간은 언제나 같이 있으면서도 결국은 혼자이기 때문에 외로운 걸까? 진정 마음의 아픈 상처와 고통, 깊이를 잴 수 없는 고독은 누구나 한 번씩은 건너야할 늪 같은 것이리라.

의사의 치료를 받아야만이 살 수 있는 병을 굳이 감추일 바보는 없을 터이다. 하지만 의학으로 불가능한 마음의 깊은 병은 누구든 들키지 않으려 하지 않던가? 부부가 함께 눕고 함께 깬다고 일생동안 두 마음이 한 마음처럼 고르지는 못하리라. 때로는 불평과 불만이 생길 터이고, 외롭고 슬프기도 할 터이다. 그래서 나는 감히,

그런 마음들을 추스르고 달래어 치료할 사랑법을 진행하고 싶음이다.

그 사랑은, 어마어마하게 자금을 요구하지도 않으며, 강한 자 보다는 약한 자에게 유리한 보탬이 되기도 한다.

그 사랑은, 따뜻한 온기가 있어 이미 얼어버린 마음이라도 녹여주는 불이 되기도 하며, 불같이 뜨거운 가슴에 열을 식히는 바람이기도 하다.

그 사랑은, 진실을 알게 하며 거짓을 버리게 하고 미움을 밀어내어 평안을 누리게 한다.

그 사랑은, 주는 것 뿐이어서 아무 조건도 바람도 원치 아니하며, 무에서 유를 창조하는 큰 힘이 있음이다.

그 사랑은, 값이 정해져 있지 아니하며 사람들은 영원한 사랑이라 이름한다.

내가 시랑할 만한 사람은 얼굴이 희거나 검어도 될 것이고 신체가 불완전하거나 완전하더라도 상관할 바가 아니다. 생활이 넉넉해도 좋겠으나 궁핍해도 좋을 일이다. 되도록이면 슬픔이 많고 외로운 사람이면 좋겠고 마음이 갈(渴)한 자도 좋으리라.

내가 또 사랑하고 싶은 사람은, 길가에 버려진 어린 아이나 노후에 방황하는 지긋한 나이의 어른이면 족하리라. 그리고 내가 또 사랑해야 할 사람은 병들어 죽어 가는 사람들이다. 내가 모두에게 나누고 싶은 사랑은 자신의 아름다움을 지키기 위해 몇 개의 가시를 달고 피어나는 장미꽃 같지도 아니하며, 가시없이 아름다운 양귀비꽃 같지도 아니하다. 그것들은 아름다우나 가시가 있고, 가시가 없으나 어느 날엔 져버리고 마는 영원할 수 없는 꽃이기 때문이다.

그 사랑은, 눈에 보일 듯 감추어진 보석 같아서 온전한 사랑이 되었을 때만 빛으로 발하여 천지를 다 덮은 어둠이라도 거두고 마는 능력을 가지고도 있다.

내 이 사랑하기 원함은 신이 내게 베풀었던 사랑의 밀도를 지금에야 깨달았기 때문이다. 그리하여 어둠을 몰아내기 위해 몸을 태워 눈물을 흘리는 촛불처럼 때로는 희생으로 울기도 하겠고, 때로는 감사함으로 웃기도 할 것이다.

그러나 진정으로 바라는 건 그 사랑으로 하여금 외롭고 슬픈 사람이 행복해지는 삶을 살며, 절망하던 사람이 희망을 가지며, 무가치한 삶이 그 가치로 행복하게 웃을 수 있다면 내 무얼 더 바라리.

정령 죽음밖에 없다던 어느 노후가 결단코 살아 있으므로 행복하다고 힘껏 일어서는 기쁨을 보는 것이 내 몫이라면 더 없이 기쁠 것이다.

그리하여 내 앞에 놓인 몫이 남의 것보다 작아 보여도 진정 감사할 줄 알며, 그것마저도 더 작은 자에게 놓고 싶은 더함이 있다면 정말 아름다울 것이다.

인간이 달을 정복해 버렸듯이 또 무수히 흐르는 그 어떤 것들을 정복할지는 모를 일이다.

그러나 누구도 감히 정복하지 못할 끝없이 펼쳐질 영원한 사랑이리라.

나는요? 신학공부의 꿈을 버리고 시인이 되고자 하는 여자. 56년 생으로 전남 신안군 지도읍 백련동에서 삽니다.

보 약

이 연 재

개인 휴무와 월차 휴무가 겹친 이틀 동안에 김장을 했다. 김장이라고 해야 배추 열 포기의 양이다. 그것도 친구가 와서 속을 버물러 넣어 주었다. 내가 한 일이란 배추와 양념거리를 다듬어 절인 다음 씻고 속을 넣은 것을 뒷터에 묻은 항아리에 옮겨 담은 정도다.

뒷설거지를 마치고 잠시 자리에 누웠는데 온몸이 천근이나 되는 양 무거웠다. 허리도 끊어질 듯아팠다. 일어나려고 아무리 애를 써도 일어날 수가 없었다.

큰애에게 상욱이랑 저녁밥을 차려 먹으라고 했다. 남편은 또 어디서 술추렴인가. 식구들이 아픈 날에는 꼭 늦게서야 들어온다. 우연치고는 고약한 우연이다.

만약 내일 아침에 일어나지 못하면 결근을 해야 할 판인데 큰일이다 싶어 천주님께 기도를 했다. 허리가 아프더라도 일어 설 수만 있게 해 달라고. 기도 덕분인가 새벽에 일어서려고 움직여 보니 억지로라도 일어설 수가 있었다. 그러나 허리를 굽히지 못할 정도로 아팠다.

그렇지만 결근은 할 수가 없었다. 어기적어기적 간신히 걸어서 버스를 타고 출근을 했다. 동료 아줌마에게 통증을 호소했더니 꾀병이라면서 놀렸다.

"아이구, 배추 열 포기 김장에 허리가 그토록 아프면 스무 포기를 했더라면 허리가 부러졌겠네."

그러나 정말 너무나 아프다는 내 말과 표정을 살피고 나더니 정색을 하면서 걱정을 해 주었다. 근무 중에 잠시 시간을 내어 회사 지정병원에 가서 X-선 촬영을 하였다.

퇴행성 척추염이라고 했다. 의사는 일을 하지 말고 쉬라고 했다. 직장을 쉴 수 없으니 통원치료를 받았으면 좋겠다는 내 말에도 무조건 쉬어야 된다고 했다. 그러나 의사의 말을 무시한 채 일 주일 동안 통원 치료를 받고 나니 조금 나아졌다.

퇴행성 척추염이라면 뼈가 늙었다는 뜻일 게다. 잘못하면 골다공증에 걸리는 것이 아닌지 겁이 났다. 사는 게 서글퍼지면서 우울해졌다. 허둥지둥 매일 시간에 쫓기는 생활의 연속이다. 만원 버스에 시달리며 퇴근한 후에는 그냥 자리에 눕고만 싶다. 아이는 아이대로 저 혼자 먹고 싶으면 먹고 먹기 싫으면 안 먹으니 눈이 때꾼하다. 가여운 자식. 그래도 그날치의 재능수학을 복습하고 피아노 학원에도 시간을 맞춰 다녀오니 얼마나 고마운 일인가. 내가 이만큼 씩씩하게 살아온 것도 아이 때문이었다.

친구의 소개로 한의원에 가서 보약 한 제를 지어왔다. 어디가 아프더라도 꾹꾹 참아내던 나였지만 이제는 생각을 바꾸기로 했다. 내 몸이 건강해서 직장에 다녀야만 살 수 있기 때문이다.

내 생활의 속사정을 모르는 사람들은 내가 여유가 있어서 보약을 먹는 줄 알았다. 몇 십만원짜리 약이라고 수근거릴 때마다 나는 정말 송구스러웠다. 혼자 먹어 죄송스럽다는 익살을 부릴 수밖에 없었다.

사실 처음에는 집에서 몰래 먹었는데 남편과 아이들에게 미안했다. 다린 약 상자를 들고 와서는 이걸 어디다 두고 먹나 하고 걱정을 했다. 한 10여 일이 지나자 마음에 다소 여유가 생겨 냉장고에 넣어 두었다.

어느 날 남편이 "보약 먹어?"하고 물었다. 순간 찔끔했다. 그러나 이내 "그래요," 하고 대답하고는 푸념을 늘어놓았다. 허리가 아파 쩔쩔매는데 걱정 한 번 해 준 적이 있느냐? 남들은 남편이 걱정도 해 주고 보약도 지어 주는데 나는 내가 해 먹어야 하니 비참하다는 등등.

보약은 B.C카드로 6개월 할부로 지었다. 여간 부담스러운 것이 아니지만 난 건강해야 하고 일을 해야 한다. 사랑하는 아이들과 나 자신을 위해서.

나는요? 남편과 두 아들과 함께 경기도 고양에서 살고 있습니다. 직장에 다니고 있으며 동기간이 없어 외로울 때가 많습니다. 말을 제대로 하지 못하는 장애가 있어 답답하기도 하지요. 그래서 나는 말보다 편지를 더 사랑한답니다.

내 안의 삶

정 필 자

때때로 세찬 바람이 텅빈 들녘을 휘몰아치는 날에도, 오늘처럼 겨울비가 촉촉히 내리는 날에도, 보다 나은 삶을 위해 애쓰는 남편과 건강한 웃음 속에서 잘 자라고 있는 두 아들을 나는 보석처럼 여기며, 어느 새 불혹의 나이를 넘어 섰다.

벌써! 하는 초조함과 이제사, 무엇을! 하는 무기력함은 나를 안주의 뜰에서 방황하게 했다. 그러던 어느 날, 책장 깊이 묻어 두었던 빛바랜 습작노트를 펼쳐보며, 나는 아스라이 멀리도 내 곁을 떠나간 젊은 날의 꿈조각들을 하나 둘 주워 가슴으로 안았다. 다시는 놓치지 않으리라 다짐하면서.

텅빈 커다란 집에 나를 남기고 남편은 일터로, 두 아들은 학교로 집을 나선 아침이면, 나는 새로이 시작되는 하루에 약간의 긴장을 느끼며, 서둘러 집안일을 마치고는 깨끗이 청소된 거실 탁자에 나만의 호젓한 아침상을 차린다.

그윽한 향으로 피어나는 커피 한 잔과 원고지와 볼펜, 그리고 언제나 불평없이 내 초대에 응해 주는 벗이요 파수꾼—매일같이 색다른 얼굴로 나타나는 하늘과, 이제는 헐벗은 몸뚱아리를 드러낸 채 추위도 아랑곳없이 묵묵히 새 봄을 기다리는 텅빈 들녘과, 커튼이 드리워진 창가를 서성이다가 어느 틈에 내게 다가와 앉는 바람이 내 아침상을 거든다.

시시때때로 변하는 하늘과 철마다 제몫을 다하여 농부들의 입가에 환한 웃음을 안겨 주는 넓은 들녘을 바라보며 간간이 불어대는 바람결에 취해, 한 잔의 커피를 마시며 무엇인가를 쓸 수 있는 그 시간. 그 시간은 내게 가장 소중한 시간이며, 즐거움의 시간이요, 내안의 삶이 시작되는 시간이다.

햇볕 좋은 날이면 창 가득히 쏟아지는 햇살자락에게 속삭이듯 시를 쓰고, 오늘처럼 촉촉히 비가 내리는 날이면, 몇 해 전에 우리의 곁을 떠나신 그리운 아버지와 서울에 계신 어머니께로 마음의 길을 나선다.

내가 대학을 졸업하고 어느 소읍에 자리잡은 중학교에 부임하게 되었을 때, 이제껏 부모님 슬하를 떠나 본 적이 없는 나를 떠나 보내시며 아버지께서는 두 눈에 눈물을 맺히시면서도, 입가엔 미소를 담고 서 계셨다. 이제 그 모습은 내 가슴속 깊이 자리잡아 뵐 수 없는 아버지를 더욱 그립게 한다. 아버지의 그 모습 곁에 소롯이 피어나는 어머니! 어머니께서는 지난 10월, 오색찬란한 단풍이 산빛을 곱게 물들이던 날, 희수(喜壽 —77세)를 맞이하셨다. 공무원의 아내로서, 7남매를 키우시느라 겪으신 고생의 흔적들이 셀 수 없는 주름으로 가득하신 얼굴은 자식들의 정성과 친지 친구들의 축복과 사랑 속에 무척이나 고우셨다. 자주 찾아뵈어야 할 텐데, 손자들의 재롱도 잠시 허전함과 외로움 속에서 아직도 다 큰 자식들 걱정에 밤잠을 설치시는 어머니를 생각하며, 이렇게 조용한 시간에 그리움의 글로 대신할 뿐이다.

또한 머리카락을 스치는 잔잔한 바람이 이는 날이면, 흩어져 살고 있는 언니들에게 알뜰살뜰 살아가는 보고픔의 전화를 하고, 흰

눈이라도 사락사락 내리는 날이면 잊고 사는 다정했던 친구들의 얼굴을 그리며 붓가는 대로 원고지를 메우는 시간이 바로 내 안의 삶이다. 그런데 올해 내 안의 삶을 더욱 값지게 한 두 가지 일이 나를 찾아 주었다.

그 하나가 매달 초하루면 마음을 다스리기 위해 산사에 오르는 일이다. 나이가 들어가면서 맏며느리인 내게 감당할 수 없는 큰 일들이 내 몫이 됨으로써 갖는, 탐·진·치(貪·嗔·痴)의 생활에서 벗어나기 위해 산사에 오른다. 산사에 올라 청정함과 자비공덕으로 타오르는 촛불 앞에서 나를 찾는다. 모든 것을 떨쳐 버린 빈 마음이 되어 잠시나마 석가모니 부처의 뜰에 나올 수 있는 귀한 시간을 갖는다.

또 하나는 한 해 동안 마음을 나누며 도타운 우정을 맺은 편지마을 친구를 얻은 것이다. 진솔한 삶의 이야기를 주고 받으며 봄, 여름, 가을, 겨울 편지를 썼다. 새해에도 변함없는 우정을 약속하면서.

이렇듯 나만의 오롯한 시간 속에서 잃었던 꿈을 찾아 부모형제를 그리며 불심을 키우고 우정의 텃밭을 가꾸어 가는 내 안의 삶을 나는 사랑한다.

힘겹고 슬플 때, 내 안의 삶을 생각하며 마음의 평정과 위안을 찾고 기쁘고 안락할 때, 내 안의 삶 속에서 행복과 사랑을 음미한다.

언제나 내 곁에 함께 할 하늘과 들녘과 바람을 벗삼아 한잔의 커피로 목젖을 적시며 마음의 뜰을 가꾸는 글을 쓸 수 있는 삶. 바로 내 안의 삶이다.

먼 훗날 꼬부랑할머니의 모습일지라도 난 이대로의 마음과 이대로의 생활로 전과 다름없는 호젓한 아침상을 차리고 싶다. 그리고 곁에는 내 울타리인 남편이 내가 써 놓은 글들을 읽으면서 미소 지을 수 있었으면 더욱 좋겠다.

나는요? 하루 중 13시간은 3명의 남자와 생활하고, 3시간은 청소기와 세탁기와 놀고, 5시간은 하늘과 바람과 들녁과 커피와 지내고, 3시간은 전기밥솥과 가스렌지와 함께하는 집안의 여자랍니다.

중년의 삶을 가꾸며

최 옥 자

인생은 풀잎 끝에 맺힌 이슬처럼 짧다고 한다. 되돌아 보니 눈 깜짝할 만큼 잠깐 사이에 나도 지천명의 고개에 올랐다. 어떻게 하면 몸과 마음을 건강하고 아름답게 간직할 수 있을까를 생각해 보았다.

우선 건강해야 모든 일을 할 수 있을 것 같아 에어로빅을 시작했다. 구청에서 무료로 강습하는 기회를 이용해 볼링도 배웠다. 가까운 도봉산과 북한산을 자주 오르고 한 달에 한 번씩 장거리 산행도 한다. 처음 등산을 시작하였을 때는 힘이 들었지만 지금은 어느 산이든 사철 오르고 있다.

겨울 산에 오르면 마치 미지의 세계를 탐험하는 기분이다. 발목까지 빠지는 눈 속을 뚫고 한 발자국씩 옮길 때마다 천진무구한 동심의 세계로 돌아가서 온갖 시름을 다 잊게 된다. 훨훨 자유롭게 날아 다니는 한 마리의 새가 된 듯하다.

집에서 한 시간 정도 걸리는 곳에 망우산이 있다. 여름에는 새벽에, 겨울에는 낮에 물통을 지고 산으로 간다. 등산 겸 생수를 받아서 지고 오면 건강에도 좋고 물도 사 먹지 않으니 일석이조다.

외적인 아름다움도 중요하지만 내적인 미도 가꾸고 싶어 서울시에서 주최하는 시민대학이나 주부와 여성을 위한 무료강좌가 열리는 날은 꼭 참석한다. 유명인사나 교수님들의 강의를 듣고 배우며 반성도 하고 깨달음도 얻는다.

서울 시내의 각 구민회관에서는 일어, 한문, 서예 등 여러가지 공부와 운동을 무료나 저렴한 수강료를 받고 가르치고 있다. 배우고 싶은 욕심에 골고루 참석하나 제대로 이루어 놓은 것은 별로 없다. 그래도 조금씩이나마 배우는 것이 안 배우는 것보다는 낫기 때문에 열심히 배우려고 한다.

고궁을 답사하는 시간도 있었다. 창경궁에 가서 옛 왕조의 애닯은 사연이나 역사를 배웠고 팔작지붕, 맞배지붕 등 우리 민족의 고유한 건축양식에 대해서도 배웠다. 일본인들이 우리 나라를 망하게 하려고 궁궐 안에 탑을 세우고 일본 벚꽃나무와 수양버들을 심었다고 한다. 그리고는 갖가지 문화재를 훼손했다는 이야기를 들을 때는 애국심이 우러나며 분노하기도 하였다.

두 아이들이 자라서 학교 문제가 끝났기에 나도 직장을 갖고 싶었다. 구인광고를 살펴보니 49세 이상의 주부를 채용하는 곳은 없었다. 직장인들이 퇴직을 준비하는 나이니 당연할 수밖에.

이제는 쓸모없는 사람이 됐구나 싶었다. 다행히 시간제로 아르바이트를 할 수 있는 자리가 있었다. 도시락을 만들어 공급하는 곳인데 새벽 4시부터 아침 8시까지 일하면 되었다. 반찬을 만들어 도시락에 담는 일로 주부라면 누구나 늘 하는 일이라 그리 힘들지 않았다. 내가 일해서 번 돈으로 다시 나를 위한 일에 투자를 한다. 볼링회비도 내고 용돈에도 큰 보탬이 된다.

항상 바쁘게 살다 보니 잡념이 생길 틈도 없고 욕심을 버리니 마음이 편하고 부러운 것도 없다. 친구들 중에 스트레스나 우울증으로 고생하는 사람들을 보면 안쓰럽다. 지금처럼 배울 것이 많은 세상인데 자기 형편에 맞는 것을 택해 취미생활을 하면 모든 것을 다 잊고 즐겁게 살 수 있을 텐데.

어느 집이든 주부가 밝고 건강한 모습으로 아름답게 보여야 식구들도 편안하고 행복하리라 생각된다. 나가서는 나라도 부강해지고 발전하는 밑거름이 될 것이다.

나는요? 아름다운 중년 여인의 자태를 잃지않으려 애씁니다. 아직 글솜씨가 빼어나지는 못하지만 진솔한 글을 쓰려고 노력하지요. 산에 올라 마음을 비우는 일이 건강에도 좋은 일임을 깨닫습니다.

동백꽃을 보며

한 옥 희

삭풍이 매섭더니만 어느 새 낯 간지르는 봄바람이 살랑인다. 몇 년 전부터 나는 봄이 되면 봄앓이를 한다. 으슬으슬 한기가 돌다가 편도선이 붓게 되면 열이 나면서 며칠쯤 고생을 한다. 아예 연례행사처럼 치르는 것이다.

며칠 동안 집에서 푹 쉬다가 출근하던 날 아침, 회사 앞마당에 핀 화사한 동백꽃 앞에 멈춰섰다. 밑둥이 제법 튼실하게 굵어 사람으로 치면 중년의 내 나이쯤 되어 보이는 동백나무다. 제복을 입은 남자들만 근무하는 곳이라서 그럴까? 늘 무덤덤하게 오가던 나는 한 번도 동백나무를 눈여겨 본 적이 없었는데 그게 아니었다. 세상에! 그리 화사하고 진한 때깔을 속에 감추고 있었을 줄이야. 한 잎, 두 잎, 세 잎, 겹겹으로 포개진 진홍의 꽃잎들이 활짝 웃음을 머금고 있었다. 마치 어릴 때 세밑의 황혼녘이면 성당에서 들려오던 종소리처럼 은은함 가운데 황홀하기도 하였다.

한참을 서서 동백꽃에 흠뻑 취하던 나는 북쪽으로 뻗은 가장이로 눈길이 옮아갔다. 동쪽으로 가장이를 키운 쪽이 탐스럽게 꽃을 피운 것과는 반대로 아직 열은 솜털에 싸인 봉오리들이 가엾게만 보였다. 어쩌면 저것들은 꽃을 피워보지 못할지도 모른다는 생각이 들 만큼.

한 뿌리에서 길어올린 수분으로 똑같이 목을 축였을 텐데도 음지와 양지가 이렇게 확연히 다를 수가 있을까. 사람의 몸도 저와 같으리란 생각이 들었다. 어느 한 곳이라도 이상이 생기게 되면 그로 인해 건강이 좋지 못할 것은 뻔한 일이다. 끝내는 영영 피어나지 못할 꽃봉오리처럼 될 것이 아닌가. 평소에는 풀잎 한 잎 돌덩이 하나도 무심코 보아 넘겼는데 동백꽃을 보며 비로소 신비한 자연의 섭리를 다시 깨닫게 되었다.

나는요? 철도공무원으로 일하다 퇴직한 지천명의 여인입니다. 글공부에 대한 미련을 버리지 못하고 애태우지요. 올케의 소개로 편지마을을 알게 되었고 부지런히 노력하리라 다짐합니다.

어떤 가을 소풍

이 영 옥

"세상에서 나만큼 얌전하고 착실한 사람이 있으면 나와 보라고 해요."이렇게 남편 앞에서 큰 소리를 칠 만큼 '얌전', '겸손'하면 나라고 생각하며 살았다. 늘 뒷자리에 앉아 경청만 하고 다른 사람들의 의견에 동조하는 것이 나의 몫이었다. 어쩌다 앞에 세워지면 얼굴이 붉어지며 목소리는 기어 들어갔다.

학교에 다닐 때였다. 통지표의 생활기록부란에는 온유, 성실, 착함 등의 단어로 가득 차 있었다. 처음 보는 사람들도 늘 그런 인사치레여서 난 더 얌전한 척, 착한 척하게 됐는지 모른다.

'늘 활발하여 적극적으로 활동하며 모든 일에 솔선수범하여 타의 모범이 됩니다. 발표력도 좋고 인기도 좋습니다.' 이런 칭찬의 글귀가 적혀지길 바랐고 그렇게 보여지길 바라기도 했다. 그러나 그것은 언제나 나 혼자만의 생각일 뿐이었다.

둘이 있을 때는 얘기를 곧잘 하다가도 셋, 넷만 되면 슬그머니 뒷자리로 물러가 있는 자신을 발견하게 된다. 용기를 내서 내 의견을 표현하려 애써보지만 내게로 집중되는 눈들을 보면 고양이 앞에 쥐처럼 움츠러들고 만다.

이런 내 성격 탓에 앞에 나서는 일은 일종의 모험으로 대단한 용기와 인내가 필요했다. 늘 해오던 대로 얌전히 있는 것이 오히려 편한 일로 받아들여졌다. 그래서 언제 어디서나 유창한 말씨로 자기의 의견을 거침없이 표현하는 사람들은 내게 동경의 대상이 되었다. 저들은 처음부터 저렇게 타고난 사람일 거라는 결론을 내리고 난 더 이상 앞에 나서려는 노력을 포기하고 있었다.

결혼과 함께 수줍음 많은 내 성격도 조금씩 바뀌고 있었다. 남편은 내게 자신감을 키워 주었고 두 아이들을 키우면서 열심히 사는 적극적인 자세를 갖게 되었다.

큰아이를 유치원에 보내고 나니 회관에서 하는 여러 프로그램이 있었다. 작은아이와 다닐 수 있는 곳은 노래교실반이었다. 선생님은 주부들을 재미있게 리드해 주셨고 주부들도 가족 같은 분위기 속에 모두 즐거워했다. 나는 그저 뒷자리에서 얌전히 가르쳐 주는 대로 배우며 딸애와 애기만 하다 오는 날의 연속이었다.

그날도 뒷자리에 앉아 있으려니 선생님이 들어오시며 “처음 오셨나 봐요.”라고 인사를 했다. “아니예요. 벌써 한달이 지났어요.”하자, “그럼 신고식을 하라”고 했다. 저번 주에 배운 노래를 한번 부르라고 했는데 난 그것보다 오늘 배울 ‘제3 한강교’를 부르겠다고 했다. 선생님은 의외라는 표정을 지으며 반주를 해 주셨다.

기회를 잡은 나는 디스코 춤을 곁들여 노래를 불러 제꼈다. 선생님과 주부들은 깜짝 놀란 표정으로 바라보다가 우뢰 같은 박수를 보내 주었다. 그동안은 얌전히 서서 부른 사람밖에 없었는데다 한달 동안이나 소리없이 앉아있던 사람이 디스코까지 추었으니 말이다. 선생님은 “얌전하게 봤는데 전혀 잘못 봤군요”하며 거듭 놀라는 표정이었다.

나는 실로 오랜만에 여러 사람 앞에서 나를 드러내는 일에 성공하였다. 그일로 나도 할 수 있다는 자신감을 갖기 시작하였다.

그 후 작은아이도 큰아이 유치원에 함께 다니게 되었고 나는 가을 소풍을 따라갔다. 아이들이 서울랜드에서 놀고 올 동안 엄마들에겐 레크레이션 시간이 주어졌다. 레크레이션 지도자가 나를 따라서 할 사람은 나오라고 하였다. 난 또다시 나를 시험하고 싶은 마음에 벌떡 일어났다. 용기를 내서 그의 동작을 따라하자 "됐어요. 팀장하세요."하며 붙잡았다. 난 들어갈 수도 서 있을 수도 없었다. '나도 할 수 있다. 나온 김에 끝까지 해 보자'라는 마음으로 열과 성을 다하여 게임에 임하였고 응원가를 불렀다.

우리 편이 이기게 되었고 나는 많은 박수를 받았다. 상대 팀장도 자기보다 한 수 위라며 나를 추켜세워 주었다. 내가 어떻게 했는지는 잘 모르겠지만 해냈다는 뿌듯함에 그날의 가을 소풍을 잊을 수 없는 추억으로 간직하게 되었다.

선천적인 것도 중요하지만 늘 노력하고 최선을 다하면 자기가 생각한 대로 원하는 대로 되는 것을 깨달았다.

나는요? 내성적인 성격 탓으로 남 앞에 나서는 일에 자신이 없습니다. 조용한 것을 좋아하고 글공부를 열심히 하고 싶습니다.

영원한 사랑의 실체를 잡기 위해

김 은 향

"엄마, 사람이 죽으면 왜 땅 속에 묻나요? 왜 착한 일을 하면 하늘나라의 별이 되고 못된 짓을 하면 지옥의 사자가 와서 잡아가나요, 그래서 어떻게 되나요?"

다섯 살짜리 딸애의 따발총 같은 질문에 대답을 해 주느라 곤혹을 치른 뒤 겨우 잠을 재우고 나 혼자만의 시간을 가져본다. 하루종일 직장일로 시달리다 퇴근하면 또 주부가 해야 할 일이 쌓여있으니 어찌 여유로운 나만의 시간을 기대할 수 있으랴.

이런 조용한 시간을 가져본 지도 결혼 후로는 정말 손꼽을 정도다. 그리 건강한 편에도 못 드는 나는 조금만 무리하면 자리에 눕고 만다. 그럴 때마다 남편은 힘든 아내를 도와 빨래며 청소를 맡아서 해 준다. 일일이 말로 표현하지 못했지만 마음속 깊이 감사할 뿐이다. 어느 날은 색깔이 있는 옷과 흰옷을 함께 삶아서 물이 들어 못 입게 된 적도 있었다. 여러 벌의 속옷을 새로 샀지만 그리 아깝다는 생각은 들지 않았다.

아내를 사랑하고 도와주는 남편과 예쁘게 잠자는 딸아이. 나에게는 모든 행복의 여건들이 두루 갖추어 진 게 틀림없다. 그런데도 이따금 구멍난 양말처럼 마음 한구석이 텅 비어 있는 듯함을 느끼게 된다. 그 어떤 것으로도 채울 수 없는 공허함, 쓸쓸함과 외로움이 밀려 오는 것은 왜일까? 살아갈수록 가슴은 점점 더 메말라 간다. 상대방의 아픔을 감싸고 사랑해 줄 수 있는 그런 넉넉한 마음의 여유도 갖기 어려워진다.

얼마 전, 어느 노부부의 이야기가 텔레비젼 뉴스 시간에 소개되었다. 관절염으로 고생을 하면서도 자신들의 병은 고칠 생각도 없이 80억원의 재산을 자선단체에 기증한 후 동반자살로 생을 마감했다고 한다. 그 소식을 들으면서 과연 나 자신은 어떤가 하고 생각해 보았다.

세상에는 아직 고귀한 사랑을 실천하며 천사와 같이 살아가는 분들이 계신다. 그런 분들이 있기에 세상은 아직 살만하지 않을까. 노부부의 죽음을 가슴 아파하고 그분들의 사랑에 눈시울을 적신 하루였다.

사람은 분명 의식주의 해결만으로는 살 수 없는 것 같다. 의식은 끝없는 세포분열로 잠시도 우리의 마음을 고요히 머무르게 하지 않는다. 물질적인 충족도 공허한 마음을 살찌우지는 못한다.

한때는 자유를 갈구하며 동경해 본 적이 있었다. 혼자 거닐고 혼자 웃다가 혼자 잠이 드는, 그래서 깨어나 혼자라는 고독감에서 훌쩍일지라도 그런 자유를 만끽해 보았으면 했다. 그러나 그런 생각은 이내 부질없는 희망사항이라는 걸 깨닫고 현실의 내 위치를 떠올리곤 했다.

이제는 남은 시간을 어떻게 유용하게 쓸 것이며 후회없는 삶을 마감할 수 있을까 하는 문제에 관심을 쏟아 본다. 며느리, 아내, 엄마, 직장인인 내 자리를 지키기 위해서는 정말 수퍼우먼의 강인한 정신력과 건강이 필요하리라.

비록 마음대로 할 수 없는 것이 사람 사는 일이지만 스스로 선택한 나의 삶에 최선을 다하고 싶다. 힘들게 만나서 결혼한 남편과 자식을 위해 그리고 나 자신을 위해 촛불을 밝혀야 겠다. 저승 갈 때 무얼 가지고 가겠느냐는 스님의 말씀처럼 이론과 아집에 휩싸여 자신을 잃어버리는 어리석은 짓은 하지 말아야겠다. 오로지 조그만 사랑의 실천으로 내 가족부터 더 따뜻이 보듬어 안으리라. 영원한 사랑의 실체를 잡기 위해.

나는요? 체신공무원으로 근무하며 보석처럼 소중한 세 딸을 두었습니다. 편지마을을 누구보다도 사랑하며 바르게 사는 것을 생활신조로 여깁니다.

그렇게 살고 싶다

이 음 전

한 해, 두 해 나이를 삼킬수록 노후를 생각해 보는 버릇이 생겼다. 남편이 쉰이라면 나는 마흔 여섯, 아들은 스물을 갓 넘긴 나이. 아들이 대학을 들어갈 즈음에도 아비규환의 전쟁 같은 수험생들의 고충은 계속되고 있을까? 성적 변변찮으면 난 공부만을 강요하지 않으려고 한다.

지천명을 넘기면서까지 진저리나는 노동에 시달려야 하는 서글픈 상황이라면 사람 살기에 가장 이상적이라는 농촌에 뿌리내리기 위해 젊음을 쏟아붓던 지난 시절이 허무해서 우리 부부는 끝없는 실의에 빠지기도 하리라.

집안 치장엔 별 관심이 없는 대신 그동안 모아 온 책들이 사방의 책꽂이에 꽂혀 있으므로 우리의 우중충한 연륜도 어느 정도는 따스하게 감싸주는 역할을 할 것이다.

조금도 불편함은 없지만 그저 평범한 농가라는 것이 싫어서 집짓기를 소망하는 나는 아마도 내가 삼십대에 지은 집이라서 이렇게 구식이라며, 찾아오는 손님들에게 가벼운 변명을 늘어 놓기도 할 게다.

제 짝을 찾아 떠난 자식도 소용없고 마누라가 제일이라고 속 들여다 보이는 응석 같은 고백을 풀어놓는 남편에게 불같은 성질도 다 죽고 이빠진 호랑이와 다름없는 연민에 찔끔 눈물을 흘릴 날이 아득한 것만도 아니다. 무엇이든 심고 가꾸는 것을 좋아하는 안주인으로 하여 텃밭엔 채소와 꽃들이 뒤섞여 자라도 이웃들은 그저 넉넉히 웃으며 노년에 나타나는 지독한 건망증을 무심히 나무랄 수도 있으리.

이런저런 농사는 젊은이들에게 물려주고 엉덩짝만한 남새밭을 일구다가 남는 시간엔 산야를 누비며 나물을 뜯을 것이다. 농사가 너무 많아 일이 지겨울 때는 요즈음에도 훌훌털고 산나물이나 뜯으

러 가고 싶은 충동이 수없이 든다. 고사리, 다래순, 취나물은 깊은 산일수록 많아 해가 져도 집으로 돌아갈 생각을 잊게 한다. 산행에 앞서 산돼지보다 사람이 더 무서운 법이라고 식상한 훈계를 잊지 않는 남편은 화가 머리 끝까지 돋고 급기야는 나물보따리를 벼랑으로 던져버린 일이 있었다.

여느 농촌의 노파들처럼 환갑을 지나도록 관절염 등의 퇴행성 질환을 앓지 않고 다리가 성하다면 분명히 나는 나물을 뜯는 일만은 포기하지 않을 것이다. 이것은 중대한 노후계획 중의 하나다. 꺾고 이 삼일 후면 다시 뾰족이 수줍은 듯 돋아나는 고사리는 잠자리에 들어 눈을 감아도 아른아른 떠오른다. 참으로 신비한 체험이다.

산중에는 별의별 이름모를 나물들이 많기도 하지만 먹으면 약이 되는 식물의 모양새나 이름들을 환갑이 지난 후에는 완숙하게 터득하게 되지 않을까. 늙은 육신에 질병까지 찾아오는 것이 두려워서 캐온 약초를 깨끗이 다듬어 끓여 그이와 내가 나누어 마시겠지. 나물과 약초와 버섯들이 사시사철 유혹해도 돋보기를 걸치고 틈틈이 독서하는 일에는 게으름을 피우지 않았으면 한다. 흐르는 세월과 함께 저절로 내 문학의 깊이도 원숙해지면 좋으련만. 새벽부터 엮어낸 글이 마음에 들지 않아 밤새 절망의 늪에서 허우적 대는 날이 잦아지면 약골인 나는 몸살까지 앓게 되는 일이 부지기수일 텐데 늙은 마누라의 괜한 에너지 소모에 다혈질인 남편은 버럭 소리부터 질러 댈 것이다.

어린 시절, 언니처럼 엄마처럼 정겹던 친정의 셋째 고모가 그 때까지 생존한다면 그의 아들 딸에게 양해를 구하고 3년쯤만 동고동락 하고 싶다. 이 젊은 날의 꿈이 이루어 진다면 나는 소원대로 노후를 보내는 축복받은 사람임이 틀림없으리.

지난 가을, 소설가 박경리 여사는 원고지 7만 장 분량의 「토지」를 완간하고 사람들로부터 숱한 찬사를 받았다. 직접 농사를 짓던 텃밭에서 잔치도 벌이며 행복해 하셨다. 나는 그 나이에 글을 쓸 수 있는 기력이 남아 있을는지도 알 수 없다. 또한 그분처럼 훌륭한 창작의 밑바탕을 갖추고 있지 못하므로 더 안간힘을 쓰지나 않을까? 내 생각들을 표현하는 말들이 적합치 않아 읽을수록 어색한 글도 원고 매수는 제법 쌓여서 마음 한켠에는 책을 내고 싶은 바람도 풀풀 솟을 것만 같다.

작고 초라하지만 나의 청춘이 고스란히 담겨 있는 수필집이 출판되는 날엔 채소나 꽃들을 가꾸던 텃밭에서 그 옛날 가슴 뛰는 경이감으로 바라보던 박경리 여사의 잔치처럼 손님들을 부르리라. 이름 없는 여인이 되어 산촌에 묻혀 사는 것을 진심으로 원하긴 해도 내가 유별나게 산나물을 즐겨 뜯는 바람에 책과 포개어 한 뭉치씩 아는 사람들에게 선물하려면 이 작은 동네에 외지에서 온 사람들의 발걸음이 빈번해 지는 이유가 되는 건 아닐지.

가끔씩 남편과 함께 하는 국내는 물론 해외여행을 감안해 지금부터라도 만국통용어인 영어를 배워 볼거나. 실현이 가능한 노후의 설계인지 지금은 단정할 수 없지만 내가 감싸서 껴안지 않는다면 어쩌지 고삐 풀린 망아지처럼 허둥댈 것만 같은 남편과 그렇게 살고 싶다.

나는요? 문경새재가 있는 고을에서 농사를 지으며 살고 있는 주부입니다. 농촌의 이야기를 소재로 하여 글 쓰는 일을 좋아합니다. 우리 농산물을 애용하여 우르과이라운드를 잘 극복해 나갔으면 하는 바람입니다.

마흔 일곱 권의 스크랩 북

박 병 숙

올해 내 나이 쉰 일곱, 스크랩북을 만드는 일에 열을 쏟기 시작한 것은 스물 여섯 이전이었다. 그 무렵 나는 어느 잡지에 위와 같은 제목의 수필을 발표했다. 월남전이 한창인 때였고 난 아직 미혼이었다. 내 글을 읽은 사람들로부터 나는 셀 수 없을 정도로 많은 편지를 받았다. 파월장병들과 원양어선을 타는 도령들 그리고 미국의 어느 사진작가가 보낸 편지와 카드도 있었다. 나는 뭐든지 버리길 아까워 하는 고질병을 갖고 있는데 그분의 편지와 카드도 지금껏 간직하고 있다. 이따금 정리를 할 때마다 한번씩 꺼내보며 어느 곳에선가 좋은 작품을 찍고 있으리라 믿곤 한다.

왜 하필이면 마흔 일곱 권의 스크랩북이냐고요. 난 아라비아 숫자 중에서 4와 7을 제일 좋아한다. 4자를 특별히 좋아하는 이유는 남들이 모두 싫어하는 데다가 4자가 얼마나 좋은 숫자인지를 알려주고 싶기도 해서다.

내가 얼마간 대학을 다닐 때였다. 서양사를 강의하던 교수님이 4자의 유래에 대해 강의하셨다. 어느 나라에선가 전쟁이 벌어졌는데 마지막에 4444명이 힘을 다해 적을 무찔렀다고 한다. 이 이야기에 매료된 뒤부터 4자를 좋아하게 되었다. 7자는 누구나 좋아하는 행운의 숫자이니 나도 좋아할 수밖에. 그래서 4와 7, 두 숫자가 나타내는 47권의 스크랩북을 만들기로 했던 것이다.

그동안 나는 수없이 많은 가위질을 했다. 신문은 물론이고 온갖 잡지 종류와 활자화된 모든 기사는 스크랩북의 대상이 되었다. 게다가 정치, 경제, 문화, 요리, 미용, 의상, 취미, 종교 등 각 분야별로 정성껏 마치 기도하는 마음가짐으로 열성을 다 했다. 한 권의 스크랩북, 즉 작품을 만들기 위해 나는 소화 몇 년도 인가 때의 신문부터 95년도 신문까지 수집할 만큼 끈질긴 사람이다.

처음 시작했을 때를 돌이켜 보면 너무나 부끄러운 졸작이었다. 이제는 스크랩북을 만들기 위한 책도 크고 작은 것이 나와 있다. 준비된 재료를 어떻게 붙일 것인가, 어떻게 하면 받는 이가 일목요연하게 읽을 수 있을까 하고 깊이 궁리를 하기도 한다. 어떤 때는 체계적으로 잘 꾸미겠다고 몰두하다가 하얗게 밤을 새운 적도 많다. 몇 십년 전만 해도 장을 보러 가면 생선을 신문에 싸서 주곤했다. 그때 너무 아까운 기사가 있으면 신문지를 비눗물로 깨끗이 헹구었다가 말려서 쓰기도 했다. 구겨진 것은 물론 반드시 다림질을 한다.

이렇게 만들어진 스크랩북은 주로 필요한 사람에게 졸업이나 결혼 선물로 주었다. 비싼 값을 치르고 산 좋은 물건만은 못하겠지만 성의를 알고 칭찬해 주어서 고마웠다. 그 인연으로 또 많은 사람들을 알게 되었다. 그 중에서도 동아대학교에 다니던 숙이, 공군사관학교의 서생도 등과는 오래도록 연락이 이어져왔었다. 그런데 91년 내 건강이 좋지 못하여 신경과에 입원하고 투병하는 동안 그들과의 소식이 끊어지고 말았다. 숙이는 부산에서 요리를 강의하는 선생님이고 서생도는 비행기 조종사가 되었다는 것까지만 알고 있을 뿐, 내가 다시 몸을 추스리고 나서 그들에게 편지를 보냈지만 모두 되돌아 왔다. 되돌아 온 편지를 받던 날은 정말 울고 싶도록 서운하였다.

이럭저럭 47권의 스크랩북 가운데서 43권이 시집을 갔다. 두 권은 이제 거의 마무리 되어 가며 한 권은 조금 손대기 시작했다. 힘들여 만든 만큼 아무에게나 주는 것은 아니다. 나머지 세 권도 이미 임자가 대강 정해져 있다.

일본이나 미국 등 외국으로 보내진 것도 여러 권이다. 가위질을 하느라고 손마디에 굳은살이 박히고 아파서 고생한 날도 많았지만 보람된 일이었다. 특히 외국에 나가 있는 분들은 요리란이 마음에 들고 실생활에 도움이 된다고 하였다. 어려서 한국을 떠난 교포는 문화면에서 다시 한국을 배운다고 하였다.

처음 이 일을 시작할 때는 꿈도 컸었다. 47권의 스크랩북을 만들어 전시회를 가져보고도 싶었다. 내 스크랩북은 펼쳐도 펼쳐도 읽을 거리가 채곡채곡 들어 있는 요술장이라고 생각한다. 그래서 대단한 긍지를 갖고 있다.

95년 안으로 나는 나머지 세 권을 완성하여 시집을 보내려 한다. 전시회의 꿈은 이루지 못하더라도 훌훌 여행길에 오를까 한다. 몇십년 동안의 숙제에서 해방이라도 된 듯이. 그리고 내 스크랩북을 받은 분들께 하나님의 은혜가 가득하길 빈다.

나는요? 한때 건강이 좋지 못하여 쉬다가 다시 편지마을에 나와 행복합니다. 건강한 몸으로 직장에도 다니며 활기차게 살아 갑니다. 가슴에 품은 꿈은 아직 연분홍 빛이고요.

부끄러운 선택

김 정 순

내 나이 벌써 서른 일곱. 이젠 완숙함으로 세상을 봄직한 나이이다. 그런데도 나는 이십대의 어린 감정으로 행동하니 한심하기 그지없다. 불혹의 40을 바라보는 지금 부부싸움이 더욱더 잦아지고 있다. 싸움이 시작되면 평소엔 양보하고 꼬리를 감추던 내가, 한 치의 물러섬도 없이 맞서기 때문이다. 한지붕 아래 살면서 의견충돌은 있기 마련이다. 그렇지만 해도 심하다. 한 쪽이 참아주면 조용한 가정이 되겠지만 지금까지 쭈욱 인내한 나로서는 한계에 도달했다. 내가 접고 또 접어 생각해도 그인 내게 더욱더 의기양양 공격적이었다. 부딪칠 때마다 쏟아지던 내 상처에의 송곳질이 너무 아팠고 혼자서 앓아내기엔 힘겨운 세월이었다. 한때의 분함을 참으면 백날의 근심을 면하리라며 삭혀왔다. 그러나 그이의 입에서 흘러나온 폭언은 그대로 내귀에 와 꽂혀 응어리가 되고 마음의 병이 되었다. 그래서 털고 일어서고 싶었다. 남편에게 더이상 일방적인 횡포를 허용할 수 없었다. 물론 결혼 초엔 과격하고 독선적인 행동도 야성적으로 보였다. 그러나 해가 바뀌면서 존경도 사랑도 생활에 묻

히고 불신과 증오만 커졌다.

가정의 평화를 위해 여자가 참아야 한다는 어설픈 감상도 깨어졌다. 그이의 순간적인 감정의 폭발로 나는 인간이 아니었고 눈물의 바닷속을 헤매야 했다. 그러기를 여러 해, 차츰 무서움과 참을성은 엷어져 가고 싸움에 적극적이어야 겠다는 용기가 생겼다. 내 손으로 애 둘을 키우면서 한 아인 등에 업고 한 애는 앞에 안고서 온 저녁을 메꾸며 단련했던 체력이 있다. 눈이 펑펑 쏟아져 한치 앞도 보이지 않는 한밤중에 딸아이의 약을 사러 산길을 걸었던 대범함도 내겐 있었다. 그리하여 난 남편을 향한 정면승부를 선언한 것이다.

누군가 법은 멀고 주먹은 가깝다고 했던가. 남편 뒷바라지, 직장생활, 아이기르기, 알고 보면 나야말로 알짜배기가 아닌가. 그런데도 그는 내게 열만 나면 폭력이었다. 억울했다.

'혼자 사는 거 보다야 낫지. 행복할 때도 있으니까'하고 위로도 하며 체념 반 포기 반으로 살아왔건만 마음속 상처는 깊이 패여져만 갔다. 이래선 안 되겠다. 내 상처는 어느 누구도 치료할 수 없다. 내가 치유하지 않으면 안 되었다.

그러던 어느 날, 아들을 태권도 학원에 등록시키고 돌아오다가 '아! 이것이다.'하고 쾌재를 불렀다.

적어도 그가 내게 손을 뻗칠 때 방어만 한다고 해도 대성공이다. 그이의 주먹 앞에서 무력하게 쓰러지는 그런 불상사만은 막을 수 있겠지. 맞고 나서 멍든 자국 사진 찍으면 무엇하랴. 친정으로 쪼르륵 달려가 하소연 해 본들 서로의 마음만 쓰릴 뿐이다. 그러므로 난 적어도 맞는 일만은 내게서 멀어지길 바란다. 무력으로 체첸을 정복하려던 러시아가 강력한 반격으로 협상을 제기하듯 그이도 내게 평화협상을 하려 들겠지. 난 그때까지 쉬임없이 그것을 배워야지. 몰리다 갈 곳이 없으면 삶 자체를 포기할 수도 있는 나이기에 적극적인 방법을 선택해야만 했다. 그이에겐 내가 필요하고 나에겐 그가, 그리고 두 아이에겐 부모가 필요함을 서로 깨달아야만 한다.

'얏! 야얏!'

부끄럽지만 난 이걸 선택했다. 난 추호도 그이의 위에 서고 싶은 마음은 없다. 다만 남편과 같은 위치에 선 아내이자 인간이고 싶을 뿐.

나는요? 두 아이의 엄마이면서 국민학교 교사입니다. 바쁜 생활 속에서도 글 쓰는 일에 미련을 버리지 못하고 있습니다. 62년생으로 전남 순천에서 살고 있습니다.

시심의 章

가을 편지

박 명 숙

밀봉한 가슴을 열면 재채기가 쏟아진다.
들꽃 향기를 토해놓고 메밀밭 사이로 숨는 얼굴
솔바람 돋는 뜨락에 아침을 풀어 놓는다.

햇살 되어서 실오리로 무릎에 걸터앉기도 하고
햇살 되어서 손마디에 가락지로 끼이기도 하며
네 얼굴 물 속 같은 한낮으로 배어들고 있는 날

일렁이는 시오리 산길 가슴에 문지르면
네가 부친 하늘은 목젖을 누르고
한 모금 풀잎으로 맺힌 사랑 눈썹 끝에 흔들린다.

긴 세월 식어가는 찻잔을 내려놓고
시월상달 귀밑머리 풀리는 우리 인연에
달빛만 푸르게 길어 답신을 봉한다.

나는요? 오랜 습작과 노력 끝에 신춘문예를 통하여 기쁨을 얻었습니다. 교직에서 물러나 남편과 두 아이들을 위해 애정을 쏟고 있습니다.

맑은 영혼으로

-정신지체아를 위하여 Ⅰ-

김 향 자

또래들보다 좀 늦되는 아이들이 모여서
기역 니은 배운다.
하나부터 열까지 셈 공부 한다.
어제는 알았다가 오늘은 잊었다가
언제나 시작일 뿐이지만
맑은 영혼으로 다가가면
닫힌 혼 조금씩 열어 보인다.

더디 피어오르는 꿈이 보인다.
어여뻐라
부대껴 야윈 손으로
한 올 한 올
뒤얽힌 운명의 매듭을 푼다.

기다림

-정신지체아를 위하여 Ⅱ-

어느날
정갈한 마음으로
아이 앞에 다가섰을 때
아 문득
싹을 틔우는 작은 숨결 들었네.
따스한 햇살 끌어다
다독다독 등 덮어 주었을 때
아이는 꽃을 피웠네.
행여 바람 불어올까
긴 세월 근심했었네.
그러나 아이는
혼자서 알찬 열매 익혀가고 있었네.

나는요? 또래들보다 늦되는 아이들을 가르치며 이들의 아주 작은 변화에도 박수갈채를 보내는 나는 광주충장중학교 교사입니다. 이 아이들의 티없이 맑고 고운 심성과 가능성을 시로 엮으며 살아가고 싶습니다.

항아리

한 재 선

우리 집 부뚜막에
다소곳이 앉아 있는 너
가눌 길 없는
그리움을 담아도
모른 체 하고
침묵의 언어
안으로 보듬었다가
저 혼자 외로워
눈 감고 입 다물면
어디선가 가슴 헤집는 비명
산고의 진통을 견디다
몸 푸는 소리 들린다.

나는요? 지금은 고인이 되신 강병훈 선배님의 뒤를 이어 편지마을 전북지회 회장이 되었습니다. 조금은 걱정도 되지만 하늘나라에 계신 선배님이 잘 도와주시리라 믿습니다. 4남매의 가장으로 씩씩하게 살고 있으며 시를 쓰는 순간이 행복한 때입니다.

수하리 가는 길

남 춘 희

'하늘아래 첫집'이 보이는
수하리 가는 길엔
눈물밖에 뿌려줄 것이 없다.
어쩔 것인가

여름이 날 따라와
소리로 어우르고
상큼한 바람이
골짜기를 돌아
휘감겨 오는 산길

눈물 말고는
뜨거운 가슴밖에
던질 것이 없다.
어쩔 것인가

※수하리-홍천군에 있는 마을

나는요? 아직도 가슴으로 쓴 시를 만나면 뜨겁게 감동해서 눈물 흘리는 60년생 주부입니다. 그런 시를 쓰고 싶은 욕심이겠지요. 잊은 듯이 살다가도 때론 마음이 울적하고 허전해 집니다. 그래서 생긴 새로운 취미가 음악감상이랍니다.

소 작(小作)

이 경 아

결코 넓어 보이지 않는 땅
논 세 빼미
가을에 여섯 가마니를 주기로 하고
이씨 일가는 모를 심었다.
기껏해야 아홉 가마니를 거두는 논에서
승철이네 이양기는 잘도 돌아간다.
없는 사람 자식 많아 다행이라
마실 사람 얘기지만
것두 복은 아니지
늙은 아비는 담배를 턴다.
한여름 내내
땡볕아래 허물쓰고 약을 친다.
물이 마를세라 끊길세라
새벽잠 잃어가며
한해 손님 장마지면
터지는 둑을 안고 봇물 같은 날을 샌다.
이러면 뭐가 남나

다음날은
애새끼 같은 볏단을 끌어안고
마른 울음 삼켜 하늘 보지만
세상은 쌀 한가마에 십만원을 다 주지 않는다.

나는요? 무슨 일이든지 정성을 다하는 편지마을의 막내입니다. 66년생으로 안양에서 살며 시를 사랑합니다.

어머니

임 희 자

하늘까지 서러운 것이
당신 몫은 많기도 하시더니
살얼음이 불던 어이없는 구설도
빈 가마솥에 가득찼던 허기도
당신 몫은 크기도 하시더니
타고 다니는 밭고랑에
눈물땀 섞어 뿌리고

작아진 고무신 끌고 돌아오는 길
결린 등에 무더기로 얹혀오던 달빛도
무겁다고 하시더니 지금은
당신이 그믐 밤에 달로 뜨시어
지표가 되고 등불이 되어도
시시로 아른대는 젖은 모습은
두고 두고 후회할 불효입니다.
값지 못할 은혜입니다.
창살의 명암으로 시계를 대신하던
그 지혜
흉내조차 낼 수 없어 어미가 되었어도

막막할 땐 먼저 당신을 찾습니다.
궂은날도 잡풀처럼 자라서
밤마다 기워도 줄지던 바라지
손등 터지는 새벽
당신을 녹여주던 청솔타는 소리가
지금은
전선처럼 그리운데
언제까지 당신은
한뼘의 그늘도 아랫목도 없이
한뎃잠을 자는 만월인가요
오늘은
당신의 푸석한 젖가슴에
한아름 카네션이 되어
안기고 싶습니다.

나는요? 시어머님을 모시고 섬유수출업을 하는 남편과 함께 상도동에서 삽니다. 독서를 좋아하고 무언가 쓰기를 좋아합니다. 문학학교에서 열심히 공부하며 시인을 꿈꿉니다.

물

강 경 희

지난 여름은 뜨거웠고
내 사랑은 사막을 배회하는
한마리 낙타였다.
가까이서 가까이서
바라보는 내 눈은 젖어들고
가슴이 타듯 대지가 마르고
그대처럼 나처럼
돌아앉았네.
계곡에서 물장구치던
어린시절의 내 모습을 신기루처럼
지난 여름내내 꿈꾸며
어느날 일어나 보니
그대는
흔들리어 저만큼 멀어지고
가만히 아주 가만히
종이배를 접는다.
내 하나의 낙타를 위해.

나는요? 남편이 집을 떠나 바다에 머무르는 시간이 많아 독서할 시간이 많은 주부입니다. 아이들에게 읽어주려고 동화를 쓰기도 하고 시를 쓰기도 한답니다. 부산에서 살고 있습니다.

만 남

박 계 환

설익은 풋과일 냄새만이 그득한 밀실에
이제야
한 송이 장미꽃을 꽂으며
무한한 진통 끝에
여기 한 마리 꿈 같은 학을
낳았습니다.

수액을 빨아 올리는 장미 가지에
하얀 숨소리가 빨라지고
어둠을 가르며
가느다란 줄기로 날아온
천둥소리 없는 푸른 번갯불

죽음처럼 목쉰 어둠이
소리없이 물러가고
바다엔 불꽃 한 덩이
환희에
떨고 있었습니다.

나는요? 남편과 아이들의 모습 속에서 삶의 아름다움을 순간 순간 느끼며 살아 가는 주부입니다. 전남 광양에서 살고 있습니다.

이 별

박 주 영

바람인 그대
잠깐 내 곁에 머물다
가버리면 그만이지
뼈 아픈 소망으로
기도하면 무엇하나

어느 깃발 없는 깃대처럼
나부끼지도 못할 사랑인 것을
아깝지도 않을 애정인 것을

별이 쏟아지고
한무더기 쏟아지는
눈물이 아니더라도
이미 넌
타인으로 돌아 누웠고

후일 네 진실의 눈물로
나를 흔든다 해도
우린 이미 먼 타인으로
돌아 선 것을.

나는요? 61년 생으로 아직은 실수투성인 주부랍니다. 자상한 남편 덕분에 아들 관표와 함께 하루하루를 즐겁게 살죠. 편지마을 회원이 된 것을 올해 최고의 행운이라 생각하고 열심히 노력할게요.

강의를 들으며

박 경 순

가을이 내리고
하늘빛이 변하고 있다.
그리도 멀리만 보이던 산들이
눈 앞으로 다가오고

매주 목요일
상큼한 주부 독서대학 학생으로
묵직한 노트와 펜을 들고
만리동 고갯마루를 걷는다.

언제부터일까
나의 텅빈 머리에
이상과 꿈은 심어지기 시작하였고
하얀 노트에 한자 한자 교수님 말씀 채워 나가며
무언의 다짐을 한다.

아주 낮은 목소리로 말하노라
손기정 독서대학 강의실에서
이천 년대를 향해 민족의 바람이 불어온다고
고도의 정기여 영원할 지어다.

나는요? 시와 음악을 사랑하며 무엇이든지 열심히 공부하는 여인입니다. 보름달처럼 환한 미소를 잃지 않으려 노력하며 남편과 두 아들과 함께 행복하게 살고 있습니다.

지하철을 타고

문 영 혜

늘상
삶지 않은 무명 빨래처럼
옷걸이에 누덕 누덕
내 젖은 시간 걸어두고

올올이 여린
손끝 아프도록
시도해 보던 비상

젊은 날
내 중년의
자화상을 분장하면서

재촉하며
머무르며
포물선 그리는 지하철

일회용 노란 차표 한 장에
숱한 시간 얹어두고

원점으로 돌아 오는
내 일상의 귀퉁이

어깨를 추수리며
숨찬 지하철을 타고
동전 몇닢으로
넉넉해질 수 있는 가슴

들숲을 지나고
학교운동장이 보이고
아파트 지붕 저쪽
시화전이 열린 하늘
저 산수화 물감 푼
노을 비낀 한강
유람선을 보다가

문득
내 어린날의 무지개가
아직도 꿈꾸는
그 먼 표류도.

나는요? 편지마을 햇살드는 툇마루에 엎드려 탱자나무 울타리 쪽으로 뛰어가 버린 그 소년에게 편지를 쓰렵니다. 지금은 기다리지도 않을 답장을 말입니다.

꿈

안 미 란

사막의 고지에서 날아드는
꿈을 꾸었다.
환상의 갈증 강렬한 혀 끝
처음 불에 데이던 날
별안간 폐허의 동굴 속
혼돈의 시대를 뚫고 나와
시퍼런 작두
칼날에 서슬 퍼런 입을 벌려
발을 내딛는 순간.
뻗쳐오르던 핏 줄기
소 여물 사이로 적셔가
절단된 손가락 마디
혼절했다.
찾았던가 아득해 몽롱한 위기
다시 어두운 밤
포효하는 산 짐승 소리에
날카로운 파편 등에 맞으며
도망치다 쓰러짐
내가 본 것들에 대해

묻지 말아야 했던가
절벽을 떨어지며
곡예하듯 아찔함에
눈을 뜬다.
발가락 하나를 꼼지락 거릴 수 없는
소용돌이
아직은 확인할 수 없는
꿈,
꿈을 꾼다.
기억할 수 있을 때까지…….
말할 수 있을 때까지…….

나는요? 허물도 그리워지는 옛친구 같은 너그러움이 푸근해 망설이지 않고 다가서게 한 편지마을이었습니다. 그저 작은 고리이나마 연결되고 싶어서 여러 사람들 틈 속에서 등 비비며 손을 잡고 싶습니다. 배움 속에서 더 큰 신비한 자유를 압니다. 오늘도 눈을 크게 떠봅니다.

실종신고

홍 순 옥

1
실종 신고 합니다
하느님 당신께

모카 부록 놀이 집 짓기는 끝나고
실종된 천오백명은 사랑하는
부모 자식 형제 친구

이토록 시급한데
하느님 당신은 지금
어디에 계시나요

이제 당신도 실종 신고 명단에
혹, 확인이 필요 합니다

2
찾는 사람 이수아 23세 여
모두가 볼 수있는 곳에 붙이고

교대 마루 바닥에서 희망의 극약을
마시고 죽어 간다
그때 내게 들린 소리

애야 난,
50억 자식이 실종 되었건만
실종 신고 조차 할곳 없는
무너진 억장을

너는 알 수 있겠느냐
있겠느냐고 말씀 하셨네

나는요? 언제고 내가 어려서 살던 전북 부안, 바다가 가까운 그곳에서 살고 싶습니다.

백 설(白雪)

한 영 애

동백꽃에 사뿐히 내려 앉은 그 모습
고와라
아름다워라
순백하고 지순한
그대의 창

내 온 몸으로
당신에게 기대고 싶어라

어느새
살픗 보조개 지으며
님
맞이하는
수줍은 그대

우리
함께
노래하리라.

희디 흰
당신의 순결을…….

나는요? 시를 사랑하고 시낭송을 좋아하는 54년생 주부입니다. 여행을 좋아하며 소녀 적 심성을 그대로 간직하려 애쓰는 여인이고요. 부산시 금정구에서 살고 있습니다.

10

편지의 章

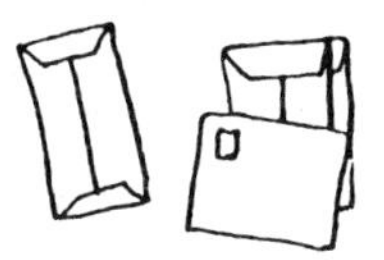

산허리를 넘어가는 노을 같은 어머니

천 숙 녀

어머니!

처서(處暑)에 비가 오면 독의 곡식이 준다는데, 창 밖엔 억수같이 장대비가 내리고 있습니다. 마치 저의 가슴을 가르며 내려 꽂히는 비수 같은 장대비입니다.

지난 주일 날, 어머니는 미사 참여를 다녀 오시다가 길거리에 쓰러지셨지요. 자식들은 마음을 모아 어머니의 육신을 누이고 초음파검사와 CT촬영에 들어갔습니다. 결과, 간에서 쓸개로 내려오는 길목(담즙을 만들어 주는 곳)에 암(癌)이 생겼다는 진단을 받았습니다.

'그저 어지러워 잠시 쓰러진 걸 갖고 왜 병실에 눕혀놓고 감금시키느냐, 하루 빨리 고향집에 데려다 다오'하는 어머니의 말씀에 자식들의 슬픔은 핏덩이처럼 뭉클뭉클 솟구쳐 올랐습니다.

하얀 병실에 누워계시는 어머니!

쭈글쭈글한 주름과 허연 머리카락, 툭 튀어나온 광대뼈, 바싹마른 젖가슴과 움푹패인 목덜미는 지나온 세월을 모아서 넣어도 차오를 것 같지 않습니다.

혈관을 찾지 못해 주사바늘을 여저저기 꼽았던 자국들은 푸르딩딩한 피멍든 모습으로 소나무등걸처럼 갈라져 있습니다. 갈라진 손마디 마디를 어루만지며 속살 빚어 올리는 살 고운 저의 육신이 무척이나 죄송스럽습니다. 저의 탱탱한 살점을 잘라내어 어머니의 살점으로 덧살 입힐 수가 있다면 얼마나 좋을까요.

어머니!

여린 햇살이 서녘하늘에 걸려 있습니다. 억수같이 쏟아지던 장대비가 잠시 그치고 절망을 끌어 안고 어둠 속에서 울부짖는 가족들에게 순간의 희망일지라도 깊은 샘물 퍼 올리듯, 샘솟게 하려는가 봅니다. 우리, 병원 뒤뜰로 산책을 나가서 무료하고 답답한 속마음을 훌훌 털어 버릴까요?

어머니는 오물거리는 입속에 틀니를 끼우고 설레이던 마음의 가장자리를 풀어놓고 계셨습니다. 무슨 할 말이 그리도 많으신지 주술풀리듯 엮어가는 이야기는 엉킨 실타래 한 올 한 올 찾아서 감아올리듯, 오랫동안 멈추지를 않았습니다.

"야아! 아무리 생각해도 내가 너무 지독한 성미를 가졌지? 홍범이(막내오빠)군대 보내놓고 제대하는 날까지 한번도 이불을 덮고 자지 않았다. 마루바닥에 누워서 잠들 아들 생각에 말이다. 내가 약장사 구경 얼마나 좋아하니? 그러나 지 에미 반평생 만큼도 못살고 죽어버린 상수(둘째오빠)때문에 나는 좋은 게 없다. 약장사 구경도 싫고 이웃집 마실도 싫다. 그저 너그 아부지 찾아가서 담배불 당겨주고 아들 찾아가서 두런두런 이야기 나누는 게 내 낙이다. 내가 강냉이 씨를 말린 지 꼭3년이 되었다. 너그 아부지하고 오라비가 없는 세상에 나 먹자고 강냉이를 심겠냐? 나는 두해 여름을 지나면서도 강냉이 한톨 먹지 않았다. 뒷뜰에 그토록 조랑조랑 열매맺던 앵두나무도 톱으로 베어 버렸다. 너 보기에도 내가 너무 지독하게 보이니?"

그래요 어머니! 언젠가부터 연로하신 노년을 살아가면서 슬픔 속에서 허우적거리며 헤어나지 못하는 어머니의 모습을 느꼈습니다. 오빠가 서둘러 떠난 먼~ 여행길이 어머니의 터질 듯한 아픔의 전부라는 것두요.

어머니는 새언니와 마주앉지 않으려 하셨어요. 늘 눈길을 먼 곳에 주시했으며 초점잃은 눈빛이었습니다. "미안하다, 미안하다. 내가 죄인이구나. 세상사 마음대로 할 수만 있다면 자식놈 살려놓고 나 죽고 싶구나"며 줄줄 흐르는 눈물을 멈추질 않았습니다.

이제는 자식을 잃은 슬픔 만큼 지아비를 잃은 새언니의 슬픔도 고부간의 애틋한 정(情)속에서 조금씩 조금씩 녹여 주었으면 하는 생각을 해 봅니다.

자식을 낳아 기르시며 사랑의 풀칠을 마르지 않도록 칠해 주셨던 어머니!

저에게도 한 그루의 나무가 되어 참 삶을 엮어 갈 수 있도록 튼실한 뿌리를 심어 주셨습니다. 자식들을 위하여 울면서 기도하셨던 어머니! 어머니의 잔잔한 모습을 그리며, 크고 확실한 위상속에서 자란 자식들은 어머니가 이끄시느라 힘겨웠던 삶의 여정을, 몇 곱절을 더하여 보듬어 안으며 외롭지 않도록 지켜 드릴 거예요.

가을날의 낙엽을 태우듯, 어머니의 숭고한 삶의 가을을 춥지 않게 용광로의 사랑으로 불태워드리겠습니다. 산허리를 넘어가는 노을 같은 모습으로 앉아 계시는 어머니! 아파하지 마세요.

나는요? 주어진 환경에 최선을 다하며 긍정적인 자세로 삶을 엮어 갑니다. 20여년 동안 써 온 일기가 밑거름이 되어 뿌린 씨앗 거두는 가을에 시인의 이름을 얻었습니다. 서두르지 않고 꾸준히 시어(詩語)를 캐내는 천숙녀가 되겠습니다.

그리운 아버지께

장 영 주

아버지! 새해 새 달력이 나오면 집안 대소사에 동그라미를 치는 일은 시집와서 내내 해 오는 습관입니다. 동그라미를 치다가 잠시 손을 멈추고 옛 생각에 잠겨보는 음력 이월 초나흘, 그날은 아버님의 기일입니다. 아버지!하고 조용히 불러 봅니다. 세월의 강은 깊고도 멀어 아득히 멀리 계신 아버지, 당신은 여섯 살바기 딸의 목소리를 기억이나 하실는지요. 그래도 아버지의 어렸던 딸은 흑백의 스냅사진 같은 추억을 가지고 있음을 다행으로 생각합니다.

아버지! 그래요. 모내기 전 누렇게 익은 보리를 타작할 때쯤이면 뒤란 대나무숲 한쪽의 큰 앵두나무에는 푸릇푸릇 솜털 벗은 앵두가 빨갛게 익어 작고 푸른 이파리와 참 잘 어울렸지요. 작은 아버지와 오빠들은 터질세라 조심조심 작은 대바구니에 앵두를 따 담아 방에 앉아계신 아버지께 드렸지요. 긴 곰방대에 불을 잘 붙여드리고 놋쇠 재털이를 챙겨드리던 딸의 입에 빨간 구슬 같은 앵두를 넣어 주시며 엉덩이를 토닥이셨지요. 오빠들도 예뻐하셨지만 막내에다 하나밖에 없는 고명딸이라고 아버지는 울리지도 못하게 하셨지요. 아버지를 믿고 오빠들한테 턱없는 투정을 부려도 꿀밤 한대 못 주고 얼르고 달래고. 지금 생각하면 오빠들한텐 미안하지만 그 땐 그걸 즐겼던 것 같아요. 그리고 아버지 곁엔 항상 침봉이 있었지요. 사람들이 체했다며 급하게 찾아오면 침봉에서 침을 꺼내 엄지와 검지 사이를 문지르다가 침을 놓곤하셨습니다. 사관도 터주시고. 사람들은 몇 번이나 고맙다는 인사를 하고는 갔지요.

아버지! 우리 집은 앞 뒤로 과일나무 등 여러 가지 나무가 많았지요. 살구, 앵두 복숭아, 호두, 포도나무 등 꽃밭이 넓어 꽃도 많았습니다. 제가 아버지께 까맣게 익은 포도도 따다 드렸는데…….

아버지는 침울한 얼굴로 야위어 가셨고 자리에 누워계신 시간이 많으셨지요. 아무리 기억을 더듬어 봐도 아버지하고 손잡고 따뜻한 햇빛아래 걸어 본 기억이 없어요. 어머니는 흑임자를 쌀과 함께 갈아 깨죽을 쑤어 아버지께 드렸지요. 그러면 아버지는 꼭 죽을 남겨서 제게 주셨습니다. 그 깨죽이 얼마나 고소하고 맛있던지요. 철이 들고나서야 일부러 남겨 제게 주신 사랑을 알았습니다. 아버지는 그렇게 누워계시다가 입춘과 우수를 지나 조용히 눈을 감으셨습니다. 봄이 오고 있는데 어머니와 조랑조랑 우리들만 남겨놓고서 상여가 나가던 날 동네 아저씨들이 밤을 지새워 만든 색색이 오색만장과 예쁜 꽃상여를 타고 아버지는 허허로운 벌판을 가로질러 동네와 멀어지고 계셨습니다. 구슬픈 상여꾼들의 노래와 엄마 오빠들의 통곡소리와 함께 가난하기도 했지만 어린 탓에 상복도 못 입고 대문 밖 보리밭에 서서 멀어지는 상여를 바라보고 있었습니다. 그런데 동네 아주머니가 다가와 '영주야, 네 아버지 저기 가네'했을 땐 대답대신 발 밑의 푸른 보릿잎만 애꿎게 밟아댔습니다.

아버지! 세월이 흘러 우리 아버지가 왜 그리 시름시름 앓으시다 돌아가셨는지를 알게 됐을 땐 너무도 가슴이 아팠습니다. 제가 태어나기도 전인 6.25동란 때 장가가서 한 살바기 딸을 둔 큰오빠와 둘째 오빠가 같이 군대엘 갔었다지요. 그런데 큰오빠는 전사해서

한 줌 재로, 둘째 오빠는 행방불명이 되어 나라에서 준 훈장도 아버지 가슴을 달래 주기엔 무용지물이었고 그 동족끼리의 싸움은 많은 사람의 가슴과 우리 가정도 웃음을 잃게 했습니다. 망연자실 황망한 중에도 둘째 오빠라도 살아 돌아올까 봐 날마다 대문 열어놓고 더운밥을 해 놓고 기다리셨다는 아버지 어머니. 두 분의 정성은 헛되고 행여나 희망걸고 기다린 마음에 고통의 짐만 더 얹고 아버지는 끝내 홧병으로 세상을 뜨셨다지요.

아버지는 그 견디기 힘든 고통으로 우리 곁을 떠나셨지만 어린 딸은 가끔 친구가 부러웠던 적이 있었습니다. 국민학교 때였지요. 겨울 방학이 되어 친구 집엘 놀러가면 친구 아버지는, 잇고 또 이어 매듭투성이에 색깔도 갖가지인 리사실로 사랑을 짜고 계셨습니다. 그때 전 쉐타같은 건 안 짜주셔도 좋으니 아버지가 계셨으면 하고 생각했었습니다. 어머니께서 매듭 투성이의 색깔도 요란스런 리사실과는 비교도 안 되는 새털실 공작실로 쉐터 짜는 집에 쉐터를 맞춰 주셨지만 아버지가 있다는 것에 대한 부러움은 마음속에 오래오래 남아 있었습니다.

아버지! 그래도 어머니의 희생과 오빠들 덕에 아버지 몫까지 사랑받으며 잘 자랐습니다. 어머니는 제가 시부모님이 다 계시는 집에 시집가길 바라셨어요. 못 받은 아버지의 사랑대신 시부모님의 사랑받길 바라시며. 그 바람 덕인지 시할머니까지 계신 집안의 장손 며느리가 되었습니다. 부족하지만 그분들의 사랑을 받으며 좋은 며느리가 되고자 노력하며 살고 있습니다. 오빠들도 제 자리를 잡고 바르고 건실하게 잘 살고 저보다 나이 많은 조카——전사한 큰 오빠의 딸도 이제 사위 볼 나이가 되었답니다. 그리고 아버지 곁에 가실 날이 가까운 팔순 넘은 어머니 건강하시도록 지켜 봐 주시길 빕니다.

아버지! 이념의 비극적인 전쟁에서 두 오빠를 잃으셨지만 그 희생은 이 나라를 지켜 자유를 있게 한 장한 희생이였다고 이제는 말씀하실 수 있으시지요. 그리고 하늘나라에서나마 두 오빠 만나시어 그토록 보고파 애끓이시던 회포 푸시고 웃음꽃 피우소서.

아버지! 그리운 아버지! 안녕히.

아버지의 영원한 여섯 살바기 딸드림.

나는요? 항상 부족함이 많다고 생각하며 사는 불혹의 문에 들어선 주부입니다. 편지마을과 함께 좋은 글 쓰고 싶은 욕심을 가져봅니다. 시부모님껜 좋은 며느리, 아이들에겐 세대차이 안 나는 엄마로, 남편에게는 뒤쳐지지 않는 동행이 되고저 한다면 욕심꾸러기일까요? 열심히 긍정적으로 노력하고 싶습니다.

어머님 전에 올립니다

최 순 용

들깨를 털어서 자루에 담아 이고 어스름이 깔린 들길을 걷노라니 문득 지난 날 어머니가 저희 집에 오셔서 저와 함께 땅콩을 캐어 땅콩자루를 이고 어둠이 깃든 밭두렁을 더듬으며 길을 걷던 추억이 제 가슴을 울렸답니다.

어머니! 그때만 해도 밭에 나가 일하는 것 도와주시고 몸놀림이 용이하셨는데 지금은 방에서 누워만 계시는 안쓰러운 노인이 되었으니 어쩝니까?

그렇게 누워만 계시지 마시고 "얘야, 나좀 일으켜 운동 좀 시켜라"라고 차라리 고함이라도 지르셔요. 그 고함소리가 싫어서 운동도 시켜드릴 거고 그러면 심심함과 외로움도 덜하실 것 아닙니까?

너무나 바쁜 농촌생활, 일손이 귀해 고양이 손이라도 빌린다는 가을걷이에 동생 내외는 종일 논밭에 나가 살아도 모자라 밤까지 일하는 모습이 얼마나 안타깝고 측은한지 모르겠어요. 농사일이며 가축사육이며 하우스 재배, 전주에서 자취하는 수험생인 아이들 뒷바라지에 동생 내외는 항상 바빠서 몸져 누으신 어머니를 알뜰한 병간호도 못해 드리고 어머니 곁은 항상 라디오가 지키고 있으니 어찌합니까?

지금보다는 조금 더 앉아서 생활하실 때 저희집에 모셔와 걸음연습하시라고 정성을 기울이려 했지만, 어머니를 부축하신다고 시어머님이 방에서 낙상하여 엠브란스를 불러 입원하는 소동을 일으켰으니 이 얼마나 어머니께 대한 불효입니까?

온몸이 빳빳하게 굳으신 어머니, 목과 허리 다리와 팔, 자꾸 자꾸 굳어지는 몸을 주무르고 움직여서 혼자 움직이는 연습을 하셔야지요. 어느 한곳이 못 견디게 아프지도 않고 크게 다친 것도 아닌데 어머니 병은 무슨 병이기에 산 채로 무덤으로 옮기려 한답니까?

이 세상 어디 가서 어머니를 구해옵니까? 어디서 다시 만날 수 있사오리까? 한번 가시면 영영 못 뵈올 어머니여, 건강하게 사시다가 삶을 다하는 날 지하의 아버님과 반가운 해후를 하셔야지요.

어머니!

젊으셨을 적엔 항상 단정하시던 모습이었고 인자하시고 사랑이 많으셨던 교장선생님 사모님이셨던 어머니. 이 세상에서 제일 좋은 어머니였는데 어인 일로 황혼의 길이 이다지도 슬프고 외롭고 괴로운 여인이랍니까?

한 부모는 열 자식을 거느리지만 자식은 한 부모를 못 뫼신다는 말이 우리를 두고 한 말 같아 가슴이 답답합니다.

어머니의 병을 거뜬히 못 고쳐드리는 이 불효 어디서 용서받으리까? 어머니! 어머니! 그저 불러 보기만 합니다. 어머니 떠나신 후 땅을 치며 통곡한들 무슨 소용이리까? 살아계실 제 섬기기를 다하지 못함, 지나간 후에 애달픔을 어이하리까?

제가 어렸을 적에 병치레를 자주 했었지요. 여름철이면 학질에 걸려 앓고 그럴 때면 어머니께선 약을 구해다가 먹기 싫어하는 절 위해 김치잎으로 싸서 먹여 주시고, 팔뚝에 종기가 났을 땐 단방약을 만들어 붙혀주시면 신기하게도 쉬이 나아 새삼 어머니의 사랑을 느꼈었는데요. 어머니, 지나간 날들의 추억이 가슴속 깊이 채곡채곡 쌓여 있고 어머님의 은혜는 하늘보다 태산보다 높은데 전 자식노릇 한번 변변히 못해 드린 것 같아 죄인 중 죄인으로 남을 것 같습니다.

어렸을 적 운동회와 학예회 때 운동복, 무용복, 중학교 교복까지 잠 안 주무시고 손수 만들어 주시던 고마우신 어머니. 자취할 때 식량이며 부식을 채곡채곡 챙겨 무겁다않고 저희를 보살펴 주시던 어머니. 저희 많은 남매를 다 기르고 가르치시느라 백발과 주름살이 어머니의 청춘을 다 앗아가도 기꺼히 내색않고 살아오신 어머니여! 이제 저희들이 어머니를 편하고 즐거웁게 뫼시며 살아가야 하는데 엉뚱하게도 저희들은 제삶 꾸리기 바빠서 어머님을 먼 곳에 두고 살아갑니다. 어머님께선 한숨 놓으시고 이 아들 저 딸네 집을 다니시며 재미있게 사는 걸 보셔야겠는데 현실은 왜 이리 슬프고 안타까운지요?

며칠 전 시내에서 허리굽은 노인네가 훠이훠이 걷는 걸 보고 언니랑 둘이서 그 노인을 부러워 했어요. 우리 어머니도 저렇게라도 걸으실 수 있으면 오죽이나 좋겠어요. 유심히 쳐다보며 어머님 생각을 했습니다.

어머니!

하늘은 스스로 돕는 자를 돕는다는 말이 있지요. 어머니께서도 '나도 걸을 수 있다'고 희망을 가지시고 조금씩 조금씩 움직여 보셔요. 언젠가는 틀림없이 걸을 수 있을 테니까요.

물방울이 바위를 뚫는다고 했거든요. 천리길도 한걸음부터 라고도 했고요. 서러웁고 슬프다고 생각하면 더욱 더 슬픔이 진해 지지만 "뭔가 내게도 기쁨이 올 테지. 아들 딸들이 나를 위해 늘 기도하고 생각해 줄 거야."하고 밝은 마음을 가지시면 그만큼 어머니 몸은 좋아지실거예요.

어머니! 인간은 그 어느 곳에다든지 의지하고 싶음이 강하듯이 어머니께서도 조물주 신께 건강을 빌으셔요. 꼭 믿고 의지하셔요. 그러면 마음에 평화가 깃들 겁니다.

어머니!

수일내로 어머니 뵈러 갈게요. 가서 그 동안의 이야기 들려드리고 토방에 둔 휠체어 태워 동네 한바퀴 돌아올게요.

뼈와 가죽만 남으신 모습, 백설 같은 머리카락 너무나 불쌍하신 어머니! 제 살을 떼어 어머니께 붙혀 드릴 수만 있다면……

어머니!

그 조금 잡수시는 끼니라도 거르지 마시고 꼭꼭 잡수셔요. 그래야 몸이 좋아지니까요. 약도 잊지 말고 꼭 드시고요.

동생 내외가 늘 집을 비워 심심하지만 어쩝니까? 일의 끝이 없으니까요.

오늘도 라디오를 벗삼아 지루함을 조금이라도 잊으소서. 그리고 먼 곳의 아들딸 생각하시며 아들이 마련해 둔 간식 열심히 드시며 눈물 흘리지 마소서.

내내 건강을 되찾기 위해 노력하셔요.

제 살림만 열심히 하는 불효 여식 셋째 딸년은 타향의 아들 딸 걱정에 친정어머님 찾기가 더딘 게으름쟁이 입니다.

어머님.

곧 갈게요. 뵐 때까지 안녕히 계셔요.

나는요? 뭣이든지 배우기를 좋아하고 좋은 글을 쓰고 싶어 가슴앓이도 하는 38년생 주부입니다. 자녀들 다 성장해 텅빈 둥지의 외로움이 편지마을의 벗들과 정겨운 마음을 영원까지 나누며 살고 싶습니다. 취미생활을 도와 올겐을 구해주는 남편과 행복한 삶을 사는 전 완주군 이서면에서 삽니다.

시삼촌, 시 작은어머님께

이 종 문

숙부님, 숙모님 그간 안녕하셨습니까?

올해는 숙부님의 해가 온 것 같습니다. 가만히 생각해 보니 부족하고 철없는 저희 부부를 중매하셔서 그동안 마음 고생이 많으셨으리라 생각됩니다.

15년 전인 1980년, 세상 물정을 모르는 저는 오로지 숙부님만 믿고 시집을 왔습니다. 연애는 꿈이고 결혼은 현실이라고 했는데 저는 지금도 꿈 속에서만 산다고 핀잔을 들을 만큼 철부지입니다. 오로지 숙부님과 숙모님의 따뜻한 사랑이 없었더라면 오늘의 저희들도 없었으리라는 생각이 듭니다.

처음 숙부님의 승용차를 얻어 탈 때는 우리도 잘 살게 되면 자가용 비행기로 모셔야지 하는 생각으로 부담을 느끼지 못했습니다. 가진 것은 없어도 젊다는 재산을 믿었기 때문이겠지요.

그러나 세상은 제 앞가림을 하며 살기에도 바빴습니다. 현실은 냉정하고 제 이상과는 너무나 거리가 멀었습니다. 힘이 들고 어려울 때마다 친정 부모님처럼 숙부님과 숙모님이 생각났습니다. 그러나 웬일인지 그럴수록 더 도망치다시피 멀리 달아났고 자신을 더 강하게 단련시키려 몸부림쳤습니다.

처음엔 남편에게 불만이 있을 때마다 숙부님 댁으로 달려가곤 했지요. 숙모님께 속 시원히 이야기를 하고 나면 모든 것이 다 해결되었거든요. 그러나 나이를 먹고 아이들이 자라니까 철없이 행동할 수도 없었습니다.

저는 지금 남편을 만났기 때문에 가난하고 어렵게 사는 사람들의 심정을 헤아리게 되었습니다. 몸소 어려운 현실에 맞부딪치며 강하게 살 수 있는 힘을 기른 것 같아 마음속으로 늘 감사를 드렸습니다. 제가 몰랐던 세계에 대한 산 교육을 받은 셈이니까요.

숙부님, 숙모님.

그동안 너무나도 미련하고 바보 같은 저희들을 지켜보시며 어지간히도 답답하셨지요. 지름길을 두고 엉뚱하게도 비탈진 가시밭길을 헤메고 다녔으니까요. 고지식하고 답답한 남편때문에 긴 세월을 낭비하는 것은 아닌가 하고 염려하셨겠지요. 그러나 결혼 15년 만에 비둘기집 같은 아파트를 마련하여 입주한다는 소식에 제일 기뻐해 주신 분도 숙부님과 숙모님이셨습니다.

지금도 제 마음은 제대로 표현하지 못할 뿐이지 옛날과 똑같이 두 분을 좋아합니다. 또 저희들을 사랑하는 두 분의 마음도 변함없다는 믿음으로 살아가고 있습니다. 옛말에 의식이 풍족해야 예의를 안다고 했습니다. 그동안 빠듯한 살림살이에 부대끼느라 마음과는 달리 사람 노릇을 못하고 살았습니다.

어느 새 남편의 나이도 불혹을 넘겼습니다. 그렇지만 저희 둘은 아직 철이 덜 든 것 같고 이루어 놓은 것도 없이 건강마저 적신호를 보여 걱정이 됩니다. 가끔 살아온 세월을 되돌아보며 안타까운 생각이 들기도 합니다. 진작에 기반을 잡고 잘 살았다면 두 분의 은혜도 갚고 사람 노릇도 했을 텐데요.

아직도 조금만 바람이 불면 흔들리고 쓰러질 것 같은 생활이지만 두 분의 은혜는 언젠가 꼭 갚으리라 다짐한답니다. 자주 찾아뵙지 못하는 저희들이지만 두 분께서는 건강하게 잘 살으라고 힘과 용기를 주시지요. 크신 사랑에 정말 고개가 숙여집니다.

올해는 숙부님께서 회갑을 맞으시는 뜻깊은 해입니다. 늘 걱정만 끼쳐드렸던 저희들도 찾아가 못 올린 약주를 올리겠습니다. 그리고 이렇게 글로써 저희 마음을 조금이나마 표현할 수 있어 기쁩니다.

숙부님의 회갑을 진심으로 축하드리며 두 분 건강하시고 행복하시길 빕니다.

1995년 정월에

조카며느리 올림.

나는요? 정이 많고 눈물도 많은 여자입니다. 편지쓰기를 좋아해서 편지마을 회원이 되었지요. 요즈음은 아르바이트를 해서 시간을 활용하고 틈틈이 책읽기를 좋아합니다. 분당에서 살고 있습니다.

국길, 매길 할아버지께 올립니다

박 경 희

높푸른 하늘과 오색찬란했던 단풍도 자연의 섭리에 따라 지고 잿빛 하늘에 추운 겨울이 돌아왔습니다.

그동안 가내 두루 평안하셨는지요? 찾아뵙고 인사를 드려야 마땅한 도리이오나 이렇게 서신을 띄우니 죄송하기 그지없습니다.

제가 누구인가 궁금하시지요. 저는 정호의 어미입니다. 저의 가족은 남편과 두 아들, 그리고 딸 하나 이렇게 다섯 식구랍니다. 저희 가정에 대해 전혀 아는 바도 없이 정호만을 보시고 정성껏 도와주심에 대하여 무어라 감사의 말씀을 드려야 할는지요. 정호가 일본에서 학교에 입학할 때 보증을 서 주시고 매달 용돈까지 주셨다니 그저 고맙고 황송할 따름입니다.

어느 나라를 막론하고 물질적인 가치에 치중하는 각박한 세상이라 할아버님은 정호와 우리 가족에게 고귀하신 은인인 것입니다.

자식을 타국에 보낸 어미의 마음은 항상 초조하답니다. 혹 꿈에라도 보인 날이면 더욱 마음을 조리게 되지요. 언어와 생활 풍습이 다른 나라에서 혼자 일하며 공부하느라 고생하는 자식을 생각하면 한순간도 마음을 놓을 수가 없었습니다. 할아버님도 자녀를 길러 보셨겠지만 부모의 도리를 다하지 못하는 저는 죄책감으로 가슴이 미어지는 듯합니다. 다행히도 외로운 제 자식에게 따뜻한 사랑의 힘으로 버팀목이 되어 주신 할아버님께는 거듭 고맙다는 인사를 드릴 뿐입니다.

할아버님은 할머님과 함께 오래도록 해로하셨으니 참 다복하십니다. 연로하신 할아버님께서는 그동안 살아오면서 체득하신 철학이 있으시겠지요. 정호는 친 할아버지가 안 계시니 할아버님께서 친 손자처럼 돌봐 주셨으면 합니다. 잘못된 점은 꾸짖어 주시고 어려울 땐 힘과 용기를 북돋아 주십시오. 그리고 다음에 정호가 집에 올 때는 할아버님께서도 함께 다녀가시면 어떨는지요. 할머님 모시고 여행을 겸해서요.

할아버님께서 그간 병석에 계신다는 소식을 듣고 무척 마음이 아팠습니다. 하루 속히 완쾌하시기를 기원하겠습니다.

투명한 창공을 가로질러 일본쪽으로 흘러가는 구름을 바라봅니다. 그러노라면 정호의 모습이 떠오르고 할아버님과 할머님의 모습도 그려봅니다.

제 자식이라서가 아니라 정호는 정말로 장하며 기특하고 자랑스럽습니다. 그 어려운 역경 속에서도 일년 만에 통역 1급 자격증을 따냈고 2년여 만에 와세다 법학부에 합격이라니요. 아무리 생각해봐도 꿈만 같습니다.

저는 고생하는 자식이 안쓰러워 부귀와 명예도 싫다고 했습니다. 돌아와서 건강하고 평범하게 살자고 눈물로 호소하는 편지를 보냈었습니다. 그러나 할아버님처럼 훌륭하신 분을 만나 정호는 마침내 무사히 뜻을 이룰 수 있게 되었습니다.

바라옵건대 부디 건강하시어 친 손자를 돌보아 주시는 마음으로 정호를 보살펴 주셨으면 합니다. 부족한 어미의 애틋한 마음을 실어 이 편지를 올리오니 흉보지 마시고 반갑게 읽어 주십시오. 아울러 좋은 말씀도 전해 주시길 바랍니다.

끝으로 할아버님 할머님 만수무강하시고 자손 대대로 소원 성취하시기를 두 손 모아 기도드립니다.

안녕히 계십시오.

1994. 12. 20

한국에서 유정호 모 박 경 희 올림

나는요? 부모님께는 정성을 다하고 남편과 자식을 귀히 여기라는 친정부모님의 말씀을 생활신조로 삼고 있습니다. 오십 중년의 나이에도 돌아가신 친정어머니를 그리워하며 가끔씩 울기도 한답니다. 편지쓰기와 글쓰기를 좋아하고 부끄럽지 않은 내 이름 석자를 남기고 싶습니다. 강동구 천호동에서 삽니다.

타국에 있는 당신께

주 현 애

멀리 보이는 산 아래로 네온사인이 화려하게 빛나는 밤입니다. 성냥갑 속 같던 아파트의 불빛이 하나 둘 꺼지고 고요한 이 밤, 멀리 있는 당신이 더욱 그리워집니다. 창문을 열면 찬바람이 잽싸게 들어오는 이곳은 지금 한겨울입니다. 당신이 있는 그곳은 요즈음도 한낮엔 에어컨을 틀어야 견딜 수 있다지요. 더위를 많이 타는 당신이기에 고생이 더 많겠군요.

당신이 떠난 이후 소롯이 남은 우리 세 식구. 낮으로는 바쁜 생활로 잘 지내다가도 해가 질 무렵 이웃 아저씨들이 퇴근할 때면 두 아이들도 애타게 아빠를 기다린답니다. 저 또한 당신이 없으니 썰렁한 기분이 들고 당신의 빈 자리가 더욱 크게 느껴집니다. 당신은 멀리 타국에서 생활하느라 우리보다 더 고충이 많겠지요. 기후와 음식이 틀리고 퇴근 후에는 반기는 가족이 없으니 집생각이 얼마나 나겠어요. 이런 안타까운 생각이 들 때마다 당신이 떠나기 보름 전, 우리 부부가 심한 냉전 상태에 빠졌을 때가 생각납니다. 별것 아닌 일로 말다툼을 시작했는데 그날 밤 당신은 집을 나가 들어오지 않았었지요. 나는 당신이 집을 나간 일로 더욱 화가 났고 당신이 없어도 잘 살 수 있다고 큰소리 치며 밤을 꼬박 새웠답니다. 다음 날, 당신이 퇴근하고 집으로 왔을 때에도 화는 풀리지 않았지요. 그저 의무적인 아내 노릇만 하고는 따뜻한 눈길 한번 마주치지 않았으니까요. 그렇게 3일을 보내고 나니 비로소 자존심이 누그러지기 시작하더군요. 결국은 내가 먼저 말을 걸어 냉전이 풀리고 우린 멋적게 웃고 말았지요.

지금 생각하니 가족을 두고 낯선 타국으로 떠나야 하는 당신 마음을 헤아리지 못하고 철없이 행동한 것이 부끄러울 뿐입니다.

오늘은 그동안 당신이 보낸 편지들을 읽다보니 눈가에 이슬이 맺히더군요. 평소 함께 있을 때에는 당신의 속마음을 알지 못했지요. 그곳에서 구구절절 가족에 대한 그리움을 써 보낸 편지를 통해 당신의 여린 마음을 읽게 됩니다. 강인한 줄로 알았던 당신이 사랑한다는 말을 봇물이 터지듯 쏟아 놓으니 제 마음도 흐뭇하답니다.

처음 며칠은 당신으로부터 해방된 것처럼 가뿐하였지요. 내 시간을 많이 가질 수 있다고 좋아했는데 요즈음은 그런 생각들이 싹 사라져 버렸어요. 가족은 역시 함께 지내야 한다는 것을 뼈저리게 느낍니다. 하루 빨리 당신이 귀국하여 온 가족이 함께 지냈으면 합니다.

내일 모레면 당신이 휴가차 잠시 다니러 온다고 했지요. 큰딸 민정이는 아침에 눈을 뜨자마자 달력을 보며 손꼽아 기다리고 있어요. 우리 세 식구는 당신을 기쁘게 맞으려고 집안을 예쁘게 꾸미고 있답니다. 당신이 오시면 깜짝 놀라게끔요. 돌아오는 토요일 날은 예쁜 두 딸을 데리고 공항에 나갈게요. 우리 그때 기쁘게 만나요.

당신의 아내가.

나는요? 두 딸의 엄마지만 마음은 아직도 소녀처럼 여리고 착하답니다. 나의 생각과 느낌을 글로 쓰는 일이 행복합니다. 좋은 글을 쓰도록 열심히 노력하렵니다. 대구에서 살고 있습니다.

사랑하는 동생 운택에게

임 정 은

1994년 7월 13일-15일

나의 사랑하는 동생 운택아, 그날 밤은 정말 악몽이었지. 새벽 한 시가 지난 무렵이었어, 책 한 권을 들고 누워서 책 속인 듯 꿈 속인 듯 헤매다가 깜박 잠이 들었던 모양이야. 요란하게 울려대는 전화벨 소리를 한참 후에야 알아들었으니까. 잠시 끊겼다가 다시 걸려온 전화벨 소리에 약간은 짜증을 내면서 수화기를 집어들었는데, 아아, 거기서 그렇게도 엄청난 이야기를 듣게 될 줄이야.

"거기 운택이 형하고 관계되시는 분이 계십니까?"

수화기 저편의 우울한 목소리가 조심스레 묻더구나. 순간적인 긴장이 가슴을 죄어왔어.

"저언데요…." 그리고 그 다음에 들려온 말은, 그 엄청난 소식은 나의 전신을 가눌 수 없는 전율속에 빠뜨리고야 말았지.

"운택이 형이 교통사고를 당하셨는데요…… 돌아가셔서…… 빈소가 정선 의료원에 마련되어져 있답니다."

빈소라니, 이제 겨우 나이 서른밖에 안 된 젊디 젊은 네가 빈소에 누워있다니, 군 복무 기간을 보내러 내려간 보건소 생활도 몇 달만 하면 끝난다더니 부모형제 하나 없는 타향에서, 그렇게 힘들여 배운 의술을 제대로 한 번 펼쳐 보지도 못한 채 이게 대체 웬 날벼락이란 말이냐.

옆에서 네 자형이 침착하라면서 손을 잡았을 때는 이미 슬픔의 파도가 영혼마저 적신 후였단다. 계속 주체하지 못하고 떨리는 손가락으로 정선 병원을 수소문해서 영안실에 누워있는 네 이름을 확인하는 순간에도 아니라고, 이럴 수는 없다고 완강히 팔을 내저으며 그 사실을 부인하고, 또 부인했었지. 어떻게 내 동생에게 그런 일이 생길 수 있을까? 그토록 착하고, 재주 많고, 마음 따뜻한 너에게. 그 기가 막힌 소식을 내 입으로 다시 뱉어 부모님께 알려드려야 하는 몫을 하필이면 왜 내게 맡겼을까. 대상도 없는 원망을 해대면서 집에다 전화를 걸었지. 전화를 받으신 아버지는 혼이 떠나는 듯한 외마디 비명 소리밖에 아무 말씀도 못 하시더구나.

급하게 달려오신 아버지와 엄마, 형님, 그리고 자형을 꼭두새벽에 떠나보내고 현관문을 닫을 생각도 하지 않은 채 거실에 망연히 앉아 있었지. 시간이 흐르면서 희붐히 번져오는 새벽빛 속에서는 새 날을 맞이하는 만물이 꿈틀거리는 소리가 들리는 듯한데, 세상의 모든 것이 저렇듯 아무렇지 않게 새 날을 시작하는데, 젊은 너의 숨소리만이 어느 허공에서 끊겼다고 생각하니 숨통이 꽉 막힐 지경이었어. 앉아서 울다가, 하늘을 쳐다보다가, 다시 치밀어오르는 슬픔의 파편들을 아프도록 쏟아놓다가 그렇게 밤을 꼬박 새웠다.

집에 가서 너를 기다려야지 하는 마음으로 택시를 탔어. 차가 그랜드 백화점을 지나면서 전에 너와 함께 들렀던 의료기 상사가 눈에 들어오는가 싶더니 금세 눈물속으로 사라져 버리더구나. 저기서 너에게 하얀 의사 가운을 사 입혀 보면서 내 얼마나 자랑스럽고 가슴 뿌듯해 했었던가. 곁에 있는 누구라도 붙들고 "얘가, 이 어엿한 의사 선생님이 바로 내 동생이지요."하며 자랑하고 싶었는데, 그런데 지금 그렇게 아깝고 자랑스럽기만 하던 네가 그 특유의 사람좋은 웃음을 잃은 채, 싸늘한 주검으로 우리 곁에 오고 있다니…….

하루에도 수십명씩 교통사고로 다치기도 하고 죽어가기도 한다는 뉴스를 매일 접하면서도 그것이 나와는 전혀 상관없는 무관한 것인 줄 알았었는데. 하나님께 묻고 싶었어. 죽음이 우리들 곁에 그렇게 가까이 있다는 사실을 왜 하필 너를 통해 알게 하시는거냐고. 왜 하필 너였냐고. 그렇게 할 일 많고, 유능한 너를 왜 그렇게 일찍 데려가셔야 했느냐고 하늘에 대고 고래고래 소리치며 묻고 싶었지.

집에 도착하니 이미 연락을 받고 달려오신 친척들이 많이 계시더구나. 이모와 외숙모, 사촌 누나들이 여기저기 삼삼오오 모여 앉아 더러는 전을 부치기도 하고, 더러는 오징어포를 무치기도 하며 찾아올 문상객들을 위한 음식 장만이 한창이었는데, 갑자기 화가 났단다. 고소한 기름 냄새에 부아가 치밀었어. 만들어 놓은 음식들을 모조리 엎어버리고 싶은 충동이 불같이 일었지. 도대체 누구를 먹이기 위해서 이렇게 기름 냄새 풍기며 음식을 만드는 거냐고 누구든 붙들고 싸우고 싶었어, 몇 끼를 굶으면 큰일나나. 꼭 그렇게 다 챙겨 먹어야겠냐고 막 따지고 싶었지. 그래, 산 사람은 살아야 한다지. 그것이 삶과 죽음의 차이인가보다 생각할 겨를도 없이 바로 그 순간에 강한 허기가 몰려왔어. 하루종일 굶었으니 당연한 것이었지만 왜 하필 그런 순간에 그 허기라는 놈이 염치없이 찾아왔던 걸까. 하지만 무얼 목구멍에 넘기면 네게 큰 죄를 짓는 것 같아 차마 음식을 집을 수가 없었지.

억지로 허기를 참고 밖으로 나갔어. 대문 밖에는 너의 친구와 선후배, 그리고 많은 지인(知人)들이 하얀 Y셔츠에 검은 넥타이를 단정히 매고 모두 숙연한 표정으로 위로의 눈빛을 보내고 있었지. 놀란 눈으로 달려와 끝내 울음을 터뜨린 교훈이, 영덕이, 상철이, 시진이……. 네가 좋아하고, 너를 좋아하던 사람들이 모두 한 자리에 모였는데, 그런데 그게 무슨 아이러니란 말이냐. 그 자리가 너를 잃음으로 만들어졌다는 것은. 이 사람들과의 만남과 웃음, 우정과 사랑을 가슴에 남겨두고 아깝고 아까워 어찌 눈을 감았을까. 억장이 무너지는 아픔이 다시 몰려와서 억억 울음을 터뜨리고 말았지.

갑자기 누군가가 소리쳤어. "운구가 도착했대요." 멀리 찻길에서 하얀 장의차가 보였어. 허방다리를 건너가듯 휘청휘청 다가간 차에서 검은 관이 미끄러지듯 나왔지. 저게 내 동생의 모습이라니. 운택아, 운택아, 네가 이런 모습으로 돌아오다니. 너의 그 잘 생긴 얼굴위에 검은 띠가 드리워진 사진을 들고 행렬의 맨 앞에 천천히 걸어오는 경택이의 눈에서 흐르는 눈물이 이내 부모님과, 형제들과, 일가 친척, 그리고 네가 사랑하던, 너를 사랑하던 모든 사람들을 흠뻑 적셔놓았지.

"자, 가족들 마지막 가는 분 얼굴을 보십시오." 입관 준비를 하던 사람이 말해줬을 때 떨리는 발걸음으로 방에 들어섰지. 새로 이사오기 위해 자형과 네가 도배했던 그 방에서 너는 말없이 누워 있었어. 희미한 미소를 머금고 편안한 얼굴로. 정말이지 너무도 평화롭게 눈을 감고 있어서 "운택아."하고 부르면 금방이라도 눈을 뜨고 배시시 웃으며 일어날 것 같았지. 아…! 내 동생 운택아, 그것이 너의 마지막 모습이었구나. 이제는 이 세상 어디서고 볼 길 없는 너의 모습을 누나는 눈이 아프도록 꼭꼭 담아두었단다.

"제가 제 동생의 입관 예배를 맡아 보게 될 줄을 꿈엔들 생각이나 했겠습니까?"

큰 형님의 울음 섞인 음성이 아직도 귓가에서 가시질 않는구나. 네가 좋아했던 찬송가를 부르면서 네가 그 시간 천국에서 함께 부르리라 믿고 또 믿었지. 내 착하디 착한 동생을 거두어가신 하나님의 섭리는 여전히 알 수 없었지만 말이다.

장지로 가는 차에 올랐다. 한여름의 신록이 그 싱싱한 생명력을 마음껏 뽐내고 있는 칠월의 한가운데에서 그리도 산을 좋아했던 네가 산을 향해 그렇게 달려가고 있었지. 처음 밟아가는 그 길에는 아름답고 멋진 곳도 더러더러 있었을 테지만 자꾸만 내 눈에 찾아든 것은 산등성 여기저기에 누워있는 무덤들이었단다. 저이들도 남아있는 이들에겐 얼마나 아깝고 소중한 사람들이었을 텐데, 저이들을 거기에 묻어두고 몸부림치며 울었을 가족들의 슬픔이 이제는 좀 잦아들었을까.

드디어 네가 안식할 곳에 다다랐어. 막 퍼올린 황토빛 흙속에 너를 두고 나도 그위에 흙 한 삽을 조심스레 떠 넣었지. 하필이면 내가 왜 동생의 가는 길을 배웅하게 되었는지, 이런 모든 절차가 모조리 뒤바뀐 것 같아서, 네 이름을 부르고 부르며 그렇게 너를 보냈단다. 방금 전 사온 국화꽃과 이름을 알 수 없는 들꽃을 흙도 마르지 않은 너의 무덤에 놓아두고 그 산을 내려오면서 이제 또 언제 올거나, 발길이 떨어지질 않더구나. 얼마쯤 나오다가 뒤돌아서서 너의 자리를 보았을 때 아직 마르지 않은 너의 무덤에 불어오던 뜨거운 바람을 보았지.

운택아, 네가 그렇게 우리 곁을 떠난 지 어느 새 칠개월 하고도 보름이 더 지나고 있구나. 그 혹독한 여름이 끝나면서 추석이 지나고, 네 생일과 크리스마스가 지나고, 해가 바뀌고, 아버지와 엄마의 생신이 나란히 지나갔구나. 그럴 때마다 더욱 진하게 밀려오는 그리움과 아픔이 우리 모두의 심금을 시리게 하고 있지만, 그러나 운택아. 이제는 너의 이름, 너에 대한 모든 기억들을 슬픔의 벽장 속에 묻어 두지만은 않으려 한다.

"내게는 이런 동생이 있었지요. 베토벤의 비창을 능숙하게 연주할 줄 알고, 한여름 맹렬히 불타오르는 사르비아를 그리던 솜씨로 조카들을 위해 쓱쓱 여러 가지 그림을 그려 주기도 하고, 보건소 앞 논두렁에서 잡은 올챙이를 조루에 가득담아 보내주기도 하고, 밥을 먹다가도 우르르 전화를 걸어 그리움을 전하기도 하였으며, 어쩌다 우리 집에 놀러오면 바쁜 누나를 위해 김치찌개를 맛있게 끓여주기도 했던……." 아아, 이제는 너를 과거 시제로 표현해야 하는 것이 주체할 수 없는 아픔이라 해도 네가 30년 세월 동안 우리 곁에 머물면서 남겨놓은 이 많은 아름다운 이야기를 어떻게 몽땅 모르는 체하면서 살아갈 수 있을까.

내 사랑하는 동생 운택아.

너를 보내고 나서야 살아 있는 날들의 경이로움을 알았고, 남아 있는 가족들의 소중함을 배웠으며, 그래서 이토록 조심스럽고 감사한 마음으로 하루하루의 삶을 사랑해야 한다는 사실도 확인했구나.

삶과 죽음의 길이 예 있으매 머뭇거리고,
나는 간다 말도 못다 이르고 가는가.
……………………………

천 년 전, 누이의 죽음을 애도한 옛 시인의 노래를 빌어 오늘 이 누나의 깊은 아픔을 달래본다. 항상 너를 기억하고 있으마. 편히 쉬렴. 내 동생아.

1995년 봄에 꼬맹이 누나가

나는요? 이 세상에서 제일 행복하다고 말하는 남편과, 그보다 쬐금 더 행복하다고 믿고 사는 아내와, 덩달아서 마구 즐겁기만 한 두 아들, 이렇게 모여사는 잠실본동 192-9번지가 바로 저의 보금자리입니다. 가끔은 '잘 산다는 것이 무엇인가'라는 명제앞에서 긴장하기도 합니다. 그러나 사랑하는 모든 사람들에게 향기로운 사람으로 기억될 수 있도록 매일을 열심히, 아주 열심히 살고 있지요.

그리움의 조각들

박 은 주

친구야!

안녕! 스산한 겨울바람과 함께 또 한해가 가고 있구나. 겨울이 얼음꽃을 피우면 어김없이 한해는 저물고 새로운 태양은 솟아 오르지.

그러나 마흔 한 살의 메마른 가슴속 어딘가엔 아직 못다부른 노래가 남아 있어 용트림을 하는 걸까? 여린 피아노 선율 같은 오랜 그리움이 간절한 노래가 되어 출렁인다. 고달프고 힘겨웠던 삶의 여정도 추억의 잔해되어 그리움의 조각들을 만드는가 보다.

친구야!

기억하니? 우리 소녀 시절 코스모스가 흐드러지게 피어 있는 가을길을 걸었었지. 우리 키보다 조금 작았던 코스모스는 갖가지 아름다운 색으로 사춘기 소녀의 가슴을 설레이게 했었고, 소중한 추억이 되어 지금도 그림처럼 마음 한구석에 남아 있었구나.

네 모습과 옛추억을 그리며 그곳을 찾아가 보았단다. 그런데 이십오 년 전의 모습이 남이 있으리라 생각했다면 욕심장이라고 하겠지?

하지만 너무나 변해서 울고 싶었단다. 같은 전주에 살면서도 이렇게 많이 변화되었는지 몰랐던 내가 바보 같기만 했다.

나는 그곳에서 너와 같이 보았던 억새풀 풀풀 날리는 가을을 만나고 싶었지. 늘어지게 열린 붉은 감들이 가을 산을 수놓고 수줍은 들국화가 무더기로 피어 있는 길섶에는 새악씨 웃음 같은 해맑은 실바람이 쉬어 갔었지.

친구야!

가슴 시려오도록 옛날이 그립구나.

이십여 년 만에 다시 만난 너의 모습을 보았을 때 나는 소녀로 되돌아 간 듯한 환희를 맛보았단다. 수소문하여 나를 찾아온 너의 정성에 고마움과 기쁨으로 가슴이 벅찼지만 눈물로밖에 표현하질 못했었구나.

너는 곧장 가족이 기다리는 서울로 떠나야 했고, 나는 이곳에 삶의 뿌리를 내렸기에 곧 헤어져야만 했지. 서로가 바쁜 생활의 테두리 안에 있어 보고 싶을 때 마음대로 만나지 못하지만 가끔 목소리라도 들을 수가 있으니 얼마나 다행한 일이니?

친구야!

우리가 덧없이 보내버린 세월은 모두 어디로 날아가 버린 것일까? 너와 나 서로가 소식없이 모르는 동안 우리는 한 남자의 아내가 되고 아이들의 엄마가 되어 생활 속에 찌든 중년의 아낙이 되었구나. 하지만 너의 그 큰 눈망울은 여전히 소녀 같았고 아름답던 미소도 변함이 없으니 세월이 너를 피해 간 것 같더구나. 아아, 백살이 되어 하얀 할머니가 되어도 내 눈에 비치는 너의 모습은 소녀적 그대로 일 거야. 나는 이상한 안경을 쓰고 있나 봐!

친구야!

이 해의 마지막 한 장 남은 달력을 보며 너는 무얼 생각하고 있니? 나는 또다시 지각해야 할 긴 여정이 겁이 나는구나.

깊은 어둠의 시간에서 다시 새벽이 다가오건만 박꽃 같은 허허로움이 가슴팍에 툭툭 떨어지는 것은 왜일까? 그리고 앞을 내딛는 발걸음이 무거운 것은 무슨 까닭인지 알길없이 답답하구나, 향기나는 삶을 살아야 한다는데 그뜻이 무언지 알지도 못한 채 해맞이 하러 동산에 올라야 하니 발걸음이 무겁기만 하구나.

삶이 가져다 주는 막연함 속에서 때로는 지치고 고단한 나의 영혼이 서글퍼질 때는 문득 너와의 지난 추억들을 더듬어 본다. 추억속으로의 나들이에 취해 얼마큼 지나면 모든 것을 사랑하고 싶어진단다.

싸늘한 겨울 바람도 고난의 한 모서리에 잘게 부서지는 아픔도, 그리고 얼마 남지 않은 마흔 한살에 대한 연민과 쓸쓸함도 모두 사랑하고 싶구나.

친구야!

별을 따서 찻잔에 넣어 마셔보자꾸나. 그래도 허허로운 마음이 찻잔에 남아 있거든 붉은 장미꽃을 한아름 꽂아보자. 그리고 누구에게나 꼭 필요한 사람이 되고자 노력하자꾸나.

남편에겐 없어서는 아니 될 가장 사랑받는 아내요, 자식들에겐 동녘에 솟아오르는 보름달처럼 우아하고 햇살처럼 따스한 엄마가 되자. 우정의 나무에 꽃피울 줄 알며, 세상엔 아름다운 향기를 전할 수 있는 꼭 필요한 사람이 되어보자.

친구야!

먼 후일 다시 넉넉한 마음으로 너와 나 둘이 만나 부끄럽지 않은 삶을 위해 최선을 다해 노력했노라 자신있게 말하자. 밤새워 옛이야기를 나눌 수 있는 날이 오기를 기약하며 너에게 안녕이라는 인사로 한 송이 장미꽃을 보낸다. 안-녕!

나는요? 편지마을 가족이 된 것을 자랑스럽게 여기며 항상 밝게 살고 싶습니다. 54년 생이며 연꽃 마을 전주에서 살고 있습니다.

내 아들 양현에게!

구 선 녀

엄마는 딸이 없어 힘들 테니 자기가 도와야 한다며 아침 일찍 일어나 소리나지 않게 식탁에 식구들 수저를 차려놓곤 날 놀라게 하던 녀석. 퇴근길에 일곱 살짜리 네가 들기엔 힘든 짐 하나를 엄마는 여자라 힘들다며 끝끝내 집까지 들고온 네 녀석에게 아들이라서가 아니라 자식으로서 얼마나 든든했던지. 심하게 남아선호에 길들여져 자라온 봉건적 가정의 가치없는 존재로 자란 나는 결혼하여 널 가졌을 때, 딸아이로 태교하며 생활했단다. 그런 탓에 넌 남자이면서도 언제나 섬세하고 눈물이 많아 아빠를 화나게 했지.

어떨 땐 너무도 감사하리만치 욕심 많고 그때그때 구실을 대어 요리조리 잘도 변명하며 그 난처함을 교묘히 피해 외할머니가 정해준 네 별명 조조. 조조 같은 내 아들이지만 난 네가 예뻐서 21세기 남자가 결혼하기 힘들 거라는 성비(性比)의 불균형 정도는 그리 걱정되지 않는다. 지나친 자만일까?

한때는 파일럿이 꿈이라며 비행기에 관심을 보이며 대답하기 곤란한 질문들을 쉴새없이 해서 날 난처하게 만들어 놓곤, “어른들도 모를 수가 있다"며 날 또 위로하듯 허망하게 만들었지. 비행기 조종사로 돈을 벌어 엄마 예쁜 속옷 많이 사주겠다고 약속했지. 그런데 요즘은 아무리 생각해 봐도 돈이 많이 들어서 안 되겠다며 약속을 지킬 수 없게 됐다고 일방적으로 통보해 버리는 널 보면서 난 무엇을 생각해야 하는지. 꼭 엄마와 결혼할 거라며 벼르던 네게 아빠가 코웃음치며 따져대니 여유있게 '그럼, 선생님과 해야겠다'며 거드름을 피우던 네게서 배신감(?)을 느끼기도 했지만, 벌써 이성에 눈을 떴을까? 여선생님 때문인지 어린이집에 들어서면 대형거울 앞에서 꼭 머리를 빗겨달라며 챙기고 이옷, 저옷 가리며 멋을 내는 넌 정말 어떤 아이일까?

밤길을 걷다 잠깐만 있어보라며 하늘의 달을 유심히 쳐다보며 왜 자기를 따라 다니는지 모르겠다며 진지하게 물어왔지만 정확히 답변해 줄 수 없는 무능한 엄마가 정말 미안했단다. 세살짜리 동생을 혼낼라치면 애기가 뭘 알겠냐며 용서해 주라고 여유를 보이는 너의 형제애를 보면서 우린 또 대견함을 맛볼 수 있었다.

형님에게 멋 모르고 달려드는 동생에게 "이 녀석! 형님한테 그럴 수 있어! 한번만 더 그래봐라"하며 으름장을 놓으며 위세 떨치던 네게서 형님다운 면모를 느낄 수도 있었다. 어떨 땐 동생보기를 함부로 해서 다른 집에 동생을 줘 버려야 겠다고 슬쩍 마음을 떠보면 엄마가 배불러서 얼마나 힘들었는데 엄마가 손햏 거라며 능청을 떠니 난 꼼짝 못하고 만다. 일곱살인 네게 또래 친구와 비교하며 키가 작아 뭐든 많이 먹길 강요해 보지만 남과 비교해 말하는 건 정말 듣기 싫다며 엄마를 비난했을 때의 난처함이란.

친구에게 먼저 맞고도 때릴 줄 모르는 네게 약값 물어 준다며 욱박지르던 엄마의 무지를 용서해 줄 수 있겠니?

양현아! 널 어리게만 여기고 아무렇게나 행동했다간 틀림없이 질책받고야 마는 이 엄마라는 자리, 위태로움을 느끼면서 얼마 전 있었던 운동화 사건이 떠오른다.

새로 산 운동화가 여러 친구들 것과 섞일 게 두려워서 요런저런 핑계를 대며 고이 모셔놓고 엄마의 닥달에 못 이겨 처음 신고 가던 날, 신발바닥에 이름을 적어달라 졸라대는 네게 바쁘고 귀찮은 나는 '김'이라는 성 하나만 달랑 적었지. 그러던 내게 고함을 지르며 이 세상에 김씨 성을 가진 사람이 얼마나 많은데 그렇게 적느냐고 따지고 드는 통에 난 꼼짝없이 네 이름 석자를 다 적어야만 했다.

길에 떨어진 어지간히 쓸 것은 모조리 다 주워오는 너 때문에 우리 집은 고물상을 방불케 한다. 놀이터 모래 속에서 발견한 새까만 100원짜리 동전, 쌀톨만한 총알, 노란 고무줄, 닳아빠진 구슬까지도 꼭꼭 챙겨오는 네게 우리가 거지냐며 화를 낸 건 정말 부끄러운 일이다. 이 각박한 세상을 살아가야 하는 네게 어떤 좋은 말을 해야 할지 모르는 이 엄마는 네가 더 많이 성장한 후에야 알 수 있을 테지. 얼마 전에 넌 언제까지나 혼자 외로워야 하냐며, 엄마가 살림만 살았으면 좋겠다고 날 끌어안고 울면서 말했지. 아무리 생각해봐도 화가 나고 속이 상해서 못 살겠다며 어른 같은 말을 하던 널 붙잡고 얼마나 울었던지. 아무 대책도 없이 울고만 있다가 잠든 널 바라보며 이 엄마는 뜬눈으로 밤을 새기도 했단다. 네가 뱃속에 힘들게 자리했을 때 여자 이름 '향기'를 만들어 놓곤 열달 동안 대화를 나누며 고운 여자아이로 키워 가고 있었지. 친구가 아들이면 어쩔 거냐고 묻는 통에 그럴 리 없다는 내게 친구는 그러면 '향기'대신 '냄새'가 어떻겠냐고 말했지. 제왕절개로 태어난 너는 한달 동안 여러 의사선생님들의 보호아래 자라며 우리 속을 태웠단다. 고추 달린 네게 무조건 딸이라며 태교한 나를 골탕먹이려고 그렇게 힘들게 세상에 나왔는지, 그런 죄책감에 한동안 남아선호사상의 깊은 뿌리에 또 환멸을 느끼기도 했다. 이 세상은 단지 여자라는 이유만으로 불이익을 당하고, 인정도 받지 못하고 그래서인지 여기저기서 아들은 꼭 있어야 한다며 아우성이지만 미래의 성비 불균형으로 인한 부조화의 낭패를 한번쯤은 걱정해 보아야 할 것 같다. 널 하나의 인격체로 여기고 더 이상 욕심부리지 않으련다. 건강하고, 인정 많고, 때로는 눈물도 흘릴 줄 아는 진정 '냄새'아닌 향기나는 인간성과 결코 간사하지만은 않은 조조의 유능하고 전략이 뛰어나는 삼빡함으로 이 세상을 살아가는 멋진 사나이, 그런 인간이길 이 자릴 빌어 기대한다면 너무 욕심을 내는 것일까? 양현아, 사-랑-해.

나는요? 미씨족이길 희망하며 노래방에서 열창할 땐 20대를 방불케 하는 열정 가득한 35살의 직장여성입니다. 열심히 살아가고 있습니다.

사랑하는 아들 여준이에게

김 정 자

여준아.

네가 고등학생이 된 지 며칠 되지 않았지만 날이 밝기도 전에 집을 나서 밤 열한 시가 돼야 돌아오니 너무 힘들어 잘 견딜 수 있을는지 걱정이 태산 같구나. 무려 열 다섯 시간을 학교에서 지내야 하니. 이젠 선생님한테 '집에 다녀오겠습니다.'라는 인사를 해야겠다는 너의 말이 무리가 아니라는 생각이 든다.

여준아.

3년 전 네가 중학교에 입학해서 얼마 되지 않았을 때였지.

어느 날 학교에서 돌아온 네가 3년 동안 결석은 물론 지각 조퇴 한 번도 하지 않고 평균 95점 이상을 받게 되면 졸업식 날 엄마에게 장미상을 준다는 얘기를 듣고 와서 스스로 다짐하던 생각이 난다.

'엄마가 꼭 그 상을 탈 수 있게 할 거야' 수없이 되뇌이던 그 말을 실천하기 위해 넌 꾸준히 노력했지. 가끔씩 공부에 싫증이 나는 게 아닌가 싶을 때면 '장미상 때문이라도 열심히 해야 돼.'하며 너 스스로를 추스리곤 했었지. 네가 그렇게 3년 동안 노력한 결과 졸업식 날 그 자랑스러운 자리에 이 엄마가 설 수 있었지.

졸업식 날 아침, 상 타는 엄마는 조금 더 일찍 학교에 오라는 전갈을 받고 서둘러 집을 나설 때의 그 설레이던 마음을 어떤 말로 설명할 수 있겠니. 1.2학년 때 담임하셨던 김정형 선생님. 1.2.3학년 내내 주임선생님이셨고 경시반 수학을 담당하셨던 김인숙 선생님께 감사의 인사를 드리고 졸업식장으로 들어갔다.

교무주임 선생님께서 누구냐고 확인을 하시는데 "윤여준이 엄마예요."했더니 장학금 탈 때 본 기억이 나시는지 "네, 네. 정말 축하드립니다."하시지 않겠니. 얼마나 기분이 좋았는지 아니?

드디어 졸업식이 시작되고 넌 3년 우등상, 3년 개근상, 교육청 교육장 상을 탔지.

"윤여준 어머니 김정자"라는 이름이 불리워 지고 예쁜 상패와 부상을 받는 순간이 되었지. 먼저,

"이렇게 훌륭하게 아들을 키워주신 어머님께 다시 한 번 큰 박수를……."

이라는 선생님의 말씀이 채 끝나기도 전에 터져나온 박수소리. 그 박수소리를 듣노라니 지나온 세월 속에 겪은 많은 시련들이 순식간에 다 잊혀지고 크나큰 기쁨과 보람만이 엄마의 가슴속을 가득 채웠단다. 학원 한 번 다니지 않고도 언제나 성적은 최상위권에 있었고 할머니 두 분께서 부정기적으로 주시는 용돈 가지고 학용품 사 쓰는 것 외에도 알뜰하게 저축했다가 엄마 힘든다고 청소기도 사 주고 전자렌지도 사 주고 엄마를 위하는 것이라면 무엇이든지 해주는 효심 가득한 우리 아들.

내가 힘들어 보이기라도 하면 넌,

"엄마, 무슨 일이 있었어요? 피곤해서 그러세요?"하며 엄마를 끌어안고 등을 토닥거려 주는 착한 아들이었다. 또 학교엘 가면 만나는 선생님마다 아들 잘 두어 얼마나 좋으냐고 선생님들은 부러워하셨지.

"아들을 낳으려면 여준이 같은 아들을 낳아야 한다."고 하셨다는 말씀을 들을 땐 이 세상 아무 것도 부러울 것이 없었단다. 네가 그렇게 착하고 공부 잘 하는 덕에 주임 선생님으로부터 「신사임당」 같은 어머니라는 너무 너무 과분한 칭찬을 다 들었잖니. 그런데 여준아. 지하에 계신 「신사임당」께서 들으셨으면 얼마나 슬퍼하셨을까? '내가 그 정도에 비유되다니'하시면서 말이야. 하지만 엄마가 이렇게 얘기하면 넌 또 이러겠지.

"우리 엄마가 왜? 주임선생님 말씀이 맞아."

어때, 엄마 말이 맞지? 여준아. 아무튼 고맙다.

이 세상 어떤 부모가 자식 잘 되기를 바라지 않겠니. 하지만 부모가 아무리 노력해도 자식이 따라주지 않으면 다 소용이 없는 것 아니냐. 그래서 옛말에 「손뼉도 마주쳐야 소리가 난다」고 했다. 여준아. 그런데 엄마는 요즘 걱정이 생겼어. 얼마 전까지만 해도 엄마 아빠 말이라면 무조건 따르던 네가 요즘 들어 가끔은 골도 내고 네 의견을 강력하게 내세우기도 할 땐 '다 컸구나'싶어서 대견스럽기도 하고 웬지 섭섭하기도 하단다. 「자식은 품안에 자식」이라는데 어느 날인가 거울 앞에 선 우리 모자의 모습을 보다가 엄마는 깜짝 놀라고 말았다. 엄마보다 훌쩍 커 버린 너를 보며 엄마로부터 멀어질까 봐 미리부터 걱정이란다.

여준아.

넌 가끔 엄마에게 이런 다짐을 했었지.

"난 절대로 엄마를 실망시키지 않을 거야"라고. 그래. 무엇이든 확고한 목표를 세우고 그 목표를 달성하기 위해 최선을 다한다면 꼭 성공할 거야. 그리고 한가지 덧붙여 부탁할게. 공부 열심히 하는 것보다 더 중요한 건 사람다운 사람이 되는 거란다. 옛날에 엄마가 국민학교에 다닐 때 교장선생님께서 조회 때마다 귀에 못이 박히도록 하시던 말씀이란다. 그 말씀 한 마디에 많은 뜻이 포함돼 있으리라 생각해. 어른 공경할 줄 알고 겸손할 줄 알고 언제나 남의 입장이 되어 생각할 줄 아는 사람, 이런 사람이 되어 주길 이 엄마는 간절히 바란다. 앞으로 3년, 너의 일생에 있어 가장 중요한 시기가 될는지 모른다. 힘들더라도 우리 참고 견디자.

여준아. 너 고진감래(苦盡甘來)란 말 알지? 너도 나도 최선을 다 하는 사람이 되자. 너를 기다리며 엄마가.

나는요? 큰 딸에 이어 둘째딸까지 출가를 하고 늦동이 아들과 세 식구가 살게 되었습니다. 공부도 잘 하고 효자라서 아주 이쁘답니다. 44년생으로 인천시 북구 십정동에서 삽니다.

우리의 새로운 기쁨이 된 '주원'이에게

김 호 순

1995년 1월 12일 오전 10시 13분.

함박눈이 펑펑 쏟아지던 시각에 너는 첫 울음을 터뜨렸지. 두 주먹을 불끈 쥐고 힘차게 울어댄 너의 울음은 지켜보고 있던 가족들에게 큰 기쁨이었다는구나.

하나님께서 하늘나라 아기천사인 너를 우리에게 보내주시겠다고 할 때 엄마는 솔직히 온전히 기쁜 마음은 아니었단다. 물론 아빠와 이제 여섯 살이 된 너의 누나는 너무도 기뻐하고 좋아했는데 엄마는 너를 잘 양육하고 사랑할 자신이 없었던 거지. 뿐만 아니라 너의 누나만으로도 우리 집에는 천사의 웃음소리가 충만하다고 여겼고 엄마는 이제 무언가 새로운 엄마만의 일을 하고 싶었던 거야. 그러나 하나님은 너를 꼭 우리에게 보낼 선물로 정해 놓으시고 엄마품으로 안아들이기를 원하고 계셨어.

엄마는 처음부터 너에겐 참 미안했어. 선물은 선물 자체로 기쁘고 행복한 것임을 엄마가 몰랐던 거지.

아기천사가 이 세상에 와서 어엿한 인간으로서 한가족의 일원으로 새 삶을 살기 이전에 예비되고 갖추어져야 할 삶이 있기에 하나님은 천상과 지상의 중간역으로 엄마의 몸 속에 아기집을 만드셨대. 너는 그속에서 10개월 동안 세상과 가족에 대한 기초적 삶을 산 것이고 엄마는 또 한 생명의 엄마가 될 준비를 하게 된 것이지.

엄마 몸 속에서 네가 점점 자라면서 처음 너에 대한 부담스럽던 마음은 사라지고 대신 너를 우리에게 주시는 하나님의 참 소망에 대한 기대와 설레임으로 충만해지더구나. 비로소 거룩하고도 아름다운 40주 동안의 순례의 길에 나선 기분이었다. 네가 '아기집'속에 있는 동안 엄마는 음식이 먹기 싫어도 너를 생각하여 먹고 하기 싫은 일이 있어도 너를 위하여 했는데 그것이 곧 엄마를 위한 일이었음을 알고 감사했지.

엄마의 신체적 조건과 '아기집'속에 있는 너의 자세가 좋지 않아 수술을 하여 너를 낳아야 하는 어려움은 있었지만 너를 보는 기쁨은 또 넘치고 넘쳤단다.

윤곽이 또렸하고 콧날이 오뚝한, 건강하게 태어난 너를 보며 엄마가 너를 생각하며 먹은 우유며 과일들이 너의 무엇이 되었을까? 엄마가 생각했던 많은 사고와 정신들이 너의 어디에 흐르고 있을까? 신기하고 놀라운 마음이었다.

엄마의 부주의로 만 7개월이 지나서 너를 잃을 뻔하였는데 그때를 생각하면 얼마나 아찔한 순간이었는지…….

어제는 아빠가 너의 출생을 신고하면서 이땅에 너의 존재를 정식으로 인정시켜 놓았다는 구나.

우리는 너를 '주원'이라 부르기로 했다. 어쩌면 '아론'이 될 뻔도 했는데 그는 '모세'와 함께 쓰임받은 이스라엘의 지도자로서 첫 대제사장이며 언변이 뛰어난 사람이었지. 네 누나의 이름은 '샤론'인데 이에 걸맞다고 '아론'을 제안한 건 바로 네 외삼촌이었다. 너와 네 누나에 대한 외삼촌의 사랑이 각별함은 너도 자라면서 차차 알게 될 거야.

많은 생각 끝에 너를 '주원'이라 하게 된 건 엄마나 아빠가 너를 원하기 이전부터 '주께서 원하셨다'는 뜻이지. 아마도 '아론'은 너의 이름이 되지는 못했지만 애칭이 될 것 같지 않니?

주원아!

이제 한달 정도 된 '빙긋'거리는 너의 웃음을 보며 벌써부터 사람들은 너에 대한 기대로 들끓고 있구나.

아빠는 아빠 뒤를 이어갈 훌륭한 목회자가 될 것을 소망하는데 이 의견에는 교수가 되겠다는 네 누나 샤론도 동감인 모양이야. 누나는 네가 '따봉 목사님'—목사님들 중의 대장목사님(?)을 누나는 그렇게 부른다—이 되었으면 좋겠다는구나.

그러나 엄마는 누나나 너에게 무엇이 될 것인가에 대한 기대보다는 어떤 인물로 어떤 인격자가 될 것인가에 대한 소망과 기대를 더 크게 가져본단다.

지혜롭고 건강하게, 정직하게 자라주기를 소망하는 것이지. '지혜'는 선과 악, 진리와 비진리, 삶의 이치를 헤아려주는 최고의 등불이며 지혜있는 자가 건강하고 정직하면 무슨 일에건 최선을 다해 살 수 있을 거라고 믿기 때문이지. 무모한 열심이 아닌 바른 것을 위해 바르고 성실하게 사랑하며 최선으로 산다는 것만큼 중요한 일이 또 있겠니?

예수님처럼 너도 키가 자라면서 지혜도 자라고 많은 사람들에게 흠모할 만한 사람으로 커 준다면 그것이 엄마나 아빠의 최고의 기쁨이 되는 것이지. 행여 네가 자라는 동안 엄마가 원치 않는 방법과 감정으로 너를 노엽게 할 때가 많을지도 모르겠구나. 그러나 그 순간에도 내가 너에게 훌륭하고 좋은 엄마가 될 수 있을지 어떨지는 모르겠다만 한가지, 너와 누나를 기도로 키우는 엄마가 되도록 최선을 다할게. 너도 좋은 자녀, 기쁨을 주는 자녀가 되도록 노력하겠지.

너를 선물로 주신 이해 95년도에는 아름답고 기쁜 일들이 많을 것 같구나. 차차 우리 더 많은 사랑을 나누자.

우리의 만남을 계획해 놓으시고 이루어 주신 하나님께 감사하며 이밤, 엄마는 너로 인해 기쁨을 이기지 못하고 있다.

주원아!

잠잠히 너를 불러보며 평안의 잠을 자도록 기도드린다.

1995. 2. 11 엄마가.

나는요? 두 아이를 키우며 문학의 꿈을 버리지 못하는 주부입니다. 교회에서 목사로 일하는 남편과 함께 돈독한 신앙인으로 최선을 다해 살고 있습니다. 65년생으로 강원도 양구군 해안면에서 삽니다.

「편지마을」 주부들의 詩와散文

사랑과 꿈과 편지와

1999년 7월 20일 / 1판 1쇄 인쇄
1999년 7월 30일 / 1판 1쇄 발행
2008년 8월 15일 / 2판 1쇄 발행
2012년 12월 5일 / 3판 1쇄 발행
2015년 10월 20일 / 4판 1쇄 발행

지은이 | 편 지 마 을
펴낸이 | 김 용 성
펴낸곳 | **지성문화사**
등 록 | 제5-14호(1976.10.21)
주 소 | 서울 동대문구 신설동 117-8 예일빌딩
전 화 | 02)2236-0654 , 2233-5554
팩 스 | 02)2236-0655 , 2236-2953

정가 16,000원